Daniela Schenk



# Julia & Satine

Roman

Ulrike HELMER Verlag

Bibliografische Information Der Deutschen Bibliothek

Die Deutsche Bibliothek verzeichnet diese Publikation in der Deutschen Nationalbibliografie; detaillierte bibliografische Daten sind im Internet über http://dnb.ddb.de abrufbar.


Umschlaggestaltung: Atelier KatarinaS, NL
Druck: Wilfried Niederland Verlagsservice, Königstein/Taunus
Printed in Germany
ISBN 3-89741-153-9

Gesamtverzeichnis sendet gern: Ulrike Helmer Verlag, Altkönigstraße 6a, D-61462 Königstein/Taunus
E-Mail: ulrike.helmer.verlag@t-online.de
Besuchen Sie uns im Internet: www.ulrike-helmer-verlag.de

# 1. Teil **Hin**

# 1. Kapitel ______Julia

*Vergeblich – die Winde –*
*dem Herzen im Hafen –*
*weg mit dem Kompass –*
*weg mit den Karten!*
*Emily Dickinson*

Eher findet ein Kamel durch ein Nadelöhr als Julia ihren Weg. Mit beängstigender Regelmäßigkeit biegt sie links ab, wenn sie nach rechts hätte gehen müssen; sie verpasst Türen, Abzweigungen und Einfahrten, übersieht Schilder und vergisst Namen und Adressen. Berthe war der Ansicht, dass man ihr ein Navigationssystem ins Hirn einbauen sollte, die Mädchen krümmten sich vor Lachen, wenn sie anstatt des Ausgangs die Tür zu einem Putzraum erwischte. Schon in ihrem siebzehnten Lebensjahr taufte sie rechts und links in *lechts* und *rinks* um, was ihr in Deutschprüfungen und Aufsätzen Punkteabzüge bescherte. Im selben Jahr boykottierte sie die schulischen Orientierungsläufe, da sie es satt hatte, stundenlang in Wäldchen herumzuirren und von kleinen Hunden in die Wade gebissen zu werden. Sie fiel durch die Fahrradprüfung, sie fiel durch die Mofaprüfung und sie wäre ein drittes Mal durch die Autoprüfung gefallen, wenn sie nicht eine Affäre mit dem Fahrlehrer angefangen hätte. Sie versuchte sich ernsthaft im Kartenlesen, doch die Straßen begannen immer gleich mit den Eisenbahnlinien zu tanzen. Ihr wurde dabei so schwindlig, dass sie die Landkarten kurzerhand zu Einkaufszetteln zerschnitt.

Dann lernte sie den Deutschen Jürgen kennen, und wahrscheinlich wäre das mit ihm auch wieder nur eine kurze Geschichte geworden, wenn Jürgen nicht Doktor der Physik

gewesen wäre und ihr in der zweiten Liebesnacht von der Theorie der Antimaterie erzählt hätte. Jürgen erklärte ihr, dass parallel zur Materie eine Antimaterie existiert, dass es für jedes Teilchen ein Antiteilchen gibt, dass die Teilchen dieser und jener Welt identisch sind, einzig die elektrische Ladung ist unterschiedlich. Während Jürgen weitererzählte und bald in Bereiche kam, in denen Julia nur noch Bahnhof verstand, jubelte es in ihr: Ihr verkehrter Orientierungssinn schien auf einmal einleuchtend – sie war eine Tochter der Antimaterie! Was in dieser Welt links und rechts war, war in der Gegenwelt lechts und rinks! Das hier war nur die Spiegelung ihrer wahren Landkarte. *Deshalb* schickte sie Touristen regelmäßig und unabsichtlich auf eine Reise ohne Wiederkehr, *deshalb* hatten sie die Pfadfinder schon am ersten Tag heimgeschickt! Die lehrreiche Liebesnacht hinterließ unauslöschliche Spuren in Julias Leben – sie schloss Frieden mit ihrem Herumirren, wurde schwanger, heiratete Jürgen, gebar eine Tochter und später eine zweite, aber das Eheleben war – obwohl Jürgen ihr weitere spannende Theorien aus der Physik erklärte – doch nicht das Gelbe vom Ei. Woraufhin Julia die Scheidung einreichte. Woraufhin Jürgen die Alimentezahlung nicht so im Griff hatte, was schließlich zu einem unschönen Rechtsstreit führte.

Nach monatelangem zermürbendem Hin und Her bekam Julia Recht. Darauf brauchte sie dringend Erholung und flog mit den Mädchen und Berthe auf eine Insel, wo sie umgehend das tat, was sie am besten konnte: Sie suchte vergeblich den Weg. Berthe saß schnalzend auf ihrem Koffer, während die Mädchen ein Spiel spielten, dessen Regeln Leandra festlegte und Denia nicht verstand. Angestrengt hielt Julia nach dem richtigen Weg Ausschau, aber sie hätte gerade so gut ein Kreuzworträtsel auf Suaheli lösen können.

»Julia, gaff nicht rum, konzentrier dich!«, brüllte Berthe.

Julia zeigte vage den schmalen Weg hoch. »Okay, gehen wir mal hier hinauf und dann biegen wir rinks ab, das sagt mir jedenfalls mein Orientierungssinn …«

Berthe lachte schallend, begleitet vom Gackern der Mädchen. Dann stemmte sie die Arme in ihre üppigen Hüften. »Jesses Maria, wir suchen seit zwei Stunden in einem Dorf herum, das höchstens hundert Häuser zählt! Und den Namen der Vermieterin hast du auch vergessen. Großartig ist das! Phänomenal! *Wahnsinn*!«

Julia zog die rote Schirmmütze tiefer ins Gesicht und warf ihren Töchtern einen verlegenen Blick zu. »Schaut weg, Mädchen, im Moment bin ich nicht euer Vorbild, sondern ein schreckliches Mahnmal.«

»Aber Mama, du bist doch nie und nimmer mein Vorbild, sondern Gabriela, die kann superweit spucken.« Leandra sprang auf und spuckte den Weg runter, »ich kann eben nur so weit.« Denia stand ebenfalls auf, spuckte an Leandra vorbei, mehrheitlich jedenfalls, und umschlang Julias Beine. »Mama, was ist ein Vorbild? Ich möchte lieber Piratin werden.«

Berthe schnaubte unüberhörbar.

»Berthe, hör auf damit, du bist kein Pferd«, sagte Julia, »du behauptest doch immer, dass du eine Hexe bist. Also stimm dich mal auf unsere Wohnungen ein! Wenn du schon dank deiner geistigen Führerin leere Parkplätze findest, könntest du auch unsere Wohnungen aufspüren.«

Berthe brummte. »So, so, plötzlich lobpreist Madame uns Hexen. Wer's glaubt, wird rührselig!« Aber sie setzte sich trotzdem gerade auf, schloss die Augen und legte die Handteller auf die Schenkel.

Die Mädchen guckten mit offenen Mund zu. »Schläft sie jetzt?«, wisperte Denia.

»Nein, sie hört in sich hinein«, flüsterte Leandra.

»Was kann man denn da hören? Ich höre manchmal den Magen knurren oder ich furze –«

»Schnauze!«, donnerte Berthe. »Zieht su-bi-to den verdammten Reißverschluss in eurem Gesicht zu!«

Die Mädchen trollten sich widerwillig. »Mama, ich hab keinen Reißverschluss im Gesicht«, beschwerte sich Lea.

»Das ist nur eine Redensart«, raunte Julia ihr zu. »Seid jetzt still, Berthe macht nützlichen Hokuspokus.«

»Doofer Redensdingsbums ist das, du sagst immer, man darf nicht lügen, und es ist doch gelogen, wenn Berthe sagt, dass mein Mund einen Reißverschluss hat, oder siehst du irgendwo das Dings, woran man ihn zuziehen kann?«

»Eben nicht! Sonst hätte Berthe bestimmt schon dran gezogen!«

»Phu!« Denia drehte beleidigt ab.

Schließlich war Berthe auf die Fährte eingestimmt. Sie ächzte den steilen Weg hinauf, bog nach links, gleich wieder nach rechts, geradeaus, nochmals rechts, und murmelte »ja, ja!«, aber als sie am Ende des Dorfes vor einer heruntergekommenen Tankstelle stand, war das mit der Spur wohl nichts gewesen.

»Vielleicht hast du doch nur Fürze gehört«, mutmaßte Denia. Bevor sie ihre Theorie weiter ausführen konnte, hielt ihr Julia den Mund zu.

Berthe lief rot an. »Jesses Maria, diese Ferien sind schon jetzt totale Scheiße!«

»Scheiße darf man nicht sagen, sagt Mama«, wandte Leandra ein und machte mit ihren Armen Flügelbewegungen. Berthe wollte eben auf Leandra losgehen, als sie hinter ihr eine Stimme zu hören war: »*Hola, usted son la señora Davide? Appartamento?*« Sie drehten sich verdutzt um. Vor ihnen stand die hübsche Wiedergeburt der Frida Kahlo mit kunstvoll hochgestecktem Haar.

Berthe und Julia nickten gleichzeitig: »*Si, si, io* Julia David – *appartamento, si?*«

Die kleine Frida bedeutete ihnen, ihr zu folgen, Julia wischte sich den Schweiß von der Stirn und packte ihren Koffer. »Berthe, eines steht fest: Deine innere Führung und mein Orientierungssinn sind der Stoff, aus dem die Albträume der Entdecker dieser Welt gemacht sind!«

Das Haus war neu, gelb und stand zuoberst im Dorf. Sie bezogen zwei Wohnungen, Berthe eine kleine und Julia die größere; davor breitete sich eine große Terrasse aus, von wo aus sie auf die Dächer des Dorfes und über das fruchtbare Land bis zum Meer sehen konnten. Die Mädchen zerrten ihre Spielzeuge hervor, um sie gleich wieder achtlos fallen zu lassen und die Nachbarschaft zu erkunden, Julia setzte sich an einen mächtigen Steintisch und genoss den Ausblick. Sie schnupperte die fremden Gerüche, räkelte sich in der herrlich lauen Luft, hörte das Lachen und Palavern ihrer Töchter und war glücklich. Aber bald wurde sie daran erinnert, wie vergänglich Glück doch war, denn Leandra erschien und streckte ihr jammernd die Hand entgegen, mit der sie eine Kaktusfeige gepflückt hatte. Das war nicht überraschend, Lea brachte dauernd Verletzungen nach Hause, so wie andere Kinder Rosskastanien oder schlechte Noten. Julia spielte mit dem Gedanken, ihrer Tochter gleich einen ganzen Verbandskasten an die Rippen zu montieren, das wäre praktisch, die Wundpflaster stets griffbereit. Julia schaute zu, wie Lea der Rotz aus der Nase floss und wie die Kleine ihn mit der Zunge auffing. Julia hatte das als Kind auch so gemacht, dieser gelblichgrüne glibberige salzige Schleim schmeckte gar nicht schlecht, fand sie. Ehrlich gesagt tat sie es auch heute noch – in unbemerkten Momenten jedenfalls.

Berthe räucherte indessen ihre Wohnung aus, um sie von negativer Energie zu befreien. Julia fragte sich, warum bei diesem Gestank bloß die negativen Energien das Weite suchen sollten, aber Berthe wusste es besser, sie war schließlich – damit gab sie oft genug an – eine Hexe mit wallenden Kleidern, wallendem Haar und aufwallendem Temperament. Sie hatte in einer Reinkarnationstherapie erkannt, dass sie im Mittelalter als rothaarige Kräuterfrau auf dem Scheiterhaufen gelandet war. Seither war sie davon überzeugt, das Erbe dieser Rothaarigen angetreten zu haben.

Julia war der Meinung, dass Esoteriker und Hexen wie Berthe die wahrhaft Verirrten waren: »Die haben die Orientierung im Geist verloren, und das ist weitaus schlimmer als zwischen dummen Häuserblocks herumzuirren«, pflegte sie zu sagen. Berthe ließ sich von Julias Urteil nicht beeindrucken. Sie legte Tarotkarten, befragte ihre innere Führerin, pendelte, schluckte Bachblütentropfen und zelebrierte Mondrituale. Wo immer sie hinging und was immer sie tat, sie sah und spürte Zeichen und hoffte auf Wunder.

Beim Abendessen jammerte Lea wegen der Dornen, die Julia nicht herausgebracht hatte. Sie saßen vor dem Restaurant mit Ausblick auf die nächste Hauswand, vor ihnen auf dem Tisch stand noch das Gedeck ihrer Vorgänger. Die Abendbrise bewegte die Bäume und die Haare der Gäste. Die Pergola war mit farbigen Lämpchen geschmückt, die Mauern gaben die Hitze des Tages wohldosiert zurück. Kaum wurde das Essen serviert, glitt Denia vom Stuhl und schlenderte, ein Stück Pizza in der Hand, durch die Tischreihen. Leandra hatte ihre Hand in Berthes Schoß gelegt, die konzentriert, aber vergeblich die Dörnchen auszuzupfen versuchte. Julia genoss den milden Abend und dachte mit einem Anflug von Schadenfreude daran, dass es in der Schweiz jetzt schon recht kalt und dunkel war. Sie hörte, wie eine Frau auf Englisch fragte, ob ein Tisch frei sei. Der Kellner verneinte. Die Frau hatte einen schönen französischen Akzent, fand Julia. Sie saß mit dem Rücken zu der Fremden, aber auch wenn sie sie gesehen hätte, wäre ihr weiter nichts Besonderes aufgefallen. In ihr wäre wohl kaum die Ahnung aufgestiegen, dass sie soeben den Tornado erblickt hatte, der künftig durch ihr Leben fahren und es vollständig auf den Kopf stellen sollte. Julia wollte von solchen Ungeheuerlichkeiten sowieso nichts wissen, sie schaute lieber Berthe bei der Dornenoperation zu und erteilte nutzlose Ratschläge.

»Schau mal den dort!« Kaum war Berthe am Strand, deutete sie verstohlen auf einen Mann, der ausgestreckt auf einem rosa Badetuch mit gelben Schiffchen lag. Wenn Berthe verstohlen auf jemanden zeigte, war das, als würde sie durch ein Megaphon schreien: »Schaut, der Mann dort gefällt mir!« Julia hatte sich an die mangelnden Zwischentöne ihrer besten Freundin gewöhnt, sie kannte Berthe seit dem Kindergarten und hatte sie oft genug in Aktion erleben dürfen. Berthe besaß dieses feine Gespür für Fettnäpfchen. Es gab Geräte, mit denen man Minen orten konnte; Berthe konnte zielsicher Fettnäpfchen aufspüren. Das allein wäre nicht schlimm gewesen; schlimm war, dass sie immer mitten hineintrat.

Julia schnalzte verächtlich. »Ein Mann, der auf einem rosa Tuch liegt, kann nicht interessant sein. Stell dir vor, der lässt die Hosen runter, da kann dich ja allerhand erwarten.«

»Das will ich doch hoffen!«

»Berthe, ich meine die Unterhose! Ich wette, er trägt hellgrüne mit orangefarbenen Punkten oder violette mit himmelblauen Elefäntchen. Ein Mann, der sich freiwillig auf einen Albtraum von einem Badetuch legt, ist nicht die Elefäntchen auf seiner Unterhose wert.«

»Ich finde ihn süß.« Berthe grub ihre Zehen in den Sand und äugte hinüber.

»Männer sind nicht süß. Sie sind vielleicht cool, kräftig, praktisch, unrasiert oder halten dir die Tür auf, aber süß? Nein. Meine Töchter sind süß. Zumindest wenn sie schlafen.«

»Ich finde ihn aber süß. Und, siehst du? Er ist allein!« Berthe geriet zusehends aus dem Häuschen, Julia seufzte, sie konnte geradezu körperlich spüren, wie die Fettnäpfchen als fliegende Untertassen auf Berthe zuflogen. Julia legte sich zum Sonnenbaden hin, was vergebliche Liebesmüh war, denn sie wurde nicht braun, sondern rot. Dann schälte sich ihre Haut und war wieder weiß.

Berthe schubste sie. »He, du kannst doch jetzt nicht deine Augen schließen!«

»Wieso nicht?«

»*Wieso nicht,* fragt sie!«, Berthe schüttelte entrüstet den Kopf. »Ich sage dazu nur«, sie zählte mit Blick zum Himmel,

»also ich sage dazu nur vierzehn Buchstaben: I-n-s-e-l-a-b-e-n-t-e-u-e-r.«

Julia drehte sich stöhnend auf den Rücken, »Berthe, ich komme direkt aus einem Rechtsstreit um Alimentezahlungen mit meinem Exmann, lass mich doch erst mal ankommen!«

»Wenn ich dich ankommen lasse, passiert rein gar nichts. Seit zwei Jahren passiert bei dir rein gar nichts!« Berthe schaute wieder zum rosa Badetuch.

»Ja und?«

»Ja und! Früher hattest du dauernd Männer! Da ist es doch abartig, dass du jetzt wie eine Nonne lebst.«

Julia beobachtete, wie Denia mit der Taucherbrille die Wellen untersuchte oder vielmehr untersuchen wollte. Sie kniete dort, wo die Wellen ans Land gespült wurden. Kam eine dahergekrochen, tauchte sie mit der Brille in den Schaum, doch da hatte sich die Welle schon zurückgezogen und Denia steckte mit dem Kopf im Sand. Sie versuchte es wieder und wieder, erfolglos.

»Ich habe keine Zeit für die Liebe«, sagte Julia schließlich.

Berthe zeichnete Muster in den körnigen Boden. »Man hat immer Zeit für eine Nummer hier und da.«

»Das interessiert mich im Moment aber nicht«, sagte Julia und schnellte plötzlich hoch. Berthe richtete sich ebenfalls auf. »Jesses, was ist denn nun wieder los?«

»Ich ertrage den Anblick meiner dummen Tochter nicht mehr!« Sie ging im Stechschritt auf Denia zu, die soeben wieder die Taucherbrille im Sand versenkt hatte.

»Meine Sonnenblume, du bist zu langsam! So erwischst du die Welle nie, kapierst du das nicht?!«

»Welche Welle?« Denia blickte durch die sandige Taucherbrille zu ihrer Mutter auf.

»Na, diejenige, die du immer verpasst!«

»Aber Mama, die Welle ist mir schnuppe. Ich will den Sand anschauen, nachdem die Welle drüber gegangen ist.«

»Was?« Julia blickte ihre Tochter entgeistert an.

»Ja, der Sand sieht so schön aus, wenn die Welle darüber gegangen ist – das möchte ich anschauen.«

»Dazu brauchst du doch keine Taucherbrille, die ist fürs Wasser!«

»Du verstehst das nicht.« Denia schwenkte wichtigtuerisch die Brille im Wasser.

»Ich verstehe tatsächlich *nada.*« Kopfschüttelnd kehrte Julia zurück. Berthe blickte sie neugierig an. »Frag nicht! Die haben bei der Geburt mein Kind ausgewechselt, garantiert! *Den Sand anschauen, nachdem die Welle darüber gegangen ist.* Wer so was tut, kann nicht meine Tochter sein.«

Berthe grinste: »Dumm nur, dass sie dir wie aus dem Gesicht geschnitten ist.«

Julia machte eine wegwerfende Bewegung. »Manchmal gleichen sich zwei Äpfel auf den Stiel, aber der eine ist innen faul. Vergessen wir's. Wo waren wir?«

»Bei der Libido.«

»Ach ja, die Libido. Übrigens, ich habe diesbezüglich ein neues Motto – hab ich dir schon davon erzählt?« Berthe schüttelte den Kopf. »Es lautet: lieber Mikado als Libido. Gut, nicht?!«

Berthe verdrehte die Augen und Julia grinste. Auch, als ihr Berthe darlegte, dass ausgewogener Sex für das körperliche und seelische Wohlbefinden wichtig sei. Sie versuchte sich das Schmunzeln zu verbeißen, als sich Berthe darüber aufregte. Sie schmunzelte inwendig weiter, während sie mit geheucheltem Interesse ihren Töchtern beim Sandhügelbauen zusah. Gespräche über Sexualität reizten sie. Sie konnte nicht begreifen, warum die meisten bei diesem Thema ernst und wichtig wurden. Das Gerede über Ekstase, Liebe, Berührtwerden und Vereinigung ging ihr auf die Nerven. In ihren Augen war Sex nichts weiter als Sex. Nicht mehr und nicht weniger. In dieser Hinsicht war sie eine vorbehaltlose Existenzialistin. Sex war ein körperlicher Akt zwischen zwei Menschen, der auf der richtigen Mischung von Reibung und

Feuchtigkeit basierte, der den Puls beschleunigte und dich keuchen und stöhnen ließ, dich zum Orgasmus führte. Es war eine positive sportliche Betätigung, die in keiner Phase anstrengend war. Julia machte weder die Erfahrung von Ekstase noch von Verschmelzung, sondern eben von Sexualität. Sie wurde ekstatisch, wenn sie die Sonne aus den Regenwolken hervorbrechen sah, Musik konnte sie zum Schmelzen bringen, es rührte sie, wenn ihr Leandra mit verschmiertem Mund und leuchtenden Augen einen Kieselstein entgegenstreckte. Aber Sexualität? Das war nicht Gefühl, sondern Empfinden, Körperlichkeit, das Erklettern eines Gipfels. Mehr nicht.

Berthe behauptete, dass Julia keine Ahnung von der Liebe hatte.

Julia behauptete, dass Berthe keine Ahnung von ihrer Ahnung von Liebe hatte. Sie konnte nicht wissen, dass jemand ihre Ahnung von Liebe gewaltig verändern würde und dass diese Person ein paar Badetücher entfernt lag, mit einem Buch vor dem Gesicht.

Julia ging mit den Mädchen dem Strand entlang spazieren. Die Kinder suchten nach Muscheln und hofften, eine angeschwemmte Flaschenpost zu finden. Julia betrachtete den Übergang vom grünblauen Meer zum schwarzen Sand zu den saftiggrünen Bananenplantagen zum hellbraunen Gestein der Felsen zum dunkelblauen Himmel. Sie suchte das Haus, in dem sie wohnten, und fand einen kleinen gelben Fleck oberhalb des Dorfes. Die Luft war so klar, dass die Felsen zum Greifen nah schienen, die Farben klebten schier auf der Haut.

»Mama, spielen wir *Zieh den Karren*?« Leandra packte drängend Julias Hand und schaute sie treuherzig an. »Bitte zieh mich!« Julia murrte, ergriff aber Leandras zweite Hand. Denia stellte sich hinter ihre Schwester und packte sie an den Hüften. »Und ich bin der Anhänger!«, krähte sie. Julia setzte sich rückwärts in Bewegung, Leandra steuerte, indem sie an Julias rechter oder linker Hand zog. »Wir sind ein

Ränsch Rover«, kicherte Leandra. Plappernd steuerte sie Julia durch die Sonnenbadenden, dann entdeckte sie einen sehr interessanten Eisstand und übersah die langen Beine vor ihnen auf der Bahn. Julia stürzte rückwärts darüber und landete mit dem Hintern im schwarzen Sand. Die Mädchen hechteten solidarisch und kreischend auf sie. Auf dem Rücken liegend fluchte Julia, lachte und schaute dann auf – direkt in die dunklen Augen einer Frau.

# 2. Kapitel Satine

*Ich würde dir ohne Bedenken*
*eine Kachel aus meinem Ofen*
*schenken.*
*Joachim Ringelnatz*

Ich hatte mir hoch und heilig versprochen, mich nie mehr in eine heterosexuelle Frau zu verlieben. Im Französischen und im Englischen verliebt man sich fallend – *je tombe amoureuse* – *I fall in love*. Oh, ja, man könnte den Akt des Sichverliebens nicht präziser ausdrücken! Erst wird man in den Siebten Himmel katapultiert, dann stürzt man hinab. Das ist ein großer Sprung und ein tiefer Fall. Sich zu verlieben ist letztendlich eine Abwandlung von Straucheln, die Frage ist nur: Wohin fällt man? In die Liebe, werden Sie sagen, und da haben Sie Recht. Nur – was für eine Liebe ist das? Manchmal ist sie ein schöner Teich, ein tiefblauer See, das grenzenlose Meer, und das Hineinfallen ist traumhaft. Bei mir ist die Liebe meist eine Jauchegrube, in der ich ersticke, noch bevor ich darin ertrinken kann, oder sie ist eine Pfütze, in der ich mir sämtliche Knochen breche.

Wenn die Liebe ein Schwimmbecken ist, so ist die heterosexuelle Frau der Hai darin, der mich in Stücke reißt, kaum dass ich ins Wasser steige. Zwei Haie haben schon auf mir herumgekaut, einen dritten würde es nicht geben.

Das habe ich mir versprochen, hoch und heilig.

Doch während ich dieses Versprechen im schwarzen Sand herunterbetete, beobachtete ich, wie eine Frau neben ihrer kleinen Tochter kniet und die Kleine ihre Taucherbrille im Wasser schwenkt. Ich schaute zu, wie die Frau zu ihrer üppigen Begleiterin zurückkehrt, wie sie mit der älteren Tochter spielt und lachend in die Wellen rennt. Sie war unglaublich weiß, ihr blondes Haar hatte einen Kupferstich und glänzte in der nachmittäglichen Sonne. Auch wenn ich ihr Gesicht nicht genau erkennen konnte, fand ich sie schön.

An diesem Nachmittag, als ich sie das erste Mal erblickte, war es eigentlich schon um mich geschehen, aber das wollte ich nicht wahrhaben, schließlich hatte ich mir Besserung gelobt.

Ich bin ein zurückhaltender Mensch, Freundschaften schließe ich lieber nach drei Jahren als nach einem Tag. Doch wenn es um Frauen, Liebe und Verlangen geht, spaziert meine Vernunft einfach davon. Sie fährt Achterbahn oder flaniert mit einer Zuckerwatte in der Hand durch die Stände. Zurück bleibt eine verknallte Satine mit nichts als dieser einen Frau im Kopf. Und eben mit nichts, was mich zur Vernunft bringen könnte.

Es gibt Frauen, gegen die mein System keine Abwehr kennt. Meistens sind sie blond oder kupferfarben, oft haben sie eine Narbe, sind heterosexuell und immer bedeuten sie mein Verderben. Mag sein, dass mir die Vernunft zuschreit, ich solle vorsichtig sein, aber was kann ich schon verstehen, wenn sie den Mund voller Zuckerwatte hat oder ganz oben auf der Achterbahn sitzt?

Ich setzte die Sonnebrille auf, um die Frau unbemerkt durch meine gespiegelten Gläser beobachten zu können, und hielt mir wie eine Agentin ein Buch vor die Nase. Ich konnte die Augen kaum von ihr lassen. Sie war irgendwie außergewöhnlich, überaus anmutig – mit ihrem sanft geschwungenen Körper, ihrer Haltung, der Leichtigkeit und der zeitweiligen ungelenken Bestimmtheit, mit ihrem Haar, das in sanften Wellen bis zu den Schultern schwang.

Oh, ich wusste, ich hätte wegschauen, ich hätte meine Siebensachen packen und an einen anderen Strand gehen sollen. Aber ich blieb und machte mir vor, bloß den Anblick dieser Frau zu genießen; redete mir ein, dass es ja auch Lesben gäbe, die Kinder hatten; beruhigte mich damit, dass sie mit einer Frau da war.

Ich wollte nicht wahrhaben, dass ein neuer Hai in meinem Schwimmbecken schwamm und seine Runden zu drehen begann.

Und ich wollte nicht wahrhaben, dass ich mich anschickte, den Fuß ins Wasser zu tauchen.

# 3. Kapitel ______________ Julia

*… schenkt sie uns einen Sommertag,*
*schenkt sie uns auch Mücken.*
*Wilhelm Busch*

Julia fiel also rückwärts über die langen Beine einer Frau. Sie landete im schwarzen Sand und schaute verblüfft auf die durchaus hübschen Beine neben sich. Die Frau richtete sich auf und errötete zu Julias Erstaunen, während sie stotterte: »'oppla! 'offentlich 'aben Sie sich nicht verletzt!«

Julia setzte ihr charmantestes Lächeln auf. »Hoffentlich haben Sie sich nicht wegen meiner Rambo-Tochter verletzt!« Sie wandte sich um: »Leandra, hast du nicht etwas in dieser Angelegenheit zu sagen, mhh?!«

Lea schaute zu Boden und wiegte ihren Körper hin und her. »Ehm, ja, es tut mir Leid, ich wollte Sie nicht überfahren.« Sie machte eine kurze Pause, dann blickte sie die Frau aufmerksam an. »Warum redst du denn so komisch?«

Die Frau lachte, sie warf dabei den Kopf in den Nacken, und Julia fand, dass sie ein erstaunlich breites Lachen hatte, bei dem schmalen Gesicht. »Meine Muttersprache ist Französisch, und zwar kann ich gut Deutsch, aber der Mund will alles französisch aussprechen«, sagte die Frau.

Denia trat zu ihrer Mutter und hielt sich an deren Schulter fest. »Ich kann auch Französisch«, sagte sie mit stolz erhobenem Gesicht. Julia drehte sich verwundert nach ihr um. »So? Ich höre!«

Denia warf sich in die Brust und trällerte los: »Franzosen mit den roten Hosen, mit den gelben Finken, pfui! die stinken.«

Julia verdrehte die Augen, die Frau lachte.

»Sehen Sie«, sagte Julia, »man gibt sich Mühe, sie zu toleranten Menschen heranzuziehen, aber die fallen einen mit rassistischen Sprüchen in den Rücken. Ich kann mir nicht erklären, woher sie den Reim hat.«

»Den hast du uns beigebracht, auf der Autofahrt nach Frankreich, als Denia das Auto vollgekotzt hat.« Lea setzte sich zwischen Julias Beine und hielt sie an den Knien fest.

»Sehen Sie, was ich meine? Die Kinder sagen leider auch noch die Wahrheit, und nun ist es endgültig vorbei mit meiner Mutterehre.«

»Ach, so schlimm ist es nicht, zumal ich nicht Französin bin, sondern eine Romande.«

»Oh, eine Landsfrau! Sind Sie noch ein paar Tage in der Gegend? Ich würde Sie gern als Wiedergutmachung zu einem Drink einladen. Jetzt geht es leider nicht, denn ich muss ein Unglück abwenden.« Julia deutete in Richtung ihres Strandplatzes, wo Berthe sich eben neben dem rosa Badetuch niedergelassen hatte. »Ich hoffe, es ist nicht zu spät.« Sie stand auf.

Lea kicherte, »Mama, du siehst wie eine Simmentaler Kuh aus.«

Denia begann auch zu kichern und sprang vor ihrer Mutter auf und ab. »Genau, oder wie ein wie ein wie ein«, sie gluckste, »wie ein – Mondkalb«, sie ließ sich übermütig in den Sand fallen.

»Nein, jetzt hab ich's!«, Leas Gesicht strahlte wie ein Kessel voller Glut. »Mami sieht aus wie Schnee«, sie kicherte wieder los, »wie Schnee mit Kuhpflütter drauf.« Sie sprang wiehernd auf und raste davon, gefolgt von ihrer Schwester, die »Kuhpflütter, Kuhpflütter, Kuhpflütter« trompetete.

Julia biss sich auf die Unterlippe und schüttelte den Kopf.

»Was ist ein Guflüttère?«, fragte die Frau verständnislos.

»Der Mist, den die Kühe hinten rauslassen. Übrigens, das sind nicht meine Kinder – sie standen rein zufällig neben mir.«

»Erstaunlich nur, wie sehr sie Ihnen gleichen, *n'est-ce pas?*«

Julia wischte sich den Sand von den Beinen, hob den Kopf und zuckte mit den Schultern. »Mich erstaunt es auch immer wieder«, sie zwinkerte der Frau zu. »Ich lade Sie zu einem Drink ein, abgemacht?« Dann rannte sie hinter ihren Kindern her.

Berthe sah wie eine Südländerin aus; sie hatte dunkelbraunes langes Haar, gestikulierte jeden Italiener an die Wand, sie sprach laut, lachte noch lauter, zerbrach Geschirr und besaß viel Gefühl. Nicht unbedingt Feingefühl, vielmehr Leidenschaft und Dramatik, sie schien direkt einer Oper von Puccini entstiegen zu sein. Aber Berthe war alles andere als eine Südländerin, sämtliche Spuren ihrer Vorfahren verloren sich im Emmental. Julia fand diese Tatsache durchaus passend: Berthe war beleibt und hatte einen pikanten Charakter wie ein gut gelagerter Emmenthaler Käse, und sie konnte ätzende Fäden ziehen wie ein misslungenes Käse-Fondue. Auf dem Weg zurück zum Strandplatz sah Julia zu, wie Berthe solche klebrigen Fäden zog und den Mann auf dem rosa Badetuch zu umgarnen versuchte. Sie sprach auf ihn ein und warf dabei ihre Arme in alle Richtungen. Berthes üppiger Busen schaukelte wie ein Schiff in Seenot, derweil der Mann auf sein Badetuch starrte, als wäre dort das Penaltyschießen in einem WM-Finale zu sehen.

Seit Berthe den Unterschied zwischen Mann und Frau kannte, war sie aufs männliche Geschlecht versessen. Doch weil sie so leidenschaftlich auf der Jagd war, fand sie nie Zeit, eine längere Beziehung einzugehen. So grub sie eine Schneise durch den Männerbestand und stand am Ende doch immer mit leeren Händen da. Berthe hoffte, eines Tages ihren Seelenpartner zu finden, nur war ihr Jagdtrieb so groß, dass sie es mit jedem einigermaßen akzeptablen Mann versuchte. Nach jeder beziehungsmäßigen Bruchlandung veranstaltete sie ein Partneranziehungsritual. Sie zog eine unfreiwillige Julia auf den nächstbesten Hügel, stellte dort

Kerzen auf, beräucherte die Gegend mit Salbei oder Weihrauch und verbrannte einen Zettel, auf dem die erwünschten Eigenschaften ihres zukünftigen Partners geschrieben standen. Derweil zündete Julia die Kerzen an, die vom Wind ausgelöscht wurden. Da auf einem Hügel immer ein Lüftchen wehte, zündete sie unentwegt Kerzen an, bis sie sich den Daumen am Feuerzeug verbrannte und schlechte Laune bekam. Manchmal bekleckerte Berthe den Platz mit ihrem Menstruationsblut, was Julia widerlich fand. »Du bist eben keine Hexe«, sagte Berthe ungerührt, wenn Julia frotzelte, dass Berthe mit ihren rituellen Wachskräutermenstruationsblut-Aschehäuflein aktive Umweltzerstörung betreibe.

Vor den Ferien hatte Berthe zu Julia gesagt: »Auf der Insel werde ich die große Liebe meines Lebens finden, ich spüre es.« Ein paar Monate später sollte sie sagen: »Ich wusste, dass Julia auf der Insel die große Liebe ihres Lebens finden würde.« Erinnerungen sind eine zwiespältige Angelegenheit, in Form von Zeugenaussagen sind sie der Albtraum aller Gerichtshöfe dieser Welt.

Julia schickte ihre Töchter zu Berthe mit der Botschaft, dass sie zurückgehen wolle. Berthe ließ ausrichten, dass sie nur schon vorgehen könne. Julia schickte ihre Töchter ein zweites Mal und ließ ausrichten, dass sie doch zusammen einkaufen gehen wollten. Sie sah zu, wie Berthe die Mädchen anschnauzte. Mit Denia im Schlepptau kam Lea zurück. »Wir sollen dir sagen, dass sie aus uns Bratwürste machen tut, wenn du uns noch einmal zu ihr schickst. Berthe ist eine blöde Kuh.«

In der nächsten halben Stunde versuchte Berthe Platz auf dem rosa Badetuch zu erobern, mit mäßigem Erfolg. Der Mann tat so, als schaue er einem Schiff beim Vorbeifahren zu, nur lag der Horizont wie leer gefegt im Nachmittagsblau. Die Rettung erschien in Form einer Frau mit hochhackigen Schuhen. Die Dame sank bei jedem Schritt tief in den Sand ein, was ihr eine würdelose Rücklage bescherte, und steuerte dennoch zielstrebig auf den Mann zu, vor allem nachdem sie Berthe gesichtet hatte. Der Mann sprang auf und umarmte sie so leidenschaftlich wie wahrscheinlich seit Jahren nicht mehr. Berthe blieb sitzen. Die Frau fixierte Berthe mit Blicken, die in Ameisensäure getunkt waren, was Berthe völlig kalt ließ. Sie hatte in den Chemiestunden gepennt und wusste nicht, wie gefährlich Ameisensäure war. Als Berthe das Wort erneut an den Mann richtete, baute sich die Frau vor ihr auf und schoss eine Fluchsalve auf sie ab. Da endlich hatte das Emmental begriffen, dass es Zeit war, Leine zu ziehen. Berthe stand ächzend vom Boden auf und kehrte fluchend zu Julia zurück.

»Die Gören haben mir alles vermasselt! Ich war auf dem besten Weg, bei dem Typ zu landen«, fauchte sie.

»Du hast innerhalb einer halben Stunde ein Viertel deines Hintern aufs Tuch gebracht, das nenne ich nicht eben eine erfolgreiche Landung.«

»Der hätte was mit mir angefangen, wetten!«

»Und seine Frau, Berthe?«

»Pffh.«

Wenn Berthe ahnte, dass sie Unrecht haben könnte, stieß sie ihr eigentümliches »Pffh« aus, das sich anhörte, als wäre eine mächtige alte Dampflokomotive zum Stillstand gekommen. Ein größeres Eingeständnis eines Fehlers bekam man von Berthe nicht.

Sie packten ihr Badezeug zusammen, erledigten ihre Einkäufe und kraxelten das Dorf hinauf, vorbei an Kabeln und Drähten, die sorglos an den Mauern herunterhingen, unter Platanen durch, an blühenden Büschen entlang und vorüber an alten Inselfrauen, die nebeneinander auf einem Mäuerchen saßen und durcheinanderplapperten, während oben auf Telefondrähten Vögel balancierten und in den Abendhimmel zwitscherten.

»Maaamaaaa, Achtung, ich komme. Ich bin Batman!«

Lea hatte sich das Badetuch wie ein Cape über den Rücken geworfen und kam auf Julia zugeflattert. »Ich kann fliiieegeen, ich bin Superman!«

Julia stellte die Taschen auf den Boden und fing ihre Tochter lachend auf. »Bist du nun Batman oder Superman?«

Lea drehte sich um die eigene Achse und hielt die Arme in die Luft, so dass das Tuch im Wind flatterte. »Wenn ich fliegen will, bin ich Superman, wenn ich die Wände hinaufklettern will, bin ich Batman.«

»Und warum bist du nicht Superwoman und Batwoman? Oder wenigstens Catwoman?«

Lea rümpfte die Nase. »Was soll denn das sein?«

»Die weiblichen Versionen.«

»Davon habe ich noch nie gehört. Frauen können das nicht.« Sie drehte sich weiter im Kreis.

»Du bist doch auch eine Frau.«

»Nein, solange ich noch keine Brüste habe, nicht. Noch kann ich machen, was ich will, darum dürfen meine Brüste nicht wachsen. Kannst du nicht etwas dagegen tun?«

So viel zum Erfolg emanzipatorischer Erziehung. Julia spürte die Galle hochkommen. Am Vortag, als sie in Zürich ins Flugzeug gestiegen waren, hatte Denia einen Blick ins Cockpit erhascht und zu schreien begonnen. »Mami, da ist eine Frau vor den Knöpfen, wir werden abstürzen!«

Sie hatte Denia gepackt und ihr erklärt, dass Pilotinnen ebenso gut fliegen können wie Piloten. Doch Denia weinte nur noch lauter und klammerte sich während des ganzen Fluges ängstlich an Berthe.

Julia zog an Leas Cape: »Warum spielst du nicht Pipi Langstrumpf oder die rote Zora?!«

»Batman ist cooler.« Leandra riss das Tuch vom Kopf und schrie: »Jaaa, ich bin Batman und Tarzan, huäää!!« Dann raste sie das Sträßchen hinauf, wobei sie von Zeit zu Zeit einen tarzanartigen Schrei ausstieß.

Julia schüttelte den Kopf. Sie sah vor ihrem inneren Auge die Zukunft ihrer Töchter: Wie sie in der Pubertät außer Schminkzeug, Kleider und Jungen das blanke Nichts im Kopf haben würden. Wie Lea sich ein Kind anhängen lassen würde. Wie sie sich weigern würde abzutreiben und von der

Sozialhilfe würde leben müssen. Wie Denia an einen Macker geriete, ihn heiratete und ein Leben zwischen Bügeleisen und verschmierten Kindermündern verbrächte.

Während Julia weiterging, schwor sie sich, in einem solchen Fall ihre Großmutterpflichten zu ignorieren.

Der Abend legte sich über das Land. Das war nichts Neues. Ungewohnt war nur, wie schnell er es tat! Die Mädchen diskutierten über diesen rasanten Wechsel vom Tag zur Nacht. »Die Sonne fällt hier halt schneller runter«, behauptete Denia. Leandra schüttelte wichtig den Kopf: »Nein, das liegt daran, dass zu Hause die Erde eine Eiform hat und hier ist sie eine Kugel.« Denia blinzelte mit den Augen und wusste nicht recht, was sie davon halten sollte: »Nein, nein, das Himmelsgelenk ist hier besser geölt!« Da war es an Leandra, den Kopf zu schütteln und zu sagen, dass das eine sehr doofe »Therorie« sei, aber es kam ihr auch keine Bessere in den Sinn.

Julia und Berthe saßen am Tisch, vor sich ein Glas Wein. Sie besprachen die Ereignisse des Tages, die geglückte Alimenteregelung und den neusten Klatsch aus ihrem Bekanntenkreis. Nachdem sie die Mädchen ins Bett befördert hatten, blieben sie noch lange auf. Julia glitt in einen trägen Zustand, sie war glücklich und sinnierte darüber, wie wenig es zum Glück doch brauchte. Als sie genauer überlegte, war sie sich dessen nicht mehr so sicher: Zum Beispiel brauchte sie dazu eine gute Freundin, ein Glas Wein, zwei schlafende Kinder (sehr wichtig!), geregelte Alimentezahlungen, ein Flugticket, eine Kreditkarte, das nötige Kleingeld, Badetücher, Zahnbürste, Tampons, Nagelschere, Wanderschuhe, Sonnenbrille …

Berthe schubste sie: »Julia, was hirnst du?«

Julia lächelte: »Ich suche die Zutaten für das einfache Glück. Tampons zum Beispiel. Die sind für das Glück von uns Frauen einmal im Monat existenziell – für das der Kinder und Männer wohl kaum. Die brauchen auch kein WC für ihr Glück. Die Kleinen können in die Windeln oder ins Planschbecken pinkeln, und die Männer tun's sowieso überall hin. Oder nimm mal die Nagelschere: Was würdest du ohne sie auf einer einsamen Insel tun? Die Nägel an einem Stein abschmirgeln? Ich stelle mir das ungemütlich vor.«

Berthe schüttelte den Kopf: »Für das Glück brauch ich nichts als einen Mann. Alles andere ergibt sich von selbst.«

»Stell dir mal vor, du bist mit einem Mann auf einer einsamen Insel, aber ihr habt weder Seife noch Waschmittel!«

»Wir würden uns mit Sand waschen, und Kleider müssten wir bei der Hitze sowieso nicht tragen. Das wäre Ekstase pur.«

»Die Insel hat aber keinen Sandstrand. Nur Kiesel.«

»Jede Insel hat Sandstrände!«

»Diese nicht. Ihr müsstet euch mit Kieseln waschen, das stelle ich mir nicht ekstatisch vor.«

»Ich würde nie auf eine Insel ohne Sandstrand gehen.«

»Wenn du auf einer Kreuzfahrt bist, und das Schiff geht unter, hast du keine Wahl: Du und dein Liebhaber müsst zu dieser kiesigen Insel schwimmen. Pech gehabt. Also frage ich dich: Was würdest du auf der Insel ohne Seife und Waschmittel machen? Dein Mann würde geruchsmäßig zu einem Ziegenbock verkommen und du zu einem ranzigen Fisch. Viel Vergnügen bei der Ekstase! Ich behaupte, es braucht zum Glück mehr als einen Mann.«

Berthe verdrehte die Augen. »Was denn? Eine Frau?«

»Ach was! Zum Glücklichsein braucht es Seife, Pinzette, Sonnencreme, ein Glas Wein, ein geregeltes Einkommen und und und.«

»Ich verstehe nicht, was du sagen willst.« Berthe griff genervt nach ihren dünnen Zigarillos.

»Dass es das einfache Glück nicht gibt! Glück ist immer das Zusammenwirken von unzähligen nützlichen und angenehmen Einzelteilen. Nimmt man nur eines davon weg, stürzt meist das ganze Kartenhaus in sich zusammen. Stell dir vor, der westlichen Zivilisation würden die Handys entzogen! Oder der Kontaktlinsenreiniger. Oder die Papiertaschentücher. Oder oder oder!»

»Ja, ja, ich habe verstanden. Du willst sagen, dass man ohne Kehrrichtverbrennungsanlage nicht glücklich sein kann, wohl aber ohne Mann.«

Julia streckte sich und lächelte. »Das hast du gesagt. Ich sage nur, dass mich als Frau ein WC manchmal mehr beglückt als der tollste Mann. Das merkst du spätestens dann, wenn unterwegs deine Blase fast platzt ...«

Berthe stöhnte auf. »Meine Güte, du bist wieder mal so romantisch wie eine Straßenunterführung.«

»Nun, Straßenunterführungen können –«

»Julia, bitte!« Berthe legte ihre Hand auf Julias Schulter und fixierte sie, als wollte sie einen Hexenbann über sie verhängen. »Verschon mich mit einer Abhandlung über das Romantikpotenzial verpisster Durchgänge.«

»Ist gut, ist gut. Nur komm mir nicht jammern, wenn du dein Glück nicht findest.« Dann schaute sie hinauf zum hundertneuntausendsiebenhundertsiebstigsten Stern von rinks, der besonders munter funkelte.

# 4. Kapitel ______________ Satine

*Letztes Jahr,*
*als mein Pferd mich abgeworfen,*
*brach ich mir weder Arm noch Bein.*

*Dieses Jahr,*
*da meine Geliebte mich fortgestoßen,*
*brach meines Herzens Knochen.*
*Anonym*

Das letzte Haiweibchen, das in meinem Schwimmbecken seine Runden gedreht hatte, hieß Joëlle. Sie spielte im Film *Der weiße Hai* den weißen Hai, aber das merkte ich erst viel später. Zu spät, um genau zu sein.

Joëlle und ich waren drei Jahre zusammen. Wir haben uns geliebt, das jedenfalls bildete ich mir ein. Sie war eines Tages in der Frauenszene in Lausanne aufgetaucht, eine Hetera, die sich neuerdings für Frauen interessierte. Über die Wandlung ihrer sexuellen Präferenzen sollte sie später sagen: »Ich habe den Lesben-Mafia-Streifen *Bound* im Kino gesehen – Gott, war das scharf! Nach dem Kino war ich nass, geregnet hat es aber nicht! Also wollte ich es wissen.« Mir gestand sie irgendwann, dass sie beim Sex mit Männern immer auch Phantasien mit Frauen gehabt hätte und diese Phantasien endlich austesten wollte.

Joëlle war schön – jedenfalls in meinen Augen –, sie hatte blonde Haare, einen verwegenen Blick, eine liebenswert nachlässige Weise sich zu bewegen und eine herausfordernde Art. Wir trafen uns das erste Mal auf einer Frauenveranstaltung, wo wir nebeneinander am Buffet standen, jede mit einem leeren Teller in der Hand. Sie sagte zu mir:

»Ich habe noch nie solch dunkle Augen gesehen wie die deinen.«

Ich entgegnete: »Und ich habe noch nie solch spitze Schuhe gesehen, jedenfalls nicht an einer solchen Veranstaltung.«

Sie grinste: »Ich wette, die Feministinnen finden solche Flitzer frauenfeindlich. Dabei kann man damit einiges an Männerbeinen ausrichten!« Sie spickte den Fuß frech in die Luft. Da wusste ich, dass sie mir gefiel. Wir aßen uns durchs Buffet, und anstatt den Vorträgen zuzuhören, gingen wir an den See. Mir war es, als hätten die Götter extra für uns die passende Kulisse hingestellt: Der Mond war dreiviertel voll, die Luft lau und Wellen gluckten zwischen Steinen. Wir spazierten auf der Seepromenade und sprachen über – Sie glauben es nicht! – Politik. Daran war ich schuld: Wenn mich eine Frau nervös macht, beginne ich unwillkürlich zu politisieren. Andere stammeln in solchen Momenten vielleicht, bekommen schweißnasse Hände oder ihnen fällt das sauteure Kristallglas, das sie von Großmutter geerbt haben, zu Boden. Ich jedoch schwafle über Initiativen, Abstimmungsergebnisse, Bundesräte und die Umverteilung der Güter. Ich habe mir damit schon einige Chancen vertan – wenn Frauen ihre Lippen befeuchten, sie zu einer Blüte schürzen und damit näher kommen, sollte man die Erkenntnisse über das Rentenalter schleunigst fallen lassen und die Rose küssen. Die Ironie am Ganzen ist, dass mich Politik wenig interessiert. Nur wenn eine Frau ins Spiel kommt, kann ich mit links eine neue Verfassung herbeireden.

Joëlle ließ sich durch meine Phrasendrescherei nicht aus der Ruhe bringen. Wir saßen auf einem großen Steinquader und ließen die Beine baumeln, ich war gerade dabei, über Sinn und Unsinn der Quotenregelung zu referieren, als Joëlle mir tief in die Augen schaute. Sie flüsterte: »Gibt es auch Quotenregelungen für Lesben?« Sie schaute mir noch tiefer in die Augen und raunte: »Zeig mir, wie sich die heißen Szenen aus *Bound* anfühlen.«

Ich schluckte leer.

Dann war es leicht, ihr Gesicht in die Hände zu nehmen und zu sagen: »Vergiss *Bound* ..., willkommen im Lesbenparadies.« Na ja, manchmal nehme ich den Mund etwas voll. Ich beugte mich zu ihr und küsste ihre lächelnden Lippen. Sie hörte bald auf zu lächeln und stürzte sich hingebungsvoll in ihren ersten Kuss mit einer Frau. Ich muss gestehen, es lohnte sich fortzufahren, auch wenn die Frau nicht von diesem meinem anderen Ufer stammte, sondern von drüben hergespült worden war. Wir wälzten uns leidenschaftlich auf dem unbequemen Steinblock herum, der mir wie ein Himmelbett vorkam. Solche Augenblicke muss man würdigen und ausschöpfen bis zur letzten Sekunde, denn nach ein paar Jahren Beziehungsleben verdirbt schon ein einzelner Brosamen im Bett die Lust. Mein Cousin Olivier pflegt zu sagen: »Die sexuelle Leidenschaft ist ein Fakir, der früher oder später zu einer Prinzessin auf der Erbse mutiert. Meist eher früher als später.«

Ach, ich verliebte mich Hals über Kopf, ich klebte die Alarmlämpchen mit schwarzem Haftband ab und überhörte die Sirenen, die mich vor einem todbringenden heterosexuellen Wesen in meinem Schwimmbecken warnten. Ich würde Joëlle zu einer Lesbe machen, versicherte ich mir. Und gleich noch die Eigernordwand in Sandalen besteigen. Ich stopfte Ohropax in die Ohren, legte Scheuklappen an und stürzte mich in die Liebe zu Joëlle. *To fall in love.* In die Liebe abstürzen wie von einer steilen Felswand. Manchmal braucht es drei Jahre, bis man unten ankommt und sich alle Knochen bricht.

Wir galten in der Szene als Traumpaar: unkonventionell, witzig, mit wilden Ideen und magnetischer Anziehungskraft. Joëlle war die ewige Studentin, die ihren Lebensunterhalt als Filmkritikerin und Lokalreporterin verdiente. Dass ich Fotografin war, fand sie wahnsinnig cool. Wir stürzten uns vorbehaltlos in unser gemeinsames Leben, wir zogen in eine Altstadtwohnung, die offen war für alle, die vorbeischauen wollten. Ich war glücklich, ich war verliebt in Joëlle und in uns als Paar. Mir kam es vor, als wäre ich am Ende der Suche angelangt, ohne vorher überhaupt gewusst zu haben, dass ich etwas gesucht hatte. Ich ließ mich in der Beziehung nieder und richtete mich gemütlich darin ein. Heute weiß ich: Ein Mensch ist keine Wohnung. Schon eher Treibsand oder eben ein Hai im Schwimmbecken.

Das erfuhr ich an jenem Morgen, als ich von einer Auftragsarbeit aus Frankreich zurückkam. Um Joëlle zu überraschen, hatte ich ihr verschwiegen, dass ich früher heimkommen würde. Ich traf noch vor Sonnenaufgang ein. Leise wollte ich zu ihr ins Bett steigen und den Schlaf von ihrem Körper küssen. Rasch entkleidete ich mich im Bad, huschte ins nachtfinstere Schlafzimmer und schlüpfte unter die Decke. Noch während ich hineinglitt, nahm ich einen seltsamen Geruch wahr: Es roch nach Joëlle, aber auch säuerlich, nach Schweiß. Der Geruch irritierte mich, doch meine Freude, Joëlle wiederzusehen wischte die Irritation weg. Ich streckte die Arme aus, um die Geliebte zu umfangen. Nur ertasteten meine Hände nicht Hügel, sondern Busch, sehr viel Busch. Ich schrie auf, zwei andere schrien ebenfalls auf, und drei Nackte sprangen mit verstörtem Gesicht aus dem Bett.

Zweifelsohne war ich ungelegen gekommen.

Joëlle und ihr Liebhaber stürzten mit roten Köpfen zu ihren Kleidern und zogen sich hastig an, als könnten sie damit irgendetwas ungeschehen machen. Ich blieb, wo ich war und schrie, dabei wippten meine Brüste auf und ab. Ich schrie: »Wenn du jetzt sagst, dass es nicht so ist, wie ich meine, und dass du alles erklären kannst, bringe ich dich um!«

Joëlle sah betreten zu Boden. »Ich wollte das gar nicht sagen. Es tut mir Leid. Es ist genau so, wie du denkst.«

Ich schäumte. »Woher willst du wissen, was ich denke? Vielleicht denke ich, dass dieser Typ ein schwuler Freund ist, der hier übernachtet! Vielleicht denke ich, dass dieser Gorilla ein verschollener Bruder von dir ist!«

Joëlle schluckte. »Antoine ist kein Gori–«

»Ach so, Antoine heißt diese Schwuchtel, dieser Pavian?!

Ja, warum nicht? Alles braucht einen Namen. Und der Nachname? Antoine Arschloch! Antoine Fickeinelesbe? Antoine Scheißkerl?«

Falls jemand im Haus noch nicht wach geworden war, so wurde er es spätestens jetzt durch diesen Denver-Lindenstraßen-Verschnitt, in dem ich lauthals die Hauptrolle spielte. Ich schrie und warf Gegenstände herum. Joëlles Liebhaber, dieser Antoine Schwanzlappen, starrte zerknirscht zu Boden, seine stämmigen Beine zitterten; dann schaute er unschlüssig auf und verkrümelte sich auf ein Zeichen von Joëlle. Ich verfehlte ihn mit dem Stuhl nur um ein paar Zentimeter. Ich weinte, jammerte, fluchte und schrie, doch das konnte an der Tatsache nichts ändern, dass es Joëlle mit diesem Liebhaber in *unserem* Bett getrieben hatte und – was weit schlimmer war – dass sie in ihn verliebt war.

Ich zog am gleichen Tag aus unserer Wohnung aus und bei meiner Tante Joséphine ein. Tante José hatte das Weingut meiner Großeltern übernommen und machte den besten Wein der Gegend. Wenn ich Wutanfälle wegen Joëlle kriegte, schickte sie mich in den Weinkeller und ließ mich dort zwischen den Fässern, bis ich mich ausgetobt hatte. Es war ein Wunder, dass ihr Inhalt nicht zu Essig wurde! Wenn ich Heulkrämpfe hatte, holte sie eine Flasche Wein und füllte mich ab. Tante Joséphine ist von der Heilkraft des Alkohols im Allgemeinen und der des Weines im Speziellen überzeugt; das Hochprozentige ersetzt ihr Apotheke, Therapeut und Trinkwasser. Dank meiner Tante lernte ich früh Leitungswasser zu schätzen, denn sie tischte mir bestenfalls vergorenen Johannisbeersirup auf, meist aber verdünnten Rotwein mit Zucker. Augenzwinkernd schob sie mir das Glas zu und sagte: »Da, trink, es wird dir gut tun. Schau, das ist von unseren Trauben, das ist gesund, es kommt von der Natur.« Ich nippte mit gespitzten Lippen und sagte: »Ach Tantchen, ich habe keinen Durst, aber ich sollte mal aufs Klo.« Dort trank ich dann Wasser. Ich habe literweise Leitungswasser auf der Toilette meiner Tante getrunken und so manches Glas verdünnten Zuckerwein das WC hinuntergespült.

Trotzdem ging ich gern zu Tante José. Bei ihr durfte ich auf Bäume klettern, in Pfützen springen und den Korridor mit meinen Spielzeugen überstellen. Wenn sie mein Durcheinander im Korridor erblickte, nickte sie ermunternd: »Genau, Satinchen, Kunst entsteht aus kreativem Chaos« und stieg vorsichtig über die Spielzeuge. Wenn ich beim Zeichnen über das Blatt hinaus auf den Boden oder die Tischplatte malte, meinte sie: »Och Kindchen, du hast eine große Begabung, aus dir wird eine Künstlerin.« Meine Tante war nicht das, was man eine geborene Hausfrau hätte nennen können – sie arbeitete lieber in den Rebbergen und im Keller, als dass sie einen Staubsauer in die Hand nahm. So sehr sie sich über meine Besuche freute, so sehr ärgerte sie sich über die anfallenden Arbeiten wie Kinderkleider waschen, Triefnase putzen und Bett beziehen. Also steckte sie mich in einen abwaschbaren Overall, den ihre Freundin Joséline aus gewachstem Tischtuch genäht hatte. Joséline hatte eine Vorliebe für Blumenmuster, dank derer ich aussah wie ein Blumenstrauß, der durch Weinstöcke rennt. Wenn ich ins Haus kam, stellte mich meine Tante in die Badewanne und spritzte mich von oben bis unten ab. Im Winter mochte ich den Anzug besonders – ich konnte dank seiner glatten Oberfläche mit halsbrecherischem Tempo die Schneehänge hinuntersausen, worum mich die Nachbarskinder beneideten.

Die gute Joséline! Was wären die Ferien bei Tante Joséphine gewesen ohne Joséline! Die beiden wohnten schon lange zusammen. Im Dorf sagte man: »Ja, ja, die zwei Josés! Haben nie einen Mann gefunden. Unsere zwei verschrobenen Jungfern haben einen kleinen Vogel, aber sonst sind sie in Ordnung.«

Meine Tante war eine kleine, drahtige Person mit O-Beinen und knochigen Händen. Joséline hingegen hatte schöne Kurven, sie war weich, üppig und kuschelig, mit weißen, feinen Händen und langem, gewelltem Haar. Sie war fast einen Kopf größer als meine Tante.

Beide Frauen hatten ihr eigenes Schlafzimmer. Auf Tantes Bett lagen zusammengelegte Wäschestapel und eine Menge Bücher, und auf den Büchern lag Staub. Ich fand es erstaunlich, wie Joséphine in diesem Bett schlafen konnte, ohne etwas darauf zu verschieben! Wenn sich ein Gewitter über Tantes Haus entlud und ich in Josélines Schlafzimmer rannte, lag da immer auch schon Joséphine. Ich schloss aus dieser Tatsache, dass meine Tante ängstlicher war als ich! Darauf bildete ich mir etwas ein. Ich kuschelte mich zwischen die beiden, sie erzählten mir eine lustige Geschichte, oder ich lehrte sie die neusten Lieder und Reime aus der Schule. Da, zwischen den zwei Frauen, war ein Himmel.

Joëlles Verhältnis mit Antoine Blödmann war schon ein Jahr im Gange gewesen, und ich hatte nichts bemerkt. Wenn man betrogen wird, fragt man sich, warum einem nichts aufgefallen ist. Habe ich mir etwas vorgemacht, hätte ich es wissen müssen? Habe ich als Partnerin versagt? Ich verglich mich mit Blödmann, aber man darf sich als Lesbe nie mit einem Mann vergleichen, der Mann wird immer eine Schwanzlänge voraus sein. Wenn eine Frau auf Männer steht, kann man als Lesbe nichts dagegen tun, umgekehrt ja auch nicht. Und trotzdem verglich ich mich mit Antoine Pavian. Ich hatte keine Haare auf der Brust, aber immerhin eine Brust. Darauf könnte ich mir eine Brusthaarimitation kleben, eine Idee, die mir kam, nachdem mich meine Tante wieder einmal mit Wein abgefüllt hatte. Ich torkelte zu Josélines Badezimmer und pappte mir die Perücke, die sie als Mitglied einer Liebhaberbühne besaß, mit einem Rest der Protesenhaftcreme meines verstorbenen Großvaters auf die Brust. Zum Glück warf Tante Joséphine nichts weg. Nun hingen mir zwei Zöpfe vom Busen, was auch nicht besonders männlich aussah. Ich schlief mit der Perücke den Rausch aus, am nächsten Morgen zog mich meine Tante an den Zöpfen aus dem Bett und schleifte mich zur Dusche, wo sie mich mit kaltem Wasser auf den Boden der Tatsachen zurück stellte. Ich hätte nie gedacht, dass Protesenhaftcreme auf der Haut so gut hält!

Ich begann Kriminalkommissarin zu spielen und schnüffelte in meinem Leben herum, als wäre damit etwas rückgängig zu machen. Mir fielen im Nachhinein tausend Kleinigkeiten auf, die mich hätten nachdenklich stimmen sollen: Dass Joëlle mich ermutigte, Aufträge im Ausland anzunehmen. Dass sie plötzlich versessen darauf war, den Briefkasten zu leeren. Dass sie mir nur vage erklärte, was sie während meiner Abwesenheit gemacht hatte. Dass sie manchmal bis tief in die Nacht hinein in der Redaktion arbeitete. Ha! Arbeitete! Wahrscheinlich hatte sie ihrem Antoine Dummhans auf einem Mondscheinspaziergang am See zugeseufzt: »Zeig mir, wie sich die heißen Szenen aus *Basic Instinct* im richtigen Leben anfühlen.« Und wahrscheinlich hat Antoine Doofkopf geantwortet: »Vergiss *Basic Instinct* ... willkommen im Reich von Adam und Eva.«

Man macht viel Unsinn, wenn man das Ende einer Beziehung nicht akzeptieren will. Dabei ist es so einfach: Es ist vorbei. Nicht mehr und nicht weniger. Es tut weh, natürlich, man ist wütend, verletzt, doch das sind alles nur Ablenkungsmanöver, klägliche Versuche, um von der Tatsache abzulenken, dass etwas zu Ende gegangen ist.

Nach ein paar Monaten wurden meine Besuche im Weinkeller seltener, allmählich ging es wieder aufwärts mit mir. Bis dann ein Jahr nach diesem schrecklichen Morgen die Heiratsannonce ins Haus flatterte. Joëlle heiratete Antoine Pelzmatte. Sie erklärte sich bereit, ein Leben lang diese behaarte Brust zu kraulen. Sie gab mir die endgültige Abfuhr.

Einmal mehr bin ich Leidtragende meines komplett falschen Geschmacks geworden. Zeig mir eine hellhaarige, feminine Hetera, und ich zeige dir, wie ich zum Hund vor der Metzgerei mutiere! Eine heterosexuelle Frau ist für eine Lesbe immer die falsche Frau. Dummerweise hatten einige dieser falschen Frauen meine Liebe erwidert und sich auf eine leidenschaftliche Geschichte mit mir eingelassen. Erst war ich besinnungslos vor Glück, aber früher oder später kam immer der Punkt, da die Heteras der Safari durchs Lesbenland überdrüssig wurden und ich die dumme Giraffe war, die zurückblieb, mit heftig schmerzendem Hals.

Ach, wie oft habe ich mir vorgenommen, Heteras abhold zu sein. Nur, wie stelle ich das in einer Welt an, in der neunzig Prozent der Frauen heterosexuell sind, jedenfalls zu neunzig Prozent? Niemand erwartet von einem Kettenraucher, dass er sich das Rauchen abgewöhnt, während er in einem Tabakgeschäft arbeitet. Ich stecke in einem Laden voller verführerischer Frauen, einem Laden, der die ganze Welt umspannt, und ich soll so tun, als würde ich das nicht merken? Ich habe mich oft gefragt, warum ich blonden Heteras verfalle, aber nie eine Antwort gefunden. Ich bin eben eine dumme Giraffe. Die nichts aus ihren Desastern mit den Joëlles dieser Welt lernt.

Und nun war eine weitere Joëlle über meine Beine gefallen! Sie lag mit ihrer weißen Haut im schwarzen Sand und lachte. Das helle Haar hing ihr wirr ins Gesicht, ich war wie gelähmt. Sie entschuldigte sich und befahl ihrer Tochter, sich ebenfalls zu entschuldigen, und bot mir einen Drink an, den ich später einlösen durfte. Die Mädchen machten sich lustig über den schwarzen Sand auf der weißen Haut ihrer Mutter, und ich hätte diesen Sand gern von ihrem Körper gestrichen. Ehe ich mich versah, rannten sie über den Strand um die Wette davon. Ich starrte ihnen nach, ich hörte das Meer rauschen und mein Herz laut dazu schlagen, in einem gefährlich schnellen Rhythmus. So als hätte sich ein Vogel in einem Rebennetz von Tante Josephine verfangen und würde nun angstvoll flattern.

Es war höchste Zeit, diesen Strand zu verlassen, auf der Insel gab es noch andere Strände und Dörfer. Manchmal steht man am Fenster, schaut in den Garten hinab und denkt: ›Es ist höchste Zeit, den Rasen zu mähen.‹ Aber das

Gras ist schon so hoch, dass Kornblumen, Mohnblumen und wilde Malven darin blühen, und es ist mehr als höchste Zeit, es ist zu spät – Sensezeit. Als diese neue Verliebtheit an meinem Herz anklopfte, dachte ich: ›Höchste Zeit, meine blühende Phantasie zu stutzen.‹

Aber zwischen den Malvenblüten lächelte mir das Gesicht der Frau entgegen und ihre Töchter kicherten mit Korn- und Mohnblumengesichtern.

# 5. Kapitel ________________ Julia

*Grüßend kam ich, dir zu zeigen,*
*dass die Sonne schon erschien*
*und dass zitternd in den Zweigen*
*ihre ersten Strahlen glühn.*
*Afanassi Fet*

Der Morgen breitete seine blassblauen Arme aus, das Meer schlief noch, mit jedem sanften Schnarchen rollte eine einzelne Welle an den Strand. Die Sonne hockte hinter dem Felsen und blies kleine Wölkchen in den Himmel. Julia bereitete auf der Terrasse den Frühstückstisch vor, während sich Berthe für den Sonnengruß streckte und reckte. Sie hatte die Übung vor zwei Monaten im Yogaunterricht gelernt und praktizierte sie nun jeden Morgen. Berthe behauptete, dass der Sonnengruß die ultimative Verjüngungskur sei, Julia fragte sich, wie lange es dauern würde, bis Berthe den Sonnengruß durch die fünf Tibeter, den Kopfstand, das Rebirthing-Atmen oder sonst etwas in dieser Art ersetzt hätte. Berthe wechselte im Schnitt alle vier Monate den einzig richtigen Weg zur Erleuchtung.

Julia verteilte die Tassen auf dem Tisch und schielte gelegentlich zu Berthe. »Ich frage mich, warum diese Übung Sonnengruß heißt. Mit deinem Ächzen vertreibst du die Sonne doch nur«, sagte sie schließlich. »Sie müsste schon längst dort über den Felsen aufgegangen sein. Bestimmt hat sie wegen deinem Stöhnen kehrt gemacht. Na, vielleicht geht sie dann heute Abend im Westen auf. Das wäre mal was Neues.«

Berthe legte ungerührt die Handflächen aneinander, hob die Hände über den Kopf und beugte sich nach hinten. Es knackte in ihrem Rücken. Sie neigte sich nach vorne und führte die Hände zu den Füßen, zehn Zentimeter über dem Boden streikten die Muskeln.

Leandra schob ihren verstrubbelten Kopf durch die Tür. Mit verschlafenem Gesicht schaute sie zu, wie Berthe in die Knie ging, sich mit beiden Armen aufstützte und das linke Bein nach hinten streckte. Sie schlenderte über die Terrasse und blieb neben dem Bein stehen. »Machst du wieder Vuuduu, Berthe?«, fragte sie gähnend.

Berthe warf Lea jenen ameisensäuregetränkten Blick zu, den sie am Vortag von der eifersüchtigen Frau am Strand gelernt hatte, und sagte: »Das ist ein Sonnengruß, Dummerchen!«

Lea schlüpfte in Berthes große Sandalen und schlurfte darin herum. »Sieht das konzipliert aus! Warte doch einfach, bis sie hervorkommt und sage ihr dann: Grüß dich, Sonne, bist du auch schon aufgestanden?«

Berthe stand schwer atmend auf, ihr Kopf war rot angelaufen. Sie stellte sich wieder gerade hin, legte ruhig die Handflächen auf der Höhe ihres Herzens aneinander, dann atmete sie langsam aus und sagte: »Herrgottsakrament!«

Lea warf eine Sandale in die Luft: »Man darf nicht fluchen.«

»Herrgottsakramentenscheiße, Gottverdammmich, verflixt noch mal! Lass mich in Ruhe meine Übungen machen, ja?!«

Julia stellte das Brot und die Konfitüre auf den Tisch. »Ach, Berthe, du weißt doch: Was sich liebt, das neckt sich.«

Schnaubend legte Berthe die Matte zusammen. »In diesem Fall hört auf, mich zu lieben. Gott, ihr vermasselt mir noch meine Erleuchtung.« Sie packte die Matte unter den Arm und rauschte davon.

Lea schaute unbeeindruckt hinterher: »Die immer mit ihrer Beleuchtung. Es ist hell, da braucht man doch keine Beleuchtung!«

»Mädelchen, sei nett zu Berthe.«

»Ich habe ihr nur gesagt, dass sie die Sonne auch ohne diese Verrenkung begrüßen kann!«

»Ich weiß, aber wir sollten Berthe auf ihrem Weg zur Erleuchtung unterstützen.«

»Scheißerleuchtung, Vuuduu ist besser.«

»Leandra!«

»Ist doch wahr.«

»Sei jetzt lieb und hol die Ovomaltine.«

Widerwillig ging Lea in die Küche und erschien mit der Ovo-Büchse in der Hand, die sie trotzig aufs Brot stellte. Die Ovomaltine war für Denia bestimmt, die morgens nur Ovo trank. Gab es keine, schrie sie sich heiser. »Wo steckt eigentlich deine Schwester?«, fragte Julia.

»Ja wo wohl? Die liegt im Bett und pennt!«

Julia schüttelte den Kopf, Denia lag schräg auf dem Bett und hielt das Kopfkissen umarmt, ihre hellen Locken lagen auf dem Leinen verteilt. Julia küsste sie sanft. »Schneeflocke, wach auf, es gibt Ovomaltine.«

Denia grummelte und vergrub ihr Gesicht im Kissen.

Julia küsste ihren Nacken. Denia schüttelte sich. »Ihh, das ist glibberig!«

»Ich habe heute ein Piratenschiff vorbeisegeln sehen.«

Denia drehte sich ruckartig um und saß sofort aufrecht. »Was? Ein Piratenschiff? Wo?« Sie sprang aus dem Bett und raste hinaus auf die Terrasse.

Julia folgte ihr. »Du bist zu spät. Nächstes Mal musst du früher aufstehen, Piraten sind Frühaufsteher.«

Denia schob ihren Stuhl näher an den Tisch und schaufelte Ovomaltine in ihre Tasse. »Also«, maulte sie, »du hättest mich wecken sollen. Du bist so gemein. Die hätten mich bestimmt mitgenommen!« Sie goss sich Milch in die Tasse und ging damit die Treppe hinunter. Später erschien sie wieder, mit Ovoschnauz und einer Katze, die sie unter den Arm gequetscht hielt. Sie verkündete strahlend, dass die Katze mit nach Hause käme. Als Julia ihr erklärte, warum das unmöglich war, begann Denia zu schreien. Die Katze fauchte und krallte sich in Denias Pyjama, worauf das Mädchen noch lauter schrie. Julia wusste auch nach sechs Jahren nicht, wie man sich zusammen mit Kindern in den Ferien erholen konnte. Urlaub mit den Mädchen brachte sie regelmäßig an den Rand eines Nervenzusammenbruchs. Sie seufzte. Die Idee, ihre Töchter auf einer Autobahnraststätte auszusetzen, kam ihr wieder einmal verlockend vor.

Nach dem Frühstück machten sie sich auf den Weg zum Strand. Sie schlenderten die Gässchen hinunter, bis Julia plötzlich ruckartig stehen blieb. Den Boden vor sich fixierend, rief sie hektisch: »Berthe, schnell! Gib mir den Fotoapparat!«

Berthe und die Mädchen schauten zu Julia, dann auf den Boden vor ihr und als sie sahen, was sie sah, stöhnten sie auf. Seufzend öffnete Berthe die Tasche und reichte Julia die Kamera. Julia holte aus ihrem Rucksack ein Meterband und legte es neben das Objekt auf den Boden. »Ich bin begeistert, schaut die Farben – und da, diese Linien!« Aufgeregt umkreiste sie die bunt gefärbte Stelle und schoss aus allen möglichen Winkeln Fotos.

»Mami, das ist doch nichts Besonderes, das haben Kinder gemacht«, nörgelte Lea und setzte sich auf den Asphalt.

»Ja, und? Sind Kinder nichts Besonderes? Jeder Künstler war einmal ein Kind und die meisten Kinder sind Künstler. Merkst du was? Wenn die meisten Kinder Künstler sind, aber nur wenige Erwachsene, dann muss doch etwas schief gelaufen sein, in den Jahren dazwischen.«

Lea verstand Bahnhof.

Denia schwenkte ihre Puppe hin und her. »Mami, aber ich bin doch kein Künstler, ich bin eine Piratin.«

Julia verschränkte die Arme über der Brust und klopfte verärgert mit dem Fuß auf den Boden. »Ich will hier ein paar Fotos schießen und ihr geht gleich auf die Barrikaden. Ein paar Fotos nur, ist das so schlimm?« Sie wandte sich kopfschüttelnd wieder der Kreidezeichnung zu. »Am besten, ihr geht schon voraus und ich komme nach, wenn ich fertig bin.« Sie wedelte mit der Hand. »Husch, husch, geht und lasst mich allein, das Genie wird meist im eigenen Land verkannt.« Dann bückte sie sich, um ein Detail der Kreidezeichnung zu fotografieren. »Interessant, diese Strukturierung hier«, murmelte sie aufgeregt.

»Mädels, ihr habt gehört, was eure Mutter gesagt hat. Kommt, wir gehen Sandburgen bauen«, Berthe packte Denia an der Hand und blickte Lea auffordernd an. Lea fixierte ihre Mutter: »Mama, ich werde dein Sandwich aufessen.« Aber Mama hörte gar nicht mehr zu, sondern schaute entzückt auf die Straßenzeichnung, dieses bunte Kreidegekritzel. Häuser waren dort hingezeichnet worden, zwei Helikopter neben einer lachenden Sonne, rosa Schiffe auf einem wilden Meer und Fische, die über die Schiffe flogen, eine Frau mit Riesenbusen schwamm im Wasser, ein Chinese stand auf dem Schiff. Das Bild war rund zweieinhalb auf drei Meter groß, es bedeckte das Sträßchen in seiner ganzen Breite, die Kreidespuren waren noch frisch. Julia nahm an, dass die Zeichnung mit Schulkreide gemacht worden war. Sie sank auf die Knie, um die Kreide näher zu untersuchen.

Julia ging in ihrem Leben vor kaum etwas in die Knie, aber vor Kinderzeichnungen tat sie es leidenschaftlich und kompromisslos. Begonnen hatte das damals beim Hüten des Nachbarjungen Timm. Sie war mit ihm meist auf einen großen wilden Spielplatz gegangen, wo er jubelnd ins nächste Kinderknäuel hineinraste und sie in Ruhe ihre erotischen Schundromane lesen konnte. Einmal zog ein über und über mit Farbe bedeckter Timm an ihrem Hosenbein. »Komm und schau!«, krähte er aufgeregt. Er führte sie zu der verlotterten Hütte am Rand des Spielplatzes, wo eine Hand voll Kinder um ein riesengroßes Papier herum standen. Julia trat hinzu und erblickte das wundersamste Gemälde, das sie je gesehen hatte: Es war bunt, chaotisch, bevölkert mit Figuren, Maschinen, Pflanzen und Geheimnissen, und es war irgendwie vollkommen. Ungläubig starrte sie auf das Werk, sie war berührt und erregt zugleich, fasziniert und sprachlos.

Und wurde noch sprachloser, als ein kleiner Junge mitten auf das Bild Pipi machte.

Von da an musste Timm jeden Mittwochnachmittag zeichnen, erst wenn er fünf Blätter abgeliefert hatte, nahm Julia ihn mit auf den Spielplatz. Julia riss ihre Poster von der Wand und tapezierte das Zimmer mit Timms und den eigenen Kinderzeichnungen. Als ihre Mutter das sah, schlug sie die Hände vor den Mund und rief: »Meine Güte, Kind, was soll das werden?«

Julia lag mit hinter dem Kopf verschränkten Händen auf dem Bett und betrachtete stolz ihre Wände. »Sieht cool aus, nicht wahr?«

»Hast du den Verstand verloren?! Das ist alles andere als kuul, in deinem Alter hängt man doch keine Kinderzeichnungen mehr auf! Ist dir nicht wohl im Kopf? Sag was, Mädchen!«

»Ich bin kein Mädchen mehr, sondern eine junge Frau.«

»Junge Frauen hängen erst recht keine Kinderzeichnungen auf.«

»Ich schon – leihst du mir übrigens ein paar von deinen Kinderzeichnungen?«

Julia zog ihr Notizbuch aus dem Rucksack und schrieb auf: Objekt 9034, gefunden am 27. Oktober 2002, auf Insel G., im Ort la G. Größe des Objekts: 2,5 x 3m. Unterlage: Asphalt, zum Teil gerissen. Materialien: Schulkreide, weiß, rot, gelb, blau, grün. Alter: höchstens ein paar Tage …

Die Leidenschaft für Kinderzeichnungen blieb. Julia studierte Kunst und Pädagogik. Von ihren Kommilitonen wurde sie wegen ihres Interesses für Kinderkunst belächelt. Als sie jedoch das Studium mit *summa cum laude* abschloss und eine vielbeachtete Dissertation über Kind und Kunst schrieb, begann man sie ernst zu nehmen. Mittlerweile arbeitete sie als Kunstpädagogin in einem Museum, wo sie zuständig für die Abteilung *Art Brut*, der Kunst der psychisch Kranken und der Wilden war, und sie hatte einen Forschungsauftrag der Eidgenossenschaft zum Thema Kinderkunst.

Was sie an Kinderzeichnungen faszinierte, war deren Unbekümmertheit und Direktheit. Keine Kunst, die kontrollierte oder reflektierte und sich an Formen- oder Farbgesetzen orientierte. Hier war schöpferisches Chaos, Rohheit, Wildheit, ja Anarchie am Werk, und das gefiel Julia. Sie selber war weiß Gott weder roh noch wild noch anarchisch – sie kam sich eher vor wie ein Fischstäbchen im Tiefkühlfach, das davon träumte, in heißem Öl zu braten. Oder wie ein Sandwich ohne Belag, und das Sammeln der Kinderzeichnungen war so etwas wie die heiß ersehnte Salami.

Julia betrachtete noch einmal das Straßenbild, dann setzte sie ihren Weg fort.

Und verlief sich.

Das war zu erwarten – bei ihr war das immer zu erwarten – aber obwohl Julia wusste, dass sie eine Antimaterielle war, obschon sie sich notorisch verlief, war sie jedes Mal wieder erstaunt, nein: entrüstet!, wenn sie sich verirrte. Sie war das Sträßchen hinuntergegangen – zugegebenermaßen in Gedanken an die Kreidezeichnung versunken –, vorbei an einer Bar, aus der ihr ein paar Männer etwas zuriefen, was ihr spanisch vorkam. Sie überlegte sich gerade, ob es in dem Dorf noch weitere Straßenzeichnungen gab, als sie unter der Hauptstraße hindurchging und sich der Weg auf der anderen Seite in einer verdorrten Wiese verlor. Zwei Esel standen mit hängenden Köpfen da und beäugten sie. Weiter hinten kauerte ein verrosteter VW-Käfer, aus dessen eingeschlagenen Fenstern Pflanzen wuchsen.

Julia kratzte sich am Kopf. Sie ging zurück, unter der Straße hindurch, an der Bank und an der Bar vorbei, begleitet von flotten spanischen Sprüchen, das Gässchen hinauf. Dann wieder hinunter, an den reizenden Bemerkungen aus der Bar vorbei lechts entlang der Bank. Diese Straße war eine Sackgasse. Zurück zur Bank, an den johlenden Sprüchen aus der Bar vorbei rinks hinauf. Es war zum Verzweifeln. Julia setzte sich auf einen Randstein – noch einmal an dieser Bar vorbeizugehen schaffte sie nicht mehr. Sie überlegte sich, wie sie ihre Würde bewahren könnte und wann Berthe sie suchen käme. Sie nahm ihr Buch aus dem Rucksack und hielt es sich vors Gesicht, sie hielt es, wie sie hoffte, mit Grazie und tat so, als gäbe es nichts Schöneres als an diesem schäbigen Wegrand zu sitzen und zu lesen. So saß sie einige Zeit, bis ein Schatten auf sie fiel.

»*Bonjour, Madame,* ist es angenehm zu sitzen 'ier?«

Julia ließ überrascht das Buch sinken und schaute auf. Die Frau aus der Romandie stand vor ihr in Shorts und T-Shirt, mit Kopftuch und Schlarpen und mit einem breiten Grinsen auf dem Gesicht.

»Wollen Sie die Wahrheit wissen oder eine geliftete Version?«

Die Frau setzte ihre Tasche ab und überlegte. »Die nackte, brutale Wahrheit ist mir am liebsten.« Sie setzte sich auf der anderen Seite des Sträßchens auf einen Randstein und blickte Julia erwartungsvoll an.

»Sie wollen die ungeschminkte Wahrheit?«

Die Frau nickte.

»Sie wollen also in den dunklen Abgrund meiner Seele schauen?«

Die Frau stützte den Kopf auf die Hand. »Das 'abe ich nicht gesagt, ich bin nur neugierig zu wissen, warum eine Frau wie Sie 'ier sitzt und ihr Buch verkehrt 'erum 'ält.«

Julia lief rot an und ließ das Buch im Rucksack verschwinden. Nachdem sie eine Weile darin herumgewühlt hatte, holte sie tief Luft und blickte die Frau prüfend an. »Was wissen Sie über die Antimaterie?«

Die Frau schaute nach oben und dachte nach. Sie schaute so lange nach oben, dass Julia ebenfalls hinaufschaute, vielleicht gab es dort etwas Interessantes zu sehen. »Ah, ich erinnere mich«, sagte die Frau endlich, »unser Mathematiklehrer 'at einmal Kreise an die Tafel gezeichnet und gesagt, das sei Materie. Rechts von den Kreisen zog er eine Linie, dann zeichnete er auf der anderen Seite wiederum Kreise und verband die Linken mit den Rechten durch Strichlinien.

Er erklärte uns, dass eine Antiwelt existiere, dass es zu jedem Teilchen im Atom ein Teilchen gebe, das anders 'erum geladen sei. Das war ziemlich verrückt, aber ich fand die Idee interessant.«

»Sie wissen tatsächlich, was Antimaterie ist! Also die Sache ist die –«, Julia wartete, bis ein Ehepaar mit sonnenverbrannten Schultern vorbeigeschlendert war, »– die Sache ist die: Ich entstamme der Antimaterie.« Sie blickte die Frau verschwörerisch an.

»*Quoi?*« Die Frau schaute verständnislos.

»Ich bin eine Antimaterielle, deshalb verirre ich mich regelmäßig und muss am Wegrand auf Rettung warten. Manchmal finde ich in meiner Wohnung die Küche nicht mehr.« Als die Frau sie ungläubig anstarrte, fügte Julia hinzu, »na ja, nicht ganz, aber so ähnlich.«

Die Frau schob einen Grashüpfer auf ihren Handteller und hob ihn hoch. »Wenn das so ist, warum 'euern Sie nicht beim Raumschiff Enterprise an? Mit Ihrer antimateriellen Erfahrung wären Sie geradezu ideal für das Bedienen des Wharpantriebs. Der wird ja schließlich von –«

»– Antimaterie gefüttert, ich weiß«, sagte Julia verblüfft. Die Chance, eine Frau zu treffen, die den Wharpantrieb kannte, lag bei eins zu etlichen Millionen.

»Nein, diese Idee ist nicht so gut«, fuhr die Frau fort. »Es könnte sein, dass Sie eines Tages mit dem antimateriellen Brennstoff verwechselt und in den Ofen geworfen würden.« Sie überlegte.

»Woher um alles in der Welt wissen Sie, dass die Enterprise mit Antimaterie betrieben wird?«, fragte jetzt Julia.

Die Frau lächelte verlegen. »Ich 'abe zwei ältere Brüder, die 'aben mir die Leidenschaft für Sciencefiction-Filme mit der Brudermilch eingeflößt.«

»Wie schön! Wissen Sie, am liebsten wäre ich bei der New Generation dabei. Die machen die coolsten Dinge, nicht nur interstellar, sondern auch innerpsychisch und ...«, während Julia weiterredete, schlug sie sich auf den Rücken in der Annahme, dass sie dort etwas gestochen hatte. Durch die Bewegung hob sich das T-Shirt und ließ ihren Bauch aufblitzen – die Frau starrte kurz darauf, dann unterbrach sie Julia: »Wenn wir zur EU gehören würden, könnten wir in der Raumfahrt besser mitmischen, aber ich befürchte, dass das Schweizervolk bei einer nächsten Abstimmung wieder nein sagen wird.«

Julia blickte die Frau überrascht an. »Was hat denn die EU mit der Enterprise zu tun?«

»Die Enterprise«, die Frau suchte den Boden nach Erklärungen ab, »'at eine ähnliche politische Form wie die EU.«

Julia grinste. »Die Enterprise und die EU – ein eigenwilliger Vergleich. Aber kommen Sie, spielen Sie Piccard und führen Sie mich unbeschadet durch die Orientierungslosigkeitslöcher bis zum Meer, einverstanden?« Sie griff nach ihrer Tasche und lächelte.

# 6. Kapitel Satine

*Ich fürchte mich so vor des Menschen Wort.*
*Sie sprechen alles so deutlich aus.*
*Rainer Maria Rilke*

Wer genau hingeschaut hätte, würde das Schild gesehen haben, das die Götter vor uns in den Boden gerammt hatten und auf dem zu lesen war: ACHTUNG DOOFKÖPFE. BITTE NICHT FÜTTERN!

Der eine Doofkopf war ich, die zu politisieren begann, kaum dass ich einen Blick auf den Bauch der Frau erhascht hatte. Die Frau war auf angenehme Art schlank, aber kein magersüchtiges Klappergestell. Nein, sie hatte wunderbare, weibliche Formen, auf ihrem Bauch entdeckte ich ein paar weiße Schwangerschaftsstreifen, das Fleisch sah weich und irgendwie verwundet aus, und zu meinem Entzücken entdeckte ich eine Narbe unterhalb des Nabels.

Narben machen mich über alle Maßen schwach.

Meine Vorliebe für Narben ist jedoch so verhängnisvoll wie diejenige für blonde Heteras. Sie brachte mich immer wieder in peinliche Situationen, wie damals, als ich mit ein paar Freundinnen eine Disco besuchte. Die Luft war rauchig, man hätte sie in Blöcke schneiden, die Blöcke übereinander schichten und darin Fische räuchern können. Ich stand gelangweilt an der Bar, als eine kahl geschorene Frau an den Tresen kam und ein Bier bestellte. Während sie wartete, drehte sie sich zu mir um. Ich traute meinen Augen nicht: Eine wunderschöne Narbe zog sich vom Haaransatz bis zum Kiefer!

Ich bin wie gesagt ein zurückhaltender Mensch, eine, die lieber beobachtet als sich einmischt. Wenn ich jedoch etwas wirklich will, werde ich zu einem Werwolf. So saß ich schon bald küssend mit der Narbenfrau in einer schummrigen Ecke. Ich fuhr ihr mit der Hand wieder und wieder übers Gesicht, über die Narbe, über die Geschichte dieser Verletzung, bis ich mit meiner Armbanduhr an einem ihrer vielen Ohrenringe hängen blieb. Ich riss, um da wegzukommen, was der Frau sichtlich weh tat, denn sie stöhnte auf. Ich entschuldigte mich, aber sie hielt mir den Mund zu: »Reiß fester, oh ja, reiß mich blutig«, flüsterte sie erregt.

Als ich das hörte, verwandelte sich mein Werwolf augenblicklich in einen Rehpinscher. Doch bevor ich den Schwanz einziehen und das Weite suchen konnte, packte sie mich am Arm und raunte mir zu: »Du liebst den Schmerz, hab ich Recht?« Sie nahm meine Hand und führte sie zu ihrer Brust. Ich konnte durch das T-Shirt den Ring an ihrer Brustwarze fühlen. Ohne Vorwarnung biss sie so fest in mein Ohrenläppchen, dass ich aufschrie.

»Magst du das, mmhhh, willst du mehr?«, raunte sie mir ins Ohr.

Ich schüttelte verzweifelt den Kopf, doch das beachtete sie nicht.

»Zieh an meinen Tittenringen. Zieh!«, forderte sie mich auf und fixierte mich mit einem gierigen Blick unter halb geschlossenen Lidern. Was sollte ich tun? Ich eigne mich zur SM-Gespielin so gut wie ein Elefant zum Kerzenziehen, der leiseste Schmerz treibt mich zum Medizinschrank, ich kann nicht einmal eine lästige Fliege töten, und nun sollte ich ihre Nippel massakrieren? Ich dachte: ohne mich!, aber die Frau war anderer Ansicht. Sie quetschte mich mit ihrem starken Körper an die Wand, so dass mir die Luft wegblieb.

»Das tut gut, nicht?«, fragte sie heftig atmend.

Ich brachte nur ein Röcheln zustande. Sie führte meine Hand wieder zu ihrer Brust, und da vergaß ich meine Kinderstube, die mich gelehrt hatte, dass man anderen keine Schmerzen zufügt, und ich zog in meiner Verzweiflung an diesem Ring, wie ich noch nie an etwas gezogen hatte. Die

Narbenfrau schrie, ging in die Knie mit seligem Gesicht, stöhnend, wie eine Katze schnurrend, sank auf den Boden und hielt mit ihrer Hand die rechte Brust, wo sich das T-Shirt rot verfärbte. Ich hörte noch, wie sie flüsterte: »Fuck, ist das geil!« Aber da war ich schon auf dem Weg hinaus, vorbei an meinen erstaunten Freundinnen, hinaus auf die Straße, durch die Stadt. In dieser Nacht gelobte ich, meiner Faszination für Narben abzuschwören. Kurz darauf begegnete ich Joëlle, aber ich frage mich, ob die Geschichte mit ihr viel besser war als diejenige mit Narbengesicht.

Auf der anderen Straßenseite saß der zweite Doofkopf, ich meine die mit den Schwangerschaftsstreifen und dem Orientierungsdefekt im Kopf. Die angeblich der Antimaterie entsprungen war und aus einem kleinen Fischerdorf nicht hinaus ans Meer fand.

Wo sich Politik und Orientierungslosigkeit treffen, kann es nicht gut gehen. Und es ging nicht gut.

Wir machten uns auf den Weg. Ihre Hüften bewegten sich sanft hin und her wie Grashalme im Wind, es sah überaus anmutig aus. Wir gingen eine kurze Weile schweigend nebeneinander. Als ich bei der nächsten Weggabelung links ging, sagte sie: »Ich bin froh, dass ich nicht ein viertes Mal an dieser Bar dort drüben vorbeigehen muss« – sie zeigte die rechte Straße hinunter –, »sie würden mir garantiert die Kleider vom Leib reißen und mich nackt auf der Theke tanzen lassen!«

»Das wäre doch wunderbar. Schließlich ‘eißt es: Selig sind die Nackten, denn sie werden in den FKK-Strand kommen«, erwiderte ich.

»Bitte?«

»Der Spruch ist von meiner Mutter.«

»Sie haben eine interessante Mutter.« Die Frau lächelte ein Lächeln, das mein Herz aufflattern ließ. Sie näherte sich mir und musterte mich. »Sie haben hier eine Wimper«, sagte sie und kam noch näher. Mein Herz verwandelte sich in einen Kolibri. Sie fragte: »Darf ich?«, und bevor ich antworten konnte, wischte sie mir etwas von der Wange.

Ich blieb wie gelähmt stehen. Die kurze Berührung, die Ahnung von ihrem Parfum, die unvermittelte Nähe dieser Frau jagte mir das Hirn zum zweiten Mal innerhalb einer halben Stunde aus der Halterung – in meinem Kopf gab es nur noch Politik, so weit die Hirnzellen reichten.

So stellte ich die dümmste Frage, die man unter einem azurblauen Himmel stellen konnte. Ich fragte: »Haben Sie '92 für oder gegen den Schweizer EU-Beitritt gestimmt?«

Die Frau blickte mich überrascht an. Sie hob den Schirm ihrer Baseballmütze etwas an. »Natürlich dagegen.«

»*Mon dieu* – ihr Deutschschweizer! Ihr würdet doch am liebsten eine Mauer ums Land bauen.«

»Besser eine Mauer ums Land als Mitglied eines Saftladens«, meinte die Frau ungerührt und grinste.

»*Voilà*, dank solcher Denkweise bleiben wir auf unserem Käse sitzen und können nicht im Ausland studieren oder arbeiten.«

»In der EU geht es doch nicht nur darum, wer wo studieren und arbeiten kann. Es geht um ganz andere Dinge. Wissen Sie, was die in Ihrer ach so tollen EU tun? Sie ziehen Ferkel in Österreich auf, transportieren sie nach Frankreich, was für die Schweine eine Qual ist, dort schlachten sie die Tiere und befördern das Fleisch nach Dänemark. Die Dänen schließlich, die ihre Säue übrigens nach Spanien geschickt haben, essen die Schnitzel zusammen mit Pommes frites von Kartoffeln, die *hors sol* in Holland gezogen, in Portugal geschnitten und in Griechenland gefriergetrocknet wurden.«

»Pommes frites werden nicht gefriergetrocknet!«

Die Frau machte eine wegwerfende Bewegung: »Ob gefriergetrocknet, homogenisiert oder vakuumisiert – irgendetwas Schlimmes machen sie jedenfalls damit.«

»Die EU führt weg vom egoistischen Denken hin zu Solidarität und Synergie«, wandte ich ein.

»Ja, die armen Staaten tanzen solidarisch nach der Pfeife der reichen Länder.« Die Frau schüttelte verärgert den Kopf. »Als ob es in der EU um hehre Ziele ginge! Es geht um

Macht, wirtschaftliche Vorteile und um die Profilierungssucht der Politiker.«

»Sie malen den Teufel an die Wand«, sagte ich.

Die Frau kickte einen Stein über die Straße. »Ach, ja?« Sie blickte schweigend über die dunkelgrünen Bananenfelder, dann blieb sie unvermittelt stehen und sagte: »Julia.«

»Julia? Ich 'eiße nicht Julia.«

Die Frau lächelte. »Aber ich.«

»Oh.«

Julia schaute mich fragend an. Ich trottete weiter. Julia blickte erwartungsvoll von der Seite herüber. Wir passierten drei Telefonmasten, bis bei mir der Groschen fiel.

»Ach ja, und ich bin Satine – wie Satin, nur in der weiblichen Form.«

»Also Satine. Darf ich Sie duzen?«

Ich nickte verwirrt.

Sie kam auf mich zu und schüttelte mir die Hand. Ihr Händedruck war kräftig und bestimmt, sehr angenehm. Es gibt Hände, die fühlen sich an wie ein Stück weiches Fleisch und es kommt einem vor, als würde man einer Leiche guten Tag sagen; Julias Hand jedoch hatte genau den richtigen Druck.

Sie ließ meine Hand los. »Nun, ich lasse mich gern eines Besseren belehren, zähl mir doch mal ein paar positive Eigenschaften der EU auf.«

»Ja, also ...« Ich überlegte fieberhaft. Es gab bestimmt tausend Beispiele, nur kam mir kein einziges in den Sinn. »Nehmen wir zum Beispiel das in der ..., im ..., wo war das noch?« Das hatte ich davon, dass ich mich nur dann mit Politik befasste, wenn mir eine Frau gefiel. Ich hätte weiß Gott viel Positives über Julias Hände sagen können, die schmal und meist in Bewegung waren: Wie sie eine Strähne um den Finger wickelte, mit dem Riemen des Rucksacks spielte oder gestikulierte. Aber was gab es Interessantes über die EU zu erzählen? Ich sagte: »Ich müsste viel zu weit ausholen. Sicher ist, dass wir uns abschotten und dass uns das auf die Dauer schadet. Aber das begreift ihr Deutschschweizer nie.«

»Lieber begriffsstutzig als blind wie ihr Romands!«

»Du meinst wohl tolerant und offen?«

Julia blieb stehen und ließ ihren Rucksack auf den Boden fallen. »Das ist ja zum Lachen!« Sie warf ihre Hände in die Luft. »Wenn ihr wirklich so aufgeschlossen wäret, warum sprecht ihr nie Deutsch? Ihr habt das doch in der Schule gelernt. Ich wette, dass auf hundert Deutschschweizer, die Französisch sprechen, nur ein einziger Welscher kommt, der sagen kann: 'allo, 'ier bin ich.« Während sie das sagte, grinste sie. Mir waren Menschen zuwider, die sich über meinen Akzent lustig machten.

»Sprech ich Französisch mit dir, *hein*?«

»Du zählst nicht. Du bist zweisprachig aufgewachsen, oder?«

»Na ja.«

»Dein Akzent tönt deutsch. Also, habe ich Recht?«

Mir waren Menschen zuwider, die Recht haben wollten.

»Meine Mutter ist Berlinerin.«

»Eben.« Julia grinste.

Mir waren Menschen zuwider, die ihre kleinen, lächerlichen Triumphe auskosteten.

Wir näherten uns dem Meer. Vor der letzten Häuserreihe zog sich eine Flaniermeile entlang mit einer Hand voll Restaurants, die seltsamerweise keine Tische draußen stehen hatten. Der Strand war zum großen Teil belegt mit Familien, die Eltern waren auf Hautkrebsfang, und die Kinder naschten von ihren Sandburgen. Julia setzte sich auf den Kai und ließ die Beine baumeln. Sie schaute aufs Meer hinaus, in Gedanken versunken. Von fern trug der Wind eine Melodie an uns heran. Leise pfiff ich sie mit.

»Schaust du die *Eurovision de la Chanson*?«

»Wie kommt du denn darauf?« Ich ließ mich neben Julia nieder.

»Weil du ABBA pfeifst.«

Ich verstand nicht.

Sie sagte: »Das ist *Waterloo*. Von ABBA. Die haben da wohl mal gewonnen. Ich hab das im Rückblick gesehen, es war einfach zum Brüllen. Eurovisionslieder sind immer zum Brüllen komisch.«

»Du willst nicht allen Ernstes behaupten, dass *Waterloo* von den ABBA zum Brüllen ist!« Wenn mir Julia widersprechen würde, fiele sie endgültig vom Podest runter. ABBA gehörte immerhin zum Besseren, was die Popmusik der siebziger Jahre hervorgebracht hatte.

Julia sagte: »Ich glaube nicht, dass du meine Meinung über ABBA erfahren willst.«

Vor meinem inneren Auge sah ich Julia vom Podest purzeln. Ich überkreuzte meine Beine und überlegte mir, ob ich die wirkliche Julia neben mir nicht auch runterstoßen sollte. Sie würde sich am vorstehenden Steinbrocken die Knie verletzen und kopfüber ins Meer stürzen. Aber wegen der zertrümmerten Knie könnte sie nicht mehr schwimmen. Sie würde bittend zu mir hochschauen, aber ich würde gelassen sagen: ›Nimmst du alles zurück – die EU-Sache, die ABBAs, *Waterloo*, deinen Französischhass – einfach alles?‹ Sie würde verzweifelt hochschauen und dann, darauf möchte ich das Weingut meiner Tante verwetten, würde sie sagen: ›Das würde dir so passen.‹ Dieses Biest. Es wären ihre letzten Worte, ein paar Luftblasen noch und wir wären dem EU-Beitritt eine Stimme näher.

Es war Zeit, dieses schlechte Schauspiel zu verlassen. Oder wie meine Mutter zu sagen pflegte: ›Zieh Leine, sonst führt man dich am Ende Gassi.‹

»*Da* bist du also!«, sagte eine vorwurfsvolle Kinderstimme. Wir drehten uns um, Julias Töchter standen hinter uns. Julia lächelte erfreut. »Hallo, meine Käseschnitten, habt ihr schön gespielt?« Sie umschlang die ältere Tochter. Die machte ein entrüstetes Gesicht und versuchte sich aus der Umarmung zu winden. »Ich bin keine Käseschnitte. Wie oft habe ich dir schon gesagt, dass ich Leandra bin und nicht eine Butterblume und auch keine Kaffeebohne oder ein Drachenei.«

Julia ließ sie los, sie deutete auf mich. »Kinder, das ist Satine, sagt ihr mal guten Tag.« Mir erklärte sie: »Die Große da ist Leandra, die Kleine, die eben meinen Rücken angefallen hat, heißt Denia.« Die zwei machten ein Gesicht, als müssten sie ihr Zimmer aufräumen. Sie drückten ein zerquetschtes »Hallo« heraus.

Ich grinste: »*Bonjours Mesdames.*«

Lea schaute mich misstrauisch an: »Warum sagst du verdammt? Das darf man nicht sagen.«

»Ich sagte nicht verdammt, sondern *mesdames* – das ist Französisch und 'eißt meine Damen.«

Denia schaute hinter dem Rücken ihrer Mutter hervor: »Ich bin aber keine Meinedamen, weißt du, ich bin Piratin.«

»Oh, wie beeindruckend! Wo 'ast du denn dein Schiff, wenn ich fragen darf?«

»Das ist ohne mich rausgefahren, Mama hat mich nicht geweckt, da habe ich es verpasst, gell, das ist gemein?« Sie begutachtete mich von oben bis unten, während sie eine Strähne von Julias Haar um ihren Zeigefinger wickelte, so wie es ihre Mutter tat.

»Ja, das ist schlimm. Eine Piratin gehört auf ein Schiff und nicht an den Strand.«

Denia plusterte sich auf: »Hast du gehört, Mama?«

Leandra schubste ihre Mutter: »Berthe lässt fragen, ob sie das Sorgedingsbums für uns übernehmen soll oder ob du denkst, wieder mal vorbeizuschauen. Und sie lässt ausrichten, dass sie auf Pfirsch gehen will und wenn du nicht kommen würdest, macht sie aus uns Bratwürste. Berthe ist so fies! Immer will sie aus uns Würste machen!«

Julia lachte. »Meinst du vielleicht Pirsch, will sie auf Pirsch gehen?«

Lea grummelte etwas, das niemand verstand. Julia stand auf und nahm ihre Töchter an der Hand. »Also, Satine, danke, dass du mich auf den rechten Weg geführt hast – ich meine natürlich den geografischen und nicht den politischen.« Sie schaute mich an, mit einem Blick, der zum Verzweifeln verführerisch war. Ich möchte wetten, dass sie wusste, wie ihr Blick wirkte, wahrscheinlich hatte sie den stundenlang vor dem Spiegel geübt. Sie hob die Hand. »Bis dann.«

Im Weggehen drehte sich Denia zu mir um und streckte mir die Zunge heraus. Ich streckte ihr ebenfalls die Zunge heraus, die Kleine kicherte.

Ich blieb noch eine Weile sitzen, um in Ruhe über das Gespräch mit Julia nachzudenken. Die Mutter der Käseschnitten sah lecker aus wie ein Quarkkuchen, doch wenn man ihn anbiss, quoll Sauerkraut heraus. Oder Kutteln, irgendetwas jedenfalls, das ich nur im Kriegsfall essen würde. Ich sah einem blutjungen Pärchen zu, wie sie einander die Zunge bis zum Halszäpfchen in den Mund steckten, mir wurde beim Zuschauen schier schlecht. Ich habe früher auch so geküsst, ich kann mich gut an den Muskelkater im Kiefer danach erinnern. Nichts ist so anstrengend wie die Pubertät.

Das also war das abrupte Ende meiner Juliamanie. Bevor ich mich in den Siebten Himmel hätte hinaufschwingen können, wurde ich von der Realität abgeschossen. Meine Ferien waren gerettet und mein Herz ebenfalls. Ich hätte jubeln können vor Freude, aber ich tat es nicht. Mir war sowieso nicht nach Jubeln. Ich streckte nochmals die Zunge raus in die Richtung, in der Julia verschwunden war.

Julia war streitlustig, rechthaberisch, eingebildet, herablassend, und ich war kuriert von ihr. Sie war ein Virus, das mich in Windeseile befallen und ebenso schnell wieder verlassen hatte. Fröhlich suchte ich mir einen Liegeplatz. Ich war geheilt. Das Gespräch mit Julia war ernüchternd gewesen, aber diese Ernüchterung tat mir gut – so gut, wie wenn man sich einen Stein auf den Fuß fallen lässt. Ich breitete das Badetuch aus. Sie fühlte sich herrlich an, diese wiedergewonnene innere Freiheit. Daliegen zu können und auf niemanden fixiert zu sein. Bücher zu lesen, Bücher zu schreiben, zu nähen, stricken, häkeln, was weiß ich. Auf jeden Fall keine Gespräche mit verstockten Deutschschweizerinnen führen zu müssen, deren Orientierungssinn katastrophal war, von ihren Ansichten ganz zu schweigen.

Ich war also glücklich.

Fragte sich nur, warum ich verärgert mit der Faust auf das Badetuch schlug.

# 7. Kapitel ______________ Julia

*Cool sein muss man ungefähr*
*wenn man so acht Jahre alt ist.*
*Davor ist man noch ein Kleinkind.*
*Kindermund*

Nach dem Nachtessen legten sich Julia und Berthe in die Liegestühle. Kaum lagen sie, tauchten die Mädchen auf. Lea bettete sich auf Berthe und Denia auf ihre Mutter.

Lea seufzte zufrieden: »Berthe, es ist urgemütlich auf deinen Möpsen.«

»Soo?«, brummte Berthe. »Ich bin ja auch das Topmodel von Rubens.« Sie tätschelte Leas Rücken. »Weißt du wer Rubens war, Mädel?«

»Nö. Vielleicht ein Koch?«

»Rubens ist der Maler, der noch wusste, wie man Frauen malt. Eine schöner als die andere.«

»Ich möchte auch solch große Busendinger, mit denen könnte ich die Jungen im Kindergarten an die Wand drücken und zerquetschen.«

»Gestern noch wolltest du überhaupt keine Brüste«, Julia schaute missbilligend zu ihrer Tochter hinüber.

Berthe grinste. »Meine Brüste sind eben nicht einfach Brüste, sondern supermegagefährliche Möpse, nicht wahr, Lea?«

Leandra kicherte: »Ja, genau, supermegacoole Möpse.«

»Au ja, megasupergeile Möpfe!«, echote Denia.

»Möpse«, korrigierte Lea.

»Möpfe, geile, geile Möpfe«, krähte Denia.

Julia zog Denia an den Ohren: »Das Wort geil will ich nicht hören, du darfst das nur sagen, wenn du auch weißt, was es bedeutet.«

»Ich weiß, was geil heißt«, protestierte Denia.

»So? Dann erzähl mal.«

»Geil, das ist«, sie streckte ihre Beine in die Luft, »wenn Deutschland gewinnt.«

»Wie war das?«

»Ja! Papi schreit immer: Oh, geil!, wenn die Deutschen ein Tor schießen.«

»Falsch, falsch, falsch«, mischte sich Berthe ein. »Wenn die Deutschen ein Tor machen, ist das eine Katastrophe.«

Lea kicherte: »Denia, du bist blöd!«

»Ach ja«, sagte Julia, »wenn du so viel gescheiter bist als deine Schwester, erklär du mich doch mal, was geil ist.«

Lea überlegte. »Das ist, wenn etwas mega ist.«

»Und was ist mega?«

»Cool.«

»Aber was ist cool?«

»Krass.«

»Und was ist das?«

»Tittengut.«

»Ich verstehe immer noch nicht.«

»Scharf.«

»Was?«

»Wie Pfeffer.«

Julia schmunzelte. »Geil ist also, wenn etwas scharf wie Pfeffer ist. Gut, das lasse ich gelten.« Sie blickte zu Berthe. »Hast du gewusst, dass deine Möpse scharf wie Pfeffer sind?«

Berthe schüttelte den Kopf und lachte so laut, dass Lea beinahe runterfiel. »Jemand verglich meine Brüste einmal mit riesigen Puddings, das war das schönste Kompliment, das ich bisher erhalten habe.« Sie schaute lächelnd auf Leandra hinunter. »Bis heute jedenfalls.« Worauf Lea sie boxte. »Sag mir ein Geheimnis, Berthe, du weißt die besten.«

Berthe legte die Hand an Leandras Ohr und raunte ihr etwas zu. Lea schaute erst verständnislos, dann begann sie zu wiehern.

»Das darfst du niemandem anvertrauen, hörst du?«

Lea nickte.

»Ich will auch ein Geheimnis«, jammerte Denia.

Berthe schüttelte den Kopf. »Wenn ich dir eines erzähle, weiß es noch heute Abend das ganze Dorf.«

Denia langte in Julias Haare. »Mama, sag mir ein Geheimnis, ich will auch eines.«

Julia überlegte: »Na gut, komm.« Sie flüsterte Denia etwas ins Ohr.

»Ha«, prahlte Denia, »jetzt habe ich auch ein Geheimnis und ich behalte es für mich! Gell, Mama, wir sagen ihnen nicht, dass wir ihren Liegestuhl umkippen wollen.«

Berthe und Denia gackerten los, Julia seufzte: »Rosenblatt, du bist wirklich verschwiegen wie ein Grab.«

Später, als die Kinder schliefen und die Frauen wieder in den Liegestühlen fläzten, fragte Berthe: »Was hast du heute Morgen eigentlich so lange gemacht?«

»Ich habe mich verirrt, dann tauchte Satine auf –«,

»Satine?«

»Die Frau, über deren Beine ich gestern gefallen bin.« Julia trank aus ihrem Weinglas. »Also, diese Satine ist aufgetaucht, wir sind zusammen runter gegangen und saßen eine Weile am Kai. Wir haben vorwiegend gestritten.«

»Wie das?«

»Sie fragte mich, was ich über die EU denke. Wir waren entschieden unterschiedlicher Meinung.«

«Und dazu brauchtet ihr zwei Stunden?«

»Wie meinst du das?«

»Um halb elf haben wir uns von dir getrennt, um halb eins erst bist du wieder aufgetaucht – wenn ich deine Töchter nicht losgeschickt hätte, würdest du vielleicht noch jetzt dort sitzen.«

»Zwei Stunden?« Julia war erstaunt und meinte dann versonnen: »Wie kurzweilig Streiten doch sein kann.«

Berthe zündete sich ein dünnes Zigarillo an. »Da kenn ich weitaus kurzweiligere Dinge.« Sie setzte ein dümmliches

Lächeln auf und Julia wusste, dass Berthe bei ihrem Lieblingsthema gelandet war: den Männern.

»Wie war's heute auf der Pirsch?«, fragte Julia.

»Reden wir nicht davon! Ich kam mir wie im Dritten Reich vor – überall nur Arier.«

»Berthe!«

»Es war aber so, ich schwör's. Du weißt, blondhaarige, blauäugige Weicheier sind für mich etwa so erregend wie gestreifte Pyjamas, Bettsocken und gehäkelte Kissenüberzüge zusammen.«

»Mein Ex-Mann ist blond und Deutscher. Also halt dich ein bisschen zurück.« Julia schaute Berthe verärgert an.

»Genau deswegen ist er ja nur noch dein *Ex*-Mann!«

Obschon Berthe in ihrer Männerwahl planlos war, hatte sie doch eine klare Regel, die sie immer einhielt: niemals mit einem Blonden ins Bett zu gehen! Julia fragte sich, ob das daran lag, dass der blonde Nachbarsjunge aus Berthes Kindheit stärker als sie gewesen war und sie mehrmals verdroschen hatte.

Berthe machte einen Fischmund und blies den Rauchkringel in den Abendhimmel. »Das Fiasko mit Jürgen beweist, dass blonde Männer nichts taugen.«

»Ohne ihn gäbe es die Mädels nicht.«

»Eine Frau zu schwängern ist nicht schwierig. Das schafft sogar ein Blonder.«

Julia starrte die Kerze an. »Du weißt ja, ich hatte einige Männer.«

»Das ist die Untertreibung des Jahres! Du hattest Unmengen von Männern und jeden einzelnen hast du in deinem Heft eingetragen!«

»Kannst du dich noch an meine Memo-Sex-Methode erinnern?«

»Vage.«

»Die wandte ich vor schwierigen Prüfungen an.« Julia grinste. »Im Bett. Mit jedem Stoß repetierte ich den Stoff. Er stieß, ich stöhnte lustvoll und dachte »1914, Schuss von

Sarajewo – Österreich-Ungarn erklärt Serbien den Krieg. Neuer Stoß: Deutschland erklärt Russland und Frankreich den Krieg. Wieder ein Stoß –«

»Jesses Maria, ich erinnere mich!« Berthe schüttelte den Kopf, während sie das Zigarillo ausdrückte.

»Wenn ich in der Prüfung leise vor mich hinstöhnte, kamen mir die Stichworte wieder in den Sinn. Vielleicht ist das nicht besonders romantisch, aber praktisch ist es, Berthe«, Julia grinste. »Sehr praktisch.«

»Ist das der Grund, warum du deine Liebhaber wie Unterhosen gewechselt hast?«

»Ich konnte nicht den gleichen Mann für zwei Prüfungen einsetzen, sonst hätte ich die Stichworte durcheinandergebracht.« Julia hielt kurz inne. »Ich gebe zu, die Methode hat auch Nachteile. Noch heute kommt mir manchmal beim Sex Prüfungsstoff in den Sinn.«

Berthe schüttelte den Kopf. »Ich kenne dich nun so lange, aber ich bin bis jetzt nicht schlau aus dir geworden. Du hattest Liebhaber wie Sand am Meer, du hattest eine Ehe, aber ich konnte bei dir nie ein besonders großes gefühlsmäßiges Engagement in deinen Beziehungen feststellen. Als wärest du mit dem Herzen nicht dabei, als würdest du die Männer nur gebrauchen. Für Kinderzeichnungen gibst du dein Herzensblut her, aber für Beziehungen ...?« Berthe betrachtete Julia lange nachdenklich, bis die Freundin verlegen wegschaute. Sie lagen eine Weile schweigend da.

»Berthe?«

»Mhh.«

»Was hast du Lea zugeflüstert?«

»Das ist ein Geheimnis.«

»Lea ist ein Teil von mir, also darf ich‘s auch wissen.«

Berthe nahm sich ein neues Zigarillo. »Also gut. Ich sagte ihr: Ich vertraue dir ein Geheimnis an, das ist so geheim, so unglaublich geheim, dass nicht einmal ich weiß, was das Geheimnis ist.«

Julia lächelte. »Das gefällt mir.«

Als Julia im Bett lag, kam ihr Satine in den Sinn. Sie fand Satine nicht im klassischen Sinn schön, der Mund war breit, die Nase lang, aber ihre braunen Augen – dunkel wie Kohle! Diese Augen gefielen ihr und auch ihre Ausstrahlung. Für Julia war es die Ausstrahlung, die einen Menschen schön machte oder nicht. Bei Satine spürte sie Tiefe, Ernsthaftigkeit und Eigenständigkeit. Wortgefechte waren nicht ihre Stärke, sie schaute sich jedoch die Dinge sehr genau an. Sie hatte diesen etwas ruhelosen, aber hellwachen und scharfen Blick.

Die nächsten zwei Tage waren angefüllt mit süßem Nichtstun. Julia wollte nichts anderes tun als zum Meer hinab gehen und wieder hinauf zur Terrasse. Nur keine Unregelmäßigkeiten und Anstrengungen. Julia hatte wenig für körperliche Anstrengungen übrig. Sport war ihr zutiefst suspekt, sie bevorzugte ein Leben ohne Zerrungen und Muskelkater. Queen Mum war mit Gin und Pferdewetten Hunderteins geworden, Churchill erreichte Zigarren rauchend und mit dem Motto *No sports* ebenfalls ein stattliches Alter. Was sollte sie da mit öder, schweißtreibender Körperertüchtigung? Gin, Zigarren und Wetten, das hörte sich perfekt an.

Und so sah das Programm aus: Frühstücken, runter ans Meer gehen, in der Sonne braten, die Mädchen vom Streiten abhalten, lesen, Federball spielen, zum Eisstand gehen, die Mädchen vom Streiten abhalten, am Abend einkaufen, nach oben gehen, die Mädchen vom Streiten abhalten und das Nachtessen zubereiten. Es war wunderbarer Müßiggang, Langweile pur, eine Langeweile, die wie Balsam für die Seele war. Die Zeit dehnte sich aus und füllte sich mit großartigem Nichts.

Julia sah Satine zweimal. Einmal am Strand; sie winkte ihr zu, Satine hob kurz die Hand, drehte sich aber wieder um und sprach mit einer langhaarigen Frau. Das zweite Mal entdeckte sie Satine in einem Restaurant; sie winkte ihr wieder zu und hätte sich gewünscht, ein paar Worte mit ihr zu wechseln, doch Satine nickte nur kurz und wandte sich dem Mann an ihrem Tisch zu. Offensichtlich war Satine nicht an einer Begegnung interessiert, und Julia musste feststellen, dass sie dies bedauerte.

# 8. Kapitel ____________ Satine

*Aus den glatten Wassern steigen*
*Die Delfine; von den feuchten*
*Flanken trieft es, und ein Leuchten*
*Fährt gleich Blitzen in die Weite.*
*Friedrich Georg Jünger*

Ich stand zu einer Zeit auf, da das Meer, der Sand und der Himmel farblos waren. Barfuß schlenderte ich den Strand entlang und manchmal durch den Schaum der Wellen. Ihr regelmäßiges Brechen war wie Musik, das fahle Licht trübte die Gischt, sogar meine Haut schien ergraut. Ich genoss die stille, einsame Stimmung, die über dem Strand lag. Am Meer ist es mir jeweils, als stünde ich auf der Schwelle zur Unendlichkeit, die Grenze verschwimmt am Horizont, versinkt im Tosen des Meeres, das ewige Ein- und Ausatmen durchmisst die Zeit und steht gleichzeitig außerhalb von ihr. Das Meer erinnert mich daran, wie flüchtig der Besuch auf dieser Erde doch ist.

Ich hatte meine Leica mitgenommen. Ich nehme gern die Welt durch die Kamera wahr, sie macht mich aufmerksamer, lässt mich Details entdecken, die ich sonst nie beachtet hätte. Ich schaute den Fischern zu, wie sie ihre Boote ans Land zogen, die Fische aus dem Netz klaubten und in verschiedene Kübel warfen. Ich hörte das Klatschen der Fischleiber, die in ihrer Agonie aufsprangen und sich drehten. Könnten Fische klagen, so hätte man vielstimmiges Geschrei vernommen, aber da war nur das leise Klatschen der silbrigen, weißen und rötlichen Körper und das erbarmungslose Schweigen des Todes. Leute aus dem Dorf kamen und die Köche der Restaurants und suchten sich die schönsten Fische aus. Die Fischer gestikulierten, schrien, schüttelten die Köpfe, nickten, es wurde geplaudert, gelacht und der neueste Klatsch ausgetauscht. Ich fotografierte das traurige Hüpfen der Fische, die starken Fischerarme, die in die Luft gestreckt wurden, gestikulierende Kunden, Hunde, die zwischen den Ständen umher schnüffelten. Ich machte zwanzig Fotos; mit einer durchschnittlichen Beleuchtungszeit von 1/250 sec hatte ich eine Zeitspanne von null Komma null acht Sekunden eingefangen. Das war kürzer als ein Blinzeln. Der laszive Augenaufschlag einer Lauren Bacall wäre vermutlich fünfzig Fotos wert.

Die Frauen schlurften mit ihren vollen Taschen nach Hause, die Männer ließen sich in der Taverna nieder, um einen Kaffee oder ein Bier zu trinken. Ich setzte mich ebenfalls an ein Tischchen und bestellte einen Milchkaffee.

Diese Ferien waren eine Flucht. Ich flüchtete vor der Heiratsanzeige von Joëlle und Pelzmatte. Obschon ich Joëlle nicht mehr zurückwollte, litt ich; ihre Hochzeit war der endgültige Verrat an uns. Als mich Tante José heulend am Küchentisch vorgefunden hatte, in den Händen die Heiratsannonce, sagte sie: »Satinchen, nu heul nicht so, die Joëlle hat nu mal eine Geschmacksverstauchung!« Einfühlsame Worte waren noch nie Josés Stärke gewesen. Später kam Joséline herein und legte ihre Arme um mich. »Weißt du, Satine, das wirkliche Glück lässt manchmal auf sich warten. Ich war schon fast vierzig, als ich deiner Tante begegnete.«

»Ja, vierzig und stockhetera«, sagte meine Tante stolz. Sie hält das Unternehmen »Bekehrung von Joséline« – wie sie das bezeichnet – für eine ihrer großen Taten.

Joséline bedeutete ihr zu schweigen, »Satine, du bist erst vierunddreißig, du findet noch tausendmal die richtige Frau.«

»Aber bis dahin bin ich verwelkt!« Ich begann wieder zu weinen.

»Die Liebe fällt, wo sie hinfällt, und immer dann, wenn's ihr gefällt. Die Liebe kann man nicht erzwingen.« Joséline begann die Kartoffeln zu schälen. »Am besten du bleibst dieser Hochzeit fern.«

»Das würde denen so passen!« Ich schaute trotzig zu Joséline hinüber.

»Was soll das heißen?« Tante José runzelte die Stirn. »Versprich mir, dass du keinen Blödsinn machst.«

Ich schaute entrüstet auf. »Traust du mir so was zu?«

»Ja, natürlich.«

Meine Tante kannte mich gut.

»*Senorita, quieren vivir una aventura?*« Ein junger, braungebrannter Insulaner mit kurzen Hosen und einem T-Shirt, auf dem DON'T THINK BACK, THINK BLACK stand, schwenkte mit einem Stoß Blätter.

Ich nickte, der Junge drückte mir ein Blatt in die Hand und ging zum nächsten Tisch. Ich las den englischen Text. Eine unvergessliche Schifffahrt zu den Delfinen und Walen wurde angepriesen. Für wenig Geld ein fesselndes Abenteuer: WERDEN SIE WIEDER JUNG UND ERLEBEN SIE FLIPPER LIVE! Artgerechtes Beobachten der Meeressäuger war garantiert.

Warum auch nicht, dachte ich und ging zur Anlegestelle. Um elf Uhr würden wir starten. Das Schiff war ein blau-weiß-roter Katamaran mit dem Namen »Flying Dolphin«. Ich hüpfte als letzte an Bord, ungefähr dreißig Passagiere waren da. Ich drängelte nach vorne und setzte mich zwischen ein junges amerikanisches Pärchen und ein deutsches Ehepaar. Die amerikanische Frau sagte: »*Oh my God, look, that's great!*« Auf der anderen Seite hörte ich in regelmäßigen Abständen ein »Schatzi, schau mal« und als Antwort ein unmotiviertes Brummen. Während das Schiff ablegte, ertönte eine Stimme aus dem Lautsprecher, die erst etwas auf Spanisch herunterratterte, dann auf Englisch. Meine amerikanischen Nachbarn schauten sich verständnislos an. »*Did you unterstand a damned thing?*«, fragte er. Der Auspuff trieb die Abgase über das ganze Schiff, es stank nach Diesel. Wir entfernten uns langsam von der Küste, erst jetzt erkannte ich, wie hoch und kantig die Felsen hinter meinem Dorf waren. Braune, steile und spitze Felsen, die ein zerklüftetes Tal umgaben und vorn im Delta fruchtbare schwarze Erde. Mein Dörfchen bildete eine kleine Oase mitten in der trockenen Landschaft. Ich schaute zu, wie das Schiff die Wellen brach, weißer Gischt auf blauem Grund. Die scheppernde Stimme aus dem Lautsprecher kübelte erneut eine Ladung Kauderwelsch über uns. Die Stewardess verteilte Cocktails, die waren im Preis inbegriffen; im Getränk steckte ein blaues Plastikstäbchen mit einem Delfin oben drauf. Das Getränk entpuppte sich als unerwartet köstlicher Fruchtsaft. Mit dem Cocktail war kurzfristig Ruhe auf dem Schiff eingekehrt, alle nuckelten am Strohhalm.

Bis ein Kind zu schreien anfing: »Das ist mein Schiff, ich will jetzt ans Steuer, ihr müsst mir gehorchen. Macht diese blöde Tür auf!« Die Kleine sprach Schweizerdeutsch. Unruhe entstand im hinteren Teil des Katamarans. »Lass mich los, ich will auf Raubzug, hörst du!« Und kreischte weiter. Ihre Stimme kam mir bekannt vor. »Ich bin doch Piratin, lasst mich ans Steuer – Mamaaaa!«, heulte die Kleine, und da fiel bei mir der Groschen: Das war Denia!

Ich bahnte mir einen Weg durch die Passagiere, hinten stand eine Gruppe im Kreis. Ich zwängte mich durch sie hindurch, die Kleine schrie gerade wieder »Maamaaaaa!«.

Ich kniete neben ihr nieder. »Denia, ‘allo, ich bin‘s, Satine.«

Sie schaute mich aus geröteten Augen an. »Ich will zu meiner Mama!«, plärrte sie. Ich nahm sie bei den Händen, und als ich sah, dass sie mir traute, nahm ich sie in die Arme und hob sie hoch.

»Ist deine Mama auf dem Schiff?«

Denia schniefte: »Nein, ich bin ganz allein hier.« Ein Deutscher, der neben mir stand, sagte: »Ich sah sie hinter einer Familie hergehen. Kinder zahlen hier keinen Eintritt, da ist sie problemlos reingekommen.«

»Weiß deine Mama, dass du ‘ier bist?«

Denia schüttelte den Kopf.

»Wo ist sie denn?«

»Am Strand. Ich will heim, die lassen mich nicht das Schiff steuern.«

Die Menschenansammlung um uns löste sich auf, ein Matrose schnauzte mich an, er dachte wohl, dass ich die Mutter war. Denia hatte den Kopf an meine Schulter gelegt, langsam verebbten die Nachbeben des Weinens, auf meinem T-Shirt bildete sich ein nasser Fleck.

»Ich will, dass das Schiff umkehrt.«

»Das wird es, schon bald, du musst nur ein bisschen Geduld 'aben.«

»Ich will aber *jetzt* zurück.«

Ich rollte die Augen. »Weißt du überhaupt, wohin wir fahren?« Denia schüttelte den Kopf. »Wir besuchen die Delfine.«

Denia schaute auf. »Delfine? Echte Delfine? Ich habe noch nie echte Delfine gesehen. Weißt du, Mama geht nie mit uns in den Zoo. Sie sagt, die Tiere müssen leiden. Großtante Hilda geht mit uns, aber mit ihr ist es langweilig, und in unserem Zoo hat es sowieso keine Delfine.«

Ich trug Denia nach vorne, trieb ein paar Servietten auf, mit denen ich ihr Gesicht trocknete. Der scheppernde Lautsprecher sagte irgendetwas wie *silencio*, das Schiff näherte sich offenbar den Delfinen. Wir schauten alle angestrengt aufs Meer hinaus. Die Mittagssonne brannte auf uns herunter, ich zog mein Kopftuch ab und band es Denia um den Kopf. Als sie sich wehrte, sagte ich: »Piratinnen tragen Kopftücher, weißt du das nicht?«

Sie machte große Augen, dann trällerte sie los: »Ich bin eine Piratin, Piratin, Pi–«

Ich hielt ihr den Mund zu. »Sei still! Schau, dort drüben ist was.« Ich deutete aufs Meer hinaus.

Tatsächlich! Drei Delfine glitten in hohem Tempo durch die Wogen, abwechselnd schnellten ihre Leiber in elegantem Bogen durch die Luft. Auf dem Schiff war es einen Moment lang totenstill, dann sagten alle »Ah« und »Oh, schau, wie schön«. Und es war wirklich bezaubernd. Die glatten Körper tanzten über die Wellen, kraftvoll, leicht und verspielt zugleich.

Die Delfine schwammen eine Zeit lang neben uns her, dann drehten sie ab und verschwanden am blauen Horizont. Das Schiff drehte ebenfalls. Als Denia begriff, dass es zurückging, blühte sie auf. Sie erzählte mir von der Kinderkrippe und dass die eine Betreuerin eine blöde Kuh war und Sämi ihr Freund und sie mit Marie gefährliche Sachen machen würde. Sie plapperte ohne Punkt und Komma, hielt sich währenddessen an der Reling fest und spuckte von Zeit zu Zeit ins Wasser. »Schau mal: Eiger, Mönch und Nonne«, rief sie und zeigte auf die Schaumkronen.

»Ich verstehe nicht.«

»Das Meer macht kleine Berge mit Schnee obendrauf – da ist das Matterhorn, das Guggishörnli und jetzt schon wieder Eiger, Mönch und Nonne.«

»Jungfrau, meinst du wohl?«

Denia funkelte mich zornig an. »Tu nicht wie Mami, sonst fange ich wieder an zu schreien. Es reicht, wenn die mich dauernd verbessert, hörst du?« Als wir später auf dem Hafenkai standen, unterbrach ich ihren Redefluss: »Denia, wo ist euer Strandplatz?« Sie zuckte mit den Schultern.

»Seid ihr beim großen Strand, dort, wo's einen Eisstand gibt?«

»Eis? Au ja, dort ist es sicher.« Sie schaute mich unschuldig wie ein Lamm an. »Du, krieg ich ein Eis?«

Ich zuckte mit den Schultern. »Wenn du mich zu deiner Mutter führst.«

»Aber ich brauch jetzt ein Eis, ich bin schon ganz schwach in den Beinen, ich kann gleich nicht mehr.« Sie zog eine schmerzerfüllte Grimasse.

»Also gut«, ich zog sie durch den kleinen Hafen Richtung Strand. Denia hüpfte aufgeregt auf und ab. »Ich war ganz allein auf einem Piratenschiff«, prahlte sie. Sie erzählte mir von ihrem Vater, der in Deutschland lebte und sie zweimal im Monat besuchen kam. »Seine Freundin ist eine blöde Ziege. Sie wiehert, wenn sie etwas lustig findet, und sie streicht mir übers Haar, das hasse ich.« Sie erzählte mir von ihrer Großmutter, die feine Kuchen bäckt. »Sie hat einen Teppich mit Fransen dran und wenn ich die Fransen durcheinanderbringe, muss ich sie mit einem großen Kamm wieder schön frisieren. Opa hat Kisten voller Käfer und Schmetterlinge und grässlicher Spinnen. Er sammelt die, er ist nämlich Käferdoktor.«

Während wir an den letzten bunten Booten vorbeigingen, erfuhr ich, dass Berthe nebenan wohnte, dass sie gefährliche Möpse besaß und die besten Spaghetti kochte. »Sie ist meine Mutter Nummer zwei, sie spinnt, aber sag ihr das ja nicht!«

Dann konnte ich mir die Frage nicht verbeißen: »Und deine Mama, 'at sie einen Freund?«

»Nö. Sie sagt immer, dass sie keine Kazapidiät dafür hat. Mir ist das Recht, dann hat sie mehr Zeit für mich.«

Ich hielt Ausschau nach Julia und beschleunigte den Gang. Aber die Kleine blieb stehen und verschränkte die Arme. »Du hast versprochen, dass ich ein Eis kriege«, sagte sie trotzig.

»Ja, aber deine Mutter sucht dich bestimmt schon verzweifelt, wir wollen sie nicht unnötig warten lassen.« Ich zog an ihrem Arm, und ihr kam nichts Besseres in den Sinn als loszuheulen. »Du bist so gemein!«, jammerte sie und warf sich auf den Boden, wobei sie mit Armen und Beinen um sich ruderte. Die Leute gafften. Ich hätte ihnen am liebsten zugerufen: ›Was starrt ihr so, ich bin eine Lesbe! Ich bin unschuldig! Ich würde nie eine solche Göre in die Welt setzen!‹

Plötzlich rempelte mich jemand von der Seite. »Was soll das?!« Es war Julia. »Was tust du da?!«, sie schubste mich nochmals. »Ich fass es nicht!« Julia hatte ein hochrotes Gesicht, die Wut hob ihr schier die Schädeldecke, sie schubste mich erneut.

»Aber ich –«

»Warum liegt meine Tochter schreiend am Boden? Ich suche sie seit Stunden!« Sie schubste mich schon wieder – war ich ein sperriges Möbelstück oder was?

»Jeder vernünftig denkende Mensch hätte meine Tochter *sofort* zu mir geschickt!«

»Aber Mama –« Denia stand auf.

Julia packte ihre Tochter am Arm. »Mit dir rede ich später. Sicher hat es dir auch noch Spaß gemacht!«

»Ja, es war lustig, wir ha–«

Julia ließ sie los und fuchtelte mit den Armen. »Ich glaub es nicht! Ich sterbe fast vor Angst und befürchte das Schlimmste, währenddessen amüsiert sich meine Tochter.« Sie drehte sich zu mir und schubste mich wieder. »Fahrlässig ist das, fahrlässig, sehr fahrlässig, so was tut man keiner Mutter an!«

Nun war es aber genug. Ich bellte sie an: »Erstens: 'ör auf mich zu rempeln, ich kann das auf den Tod nicht ausstehen! Zweitens: Deine Tochter hat sich in ein Schiff geschmuggelt, das auf Delfine-Sight-Tour ging, und ich war zufälligerweise auch auf dem Schiff. Ich 'abe sie entdeckt und dafür gesorgt, dass ihr *nichts* geschehen ist, kapiert?« Nun war ich echt wütend, diese Frau war einfach die Höhe. Wenn ich wütend wurde, bekamen die meisten Menschen Angst vor mir. Joëlle hatte immer das Zimmer verlassen, was mich noch mehr in Rage brachte. ›Ich kann nicht mit dir reden, wenn du aussiehst, als würdest du mir gleich die Haut vom Leib abziehen‹, begründete sie ihren Rückzug.

Nun rempelte ich Julia. »Und wenn du denkst, dass ich Denia von dir fern gehalten 'abe, dann tust du mir Leid!«

Julia ließ ich von meinem Wutausbruch nicht beeindrucken. »Und warum hat Denia eben auf dem Boden gelegen und geweint? Welche Schlüsse sollte ich wohl daraus ziehen?«

»Zum Beispiel, dass deine Tochter ein Eis wollte und ich ihr sagte, dass wir erst dich finden müssen, weil du bestimmt 'alb tot vor Angst bist.« Ich schüttelte den Kopf. »Das ist mir echt zu blöd«, sagte ich mit Nachdruck, drehte mich um und ging. Beim Weggehen überlegte ich, ob ich Julia nicht hätte einen Kinnhaken verpassen sollen. Ich hörte, wie Denia rief: »Aber Mama, was Satine sagt, ist wahr, ich wollte ein Eis und sie hat mich auf dem Schiff beschützt!« Einen Moment lang war Stille. Sollte Julia nur realisieren, dass sie mich zu Unrecht angeklagt hatte. Ich setzte meinen Weg fort.

Da hörte ich Julias Stimme: »Satine, warte bitte!«

Ich ging ungerührt weiter.

»Ich, ähm, also, warte doch, es tut mir wirklich«, das letzte Wort sagte Julia so leise, dass ich es nicht verstehen konnte. Ich blieb stehen und drehte mich um. Julia sah zerknirscht aus. »Was 'ast du gesagt? Ich 'abe den Schluss nicht verstanden.«

Julia schaute auf den Boden. »Also, ich sagte, dass es mir ähm, dass es mir wirklich –«, ihre Stimme wurde wieder leiser.

»*Comment?*«, fragte ich scheinheilig. »Vorhin noch ging das doch ganz gut etwas lauter!«

Julia schaute ärgerlich auf. »Meine Güte, spitz deine Ohren! Ich sagte, dass es mir«, sie räusperte sich, »Leid tut.« Endlich hatte sie die Kröte ausgespuckt, sich entschuldigen war offensichtlich nicht ihre Stärke. Sie rang die Hände. »Ich war halb irrsinnig vor Angst! Die Mädchen spielten im Sand, mein Buch war verdammt spannend und Berthes offenbar auch. Als ich aufsah, war Lea allein, nur Denias Mütze lag noch da. Denia habe Piraten suchen wollen, sagte mir Lea. Lieber Himmel, ich dachte, vielleicht haben sie Denia entführt, um sie auf dem Schwarzmarkt zu verkaufen! Wenn dann eines Tages ein alter Knacker an mir vorbeigehen würde und der hätte Denias Leber im Leib, nicht auszudenken!« Sie schüttelte sich. »Stattdessen war meine Tochter auf Piratengang, sie hat ja auch das passende Kopftuch dazu.« Jetzt blickte Julia liebevoll auf ihre Tochter und hob sie hoch. »Lass uns jetzt schnell zu Berthe und Lea gehen, die werden sich freuen.« Sie wandte sich mir zu. »Kommst du auch? Jetzt schulde ich dir neben dem Drink von vorgestern auch noch ein Nachtessen. Als Dank für deine Fürsorge.« Sie neigte ihren Kopf leicht zur Seite und lächelte mich an. Dieses Lächeln war wie die Saharasonne, die glühend auf einen Gletscher schien; erstaunlich, dass sich kein Schmelzwasser um meine Füße bildete.

Julias Hüften wiegten sich bei jedem Schritt. Denia hielt ihre Mutter umklammert und blinzelte mir über Julias Schulter hinweg zu. Das Kopftuch war ihr tief in die Stirn gerutscht, sie begann am Daumen zu lutschen. An diesem Nachmittag sah ich die Farbe von Julias Augen: Sie waren blaugrün, es waren verdammt schöne Augen, auch weil sie den Ausdruck so schnell wechseln konnten – von nachdenklich zu schelmisch, von wütend zu fröhlich, von wachsam zu abwesend. Ich mag lebendige Augen. Ein Hai mit lebendigen Augen, und eine Giraffe am Beckenrand. Ich brauchte meine ganze Energie, um nicht in den Pool zu springen und mich zerfetzen zu lassen. Julia hatte die Haare hochgesteckt. Ein Lüftchen rüttelte an den Sonnenschirmen.

# 9. Kapitel Julia

*Das Essen wurde zuletzt so miserabel,*
*Dass mir die Eingeweide davonkrochen.*
*Wilhelm Klemm*

Am Abend gingen Julia und Satine auswärts essen. Berthe versprach, den Mädchen Piraten-Nuggets mit Delfin-Kartoffeln und Holzbein-Salat zu kochen, worauf Lea und Denia einen Freudentanz aufführten und behaupteten, nach dem Essen ohne Widerrede ins Bett zu gehen.

Julia und Satine gingen an die Meerpromenade mit den Palmen und Oleanderbüschen, mit dem trägen Sonnenlicht, mit den Familien, die auf dem Gehsteig auf und ab schlenderten, dorthin, wo sich phantasielose Hotelblöcke und Restaurants mit überfüllten Terrassen reihten. Sie tauchten ins Innere des Dorfes, irrten durch verwinkelte Gässchen und Sträßchen, bis sie ein kleines Restaurant am Ende einer Sackgasse entdeckten. Sie schlüpften durch den bunten Türvorhang und gelangten in einen kleinen Raum mit grauen Steinplatten und weiß getünchten Mauern. Über der schlichten schwarzen Bar waren Gläser auf Glasregalen aufgereiht, kleine Lampen beleuchteten die Spirituosen von hinten und ließen die Farben der Getränke erstrahlen.

Julia und Satine blieben vor der breiten Vitrine neben dem Eingang stehen, um die ausgestellten Meeresfrüchte zu betrachten. Julia war froh, dass Denia nicht hier war, sie hätte beim Anblick der toten Tiere laut losgeschrien. Satine deutete auf einen Fisch, der zwischen Crevetten und Muscheln lag. »Diesen Fisch will ich«, sagte sie, »er sieht einsam aus, dem will ich Gesellschaft leisten.«

»Komm, setzen wir uns erst mal hin«, schlug Julia vor,

steuerte einen Tisch an und setzte sich. »Wer hätte gedacht, dass sich in dieser abgewrackten Gasse ein solch hübsches Restaurant befindet«, sagte Julia versonnen.

Satine streifte schmunzelnd die Zigarette am Aschenbecher ab. »Tja, die Dinge sind oftmals nicht das, was sie auf den ersten Blick zu sein scheinen.« Ihre Augen sahen in diesem warmen Kerzenlicht noch dunkler aus als sonst. Augen, tief und unergründlich wie eine mondlose Nacht.

»Nimm zum Beispiel den Sternenhimmel«, fuhr Satine fort. »Du schaust hinauf und denkst, welch ein schöner Sternenhimmel das 'eute ist. Von wegen 'eute! Du siehst Sterne blinken, die es gar nicht mehr gibt, denn sie sind so weit von uns entfernt, dass ihr Licht uns erst nach tausend Jahren erreicht. Was wir dort oben sehen, ist immer nur ein Blick in die Vergangenheit. Unser Gehirn bastelt mit 'ilfe unserer Wahrnehmung eine eigene Welt zusammen, aber eigentlich 'aben wir wenig Ahnung davon, was draußen wirklich vor sich geht.«

Julia drehte eine Strähne um ihren Finger und runzelte die Stirn.

Der Kellner erschien mit gezücktem Kugelschreiber und Notizblock, die Frauen folgten ihm zur Vitrine. Satine entschied sich für den einsamen Fisch und Julia für Muscheln. Zurück am Tisch schaute Julia Satine nachdenklich an. »Unser Gehirn erschafft die Welt, sagst du. Das erinnert mich an die Szene aus *The Matrix*. Kennst du den Film?«

Satine nickte.

»Erinnerst du dich, als Neo auf das Medium wartet? Im selben Raum sitzt ein Knabe, der einen Löffel mit Geisteskraft verbiegt. Der Knabe sagt zu Neo: Du darfst nicht versuchen den Löffel zu verbiegen, weil das nicht möglich ist. Versuch dir stattdessen die Wahrheit vorzustellen: Den Löffel gibt es nicht. Dann wirst du merken, dass du nicht den Löffel verbiegst, sondern dich selbst. Was der Junge sagt, hat mir sehr gefallen, es vermittelt mir ein Gefühl der Weite und der ungezählten Möglichkeiten. Mit der richtigen

Geisteshaltung ist alles möglich. Ich habe dann auch Löffel verbogen.«

»Du kannst Löffel verbiegen?«, fragte Satine erstaunt.

»Na ja, etwa nullkommanullzwei Millimeter, da habe ich halt etwas nachgeholfen.« Sie machte grinsend mit den Händen eine Drehbewegung.

Der Kellner brachte die Salatteller, die mit Ananas- und Mangostücken dekoriert waren. Julia sprach mit vollem Mund weiter: »Weißt du, ich bin ein großer Sciencefiction-Fan – ich sehe mir jeden dieser Filme im Kino an!«

Satine lächelte: »Wie schön, ich treffe eine Frau, die Sciencefiction-Filme mag!«

»Was ist daran so toll?«, wollte Julia wissen.

Satine lief rot an, sie kaute länger als nötig auf einem Mangostück, »ich spreche einfach gerne mit meinesgleichen über solche Dinge.«

»Sind Frauen automatisch deinesgleichen, nur weil sie dasselbe Geschlecht haben?« Julia betrachtete Satine skeptisch.

»Nun, ich«, Satine überlegte, »ich finde ja, zwischen Frauen ist mehr Verständnis möglich.«

»Da kennst du Frau Iseli nicht, die über uns wohnt und regelmäßig unschöne Briefe unter unserer Tür durchschiebt. Das Verständnis zwischen Frau Iseli und mir ist erbärmlich. Oder nimm Berthe und mich. Ich mag Berthe sehr gern, aber ich befürchte, ich werde nie Verständnis für ihr Hexengetue, ihre Instantwege zur Erleuchtung und ihre Abneigung gegenüber blonden Männern aufbringen. Und sie findet meine Leidenschaft für Kinderzeichnungen auch nach siebzehn Jahren meschugge. Nachdem sie Jürgen, meinen Exmann, kennen gelernt hat, sagte sie, dass ich mir besser einen Goldfisch angeschafft hätte. Der mache weniger Dreck und lasse keinen Scheiß raus.«

Satine tupfte mit der Serviette ihren lächelnden Mund ab. »Ihr kennt euch seit siebzehn Jahren? Das ist lang.«

»Länger – seit dem Kindergarten, um genau zu sein.«

»*Mon Dieu!*«

»Aber es war nicht Liebe auf den ersten Blick. Ich war ein braves Püppchen aus gutem Hause und Berthe war die Dickliche, deren Mutter Putzfrau war und von deren Vater niemand etwas wusste. Kinder merken, wenn ein Kind nicht aus stinknormalen Verhältnissen kommt und reagieren mit erstaunlicher Brutalität darauf. Ein paar Jungen plagten Berthe vom ersten Kindergartentag an. Berthe aber war eine gerissene Göre: In der zweiten Woche raste sie als erste aus dem Kindergarten, versteckte sich in den Büschen und verhaute jeden, der vorbei ging.« Julia lachte. »Und an diesen Büschen mussten alle vorbeigehen. Wir begannen uns bald vor Berthe zu fürchten; sie jagte und piesackte uns, wo sie nur konnte. Nun hatten Berthe und ich zu meinem Leidwesen größtenteils denselben Schulweg, sie ging oft neben mir her und stieß mich in Gartenzäune, Laubberge, Schneehaufen, kratzende Büsche oder zog mich am Schopf. Ich sah dann aus wie gegen den Wind gekämmt, aber ich verpetzte Berthe nie, warum weiß ich noch heute nicht.

Eines Tages aber hatte ich genug von der Schubserei, nahm allen Mut zusammen und warf ihr meine Kindergartentasche an den Kopf. An diesem Tag hatte ich drei große, bemalte Steine in meiner Tasche, was Berthe eine riesige Beule am Kopf bescherte. Seitdem waren wir Freundinnen – wissen die Götter warum. Vielleicht hatte mein Wurf Berthe zur Vernunft gebracht, und irgendwie fand ich sie tausend Mal lustiger und spannender als die anderen Mädchen.« Julia legte das Besteck auf den Teller. »Was ich damit sagen wollte: Berthe bedeutet mir viel. Sie ist eine unterhaltsame Nervensäge, sie trifft jedes Fettnäpfchen, sie ist in vieler Hinsicht eine Perle, wir versorgen uns gegenseitig mit Tampons und sie ist meine liebste Freundin, aber *meinesgleichen* könnte ich sie trotzdem nicht nennen.«

Satine wollte etwas erwidern, als der Kellner mit der Hauptspeise kam und die Salatteller mit sich nahm. Sie hoben die Weingläser und prosteten sich zu. »Auf *meinesgleichen*«, sagte Satine.

»Ja, auf *meinesgleichen*, mögen sie lange leben!«, lächelte Julia.

Aus den alten Lautsprechern ertönte Inselmusik, die fröhlich und sehnsuchtsvoll zugleich war. Das Restaurant war mittlerweile voll. Am Nebentisch saß ein älteres holländisches Paar, das sich über das Brot hergemacht hatte, auf der anderen Seite versuchte ein deutscher Vater seine zwei pubertierenden Kinder vom Blödeln abzuhalten, aber die kicherten nur noch hysterischer. Eine Weile schwiegen die Frauen.

»'örst du, es geht ein Engel vorbei«, sagte Satine plötzlich.

Julia hörte auf zu kauen. »Was meinst du?«

»Wenn Menschen an einem Tisch sitzen und lange niemand spricht, sagt man bei uns: *Il y a un ange qui passe.*«

»Ein Engel geht vorbei. Eine schöne Redewendung«, Julia schaute auf Satines Lippen. »Ist er gut, dein Fisch?«

Satine nickte, während sie weiterkaute.

Julia räusperte sich. »Ich möchte mich noch mal dafür bedanken, dass du dich um Denia gekümmert hast. Es war dumm von mir, dir eine Entführung anhängen zu wollen. Ich war ziemlich aus den Socken, konnte vor lauter Angst nicht mehr denken.« Julia strich eine Strähne hinters Ohr und schaute unsicher zu Satine hinüber.

»Ich wäre auch durcheinander, wenn meine Tochter abhanden käme.«

»Hast du eine Tochter?«, fragte Julia überrascht.

Satine lachte. »*Mais non!* Ich seh doch nicht aus wie eine Mutter, oder?«

Julia musterte Satine so lange, dass diese verlegen wurde. »Nein, eher wie eine, die beruflich ihren Weg geht.«

»Ich liebe Kinder; aber sie sind so anstrengend. Ich 'abe zwei Enkel von meinem Bruder und ich 'üte sie wirklich gern, aber ich bin froh, wenn ich sie wieder abgeben kann.«

Julia schmunzelte. »Merkwürdig: Du hast keine Kinder, dafür gleich zwei Enkel, und auch noch von deinem Bruder?

Die Romandie scheint eine seltsame Gegend zu sein. ich möchte da nie leben, am Ende würden mir meine Mädchen noch Cousinen zur Welt bringen.«

»Wie bitte?« Satine blickte sie verständnislos an.

»Vergiss es.«

Es war heiß und feucht im Restaurant, Julia lief der Schweiß den Rücken hinunter. Es war drückend, angenehm drückend, als würde sich der Raum um sie schließen, fest und warm, als dringe das Leben zwischen diesen Wänden durch die Poren ihrer Haut tief in sie ein, so dass sie sich lebendig fühlte, lebendig und etwas verrückt, mit dummen Gedanken.

Der Kellner servierte ab. Sie bestellten einen Espresso mit Grappa, und während sie Espresso schlürften und Grappa nippten, einen zweiten Grappa bestellten und jede ihre Rangliste der zehn besten Sciencefiction aufstellte, leerte sich das Restaurant.

Julia bemerkte, dass Satine immer unruhiger auf ihrem Stuhl hin und her rutschte. »Ist alles in Ordnung?«

»Mir ist etwas schlecht, vielleicht wegen der stickigen Luft.«

Julia nickte. »Dann lass uns gehen«, sagte sie und winkte dem Kellner.

Draußen war es kühler. Satine ging Richtung Meer und setzte sich auf die Mauer, die das Dorf vom Strand trennte. Julia nahm neben ihr Platz, eine Weile saßen sie schweigend nebeneinander, bis Julia Satine am Arm berührte. »Schau, der Mond geht auf, heute ist doch Vollmond!« Sie zeigte zum Horizont, wo die orangefarbene Scheibe hinter dem Bergkamm hervorglitt.

»Ja, ja«, erwiderte Satine mit dumpfer Stimme. »Es ist–«, sie brach unvermittelt ab. Dann hörte Julia, wie sie würgte. Es plätscherte hart, eine Männerstimme fluchte. Satine hatte sich nach vorn gebeugt und starrte hinunter. »He, du hast uns ja beinahe vollgekotzt!«, drang es empört zu ihnen herauf. Der Mann tauchte aus dem Schatten der Mauer auf, während er sich noch die Hose zuknöpfte. Eine Frau folgte ihm, sie zupfte an ihrem Rock, als wäre der über und über mit Fuseln bedeckt. Satine starrte regungslos hinunter, und als Julia sie eben nach ihrem Befinden fragen wollte, erbrach sie sich ein zweites Mal.

Der Mann wurde fuchsteufelswild. »Willst du uns verarschen? Muss ich rauf kommen und euch verdreschen?«

»Nur zu!« Julia grinste frech. Als sie jedoch begriff, dass der Mann laut wetternd einen Weg über die Mauer suchte, packte sie Satine und zog sie mit sich.

Satine würgte: »Nicht dorthin.«

»Was?«

»Unsere Unterkünfte liegen in der anderen Richtung«, Satine hatte ihren Bauch mit beiden Armen umschlungen.

»Oh.« Julia änderte den Kurs.

Auf der Höhe der Bananenplantagen blieb Satine stehen. Das Pärchen war ihnen glücklicherweise nicht gefolgt. Sie krümmte sich vor Schmerzen. »*Mon Dieu*, ich glaube, meine Eingeweide werden durch den Fleischwolf gedreht. Mein 'erz rast wie wahnsinnig, als würde es gleich explodieren und mir ist so schwindlig.« Sie lehnte an einer Straßenlampe und erbrach sich vor Julias Füßen.

Julia schaute ungerührt zu. »Nur zu, die Schuhe müssen sowieso wieder mal geputzt werden.« Sie setzten den Weg fort, als Satine zu murmeln begann: »*Un chasseur sachant chasser sans –*«

»Was?«, fragte Julia verdutzt.

Satine lächelte schief: »Das ist mein 'ausrezept. Wenn ich mich ablenken will, sage ich Zungenbrecher auf, das 'ilft. Ohh!« Sie krümmte sich wieder.

»Dein Fisch war wohl nicht Spitzenklasse«, meinte Julia trocken. »Kannst du weitergehen? Wo wohnst du?« Sie nahm Satines Arm.

»Da rauf«, Satine deutete die linke Straße hinauf und murmelte wieder: »*Un chasseur sachant chasser sans son chien est un bon chasseur.*« Sie ging leicht gebeugt, Julia stützte sie, so gut sie konnte. »Fischers Fritz fischt frische Fische, fri–«, mitten im Reim wurde Satine bewusst, wovon sie sprach, und übergab sich erneut. Julia schüttelte den Kopf. Auf dem Weg zur Wohnung hinterließ Satine ihre Spuren in der Bananenplantage, in einem Gebüsch und mitten auf die Straße.

Julia machte sich langsam Sorgen.

In ihrer Wohnung rezitierte Satine weiter: »*Les chausettes de l'archiduchesse sait-elles sèches archi sèches?*« Julia packte sie und steuerte sie zum Bett. »'ansen 'ansens 'ans 'ackte 'olz. 'ätte 'ansens 'annchen 'ansen 'ansens 'ans 'olz 'acken 'ören.« Julia setzte sie aufs Bett, legte sie zurück und sagte: »Dieser Zungenbrecher würde mich eher zum Kotzen animieren als mich davor bewahren.« Satine sprach unbeirrt weiter: »'ätte 'ansens 'annchen 'ansen 'ansens 'ans 'olz 'acken 'elfen.«

»Satine.« Sie legte kopfschüttelnd Satines Beine aufs Bett. »Du spinnst.« Satine brummelte: »Wenn Fliegen hinter Fliegen fliegen, fliegen Fliegen Fliegen nach.« Sie stöhnte und sah Julia bittend an. Julia verstand, sie raste in die Küche und kam mit einer Schüssel zurück. Während Satine tat, was sie tun musste, sah sich Julia in der Wohnung um. Es war aufgeräumt, alles befand sich an seinem Platz. Auf der Truhe lagen zwei teuer aussehende Fotoapparate und eine Polaroid, ein paar Objektive und eine große Fototasche. Sie roch Satines Parfum, es war ein weicher, warmer, frischer, leicht würziger Duft. In der Küche fand sie eine Wasserflasche und kehrte zu Satine zurück, die mit dem Arm über den Augen erschöpft dalag. »Versuche zu trinken, du hast bestimmt viel Flüssigkeit verloren.« Sie befühlte Satines schweißnasse Stirn. »Fieber hast du nicht. Das sieht nach einer Lebensmittelvergiftung aus. Vermutlich lag dein Fisch so einsam da, weil ihn die anderen schon lange verlassen hatten und er nun vor sich hin –«

»Julia, ein Wort noch und ich mache es über deinen Rock!«

»Hu, ich bin ja schon ruhig.« Julia verschwand mit der Schüssel im Badezimmer. Während sie sie auswusch, kam sie zu einer Entscheidung. »Hör mal«, sagte sie, als sie wieder beim Bett stand, »ich kann dich in deinem Zustand nicht allein lassen. Ich muss aber wegen der Mädchen nach Hause. Also kommst du mit. Mein Bett ist groß genug für uns beide.«

Satine schüttelte entsetzt den Kopf. »Ach was. Ich komme zurecht.«

Julia ging nicht darauf ein. »Wo hast du deinen Pyjama?«

»Ich schlafe nackt.« Satine stützte sich mühsam im Bett auf. »Ich sagte, ich kann –«

»Wo finde ich ein großes T-Shirt?«

Satine war überrumpelt. »Im Schrank. Das Graue.«

Julia zog Satine hoch und bugsierte sie zur Tür. »Komm, es ist nicht weit.«

Sie stiegen langsam die Treppen hoch. Bei der Wohnung angekommen, führte Julia Satine zum Bett und verschwand kurz ins Kinderzimmer. Mit einem Handy in der Hand kam sie zurück, Satine ließ sich schwer aufs Lager fallen. Kurz darauf hörte sie Julia auf der Terrasse telefonieren: »Marisa, hallo, wach auf, ich brauche deine homöopathischen Kenntnisse! Ja, ich weiß, es ist spät. Nein, den Principessen geht‘s gut, Berthe auch. Ich bin mit einer Frau ausgegangen, sie hat Fisch gegessen und kotzt sich nun die Seele aus dem Leib, was soll ich tun?«

Noch während sie telefonierte, hantierte sie im Badezimmer und in der Küche, kurz darauf kam sie mit homöopathischen Kügelchen und Kräutertee zurück. »Mund auf«, sagte Julia. Sie hielt Satines Nacken, während sie ihr ein paar weiße Kügelchen in den Mund schüttete. Sie half ihr, sich wieder hinzulegen, deckte sie zu und trocknete ihr das Gesicht. Dann ging sie ins Bad und zog sich um. Als sie später zu Satine ins Bett stieg, sagte sie: »Normalerweise gehe ich nicht schon beim ersten Rendezvous mit einer Frau ins Bett.«

Satine riss die Augen auf. »*Hein?*«

Julia winkte ab. »War nur ein Scherz. Versuch zu schlafen. Stört es dich, wenn ich das Licht noch brennen lasse?«

»Nein, ich kann sowieso nicht schlafen.« Satine versuchte ein Lächeln, das mehr zur Grimasse geriet. »Was liest du?«

»Nichts. Ich kreuze Wörter. Ich bin eine Buchstaben-Kreuzritterin.«

»Du scheinst Übung zu haben«, meinte Satine, nachdem sie Julia eine Weile zugeschaut hatte.

»Es ist das beste Einschlafmittel, das ich kenne«, erklärte Julia, während sie weiterschrieb. »Nichts Tiefschürfendes, nichts, was die Gefühle durcheinander bringt, ein bisschen Training für die Hirnzellen – einfach perfekt.« Sie drehte sich um und rückte das Kissen zurecht. »Zudem lernt man hilfreiche Dinge.«

»So?«

»Ja, weißt du wie man im Fränkischen zu Hausflur sagt?«

Satine schüttelte den Kopf.

»Ern.«

»Ja, und?«

»Vielleicht bist du eines Tages bei einer fränkischen Familie eingeladen und die haben diese wunderkitschigen Landschaftsbilder im Flur hängen. Da kannst du hinstehen, die Gemälde bewundern und sagen: ›Sie haben aber einen schönen Ern.‹ Der Gastgeber wird ausflippen vor Freude.«

»Na ja.«

Julia setzte grinsend ihr Schwedenrätsel fort. Ruhe kehrte in das Zimmer ein, worüber Satine nicht unglücklich war.

»Satine, bist du noch wach?«

»Mhmmm.«

»Ich weiß, dass die Form einer Quadrille Ete heißt. Nur, was um Himmels Willen ist eine Quadrille?«

»Das ist eine Pariser Tanzform aus dem 18. Jahrhundert. Vier Paare tanzen im Karree zusammen.«

»Oh. Ich dachte immer, dass es sich um eine chemische Verbindung handelt. Das erinnert mi–«

»Versteh das jetzt bitte nicht falsch«, Satine setzte sich umständlich auf, »aber ich kann dir nicht weiter zuhören.« Mit unsicheren Schritten durchquerte sie den Raum und verschwand im Badezimmer. Julia lag mit dem Rätselheft auf der Brust still da. Sie vernahm aus der Ferne das Rauschen des Meeres, in der Nähe Satines Würgen. Eine warme Brise blähte den Vorhang. Merkwürdig, dachte Julia, da übergibt sich eine fremde Frau in meinem Badezimmer, und es ist nicht besonders befremdlich. Gemütlich ist es auch nicht, aber irgendwie vertraut – so als würde aus meiner Kaffeemaschine ein Espresso röhren.

Satine tauchte erschöpft im Türrahmen auf. »Meine Mutter sagt immer: Einen Fisch in Ehren sollst du immer verwehren. Jetzt weiß ich, was sie damit gemeint 'at.« Sie schwankte leise stöhnend zum Bett. »Meine Mutter sagt auch: Lieber einbrechen als erbrechen.«

Julia legte das Rätselheft beiseite.

»Sag mal, warum sprichst du mit französischem Akzent, wo deine Mutter Berlinerin ist?«

»Wir 'aben uns als Kinder geweigert, Deutsch zu sprechen. Im Welschland ist Deutsch das Uncoolste, was man sich vorstellen kann. Meine Mutter blieb aber 'artnäckig, sie sprach ausschließlich Deutsch mit uns. Ich 'abe Deutsch immer gut verstanden und als Erwachsene dann schnell sprechen gelernt, aber für die akzentfreie Aussprache war's zu spät.« Satine legte sich ächzend auf den Rücken.

»Wenn mir schlecht ist, lege ich mir die Hände auf den Bauch«, sagte Julia, »das hilft zu beruhigen.« Sie blickte zu Satine. »Soll ich dir die Hand auflegen?«

Satines Gesicht wurde noch etwas weißer. »Was? 'and auflegen –«, sie stockte, »ich weiß nicht, ist ja nicht so schlimm.«

»Da bin ich anderer Meinung.« Julia kam näher und legte ihre rinke Hand auf Satines Magen. »Geht das so?«, fragte sie.

Satine nickte und schloss die Augen. »Mmhh, ja das tut

gut.« Julia beobachtete, wie sich Satines Gesichtszüge entspannten. Nach einer Weile sagte Satine: »'andauflegen sollte gesetzlich verankert werden, zum Wohle der Bevölkerung. Da könnte man Millionen bei den Krankenkassen einsparen und die Prämien würden nicht alle zwei Jahre erhöht und –«

»Schscht«, flüsterte Julia, »lass die arme Politik in Ruhe und entspann dich. Die ist morgen auch noch da.« Sie ließ ihre Hand sachte auf Satines Bauch kreisen. »Geht das?«

Satine nickte nur, die Nachttischlampe warf Schatten über ihr Gesicht. Als Julia Satines Züge betrachtete, wünschte sie sich, sie würde diese Frau besser kennen. Sie wollte sie fragen, warum sie drei Kameras bei sich hatte, warum sie so ordentlich war, warum sie nur wenig über sich sprach, warum sie immer in den unpassendsten Momenten zu politisieren begann. Als Julia das Licht gelöscht hatte, sah sie, dass der Mond das Vorhangmuster auf den Boden zeichnete.

Aus Satines Richtung war ein leises »*Merci*« zu hören.

»*De nada*«, antwortete Julia und dachte, dass es alles in allem ein schöner Abend gewesen war. Sie lächelte in die Dunkelheit. Ohne es zu merken, strahlte sie, und weil es Nacht war, verging dieses Strahlen, ohne dass sich jemand daran hätte erfreuen können.

# 10. Kapitel ___________ Satine

*während ich stehe fällt der schatten hin*
*morgensonne entwirft die erste zeichnung*
*Helmut Heißenbüttel*

Als erstes roch ich den Kaffee. An anderen Tagen liebe ich den Geruch von Kaffeepulver, das Blubbern, Zischen und Pfeifen der Espressomaschine, aber an diesem Morgen ließ mein Magen beim Kaffeeduft die Blätter hängen. Die Kochnische befand sich im selben Raum wie das Bett, in dem ich lag, ich hörte Schubladen, die geöffnet und geschlossen wurden, das Scheppern des Bestecks, das leise Zischen des Gasfeuers, das langsame Sieden des Wassers und das weiche Klatschen von nackten Füßen auf dem Steinboden. Ich hörte, wie Julia leise vor sich hin summte, wie sie Teller und Tassen aus dem Schrank nahm und auf die Terrasse hinausging.

Ich war so erschöpft, dass ich mit geschlossenen Augen liegen blieb und den Körper sich selber überließ. Ich erwachte nur allmählich und realisierte erst nach einiger Zeit, dass etwas an meiner Schulter lag. Draußen behauptete Lea, sie könnte unmöglich den Tisch decken, weil sie Berthe beim Sonnengruß assistieren müsse, worauf Julia einen Lachanfall bekam. Ich griff neben mich und langte in Locken. Ich öffnete ein Auge, um mich zu vergewissern: Denia lag an mich gekuschelt, die gefährlichste Piratin überhaupt, den Daumen im Mund und einen Stofftiger an sich gepresst, in einem Pyjama mit ulkigen Tierchen drauf.

Ich bin nicht das, was man eine Kuschelfanatikerin nennen würde. An diesem Morgen aber fand ich die Küchengeräusche gemütlich und die Kleine, die an mich geschmiegt war, tröstlich und behaglich. Ich hätte noch lange so liegen können.

Die Fischvergiftung war nicht ganz ausgestanden, mein Magen schien immer noch unschlüssig, wo oben und wo unten lag. Ich kam mir vor wie ein Wrack, das an den Strand dieser seltsamen Frau gespült worden war. Ich versuchte mich eben vorsichtig aufzusetzen, da kam Julia wieder herein. Als sie sah, dass ich das Bewusstsein zurückerlangt hatte, lächelte sie ein bezauberndes Lächeln, das mich noch schwächer machte. »Na, wie geht's?«, fragte sie.

»Soso, lala, um ehrlich zu sein«, antwortete ich.

Sie setzte sich auf den Bettrand. »Mund auf«, befahl sie und hielt meinen Nacken wie gestern Nacht. Ihre Hand war warm, und ich hoffte, sie würde tausend Kügelchen – langsam, eines nach dem anderen – in meinen Mund fallen lassen. Dann beugte sie sich über mich, das heißt: Sie legte sich auf meine Beine, um Denia durch die Haare zu fahren. Sie gab ihrer Tochter einen Kuss und flüsterte: »Hey, Piratin, was machst du noch an Land?« Denia drehte sich um und schmatzte.

Die Kügelchen zergingen auf meiner Zunge und ich bemühte mich, nicht unter dieser Frau zu zergehen, die ihrer Tochter in den Nacken pustete und immer noch auf meinen Beinen lag, als wäre dies das Normalste der Welt. Julias Haare waren zerzaust, sie trug zu ihrem großen blassblauen T-Shirt eine verwaschene Turnhose. Ich hätte sie gern gepackt und mit ihr gerangelt. Ich hasste sie dafür, dass ich mir das wünschte.

In der Nacht hatte ich lange wach gelegen und mich noch ein paar Mal übergeben müssen. Dazwischen beobachtete ich, wie das helle Viereck über den Boden wanderte und über die eine Ecke des Bettes glitt. Julia atmete tief und regelmäßig, manchmal wurde daraus die Andeutung eines Schnarchens. Die ganze Situation war absurd. Das Letzte und Erste, was ich wollte, war neben Julia zu liegen. Neben dieser heterosexuellen Mutter von zwei Töchtern, die ABBA nicht nennenswert fand und die am liebsten die Schweiz zugemauert hätte. Mit beiden Händen auf dem Magen schaute ich von Zeit zu Zeit zu ihr hinüber. Ich konnte in der Dunkelheit nicht viel erkennen – ihre Locken, den Arm, der auf dem Leintuch lag, und wie sie das rechte Bein hin und herbewegte. Dann geschah etwas, das man einer ausgehungerten Lesbe nicht antun sollte, außer man will sie foltern: Julia rutschte zu mir herüber, mit dem Rücken zwar, aber auch das war schon schlimm genug. Ich wurde steif wie ein Stock, flach atmend sog ich ihren warmen Schlafgeruch ein.

Julia drehte sich seufzend um und legte ihren Arm über mich und ihren Kopf an meine Schulter.

Was ist die Steigerung von: steif wie ein Stock? Lodernd wie ein brennender Eiszapfen? Hart wie schmelzender Granit? Waren bisher meine Gedärme in Aufruhr, so war es jetzt auch der ganze Rest. Julias Haar kitzelte mich an der Wange, aber eher hätte es schwarze Flocken geschneit, als dass ich von ihr abgerückt wäre. Ihr Arm, der über meinem Bauch lag, war warm und weich, aber es war nicht nur der Arm, der mich berührte, es war ihre Nähe, die sich wie Morgensonnenstrahlen anfühlte, wie süßeste Musik tönte, wie Kaskaden von Wärme perlte. Meine Sinne tanzten einen Reigen und schlossen sich kurz, ich war schier von Sinnen und hoffte, dass sie endlich von mir abrückte und wünschte mir, dass sie es nicht täte und dies der Beginn von tausendundeiner Nacht war.

Nach ein paar Minuten – oder waren es Stunden? – drehte sich Julia um und schob sich fort, ich spürte noch schwach den Druck, der ihr Körper an meinem hinterlassen hatte, ach, mir war es, als sei die Nacht dunkler geworden. Mir kam in meinem Elend nichts Besseres in den Sinn als aufzustehen und mich zu erbrechen, obschon es schon lange nichts mehr zu erbrechen gab, und wenn ich mich nicht so jämmerlich schwach gefühlt hätte, wäre ich in meine Wohnung geflüchtet. In den frühen Morgenstunden schließlich, als es schon zu dämmern begann, fiel ich endlich in einen leichten Schlaf.

Joëlle hatte es gehasst, wenn ich krank war. Mit Widerwillen kochte sie mir Tee und gab mir Medikamente, die selbst ein Pferd umgebracht hätten. Vermutlich hoffte sie, dass ich dank der Chemiebomben sofort gesund würde, vielleicht betrachtete sie meinen möglichen Tod auch als eine Form der Gesundung. Jedes Mal, wenn ich krank war, hielt sich Joëlle wegen tausend fadenscheiniger Gründe von unserer Wohnung fern. Ich habe nie verstanden, wie Joëlle mir ihre neusten Artikel vorlesen konnte, während ich im Fieberwahn das Bett vollschwitzte und mich nur nach einem sehnte: einem trockenen Laken.

Julia hatte gelassen zugeschaut, wie ich mich vor ihren Füßen erbrochen hatte. Sie nahm mich zu sich und obschon sie mich kaum kannte, hielt sie mir die Stirn, als ich zwischen die Bananenbäume kotzte. Als sie bei mir stand, während ich mich übergab, fühlte sich das intimer an als manch leidenschaftlicher Moment mit einer Liebhaberin.

Ich schaute zu, wie Julia mit Denia herumalberte, während sie immer noch auf meinen Beinen lag. Ich roch den Kräutertee und die Bouillon, mein Mund schmeckte nach den süßen Kügelchen, die Sonne vergoldete die Fenster, und ich war auf eine törichte Weise glücklich. Ich habe nicht gewusst, dass man einen flauen Magen haben und gleichzeitig glücklich sein kann, aber an diesem Morgen war es so.

Auf einmal füllte eine Gestalt die Terrassentür und dröhnte vorwurfsvoll: »Wo ist mein Käse, Julia, du hast wieder den Käse vergessen!« Ich sah eine stattliche Frau hereinkommen, eine Wucht von einer Frau, mit glänzendem dunkelbraunem, langem Haar und einem weiten afrikanischen Kleid. Sie strahlte Wildheit aus; hätte sie gepustet, wären wir drei vermutlich samt Möbeln an der Wand gelandet. Sie kam auf mich zu. »Du bist also Satine, die Kotzerin.« Sie reichte mir über Julia hinweg die Hand: »Ich bin Berthe, der gute Geist dieser abstrusen Familie«, sie lachte laut und melodiös wie eine Operndiva. Ich grinste. »Ich bin erfreut, dich kennen zu lernen. Vielleicht sind die Umstände etwas merkwürdig.«

»Ach, dich kriegen wir schon wieder hin, nicht, Julia? Ich kenn ein paar Akupressur-Griffe, die bringen dich auf Vorderfrau.«

Julia setzte sich – leider – endlich auf und runzelte die Stirn. »Berthe, verschon sie bitte. Als du mich von meinen Kreuzschmerzen befreien wolltest, hatte ich danach solch rasende Nackenschmerzen, dass ich notfallmäßig zum Chiropraktiker musste.«

Berthe winkte ab. »Bist du deine Kreuzschmerzen losgeworden oder nicht?« Zu mir sagte sie: »Sie ist bloss neidisch auf meine Fähigkeiten, aber das würde sie nie zugeben.« Julia rollte die Augen und ging mit Denia auf dem Rücken hinaus.

Obschon ich mich schwach fühlte, bestand ich darauf, zu ihnen an den Frühstückstisch zu kommen, ich konnte unmöglich noch länger in diesem Bett liegen, das nach Julia roch. Ich setzte mich mit meinem Kräutertee neben sie. Berthe war dabei, dicke Scheiben Käse auf ihr Brot zu laden, Julia trank Unmengen von Kaffee und blätterte in einer Fachzeitschrift. Leandra hatte rechts von ihrem Teller ein Kinderlexikon liegen, das sie mit vollem Mund kommentierte. Denia döste neben ihrer großen Tasse Ovomaltine, sie war mit Abstand die faulste Piratin aller sieben Meere. Außer Lea sprach niemand mehr als zwei Worte, alles in allem war es ein sehr merkwürdiges Frühstück. Julia sah mich von der Seite an. »Satine, du siehst blass aus, willst du nicht wieder ins Bett zurück?«

»Nein, ich will nicht noch länger zur Last fallen.« Ich stand entschlossen auf, trotz wackeligen Beinen und Schwindel im Kopf. Doch auf der Höhe der Türe musste ich zu meinem Ärger stehen bleiben und mich am Pfosten festhalten.

So kam es, dass ich diesen Tag bei Julia verbrachte. Berthe

nahm die Mädchen mit ans Meer, Julia blieb bei mir, weil sie mich, wie sie sagte, in meinem Elend nicht allein lassen wollte. Sie ließ keine Einwände gelten. So ergab ich mich in mein seltsames Schicksal, und ich würde lügen, wenn ich sagte, dass dieses Schicksal eine Qual war. Ich würde auch lügen, wenn ich sagen wollte, dass dieses Schicksal keine Qual war. Es war eine Qual, weil Julia nie zu haben sein würde und jede Annäherung verlorene Liebesmüh war. Es war keine Qual, weil ich sowieso nichts von Julia wollte – letzteres trichterte ich mir jedenfalls im Dreivierteltakt ein, das nennt sich ›Subtile Autogehirnwäsche‹, ich besitze die Lizenz auf die Methode.

Ich legte mich wieder schlafen. Manchmal, wenn ich mich im Bett umdrehte, öffnete ich kurz die Augen und sah Julia mit dem Rücken zu mir auf der Terrasse unter einem Sonnenschirm sitzen. Sie las oder schrieb etwas, und als ich Stunden später erwachte, saß sie immer noch dort. Vor Julia lagen Bücher und eine Unmenge vollgekritzelter Blätter, die sie mit Spielzeugen und Steinen beschwert hatte.

»Was machst du?«, fragte ich, während ich mich neben sie setzte.

»Ich bereite mich auf eine Ausstellung vor. ›Bitte berühren‹ heißt sie und ist für Kinder konzipiert. Die Devise lautet: KinderPLUSKunst. Kunstwerke für Kinder – Kinder als Künstler.«

»Oh, diese Idee ist superbe!«, rief ich. »Erstaunlich, dass dies in einem Museum möglich ist.«

»Ja, es war nicht einfach. Ich habe vier Jahre lang für diese Ausstellung gekämpft, die Direktion und Kommission stellten sich dagegen, aber da ich letztes Jahr diesen Preis gewonnen habe« – sie machte eine wegwerfende Bewegung, so dass ich nicht zu fragen wagte, um welchen Preis es sich handelte –, »wurden sie weich. Die wahren Schwierigkeiten begannen jedoch erst danach: Wie und wo sollte ich Kunstwerke finden, die die Kinder anfassen dürfen?« Julia geriet während des Redens in Aufregung, sie versprühte reine

Begeisterung. »Wir kriegen drei Tinguely-Maschinen, an denen die Kinder hebeln dürfen, eine Figur von Niki de Saint Phalle, in die man hineingehen kann, und drei Installationen in dunklen Räumen. Es wird natürlich einen Eisstand geben und einen Raum, in dem die Kinder spielen können, und dann haben wir ein paar Schweizer Künstler, die extra für diese Ausstellung kindertaugliche Werke kreieren.«

»Erstaunlich, dass sich die Künstler bereit erklärt haben, Kunst zu schaffen, die voraussichtlich kaputt gehen wird!«

»Ich erzählte ihnen von Beuys.«

»Ich verstehe nicht.«

»Beuys hat Werke geschaffen, die man nicht immer als Kunst erkannte. Im Wuppertaler Museum zum Beispiel steht eine Badewanne, die er mit Heftpflastern und Fett bearbeitet hatte. Als man an einem Fest kaltes Wasser für das Bier brauchte, erinnerten sich die Putzfrauen an diese dreckige Badewanne. Sie putzten die Wanne und benützten sie als Bierkühler. In der Kunstakademie von Düsseldorf entfernten Bauarbeiter während der Renovierung Beuys' ›Fettecke‹, weil sie meinten, es sei ein Schmutzfleck.«

»Das ist nicht wahr!«

»Doch!«, entgegnete Julia. »Interessanterweise regte sich Beuys über diese unabsichtlichen Zerstörungen nicht auf, sondern bezeichnete sie als Weiterentwicklung.«

»Kinderabdrücke als Teil des künstlerischen Prozesses?«

»So ungefähr, und Beuys-sei-Dank sind einige der Künstler auf diese Idee eingestiegen.« Julia räumte die Blätter zusammen und sah mich interessiert an. »Ich habe deine Kameras gesehen – du machst damit nicht nur Ferienfotos, oder?«

»Das ist richtig.« Ich nippte an meinem Tee.

Julia schien auf etwas zu warten. Ich nippte weiter, sie fragte: »Du bist also Fotografin?«

Ich nickte. Ich war so auskunftsfreudig wie ein Betonwürfel. Ich wollte kein Gesprächsthema, über das wir stundenlang diskutieren könnten, es würde mich noch verliebter machen! Ich schlürfte den scheußlichen Kräutertee, der meinem Magen erstaunlich gut tat.

»Wird's dir beim Reden übel oder soll ich dein einsilbiges Verhalten persönlich nehmen?« Der Sarkasmus in Julias Stimme war nicht zu überhören.

»*Eh bien*, ich arbeite selbstständig, 'abe einige Daueraufträge, die mir das Einkommen sichern, die anderen Arbeiten ergeben sich.« Dass ich mich ebenfalls auf eine Ausstellung vorbereitete, durfte sie nicht erfahren, sonst hätten wir noch mehr Anknüpfungspunkte gehabt!

»Auf welchem Gebiet arbeitest du?«, hakte Julia nach.

Ich machte eine vage Bewegung. »Ich mach mal dies, mal das. Wenn man vom Fotografieren leben will und nicht bekannt ist, kann man nicht allzu wählerisch sein.«

»Auch Porträts?«

»Ja, auch Porträts.«

»Sehr gut. Ich schlage dir einen Handel vor: Dafür, dass ich dich gesund pflege, machst du von uns ein paar anständige Fotos. Ich habe langsam genug von den verwackelten Bilder meiner Mädchen, auf denen dann immer etwas abgeschnitten ist. Was meinst du?« Julia stand auf und lehnte sich gegen den Tischrand.

Es schien mir ein faires Geschäft. »Okay, aber ich bestimme, wie und wo ich die Fotos mache.«

Julia nickte lächelnd, sie stand auf, und als sie an mir vorbeiging, legte sie kurz ihre Hand auf meine Schulter und verschwand in der Wohnung.

Ich ging ebenfalls hinein, Richtung Bett. Julia kam mit einem Backgammon um die Ecke. »Hilfst du?«, fragte sie.

Wenn du den wahren Charakter eines Menschen kennen lernen willst, so zieh mit ihm zusammen, mach mit ihm eine Weltreise oder hol die Spielzeugkiste hervor. Nie sonst treten die extremen Seiten eines Menschen so deutlich an den Tag. Ich dachte, wollen wir mal schauen, welche Seiten Julia offenbart, und nickte.

Wir stellten das Spiel auf. Ich merkte bald, dass Julia gewinnen wollte und sich dafür ziemlich ins Zeug legte. Mir sind ehrgeizige, verbissene Spieler zuwider. Wir sprachen kaum, sondern starrten gebannt aufs Brett und prüfend auf die Finger der andern. Julia lachte schadenfroh, als sie mir einen Stein nach Hause legen konnte, was ich daneben fand. Ich meine die Schadenfreude. Das hielt mich jedoch nicht davon ab, leicht hysterisch zu kichern, als ich einen ihrer Steine rauslegen konnte. Julia verengte ihre Augen zu Schlitzen und schmiss die Würfeln so heftig, dass einer auf den Boden purzelte. Sie blickte hinunter und triumphierte: »Ha, eine Doppelsechs!«

»Die Würfel müssen aufs Spielbrett fallen«, entgegnete ich gereizt.

»Wir haben keine solche Regel abgemacht.« Julia hob den Würfel auf und blickte mich störrisch an.

»So was macht man nicht ab, das ist eine offizielle Regel. Du musst noch mal würfeln.«

»Das steht bestimmt nur im Regelbuch von Madame Satine!«

»In Griechenland ‘abe ich oft Backgammon gespielt, und die kennen wohl die Regeln. Du musst noch einmal würfeln.«

»Das kann ja jede behaupten! Aber nun gut, fahren wir fort«, sagte Julia schnippisch und warf den Würfel nachlässig aufs Brett. Es war eine Sechs. Als Julia das sah, grinste sie unverhohlen. Ich hätte ihr gerne meine Spielsteine in den Mund gestopft.

»Ha, das beweist, dass ich Recht hatte!«

»Das beweist, dass du ungerechtfertigterweise Glück gehabt hast, mehr nicht.« Konnte die Frau eine Nervensäge sein!

Julia gewann das Spiel, worüber sie sich kindisch freute. Beim nächsten Mal siegte ich, aber im Unterschied zu Julia verbarg ich mein Triumphgefühl souverän hinter einer gleichmütigen Miene. Während Julia die Steine neu auslegte, sagte sie: »Wenn deine Augen in diesem Moment sprechen könnten, würden sie sagen: Seht her, ich bin die Größte und Beste, ich habe die Schlampe besiegt, halleluja!«

So viel zu meinem schauspielerischen Können.

Wir spielten zwölf Spiele, wie zwei Kinder, die im Sandkasten um eine Schaufel kämpften. Ich verlor fünf zu sieben. Julia klappte das Backgammon munter pfeifend zusammen. Ich ließ mich erschöpft ins Bett zurückfallen und schlief fast augenblicklich ein. Als mich der Nachmittagsschlaf später wie einen Kirschkern ausspuckte, sah ich Julia auf dem Bettrand sitzen und mich beobachten. Kaum merkte sie, dass ich die Augen öffnete, wandte sie den Blick ab und nahm die Tasse vom Nachttischchen. »Hier hast du neuen Tee«, sagte sie, und zu meinem Entzücken überzog die Andeutung einer Röte ihr Gesicht.

Der Rest des Nachmittags verging wie im Fluge. Während ich Tee trank, räumte Julia auf. Habe ich schon erwähnt, welches Chaos in dieser Wohnung herrschte? Überall lagen Spielsachen, Zeichnungen, Kleidungsstücke, Plastiksäcke, Bücher, Karten und halbleere Tassen herum. Ich begreife, wenn Kinderzimmer unordentlich sind, aber dass Erwachsene so chaotisch sein können, verstehe ich nicht. Wenn ich eine Glaubensrichtung wählen müsste, würde ich mich für den Zenbuddhismus entscheiden. Die Ordnung der Zengärten, die kurzen, klaren Haikus, das schlichte Sitzen vor einer weißen Wand wären genau das Richtige für meinen Geist, der frei und klar sein soll. Julia hingegen würde bestimmt eine Naturreligion wählen, wo sie kreative Orgien veranstalten, sich mit wilden Tänzen in Ekstase steigern und die Hühner auf den Esstischen herumgackern ließe. Ich weiß nicht, wie Julia in dem Durcheinander einen klaren Gedanken fassen kann.

Als Julia aufräumte, wurde es auch nicht besser. Die Kleider warf sie auf einen Stuhl, so dass dort ein Klamottenberg entstand. Sie machte einen Bücherberg, einen Spielzeugberg, einen Geschirrberg und einen Ich-weiß-nicht-wohin-damit-Berg. Am Schluss stemmte sie zufrieden die Arme in die Hüfte.

»Offensichtlich liebst du Berge«, konstatierte ich, wobei ich den Kopf kaum merklich schüttelte.

»Oh ja!«, strahlte sie erst, dann runzelte sie die Stirn. »Wie hast du das gemeint?«

»Nun, ich –«

»Du kommst dir wahnsinnig gut vor, nur weil bei dir alles an seinem Platz steht, nicht? Du meinst, dass ein gebrauchter Socken auf der Geschirrspüle eine Tragödie ist, oder?«

»Ich –«

»Ich finde den Verlust von Kreativität und Phantasie erheblich tragischer als der Verlust von Ordnung. Nietzsche hat mal gesagt: Es braucht ein bisschen Unordnung im Bauch, wenn man einen Stern gebären will.«

»Aber lass mich doch –«

»Hast du schon mal etwas über die Chaostheorie gelesen? Dass Kreativität und Chaos einander bedingen, dass Ordnung ohne Chaos gar nicht möglich ist? Hatte deine Berliner Mutter keine Verwandten, die davon schwärmten, wie sauber die Straßen zu Hitlers Zeiten waren? Oh ja, das Dritte Reich war ordentlich bis ins hinterste Dorf, selbst für die dreckigen Juden hatten sie eine saubere Lösung. Das Dritte Reich war nicht barbarisch, wie manche behaupten, sondern es war ein Albtraum von Ordnung, Bürokratie und perfekter Organisation.«

Während Julia ihr Plädoyer hielt, schritt sie aufgeregt auf und ab und warf mir zornige Blicke zu. Aber sie hätte besser auf den Boden geschaut. Bevor ich sie warnen konnte, rutschte sie auf einem Spielzeugauto aus, das sie nicht weggeräumt hatte, und glitt in einen halben Spagat. Dann schaute ich weg, um nicht mit ansehen zu müssen, wie sie von den eigenen Argumenten zu Fall gebracht wurde.

Julia stieß Flüche aus, die nicht jugendfrei waren, aber die sie vermutlich von ihren Töchtern gelernt hatte. Dann war es still. Mit angehaltenem Atem wagte ich einen Blick über die Bettkante. Sie lag verdreht auf dem Boden, die Haare noch zerzauster, die Wangen gerötet, und blickte mich mit einer Mischung aus Zorn, Stolz und einem Quäntchen Verlegenheit an. »Wenn du ein einziges Wort sagst, stopfe ich dir den Zwillingsbruder deines Fisches von gestern in den Mund«, knurrte sie.

Aber ich war weit davon entfernt, etwas Gemeines zu sagen. In meinem Magen schwirrten die Schmetterlinge aus und benahmen sich wie Mäusebussarde. Mag sein, dass die Lebensmittelvergiftung nachließ – die Herzvergiftung bestimmt nicht.

# 11. Kapitel ____________ Julia

*Wenn ein Mann und eine Frau sich verlieben,*
*lügen sie sich zuerst ein bisschen an,*
*damit sie sich auch füreinander interessieren.*
*Kindermund*

Gegen Abend tauchten die Mädchen auf. Sie hüpften kichernd die Stufen hinauf. Die Badetücher schleiften sie auf dem Boden entlang, und ihre Münder waren bis zu den Ohren eisverschmiert. Von Berthe keine Spur. Auf der Terrasse angekommen, rannte Leandra zu ihrer Mutter. »Mama, ich bin heute ein paar Züge geschwommen!«, schrie sie fröhlich.

»Und ich«, Denia trat vor ihre Schwester, »ich habe den höchsten Sandturm gebaut, der –«

»– gleich wieder zusammengestürzt ist«, höhnte Lea.

»Aber nur, weil du Wirbelsturm gespielt hast. Das war so ge–«

Julia packte ihre Töchter am Arm. »Dürfte ich erst mal erfahren, wo Berthe steckt?« Ihr Ton war so eisig, dass die Lufttemperatur auf der Terrasse um zwei Grad abkühlte, was an diesem heißen Tag aber durchaus begrüßenswert war. Satine kam aus der Wohnung und näherte sich schweigend der Szene.

»Die lässt ausrichten, dass du dir keine Sorgen zu machen brauchst, sie kommt etwas später«, antwortete Leandra.

Julia stand von ihrem Stuhl auf. »Ich-mir-Sorgen-machen-um-Berthe?!« Sie blickte ihre Töchter fassungslos an. »Ich war noch *nie* weiter davon entfernt als in diesem Moment! Wie kann diese Schlampe –«

»Schlampe sagt man nicht«, warf Lea ein.

»Leandra!«

»Das sagst du doch immer«, Lea drehte eine Pirouette und landete lachend im Liegestuhl.

Satine lehnte sich an die Brüstung.

»Könnte mir jetzt eine von euch sagen, wo Berthe steckt?«, fauchte Julia.

»Die ist mit Rossschwanz zusammen«, sagte Denia.

»Bitte?«

»Neben uns war einer, der hatte einen Rossschwanz, und Berthe hat ständig zu ihm geguckt, und er hat blöd zurückgeguckt, und sie begannen zu quasseln, weißt du, er spricht wie Papi, und Berthe hat uns vergessen. Das war toll, da konnten wir machen, was wir wollten. Berthe und Rossschwanz haben rumgeblödelt, Berthe gickelte laut, weißt du, so wie damals, als sie versoffen war und Flaschen an die Mauer –«

Lea fiel ihr ins Wort. »Dann hat uns Berthe nach Hause geschickt, wir seien ja nicht so dumm wie du und würden den Weg allein finden.« Sie blickte zu Satine hinüber. »Weißt du, Mamis Orientierungssinn ist total futschi.«

Julia stampfte auf. »Ich bringe dieses fette Drecksweib –«

»Mami, man –«

»LEANDRA!«, herrschte sie ihre Tochter an, »würdest du gefälligst deinen Schnabel halten! Ich bringe Berthe um! Euch hätte wer weiß was passieren können! Kaum taucht ein Irgendso-Schwanzträger auf, weiß sie gerade noch, wie man einen Reißverschluss aufbringt, die restlichen Hirnfunktionen sind – wie hast du das gesagt? – *futschi.*«

Denia erwiderte: »Aber wir haben den Weg ja gefunden und lustig war es auch. Berthe hat uns Geld gegeben, wir haben am Strand ein Eis gekauft – und oben im Dorf noch eines, das hat –«

Lea schubste ihre Schwester. »Klatschbase! Du hast doch geschworen, dass du das nicht petzen würdest!«

Denia wurde sauer und nannte Lea eine blöde Ziege. Natürlich ließ das Lea nicht auf sich sitzen und konterte mit

Schimpfwörtern, die in keinem Duden stehen. Sie schubsten, rupften, stießen und klemmten sich, Julia verschwand entnervt in der Wohnung, Satine erinnerte sich erleichtert daran, dass sie wohl nie Kinder haben würde. Außerdem war sie froh, dass sie nicht Berthe hieß und Julia wieder unter die Augen treten musste.

Satine setzte sich auf einen Liegestuhl und rief die Mädchen zu sich. Als Julia später mit der Salatschüssel herauskam, lauschten die Kleinen mit offenem Mund der Geschichte über die Piratin Schlafmütze und die Forscherin Naseweis – gebannt hingen sie an Satines Lippen.

Es brauchte einen einstündigen Kampf, bis die überdrehten Mädchen endlich im Bett lagen, doch dann meinten sie mit unschuldigem Lächeln, dass sie gleich wieder blödeln würden, wenn Satine nicht eine weitere Geschichte von Naseweis und Schlafmütze erzählte. Seufzend ging Satine ins Kinderzimmer. Als sie wieder auftauchte, sah sie erschöpft aus. »Ich gehe jetzt«, sagte sie, »vielen Dank für deine 'ilfe.« Sie lächelte. »Wie abgemacht werde ich euch fotografieren.«

Julia stand auf, »ich begleite dich zur Wohnung, wer weiß, ob du unterwegs nicht zusammenbrichst«, sie strich sich ein paar Strähnen hinters Ohr und lächelte charmant. Sie nahmen den Weg, der den Hügel entlang führte. Als Satine nach fünfzig Metern über einen Stein stolperte, packte Julia reflexartig ihren Arm und hielt sie fest. »Siehste, du bist noch schwach auf den Beinen.« Stumm gingen sie untergehakt weiter, bis Satine meinte: »Wie die hier wohl politisch organisiert sind, so weit entfernt vom Mutterland?«

Julia verdrehte die Augen. »Es existiert auf dieser Insel ein Gesetz, das es verbietet, nach 22 Uhr über Politik zu reden. Darauf steht die Todesstrafe. Du kannst von Glück reden, dass ich dich nicht verpetze.«

Vorne auf der kleinen Ebene öffnete sich der Blick aufs Meer, auf die Lichter der drei Dörfer im Umkreis und die Lichtpunkte der Hauptstraße. Der Mond hing wie ein Faultier im sternenbesäten Himmel und badete sein Schattenlicht im Meer. Diese Nacht hätte einen Orden für Romantik verdient. Es war ruhig, nur die Brandung des Meeres toste in der Ferne, ein kleiner Wind spielte mit den Blättern der Büsche, eine Fledermaus flatterte im Zickzackkurs vorbei. Auf einem Dach unterhalb von ihnen war ein Fest im Gange, Menschen tanzten, lachten und quietschten zwischen bunten Girlanden. Julia und Satine standen Arm in Arm nebeneinander. Julia spürte Satines Körperwärme und war erstaunt, wie weich und fein sich die Haut an ihrem Unterarm anfühlte. Und sie empfand den Wunsch, über Satines Arm zu streichen, es war idiotisch. Sie wollte die Innenseite erkunden, die Haut, und dieser Wunsch brachte Julia durcheinander. Mochte sie in alltäglichen Dingen unordentlich sein, in ihrem Gefühlsleben war sie es gewiss nicht. Sie hatte ihre Gefühle fest im Griff und löste sich von denjenigen, die sich nicht greifen ließen. Wenn etwas sie durcheinander brachte, machte sie rechtsum kehrt und schloss die Tür hinter ihren unerwünschten Regungen. Mit dieser Hauruckmethode hatte sie manches Herz gebrochen und etliche Freunde vor den Kopf gestoßen. Sie wandte sich abrupt von Satine ab und schlenderte über die Ebene.

Satine folgte ihr. »Dieser Platz würde sich gut für eine dramatische Liebesgeschichte eignen«, sagte sie gedankenverloren.

»Ach, geh mir weg mit dramatischen Geschichten! Der Mensch braucht Happy Ends! Die Realität ist oft traurig genug, da darf es in der Phantasiewelt ruhig schöner zugehen. Ich zahle doch nicht für einen Film oder ein Buch, wenn die Geschichte traurig endet! Wenn ich mich elend fühlen will, kann ich nachts durch den Bahnhof gehen und die Wracks dort anschauen, das ist erst noch gratis.«

»Du machst es dir einfach«, meinte Satine. »Und was ist mit *Anna Karenina*, *Romeo und Julia*, *Dshamilja*, *Casablanca* oder *Carmen?*«

»Was soll ich mit so genannten wunderbaren Werken, wenn sie mich deprimieren?«

»Sie vermitteln dir große Gefühle, einen Einblick in die Tiefen der menschlichen Seele oder der Gesellschaft. Und abgesehen davon tut mal wieder weinen sogar gut.«

»Große Gefühle?! Berthe schwafelt dauernd davon, aber ist sie glücklich? Große Gefühle sind mal so, dann wieder anders, immer dramatisch und unglaublich dringend. Gefühle sind wie Kinder – ja, nimm mal meine Töchter: In einer Minute sind sie glücklich, in der nächsten unzufrieden. Dann wütend, fröhlich, traurig, lustig, gierig, anlehnungsbedürftig. Und das innerhalb einer halben Stunde. Es ist schon in Ordnung, dass Kinder so sind, schließlich müssen sie ihre Gefühle kennen lernen – aber später? Später besitzt man hoffentlich genug Vernunft, um die Gefühle leiten und im Zaum halten zu können. Ich habe Freunde, die mich eine Stunde, bevor sie bei mir zum Abendessen erscheinen sollten, anrufen und sagen: ›Du, ich fühl mich heute unheimlich gestresst, ich muss mich zurückziehen – macht es dir etwas aus, wenn wir nicht kommen?‹ In den Pfannen kocht und brutzelt es, das Gratin hat die erste zarte Bräune und der schweineteure Wein ist auch schon offen. Ich schnappe also nach Luft, denn selbstverständlich hat's mir nichts auszumachen! Oder Berthe, die sich regelmäßig unsterblich und für immer verliebt – wie vermutlich eben wieder –, und zwei Wochen später ist alles meist schon wieder vorbei. Ich frage dich, was soll die ganze Aufregung?«

Satine schüttelte den Kopf. »Du hörst dich an, als möchtest du aus Menschen Roboter machen! Stell dir vor, was die Welt ohne Gefühle wäre!«

»Vielleicht etwas friedlicher, wer weiß.«

»Ja, und leblos, langweilig, absehbar, farblos – ein Gruselkabinett!«

»Wenn ich das Weltgeschehen mitverfolge, komme ich nicht vom Eindruck los, dass schon jetzt vielerorts ein Gruselkabinett ist – eben weil sich Menschen von Gefühlen leiten lassen«, erwiderte Julia trotzig.

»Du wärst bereit, auf Gefühle zu verzichten? Auf die

Freude an deinen Mädchen, auf das Entzücken, wenn du eine Kinderzeichnung oder den Sonnenuntergang siehst, auf die Liebe, die du für jemanden empfindest? Darauf würdest du verzichten? Das glaubst du doch selber nicht! Wir müssen 'alt auch die unangenehmen Gefühle hinnehmen. So ist nun mal das Leben.«

Julia ließ den Kopf hängen und scharrte mit einem Fuß in der Erde. Sie schaute zu Satine auf und lächelte gequält: »Ach was soll's, die Nacht ist schön und das Leben fragt uns sowieso nicht, wie wir es gerne hätten. Komm, lass uns weitergehen.«

Satine folgte ihr kopfschüttelnd.

Am nächsten Morgen beim Frühstück lag Denia unter dem Tisch und versuchte eben, der Nachbarskatze eine Banane zu verfüttern, als Berthe auftauchte.

»Sieh an, wer kommt da zu später Morgenstunde?«, fragte Julia mit eisiger Stimme, was an dem noch kühlen Morgen unangenehm war, und stützte mit finsterem Blick ihr Kinn auf die Hand.

Berthe merkte nichts vom aufkommenden Gewitter. »Er ist umwerfend!«, flötete sie und plumpste seufzend und mit einem verklärtem Lächeln auf einen Stuhl. »Besser als alle, die ich jemals gehabt habe!«

Julia schlug auf die Tischplatte, was sich als schlechte Idee erwies, weil der Tisch aus Stein war, aber immerhin intensivierte der Schmerz ihre Wut. »Berthe, du bist das letzte!« Sie packte Berthe an den Schultern und schüttelte sie. »Wie konntest du die Mädchen allein hochgehen lassen? Ich habe sie dir anvertraut, und was machst du? Mit irgend so 'nem Schwanztypen losziehen! Meine Güte, Berthe!!« Julia schüttelte ihre Freundin noch heftiger, bis es Berthe zu bunt wurde und sie Julias Handgelenke packte.

»Jetzt mach mal einen Punkt, deine Töchter sind offensichtlich wohlauf, ich hab ihnen ja beigebracht, wie man sich orientiert. *Dich* hätte ich garantiert nicht allein losziehen lassen! Und abgesehen davon – ist ihnen jemals etwas passiert, als ich nach ihnen geschaut habe? Sind sie mir in einen Gebirgsbach gefallen oder dir? Wer konnte sie im Kaufhaus nicht mehr finden und musste sie ausrufen lassen? Wem sind sie eines Morgens unbemerkt entwischt und haben ihre Großmutter im Spital besucht? Mir oder dir?«

»Sie hätten verschleppt, verführt, angefahren, entführt, in eine Falle gelockt, vergiftet –«

»Julia, das hier ist nicht New York, sondern eine kleine friedliche Insel mit netten Touristen!«

Julia schüttelte den Kopf. »Du hattest wieder mal nur das Eine im Kopf, du hirnloses Huhn! Komm mir also nicht mit friedlichen Inseln und solchen Quatschausreden. – Meine Güte, manchmal habe ich deine Pirschereien so satt.«

Berthe schnaubte. »Besser zu pirschen, als wie eine Eunuchin zu leben! Julia, es wäre an der Zeit, dass du mal zwischen deinen Beinen abstaubst. Neidisch bist du, weil ich eine heiße Nacht gehabt habe und du nicht.«

»Das war *meilenweit* unter der Gürtellinie, Frau Ochsner!«

»Deine Beine befinden sich nun mal unter der Gürtellinie, und ich kann beim besten Willen nicht von deinem Halszäpfchen reden.« Berthe hielt kurz inne und bekam einen verklärten Blick. »Ach, wenn du ihn doch gesehen hättest, er ist soooo süß, dann würdest du verstehen.«

Leandra hatte dem Gespräch sehr interessiert zugehört und platzte jetzt heraus: »Aber doch nicht der mit dem doofen Rossschwanz.«

»Willst du in den Schwitzkasten?« Drohend drehte Berthe sich zu Lea um.

»Ist doch wahr«, maulte sie, glitt vom Stuhl und legte sich unter dem Tisch neben Denia und die Katze.

Berthe seufzte wieder. »Er ist so, mmh … weißt du, wie er mich …« Seufzen. »Wie wir …« Zwei Seufzer. »Wie das Ganze …«, entrückter Blick nach oben. »Wie …«

»Berthe, sprich dich aus. Was willst du sagen?« Julia

musste ein Grinsen unterdrücken – so sehr sie es auch wollte, sie konnte diesem Gefühlsungetüm nie lange böse sein.

»Es ist nur, ich kann, mir ist, manchmal da fühlt man sich … Ach, vergiss es, ich geh duschen.«

Julia schenkte sich Kaffee nach. Sie war genervt und amüsiert zugleich. Die linke Seite der Tischplatte begann zu sprechen: »Mami, hat Berthe Fieber oder so?«

Die rechte Tischseite antwortete: »Ach was, die findet bloß hässliche Rossschwänze schön.«

Julia lachte. »Kinder, wartet nur, bis ihr im turtelfähigen Alter seid.«

»Was ist das denn?« Denia kam unter dem Tisch hervor, die Katze an sich gepresst, Lea tauchte ebenfalls aus der Versenkung. »Das ist, wenn du Jungen blöd anschaust und die so komisch rumstehen und du Fieber hast und so dämlich seufzst wie Berthe.« Sie setzte sich auf Julias Schoß. »Hab ich Recht?«, fragte sie verschmitzt.

Julia grinste. »Mädchen, du könntest nicht rechter haben. Ich rate euch nur eines: Fangt gar nie mit dieser Verlieberei an, da entsteht meist nur Ärger draus.«

»Bah, ich würde mich nie in einen Jungen verlieben«, entgegnete Leandra. »Die haben nur Fußball im Kopf und stinken. Ich heirate sowieso Gabriela.«

Julia verstrubbelte Leas Haare: »Sonst geht's dir noch gut?«

»Das ist doch vernünftig. Gabriela und ich haben Spaß miteinander, wir kennen unsere Geheimnisse, machen Spuckwettrennen und haben uns am gernsten. Das ist doch ideal zum Heiraten.«

»Als Frau heiratet man einen Mann und nicht eine Frau«, entgegnete Julia und begann Leandras Haar zu flechten.

»Wieso! Hauptsache ist doch, dass man's lustig miteinander hat. Dich und Papi fand ich überhaupt nicht lustig, und jetzt seid ihr verschieden, oder so. Au! Pass doch auf, du reißt mir an den Haaren!« Kurzes Schweigen. »Mama?«

»Mhh?«

»Wann heiratest du wieder?«

»Wer weiß. Dafür müsste ich erst einen finden.«

»Heirate doch Satine, dann kann sie uns jeden Abend Geschichten erzählen.«

Denia hüpfte auf und ab: »Au ja, das ist eine Megaidee! Heirate Satine, wir sind dann auch immer ganz lieb.«

Julia verdrehte die Augen.

Denia umarmte ihre Mutter. »Du, Mama?«

»Mhh?«

»Wenn es zwischen den Beinen staubig ist, muss man da dann auch staubsaugen?«

Julia sah Satine weder an diesem noch am nächsten Tag. Sie ging zweimal bei der Wohnung vorbei, traf sie aber nicht an. Am Strand hielt sie vergeblich Ausschau nach ihr. Julia war etwas enttäuscht, sie hätte Satine gern gesehen – jetzt, da Berthe im Rossschwanzhimmel schwebte, fühlte sie sich einsam. Aber nicht nur deswegen hätte sie Satine gern gesehen.

Der Rossschwanzmann hieß Harry, er stammte aus Stuttgart und wohnte auf der Insel in der Villa *Freudentanz*, die vorn am Meer stand. Er war Mitbetreiber des »Zentrums für mühelose Erleuchtung«. Dort konnten die Touristen esoterische Kurse besuchen: »Tarot für Anfänger«, »Edelsteine richtig eingesetzt«, »Mandala malen«, »holotrophes Atmen«, »Power Yoga«, »spirituelle Kreistänze«, »Astrologie für Haustiere«. Die Kurse waren nicht eben billig, dafür gab's vegetarisches Essen und gesunde Kefirgetränke. Berthe schwebte nicht nur im Rossschwanz-, sondern auch im Esoterikhimmel, was eine gefährliche Mischung war, wie Julia fand. Sie befürchtete eine unsanfte Landung, aber sie schwieg zu Berthes Schwärmereien. So stark und unerschütterlich Berthe nach außen hin wirkte, in ihrem Innern war sie es im Zusammenhang mit Männern nie. Kaum hatte sie sich verliebt, wollte sie ihr ganzes Leben umkrempeln und vergaß sich selbst dabei. So war Julia nicht besonders erstaunt, als Berthe verkündete, dass sie hierher auswandern und in der Villa *Freudentanz* mitarbeiten werde. Sie hätte auch schon ein paar geile Ideen für einen Hexenkurs. Sie strahlte wie drei Sonnen zusammen. Julia seufzte. Sie würde Berthe wieder aufpäppeln müssen, wenn der Absturz aus dem Himmel folgte, und der folgte garantiert, da würde sie ihre Kinderzeichnungen darauf verwetten. Aber jetzt war sie erst mal mit ihren Töchtern allein und mit der Frage beschäftigt, wann sie Satine wiedersehen würde.

Am nächsten Morgen stand Julia früh auf, ging hinunter zum Küstendorf und mietete ein Auto. Es musste etwas geschehen; sie hielt es nicht mehr aus, langweilige innere Monologe zu führen. Sie packte die zwei Mädchen in den Wagen und fuhr los. Sie fuhren um Kurven und Kurven und um noch mehr Kurven, die meisten führten schier im Kreis herum. Nach vierzig Minuten Autofahrt bot der Blick in den Rückspiegel zwei Kinder, die schwer atmend ihre käseweißen Gesichter zum Fenster hinaushielten. Julia stoppte bei der nächsten Gelegenheit, und die Mädchen stürmten an die frische Luft. Während sie ihren Töchtern gut zuredete und Erfrischungstücher verteilte, genoss sie den umwerfenden Ausblick: In den vierzig Minuten hatten sie das Tal hinter sich gelassen, waren immer weiter hochgestiegen und befanden sich nun beinahe oben an der Schlucht. Sie konnte vorn die Ebene mit den Bananenplantagen, der Strandstraße und dem Küstenort erkennen. Etwas näher zu ihr klebten die hellen Häuser ihres Dorfes am Fuß des braunen Berges. »Mädchen, wenn ihr noch mal zwanzig Minuten aushaltet, erreichen wir den Dschungel – dort hängen Flechten von den Ästen und auf dem Boden liegen morsche Bäume. Das sieht phantastisch aus! Ihr wolltet doch schon immer einen richtigen Urwald sehen.«

Die Mädchen schauten ihre Mutter an, als hätte sie ihnen aufgetragen, einen Dankesbrief für Weihnachtsgeschenke zu schreiben.

»Ich will keinen Dschungel sehen. Ich fahre nirgends hin.« Denia verschränkte demonstrativ die Arme.

»Und ich bleib hier, bis es mir wieder gut geht, dann gehe ich ans Meer.« Leandra setzte sich neben ihre Schwester und verschränkte ebenfalls die Arme.

»Wie ihr wollt. Ich lege mich derweil unter den Baum in den Schatten. Macht, was ihr wollt.«

Die Mädchen erholten sich zusehends, sie spielten auf der Mauer Burgfräulein und Ritter. Es wurde ihnen jedoch bald zu heiß, also verlagerten sie ihr Spiel in den Schatten der Mauer und spielten Folterkammer und eiserne Jungfrau. Aber auch da wurde es drückend heiß. Denia ging zu ihrer Mutter. »Mama, ich habe Durst.«

»Wir können zu einem Restaurant fahren.«

»Ich will aber nicht Auto fahren.«

»Pech gehabt.« Julia räkelte sich im Schatten.

»Du bist so gemein!« Denia trat wütend auf und rannte wieder zu Leandra. Die schaute gebannt über die Mauer. »Schau, da unten!« Sie winkte Denia zu sich.

Nachdem Denia hinuntergeschaut hatte, rannte sie wieder zu ihrer Mutter und versuchte sie hochzuziehen. »Komm, da unten ist was!«, rief sie aufgeregt. »Komm jetzt endlich!«

# 12. Kapitel ___________ Satine

*Es regnet in Strömen*
*auf mein Gesicht,*
*ich denke an nichts als an deine ferne Liebe,*
*und decke mit aller Kraft*
*die Hoffnung*
*warm zu.*
*Gioconda Belli*

Als ich die Tür hinter Julia schloss, hätte ich am liebsten losgeweint. Der Tag bei ihr hatte vielleicht meinen körperlichen Zustand verbessert, meinen psychischen hatte er nur noch verschlimmert. Wenn ich nicht endlich etwas unternahm, würde ich in einer Katastrophe enden. Ich musste meinen Gefühlen einen Riegel vorschieben, den Ort wechseln, am besten gleich die Insel, aber ich hatte tausend Gründe, warum ich das nicht konnte. Die Gründe waren so banal, dass ich mich nicht mehr an sie erinnern kann. Ich blieb, versuchte mich aber von Julia fern zu halten. Zwei Tage später begab ich mich auf eine Wanderung.

Ich ging wandern, um Julia zu vergessen. Um zu vergessen, dass ich diese Frau je getroffen hatte. Um zu vergessen, dass ich Julia nicht vergessen konnte. Um zu vergessen, dass ich wusste, dass ich sie nicht vergessen konnte. Um mich daran zu erinnern, dass ich sie vergessen musste. Um mich daran zu erinnern, dass heterosexuelle Frauen für eine Lesbe die Pest sind.

Ich sehnte mich nach einer Gehirn- und Herzenswäsche. Mochte der Juliaschmutz aus meinem Herzgewebe gespült werden. Mochte Herr Alzheimer die Erinnerung an sie gnädig aus meinem Hirn tilgen. Mochte Superman die Welt anhalten, zurückdrehen und mein Flugticket in eine Zugfahrt nach Timbuktu umtauschen.

Am Anfang ging ich aus Bedacht langsam, mit der Zeit jedoch nur noch aus körperlicher Not: Der Weg war steil, und es war so heiß, dass meine Kautschuksohlen bald Fäden ziehen würden. Das Halbliterfläschchen, das ich mitgenommen hatte, war längst leer, und statt reinigender Gedanken stiegen Bilder von einem türkisblauen Schwimmbad in mir auf. Ich sah mich im glitzernden Wasser liegen und Julia am Poolrand, wie sie mir ein kühles Getränk reichte und nackt neben mich ins Wasser glitt. Wie sich mich lachend anspritzte und in meine Arme sank. Wie sich ein Sonnenstrahl in ihrem Haar verhedderte und Julia sich in einen Hai verwandelte und ich um mein Leben schwamm …

Die Zunge klebte am Gaumen, sie würde operativ abgelöst werden müssen. Der Weg war schier überhängend, der lebensrettende Schatten hatte sich aus dem Staub gemacht. Langsam fragte ich mich, was auf diesem Trip schneller enden würde: der Weg oder ich. Ich sah schon die Schlagzeilen der morgigen Zeitung: *Sympathische Liebeskranke auf Todesmarsch von Hai zerbissen. Umstände noch ungeklärt.* Mir war, als ob Schnecken grinsend an mir vorbeizögen. Und mir war, als hörte ich eine hübsche Stimme rufen: »Was du da machst, ist pures Kamikaze. Mit einem Flugzeug ginge es bedeutend einfacher.«

Ich schaute nach oben und erblickte eine Fata Morgana: drei Köpfe, hell, rotblond, gelockt; zwei Kindergesichter, die mich gespannt angafften, und ein Frauengesicht, das ich eben noch im Pool gesehen hatte. Ich lächelte verlegen, auch wenn ich mir dabei meine armen, ausgetrockneten Lippen zerfetzte. Mit letzter Kraft riss ich die Zunge vom Gaumen und krächzte: »Oh, Fata Morgana, *bonjours*!« Dann schaute ich die Julia-Erscheinung ziemlich schmachtend an.

Die derart Angehimmelte blickte irritiert zurück, sie erwiderte: »Erst die Kotzerei, jetzt diese inwendige Besteigung eines Grillofens. Hast du noch mehr solcher Kunststücke auf Lager?«

Die Mädchen rannten johlend auf mich zu, und erst als Denia an mir hochsprang, begriff ich, dass ich nicht eine Erscheinung, sondern Julia höchstpersönlich angehimmelt hatte.

Mein Leben geruhte zu scherzen.

Ich war auf diese Insel gekommen, um Abstand zu Joëlle zu gewinnen. Ich hatte dieses Ziel auch voll und ganz erreicht und war gleich ziemlich weit darüber hinausgeschossen. Joëlle war tatsächlich in weite Ferne gerückt – aber ob das, was sie vertrieben hat, eine echte Alternative darstellen könnte? Ich bezweifelte es. Den Teufel mit dem Belzebub auszutreiben war schon immer ein törichtes Unterfangen. Das war, als würde man ein Käsefondue essen, Magenbeschwerden kriegen und als Gegenmittel ein Raclette reinschieben. So etwas ist Käse, nichts als Käse.

Julia nahm mich mit dem Auto mit, sie lud mich auf einen Ausflug in den Urwald ein. Nach der Autofahrt war ich endgültig davon überzeugt, dass Julia keine Alternative zu Joëlle war. Die Mädchen lagen, wie ich ihnen geraten hatte, ausgestreckt auf dem Rücksitz und hielten die Augen geschlossen. Das ist das beste Mittel gegen Übelkeit, das ich kenne. Nach wenigen Kurven wurde mir klar, warum die Mädchen das Auto scheuten: Julias Fahrstil war, gelinde ausgedrückt, abenteuerlich: Abbremsen vor den Kurven fand sie meist unnötig, hinunterschalten ebenfalls. Wenn sie dann doch mal schaltete, krachte es derart im Getriebe, dass mich die Idee ankam, ein Asyl für misshandelte Autos zu gründen. Die Pneus quietschten, bald war es mir, als befände ich mich auf einem Schiff mitten auf stürmischer See. Mein Magen legte sich in Falten, schon wieder! Julia schien nichts von meinem Elend zu merken: sie ignorierte ohnedies alles, was hinter ihr geschah. Den Rückspiegel benutzte sie vermutlich nur, um sich die Lippen nachzuziehen.

Trügerisch an dieser Frau war, dass sie wie ein normaler

Mensch aussah und einen unverfänglichen Namen hatte: Julia. Bei diesem Namen kam mir die liebe, junge und schöne Shakespeare-Julia oder die erfrischende Julia Roberts in den Sinn. Julia – das stand für Unschuld, Liebreiz und Anständigkeit, aber sicher nicht für eine verrückte Autoschänderin, Antimaterielle und Kinderzeichnungsexpertin, die rechts nicht von links unterscheiden kann. Julia riss plappernd am Lenkrad, ich hörte das Auto quietschen, röhren, rumpeln und spucken, mein Magen schickte sich an einen Salto zu machen. Diese Frau sollte Begonie Querkopf, Kunigunde Heuschreck oder Hortensie Findet-den-Gang-nicht heißen, aber sicherlich nicht *Julia*!

Wir machten in einem Restaurant Zwischenstop, was länger dauerte, weil Denia die Klotür nicht mehr aufbrachte. Sie flennte, der Kellner hantierte unmotiviert am Türschloss, Leandra schüttelte sich vor Lachen, was Denia noch lauter heulen ließ. Mir riss der Geduldsfaden. Ich kletterte kurzerhand über die Klotür und befreite Denia, was mir einen bewundernden Blick von Julia eintrug. Dann fuhren wir weiter. Julia bog nach zehn Minuten in eine Nebenstraße und ließ den Wagen auf einem kleinen Parkplatz stehen.

Der Wanderweg war überaus konsequent: Er führte pausenlos nur abwärts. Der Wald bestand aus alten, knorrigen Bäumen, Flechten hingen an ihnen wie lange Bärte herab und Moos wuchs die Stämme hinauf. Die Atmosphäre war ein wenig gespenstig. Zwei Stunden marschierten wir bergab, um unten festzustellen, dass der einzige Weg, der uns in absehbarer Zeit wieder zum Auto bringen würde, der war, den wir gekommen waren. Also kehrten wir um. Kaum dass der Weg anstieg, begannen die Kinder erwartungsgemäß zu jammern. Ich erzählte ihnen, wie Piratin Schlafmütze und Forscherin Naseweis ein Diadem finden mussten, mit dem sie der bösen Hexe Joëlla die magischen Kräfte nehmen konnten. Ihr Freund, der Wicht Knorrli, wusste, dass sich das Diadem dort befand, wo sich ein Mönch und eine Jungfrau die Hand reichten. Die clevere Naseweis fand heraus, dass das Diadem zwischen den Bergen Mönch und Jungfrau versteckt liegen musste. Sie weckte Schlafmütze, die zum zehnten Mal an diesem Tag ein Nickerchen machte, dann kletterten sie los. Ich beschrieb in epischer Breite, wie mühelos sie die Bergwände raufrannten. Das riss die Mädchen mit, sie hetzten den Hang hinauf, und oben angekommen strahlten sie mit roten Wangen. Derweil hatte der Himmel sich überzogen, es sah nach Regen aus. Wir eilten zum Auto, Leandra voraus. Wir hörten sie lachen: »He, schaut mal, das Vorderrad!«

Ich trat zu ihr und tatsächlich: das Vorderrad!

Ich wandte mich Julia zu: »Hast du eine Ahnung, wie man ein Rad wechselt?« Julia zuckte mit den Schultern. Das war zu erwarten, welche Hetera versteht schon etwas von Autos? Aus dieser Ecke war nicht viel Hilfe zu erwarten. Ich grub das Ersatzrad aus dem Kofferraum, suchte den Wagenheber und den Radmutternschüssel.

Doch ich sollte mich in Julia täuschen. Wahrscheinlich hatte sie sich selbst in sich getäuscht.

»Zuerst müssen wir *ces trucs* lösen«, ich deutete mit dem Schlüssel auf die Radmuttern. Julia kam zögernd näher, die Mädchen spielten mit einem Stein Fußball. Es begann zu tröpfeln. Während ich die erste Radmutter aufschraubte, setzte der Regen ein. Die Kinder tanzten jauchzend auf der Straße herum. Unsere T-Shirts wurden schwer, ich spürte, wie der Stoff auf meinen Brüsten und am Bauch klebte, und ich sah, dass sich Julias BH und der Busen darunter abzeichneten. Ich fühlte mich in den Film »9 ½ Weeks« katapultiert, in dem Kim Basinger dem bösen Mickey Rourke sexuell verfällt, und sie es im Regen auf einer Treppe treiben. Nur war mir Julia leider nicht verfallen. Der Regen hatte die Freundlichkeit, mir zu zeigen, was ich nie haben würde.

Julia schaute mir zu, wie ich die zweite Mutter nicht lösen konnte, dann schubste sie mich ungeduldig zur Seite. Sie kniete sich mitten in den Dreck, setzte den Schlüssel präzise an, dann hebelte sie los. Die Radmutter gab rasch nach. »Ha!«, rief sie und grinste mich stolz an.

Der Regen wurde stärker, er zog graue Fäden und zauberte im Straßengraben einen Bach hervor, in den die Mädchen juchzend hineinsprangen. Julia schien es nicht zu stören, dass ihre Kinder mit Wanderschuhen im Wasser herumwateten, vielleicht merkte sie es auch gar nicht, denn sie murkste verbissen an der nächsten Schraubenmutter. Sie ließ sich nicht mehr vom Rad wegbewegen, sie redete den Radmuttern gut zu, als würden die irgendetwas verstehen. Und sie löste sie alle! Julia stand auf, wischte sich triumphierend eine Strähne aus dem Gesicht. Dies war vermutlich die erste aufbauende Begegnung zwischen Julia und einem Auto gewesen. Ich setzte den Wagenheber an, Lea und Denia halfen uns, das Ersatzrad aufzuheben und hineinzuschieben. Hatte es bisher Fäden geregnet, regnete es nun Seile und große, schwere und dicke Wolken nisteten in den Wipfeln.

Als wir fertig waren, machte Julia einen Luftsprung. »Wir haben‘s geschafft, wir haben dieses Rad gewechselt, und das ohne Mann. Ha, selbst ist die Frau!« Sie machte einen zweiten Luftsprung und einen dritten, sie strahlte übers ganze Gesicht. Dann kam sie lachend auf mich zu und nahm meine Hand. »Wie wär‘s mit einem Tänzchen, Madame«, fragte sie mich und deutete auf ihre Töchter, die im Regenwasser herumtanzten.

Wie hätte ich diesem wundervollen Lächeln widerstehen können? Mein Herz pochte schwer in der Brust, ich entgegnete: »Für Walzer bin ich immer zu ‘aben.«

Ich führte natürlich. Schließlich war ich die Größere und Julia die Hetera. Sie lag hingebungsvoll und anmutig in meinen Armen; selten war es so einfach gewesen, eine Frau zu führen. Wir flogen über die Straße, die Mädchen uns auf den Fersen, Julia summte eine Walzermelodie und lachte und summte. Und ich wünschte mir, wir würden hinsinken, in den Straßengraben, in den Bach, der dort floss, und wir wären Fische und würden uns umeinander winden, mit silbrig-blauen und orange-goldenen Leibern, schillernd, schimmernd, und würden mit dem Lauf des Wassers ins

Meer fließen und zu Meerjungfrauen werden, um in den Tiefen des Ozeans zu verschwinden.

Julia sagte: »Du führst mit einer Leichtigkeit, als wärest du daran gewöhnt.«

Ich lächelte dümmlich. »Wir waren im Tanzunterricht immer zuwenig Jungen, da 'abe ich oft ihren Part übernommen.« Das war nicht die ganze Wahrheit, aber immerhin ein Anfang.

Ich wusste, dass ich diesen Nachmittag als Kostbarkeit in mir bewahren würde und dass ich meinen Enkelkindern, die ich nie haben werde, davon erzählen würde. Es war erstaunlich, wie gut unsere Körper beim Tanzen harmonierten, und ich dachte mit Wehmut daran, wie unsere Leiber erst in anderen Momenten harmonieren könnten. Mir wurde es heiß und kalt, doch vor allem heiß.

Die Mädchen hingegen klapperten mit den Zähnen, also stiegen wir ins Auto. Wir durchnässten die Sitze, die Fenster beschlugen, Julia drehte das Radio laut auf und wir sangen alle eine andere Melodie. Dieses Auto war ein Gewächshaus auf Rädern, es bildete sich ein tropisches Klima. Je näher wir zum Meer kamen, desto mehr lichtete sich der Himmel, bis sich ein klares Blau über uns wölbte. Es wurde heiß, es wurde stickig in unserem Tropenwagen, und ich stand schon wieder in engem Kontakt mit meinem Magen.

Und ich gab auf. Ich ergab mich meinem lächerlichen Schicksal, mich wieder in eine Hetera verliebt zu haben, ich ergab mich in die Tatsache, dass diese Verliebtheit nur in eine Richtung führen konnte – nämlich direkt in die Katastrophe. Ich gab auf und ließ mich in die Liebe fallen – *to fall in love, fucking love* – ich ließ mich in das fahrende Tropenhäuschen fallen, in das Durcheinander von nassen Kleidern, Badetüchern und dampfenden Leibern. Ich sagte Adieu, Joëlle und Guten Tag, Julia. Aber ich versicherte mir: Auch wenn ich nun also gefallen war, davonrennen würde ich allemal noch können.

So was nennt sich Selbstbetrug.

Nach diesem Ausflug verbrachten Julia und ich den Großteil der Zeit zusammen. Julias Ferien dauerten noch eine Woche, meine neun Tage. Ich hatte meinen Kampf verloren. Wer verloren hat, hat den Vorteil, dass er nichts mehr verlieren kann, und deshalb – so folgerte ich – konnte ich gerade so gut mit der Person zusammen sein, die mich zu Fall gebracht hatte. Ich war froh, dass mir niemand dabei zuschaute, wie ich ins Verderben rannte. Olivier, meine Freunde, Tante Joséphine und Joséline hätten mich sofort von der Insel herunter gezerrt. Ich stellte vorsichtshalber das Handy ab. Wer untergehen will, soll dies mit Anmut tun und nicht begleitet von Handygeklingel.

Berthe sah ich gelegentlich vorbeischweben, meistens führte sie den jovialen, auf jung getrimmten Rosshaar-Harry im Schlepptau.

An einem Abend aßen wir alle zusammen auf der Terrasse. Julia kochte, die Mädchen saßen am Tisch und taten als ob sie zeichneten. Als Julia uns aus der Küche zurief, dass Harry zum Essen kommen würde, wurden die Mädchen offen ausfällig. »Wenn der alte Affe kommt, schneide ich ihm den doofen Schwanz ab«, maulte Leandra.

»Und ich das Zipfelchen«, gluckste Denia.

»Ihr schneidet niemand nichts ab, habt ihr verstanden? Seid jetzt ruhig und zeichnet.« Julia streckte missbilligend den Kopf aus der Küche. Auf dem Tisch lagen Farbstifte, Ölkreiden und Fingerfarben und ein Stapel Blätter. Aber die Mädchen fläzten bloß und spielten mit den Farbstiften. Wie ich noch herausfinden sollte, mussten die Mädchen mindestens jeden zweiten Tag zeichnen. Um die Kreativität zu fördern, wie mir Julia einmal erklärte. Aber ich wurde den Verdacht nicht los, dass sie vor allem ihren Bestand an Kinderzeichnungen erweitern wollte. Ihre Töchter hätten wohl lieber eine Stunde Geschirr gespült als nur einen einzigen Strich zu ziehen. Julias Leidenschaft für Kinderzeichnungen hatte die Malfreude der Mädchen nachhaltig geprägt, aber nicht so, wie sie sich das erhofft hatte.

Später trafen Berthe und Harry ein. An Berthe wehte alles: das bunte Kleid, ihre langen Haare, ihr Blick, ihre Brüste und ihre Seele. Harry warf ihr ständig Blicke zu, er hatte sich ganz offensichtlich in sie verliebt. Harry wäre durchaus sympathisch gewesen, wenn er nur den Mund nicht geöffnet hätte.

Er sprach sanft und mit der Ruhe des Erleuchteten. Er sagte Dinge wie: »Eine schöne Energie schwebt über diesem Tisch, richtig gute Vibes.« Ich hielt nach den guten Vibes Ausschau: Julia versuchte den Gratin mit wütendem Gesicht von der Form zu trennen, die Mädchen flüsterten sich Gemeinheiten zu, wobei sie in Harrys Richtung schauten und kicherten, Berthe versuchte die Mädchen mit bösen Blicken zum Schweigen zu bringen, ich selber stocherte in meinem Salat herum und dachte, dass das Abendessen hier keine gute Idee gewesen war. Harry versuchte mit den Mädchen ins Gespräch zu kommen, aber die gackerten bloß. Da fragte er mich, was ich beruflich mache. Als ich ihm antwortete, begannen seine Augen zu leuchten. »Dann machst du vielleicht auch Aura-Fotos?«

»Kenn ich nicht.«

»Das sind Aufnahmen von der Aura des Menschen.« Er wandte sich an Julia. »Du bist Kunsthistorikerin. Da kennst du doch die Gemälde mit den Heiligen und ihrem Heiligenschein über dem Kopf. Früher hat man eben noch gewusst, dass der Mensch von Licht umgeben ist.« Berthe schaute Harry fasziniert an; als er das merkte, legte er sich erst recht ins Zeug. »Die Aura ist das Strahlungsenergiefeld, das den Körper umhüllt. Die neutralen Myon-Neutrinos strahlen ununterbrochen auf die Atome in unserem Körper und drücken dabei Quarks aus den Atomen. Die Abstrahlung dieser Quarks ist das, was man ›Aura‹ nennt.«

»Ah, endlich habe ich diesen blöden Gratin vom Boden lösen können!« Julia hielt triumphierend die Kelle in die Luft.

Mit leicht verärgertem Seitenblick auf die Köchin fuhr

Harry fort. »Aus der Aura kann man Verschiedenes lesen: die Evolutionsstufe des Menschen, seine gewohnte Art zu denken und handeln und vorübergehende Stimmungen. Bei den Menschen der niederen Entwicklungsstufen sind die Farben wolkig, stumpf und als Anblick unerfreulich.« Er schaute zu Julia, die den Gratin auf die Teller verteilte. »Hoch entwickelte Menschen jedoch«, sprach er mit schwellender Brust, »haben nur noch positive und klare Farben, total ausbalanciert und gelenkt.«

»Da stehen viele Künstler wohl ganz unten auf der Leiter«, meinte Julia gedehnt. »Denkt nur an die dunklen Bilder von Rembrandt, Böcklin, Anselm Kiefer und an die schwarzgraubraunen Schinken von Rothko.«

Harry nickte lebhaft. »Künstler sind sehr egoistisch und selbstbezogen, die haben noch einen langen Weg vor sich. Gerade Rothko, der sich umgebracht hat, was sehr schlimm ist.«

»Der Tod ist für die Angehörigen meistens schlimm«, bemerkte Julia.

»Schlimm für *ihn*, für sein *Karma*, meinte ich.«

»Mama, was ist Karma?«, wollte Leandra wissen.

»Wenn du zum Beispiel jetzt immer Kaugummis und anderen Mist auf die Straße wirfst, wirst du im nächsten Leben Straßenkehrer.«

»Oder Chefin einer Straßenbande«, konterte Leandra, »aber ich lebe sowieso nicht mehrere Male. Ich komm in den Himmel, wo Urgroßmutti und Meerschweinchen Lumpi auf mich warten.«

Harry tätschelte Lea am Kopf, »weißt du, wir leben nun mal ganz viele Male, bis wir erleuchtet sind.«

»Woher weißt du denn das?«

»Das ist so, das steht geschrieben.«

»Mami hat gesagt, man darf nicht alles glauben, was man liest.«

Harry tätschelte wieder Leas Kopf, was sie veranlasste, in seine Richtung zu hauen. »Meine Güte, welch eine aggressive Energie dieses Kind hat«, stellte er säuerlich fest. »Ihm fehlt ganz offensichtlich der Vater, der es in die Schranken weist.«

»Vielleicht ist sie so aggressiv, weil ein selbsternannter Pseudovater sie ungefragt angetatscht hat«, sagte ich in die entstandene Stille hinein. Alle schauten mich überrascht an, die Mädchen kicherten, Berthe legte besänftigend die Hand auf Harrys Arm, Harry wurde rot und Julia lächelte.

»Ihr passt gut zusammen, du und Julia, eine ähnliche Energie. Ich bin froh, dass dies nicht auf Bertha abgefärbt hat«, flötete Harry.

»Berthe heißt sie, nicht Bertha«, warf Denia ein.

»Bertha schwingt besser im Einklang mit ihrer Seele.«

»Ja, Bertha gefällt auch mir besser«, sagte Berthe mit verklärtem Lächeln.

Denia baumelte mit den Beinen. »Berthe, Berthe, Berthe!«, quäkte sie.

»Ich war in meinem letzten Leben eine schwarze Jazzsängerin à la Billie Holliday«, teilte ich mit.

»Und ich werde in meinem nächsten Leben Captain Piquard der Enterprise sein«, seufzte Julia.

»Aber nein! Deine Buddhanatur solltest du anstreben!« Harry küsste Berthes Hand und schaute ihr zärtlich in die Augen. »So wie wir das tun, nicht wahr, Bertha?«

*Bertha* nickte lächelnd.

Ich dachte mir, dass sich Berthe bestimmt gut machen würde als Buddha, mit ihren Formen, und ich dachte, dass ich Berthe lieber mochte als Nirwana-Bertha.

Am folgenden Tag löste ich mein Versprechen ein und begann die Damen zu fotografieren. Ich nahm die Mädchen beim Zeichnen und Zeichnungen zerstören auf, beim Spielen und Zunge-rausstrecken, Aufs-Bett-springen, Im-Sand-buddeln, Taucherbrille-in-den-Sand-stecken, Eisverschmieren und Herumalbern. Berthe fotografierte ich, wie sie in Harrys Armen vorbeischwebte, wie sie die Treppe heraufkeuchte und den Sonnengruß machte. Und Julia? Sie, die mein Herz besetzte, konnte ich nicht scharf einstellen. Ich empfand eine Scheu davor, vielleicht die Angst, dass sie verschwinden würde, sobald ich auf den Auslöser drückte. Ich scheute mich vor der Intimität, die beim Fotografieren zwischen ihr und mir entstehen konnte, und zugleich sehnte ich mich nach diesem Spiel von Nähe, Distanz, Wirklichkeit und Illusion. Ich hätte sie endlich ungestört betrachten können, ihr durch den Schutz der Kamera und der Objektive nahe sein, sie aufs Fotopapier verewigen, aber ich zögerte. Ich würde die Fotos entwickeln und vergrößern müssen, ich würde Stunden mit papiernen Julias im Dunkeln verbringen, benebelt von Entwickler und Fixierer, voraussichtlich von der Sehnsucht nach ihr gequält. Wollte ich mir das wirklich antun?

Dann aber erwachte die Fotografin in mir, die den besten Winkel und das reizvollste Licht sucht, die auf der Jagd nach dem perfekten Moment ist. Julia zu fotografieren war dasselbe wie Walzer mit ihr zu tanzen, sie offenbarte eine erstaunliche, selbstverständliche und anmutige Hingabe. Ich stellte mit Erstaunen fest, dass Julia natürlich und unbekümmert blieb, wenn ich sie mit der Kamera umkreiste.

Ich fotografierte ihre beweglichen, schlanken Finger, die grün-blauen Augen, die Falten auf der Stirn; wie sie mit der Hand durchs Haar fuhr, die Strähne, die ihr ins Gesicht fiel; ihre verrenkten Beine, wenn sie auf dem Liegestuhl lag und las; wie sie sich über ein Blatt beugte oder sich niederkniete, um mit den Mädchen zu reden. Sie ging in die Knie, wenn sie ihren Töchtern etwas sagte, ich fand das eine schöne Geste. Mein kleiner Vater nahm uns Kinder oft auf den Arm, auf den Rücken oder auf die Schultern, es kam mir vor, als wäre er gar nicht viel größer als ich. Meine Mutter hingegen – diese große, elegante Deutsche, die meinen Vater fast zehn Zentimeter überragte – kam mir wie ein hoher, unerreichbarer Turm vor. Als uns die Lehrerin im Deutschunterricht erklärte, was ein *Elfenbeinturm* war, verstand ich sofort: Meine Mutter war ein Elfenbeinturm. Mutter ist auch heute größer als ich, nicht viel, und trotzdem kommt es mir vor, als müsste ich weit hinaufschauen, wenn ich ihr in die Augen sehen wollte.

Wir sprachen während des Fotografierens wenig miteinander, Julia schien meist zu wissen, was ich mir vorstellte. So resolut, verbohrt und aufgeregt sie sein konnte, so still, ruhig und gelassen war sie jetzt. Mir war es, als würde sie mir einen Einblick in ihre Seele gewähren, und was ich sah, war von anrührender Schönheit.

Es brach mir schier das Herz.

Einmal hielten die Mädchen ihren Mittagsschlaf, Berthe war noch gar nicht aufgetaucht. Es war die Zeit, da selbst die Fliegen nicht mehr fliegen mochten und ein fauler Wind träge Blätter bewegte, eine Zeit, in der die Zeit stillstand, weil die Sonne auf ihrer Bahn bummelte. Ein Radio plärrte aus einem Nachbarfenster, der Duft von gebratenen Peperoni lag in der Luft. Wir hatten uns hinters Haus unter die drei Feigenbäume begeben, Julia trug abgeschnittene, ausgefranste Jeans und ein olivfarbenes T-Shirt, das ihre Augen grün erscheinen ließ. Ich umkreiste sie mehrmals, holte das Stativ und schraubte die Kamera darauf. Julia fläzte im Stuhl, sie hatte die Beine über die Lehne gelegt und beobachtete mich. Plötzlich fragte sie: »Sag, hast du einen Freund?«

»Nein«, antwortete ich wahrheitsgemäß. Es entstand eine kurze Pause, dann: »Und warum nicht?«

Betretenes Schweigen. »Ich wurde wegen eines andern verlassen«, antwortete ich schließlich in beiläufigem Ton und stellte die Belichtung ein.

Julia setzte sich aufrecht im Stuhl auf. »Was?! Dein Freund verließ dich wegen eines Mannes?! Er ist schwul geworden?« Sie schüttelte fassungslos den Kopf. »Das ist hart – stelle ich mir vor.«

Das hatte ich davon, wenn ich während der Arbeit sprach! Und das hatte ich davon, dass ich Julia nichts über mein Lesbischsein erzählte. »Also, ich, ja, gewissermaßen stimmt das, wenn auch ...« Ich machte eine unbeholfene Bewegung mit der Hand. »Es ist eine komplizierte Geschichte, ich erzähl sie dir ein anderes Mal. Jetzt will ich mich auf die Arbeit konzentrieren.« Ich ging wieder um Julia herum und spürte, wie sie jede meiner Bewegungen beobachtete. Als ich kurz zu ihr blickte, sah ich, dass sie ihre linke Augenbraue leicht angehoben hatte. Aber sie schwieg und kam auch später nicht mehr auf das Thema zurück.

Am darauffolgenden Tag lagen wir am Strand, jede mit einem Eis in der Hand, das uns die Mädchen gebracht hatten und das schon recht geschmolzen war, weil sie auf dem Rückweg getrödelt hatten. Julia war in ein Buch vertieft, ich schaute Leandra zu, wie sie Kopfstand übte. Denias Aufgabe war es, die Beine ihrer Schwester festzuhalten, doch sie ließ sich dauernd ablenken, so dass Lea meist fluchend in den Sand stürzte.

Julia hob den Kopf. »Du, Satine.«

»Mmhh?« Lea fiel diesmal rückwärts.

Julia richtete sich auf und klappte ihr Buch zu. »Würdest du Aktfotos von mir machen?«, sie rieb sich den Sand von den Füßen.

»*Pardon?*« Ich machte eine ruckartige Bewegung, die Nusseiskugel fiel runter. Ich fing sie mit der Hand auf, was keine gute Idee war, denn jetzt hatte ich nicht nur einen Schrecken, sondern auch noch ein Eis, das mir zwischen den Fingern hinunterlief. Die Mädchen stürzten sich auf mich und leckten mir das Eis aus der Hand. Ich sah entgeistert zu. Julia beobachtete mich grinsend aus halbgeschlossenen Augen. Dann sagte sie: »Was ist nun?«

»Was soll denn sein?«, fauchte ich. »Du siehst doch, dass ich zum Eisstand mutiert bin und klebe wie nur irgendwas.«

Julia blieb gelassen. »Machst du Aktfotos von mir oder nicht?«

Ich schob die Mädchen weg, drückte ihnen das restliche Eis in die Hand und sagte brummig: »Ich gehe baden.«

Ich blieb lange im Meer. Aktfotos, das war nun wirklich

das Letzte, worum sie mich bitten konnte! Als ich wieder aus dem Wasser kam, mit finsterem Gesicht, schlechter Laune und aufgeweicht wie ein Stück nasses Brot, sah mir Julia neugierig entgegen. Ich legte mich neben ihr auf den Bauch und schwieg.

Julia räusperte sich. »Weißt du, Jürgen und ein paar meiner Liebhaber haben Fotos von mir gemacht, aber was für welche!« Sie machte eine wegwerfende Bewegung. »Auf manchen seh ich aus wie ein Pin-up-Girl, das Bauarbeiter und Automechaniker im WC hängen haben, auf anderen wie die Werbung für ein Fleischsonderangebot, und da dachte ich, dass ich mal eine Fachfrau an mich ranlassen könnte.« Julia warf ihr Sonnenbrillenetui nach mir. »Satine, hörst du mir überhaupt zu?«

»Natürlich. Nur weiß ich nicht so recht, ich bin, vielleicht kann ich das ... es ist nicht mein Spezialgebiet, warum willst du nicht –«

»– zu einem Berufsfotografen gehen?«

Ich nickte.

»Nun«, Julia lächelte, »du bist doch eine Berufsfotografin, oder habe ich was falsch verstanden? Ich bezahl auch dafür.«

»Darum geht's nun wirklich nicht. Ich ...«, ich seufzte. Wie sollte ich ihr erklären, dass sie sich besser nicht vor mir auszog, außer sie wollte von einer liebestollen Lesbe angefallen werden? Wie sollte ich ihr erklären, dass sie von mir verlangte, mit knurrendem Magen vor einem üppigen Buffet zu stehen und *nur* zu schauen? Ich konnte ihr das nicht erklären, denn dann hätte ich mich als Lesbe zu erkennen geben müssen, und sie würde bestimmt das Weite suchen. Das wiederum wollte ich nicht, denn ihre Abwesenheit war noch quälender als ihre Anwesenheit. Also musste ich in diesen – ach so süßen – sauren Apfel beißen.

»*Eh bien*, ich mache es. Aber ich bestimme –«

»– wann, wie und wo. Ich weiß, Satine.« Julia lächelte ein unergründliches Lächeln, das wie ein Feuerwerk in meinem Magen losging.

# 13. Kapitel Julia

*Wir traten ein in verwunschene Räume*
*und leuchteten das Dunkel an*
*mit den Fingerspitzen.*
*Ingeborg Bachmann*

»*Eh bien*, ich mache es«, sagte Satine und verzog dabei ihr Gesicht, als müsste sie ein Glas Meerwasser trinken. »Aber ich bestimme –«

»– wann, wie und wo. Ich weiß, Satine.« Julia lächelte und fragte sich, warum sie Satine um diesen Gefallen gebeten hatte. Doch bevor sie dazu kam, eine schlüssige Antwort auf diese Frage zu finden, sah sie weiter vorn eine Furie, die sich den Weg durch die Menschen bahnte. Sie schleifte ihr wallendes orangerotes Kleid über die Sonnenbadenden, hinterließ einen Strom von Flüchen und einen Schwarm orangeroter Fusseln auf eingecremten Leibern.

Mit gemischten Gefühlen sah Julia dieser Lawine entgegen, die offensichtlich auf sie zurollte und schließlich mit hochrotem Kopf und keuchend wie ein Walross vor ihr stehen blieb.

Und Julia wusste: Berthe hatte es wieder geschafft.

Sie fragte freundlich: »Meine Liebe, was ist geschehen?«

Berthe schnaubte. »Es ist vorbei.«

»Was ist vorbei?«

»Du weißt ganz genau, was vorbei ist, frag nicht so blöd.«

»Du meinst, du bist deiner durchschnittlichen Amortisationszeit treu geblieben?«

»Julia, halt die Klappe, sonst kleb ich dir eine!«

Leandra, die an ihre Mutter gelehnt aufmerksam zugehört hatte, rief: »Man darf andere nicht schla–«

Berthe machte schnaubend einen Schritt auf das Mädchen zu und hob drohend die Hand, da klappte Lea ihren Kinnladen schleunigst wieder zu.

Berthe richtete sich wieder an Julia. »Du hast ja keine Ahnung. Weißt du, was er getan hat? Er hat gefu–«, mit Blick auf die Mädchen korrigierte sie sich: »Harry hat Winde losgelassen, während wir – du weißt schon, was ich meine!«

Leandra mischte sich wieder ein: »Der doofe Rossschwanzmann kann Wind machen? Das glaube ich nicht, das kann nur der liebe Gott.«

»Und der Geißenpeter«, warf Denia ein.

»Doch nicht der Geißenpeter, Blödkopf, du meinst wohl Petrus«, höhnte Lea.

»*Leeee-and-rrra*, du nerrrrrrrvst!!!« Berthe war wirklich schlecht gelaunt. »Du willst wissen, was er getan hat? Dann sollst du es auch erfahren: Harry hat *geee-furrrzt*, das hat er.«

Die Kinder gackerten wie ein Schlag voller glücklicher Hühner, Julia und Satine bissen sich auf die Lippen. Berthe stemmte die Hände in die Hüften. »Was ist daran so lustig? Was gibt es da zu gackern?! Ich war voll in Ekstase, und der Volltrottel lässt einen fahren und zwar *jedesmal*, als er in mich reinge–«

Denia machte große Augen, erschrocken griff sie nach Berthes Hand. »Was hat er?!«, fragte sie bestürzt. »Was denn? Hat es sehr wehgetan?«

»Nun«, Berthe, sichtlich gerührt von der Bestürzung der Kleinen, zögerte und schaute sich Hilfe suchend um. Julia hob ihre Tochter auf und drehte sich mit ihr zum Meer. »Weißt du, meine Sonnenblume, es gibt Dinge im Leben, die sind gar nicht so einfach zu erklären. Aber du musst keine Angst haben, Harry hat Berthe bestimmt nicht weh getan. Komm, wir gehen schauen, ob das Schiff dort draußen ein Piratenschiff ist.« Julia deutete zum Horizont, wo ein kleines Kutterboot vorbeiruckelte. Denia nickte begeistert, sie schaute über Julias Schulter zu Berthe und winkte ihr fröhlich zu. Berthe musste trotz ihrer miesen Laune lächeln. Als die zwei verschwunden waren, stieß Leandra Berthe ungeduldig an. »Da Denia nun weg ist, kannst du es mir ja sagen – was hat Rosskopf in dich rein getan? Hat Blut gespritzt?« Leandra stand abwartend da, jede Pore ihres kleinen Körpers verströmte die Überzeugung, dass sie Äonen älter als ihre Schwester war und alles tausend Mal besser verstand.

Berthe seufzte. »Willst du ein Eis? Ich zahl eine Runde.«

»Du schummelst. Mama sagt, so etwas ist Erstechung. Du willst nur, dass ich nicht mehr weiterfrage.«

Stöhnend plumpste Berthe in den Sand. »Was habe ich nur in meinem letzten Leben verbrochen, dass ich mich mit diesen Gören abplagen muss?«

Satine schubste Leandra und fragte sie, ob sie nicht mit zum Meer gehen wolle. Vielleicht würden sie Delfine entdecken und Denia konnte nicht mehr damit angeben, dass sie als einzige Delfine gesehen hatte. Lea überlegte kurz, dann nickte sie und sagte zu Berthe: »Aber ich komme wieder! Dann sagst du mir, was Rossschwanz gemacht hat.«

Am Abend saßen Julia und Berthe am Steintisch und tranken Wein. Die Mädchen lagen im Bett.

»Wie war das nun mit Harry?«, fragte Julia.

Berthe blickte verärgert in die Dunkelheit. »Wir haben zusammen geschlafen und er hat gleich mehrere fahren lassen. Er stößt in mich und furzt. Wie kann er nur?«

»Man muss manchmal in den dümmsten Augenblicken.«

»Mag sein, aber nicht, wenn ich mich in tantrischen Höhen befinde! Fürze machen eine heilige Stimmung total kaputt! Nein, mit so einem will ich nichts mehr zu tun haben.« Berthe schüttelte den Kopf. »Und sowieso, der mit seinem Rossschwanz und dem esoterischen Getue.«

Julia seufzte. »Berthe, es ist immer das Gleiche mit dir. Zuerst verliebst du dich Hals über Kopf, dann schwelgst du kurze Zeit im perfekten Glück, bis du plötzlich etwas findest, das Grund genug ist, dich vollkommen zu entlieben. Wie wär's, wenn du mal deine Strategie ändern würdest?«

»Das sagst gerade du – du Nonne! Seit Ewigkeiten lebst du im Zölibat.«

»Zwei Jahre, Berthe!«

»Das ist lang genug! Du weißt doch nicht mehr, wie das ist – sich zu verlieben, Sex zu haben und so weiter!«

»Mach mal einen Punkt, zwei Jahre sind nun nicht alle Ewigkeit!«

»Du bist doch nicht normal! Du verguckst dich nicht, du verliebst dich nicht, du drehst dich nicht mal nach einem Knackarsch um. Ist deine Libido in Streik getreten oder was?«

Julia blickte ausdruckslos in ihr Weinglas. »Ich habe genug zu tun mit den Mädchen und im Museum.«

»Jesses Maria, faul ist diese Ausrede, sehr faul.«

»Meine Güte, vielleicht will ich mich ja gar nicht verlieben?!«, begehrte Julia auf. »Verlieben ist grauenhaft anstrengend! Wenn dir einer gefällt, musst du erst rausfinden, ob du ihm auch gefällst. Dann versuchst du mit ihm in Kontakt zu kommen. Du betreibst Konversation, bis deine Zunge Blasen hat, und flirtest dir deine Augen wund – dann geht's los: Du öffnest Knöpfe, ziehst Reißverschlüsse auf, ziehst Pullis über den Kopf; und während dieser Turnerei musst du auch noch küssen und keuchen. Es dauert ewig, bis du endlich nackt daliegst. Mittlerweile bist du so abgekämpft, dass du am liebsten schlafen würdest. Aber nein, jetzt geht's ja erst ans Eingemachte.

Ich weiß nicht, wie es andern in der ersten Liebesnacht geht, ich kann dazu nur sagen: ha! Bei mir fällt die Ekstase so ekstatisch aus wie das Ausfüllen der Steuererklärung.« Julia funkelte Berthe an. »Das Ganze wächst sich doch nur deshalb nicht zur offenen Katastrophe aus, weil du auf Hochspannung bist. Das hilft dir über die desolate Tatsache hinweg, dass neben dem Liebhaber keine Gebrauchsanleitung liegt. Du weißt nicht, welche Register du ziehen und welche Knöpfe du drücken musst. Also hebelst und drückst du drauflos, als wärst du Mr. Spock, wenn er die Enterprise durch irgendein interstellares Desaster manövrieren muss. Maximal kannst du dir einen Bonsaiorgasmus zusammenbasteln, oder du küsst dir bloß die Zunge fusslig.«

Berthe verwarf entsetzt die Arme. »Julia, hör auf mit deinem Zynismus – ich hasse das!«

»Bin ich wirklich zynisch, Berthe? Oder spreche ich nur mit salopper Zunge die Wahrheit aus? Du tust immer so, als wäre die erste Nacht die totale Erfüllung, dich katapultiert es immer gleich in tantrische Höhen. Aber warum wirfst du deine Liebhaber dann so leichtfertig wieder weg? Könnte es sein, dass du dich in eine eingebildete Lust hineinsteigerst? Dass du beim ersten Mal gar keinen Orgasmus hast und die Küsse einfach bloß nass sind?« Julia stützte ihren Kopf ab und schaute Berthe durchdringend an. Berthe blickte zu Boden. Da sie hartnäckig schwieg, fuhr Julia fort: »Nehmen wir Jürgen. Der Sex mit ihm war wie die gemeinsamen Wochenenden in den Bergen: sportlich, mit gelegentlichen Gipfelerlebnissen; in erster Linie jedoch sportlich. Das war gut und recht, es hat auch Spaß gemacht. Aber ehrlich gesagt, möchte ich nach dem Liebesspiel lieber erschüttert sein – so richtig hin und weg –, als Muskelkater in der Leistengegend und im Rücken zu haben. Mir reicht es nicht mehr, dass ein Mann schöne Augen hat, sexy aussieht oder gut flirten kann. Nicht, dass ich von der Liebe oder den Männern enttäuscht wäre – es ist nur, dass etwas hinzukommen müsste, damit ich mich wieder einlasse. Ich weiß nicht, was dieses Etwas ist, aber ich weiß, dass es fehlt.« Julia musterte ihre Freundin. »Berthe, sag doch was!«

Berthe stand auf, ging in die Küche und kam mit einer zweiten Flasche zurück. Sie entkorkte sie mit geübtem Griff und schenkte nach. »Meine Güte, du verstehst einfach nichts vom Ganzen! Gerade das Unbekannte, das Fremde, das Neuland ist doch das, was einen abheben lässt! So was katapultiert mich in tantrische Zustände! Kannst du mir sagen, was daran romantisch oder geil sein soll, wenn ich mit einem Typen im Bett liege, von dem ich weiß, dass er ewig seine stinkigen Socken auf meinen BH wirft, dass er wieder vergessen hat, den Kehrrichtsack nach draußen zu stellen, dass er *Guns and Roses* hört und Haare auf der Brust für den Inbegriff von Potenz hält? Ja, ich erliege dem Zauber des ersten Mals! Genau das will ich immer und immer und immer wieder erleben. Am Anfang ist noch alles möglich, das Unbekannte ist aufregend, spannend, macht mich ganz kribbelig. Ich will den Mann und nichts sonst – keine bescheuerten politischen Ansichten und keine Sportzeitungen in meinem Bett. Natürlich habe ich nicht immer gleich einen Orgasmus, nur: Was spielt das für eine Rolle, solange alles andere stimmt?«

Julia schüttelte den Kopf. »Ich bringe das einfach nicht zusammen: Im einen Moment schwärmst du von deinen Wahnsinnsliebhabern, und im nächsten Augenblick wirft du sie wegen banaler Gründe wieder weg.« Sie gähnte. »Wie auch immer, jedenfalls sind wir beide männerlos, und ich schlage vor, dass wir doch noch heiraten.«

Berthe grinste. »Erst wenn deine Mädchen aus dem Gröbsten raus sind. Und da die noch mit Vierzig mitten in der Scheiße stecken werden, heiraten wir wohl am Sankt-Nimmerleinstag.«

»Du Hexe!«, Julia kreischte los und wollte Berthe an den Haaren ziehen. Die sprang von ihrem Stuhl auf und rannte um den Tisch herum.

»Ich kriege dich!« Julia verfolgte sie, aber Berthe lachte nur unbändig: »Niemals!«

»Uh!« Julia blieb abrupt stehen und schaute auf die Uhr. »Ich hätte fast vergessen, ich habe um zehn Uhr ein Fotoshooting bei Satine und jetzt ist es schon fünf nach.« Sie packte ihre Jacke und suchte die Sandalen.

»Ein Fotoshooting?«, fragte Berthe verwundert.

»Ach, das erzähl ich dir morgen. Schaust du nach den Mädchen, ja? Danke, tschüss«, und weg war sie.

»Frag mich nicht, warum ich eine halbe Stunde zu spät komme«, sagte Julia, als Satine ihr die Türe öffnete. Sie sah verärgert aus. »Ich habe bei der einen Kreuzung eine Münze geworfen, aber die Götter haben mich verarscht.« Sie ging an Satine vorbei. »Ich kann wieder gehen, wenn‘s dir zu spät ist«, erklärte sie und blickte ihr Gegenüber verunsichert an.

Satine schloss lächelnd die Tür. »Ich will dich doch nicht gleich wieder auf eine Abenteuerreise schicken!«

Julia sah sich um und schlug die Hände vor den Mund. »Meine Güte, ist das schön!« Satine hatte überall Kerzen aufgestellt. Schatten tanzten an der Decke, den Wänden und auf dem Boden entlang, dunklere und hellere, übereinandergeschoben, ruhig die einen, unstetig die andern. Julia blickte zur Küche: Der Durchgang zum kleinen Innenhof war offen, auch dort war ein Lichtermeer zu sehen. Satine folgte ihrem Blick. »Ein paar Fotos möchte ich draußen machen – mit den Pflanzen und so.«

Julia blickte Satine schweigend in die Augen, Satine erwiderte den Blick, ebenfalls schweigend. Julia nickte, wie im sich selbst Mut zu machen. Sie war nervös. Ihr war regelrecht flatterig im Magen – wie vor einer Prüfung oder vielleicht eher wie – vor was denn? – vor einer Verabredung? Ja, wie vor einer Verabredung. Nur dass dies keine Verabredung war, Satine war schließlich kein Mann. Nun gut, die Treffen mit Männern waren schon lange nicht mehr aufregend gewesen, sie waren meist so absehbar. Es ging letztlich immer um dieselbe Frage: Würde der Stecker den Weg in die Steckdose finden? Meistens war das eine rhetorische Frage – natürlich fand er ihn. Manchmal hoffte sie, dass es beim Zusammenstecken einen Kurzschluss gegeben hätte. Doch wie oft gibt es einen Kurzschluss, wenn man einen gewöhnlichen Stecker in eine gewöhnliche Steckdose steckt? Jetzt jedoch war sie aufgeregt, nicht weil es um Stecker und Steckdosen ging, sondern weil sie sich vor einer Fotografin ausziehen würde. Und weil es nicht vor irgendeiner Fotografin war – sondern vor Satine. Satine mit den Kohlenaugen,

Satine, die ein umwerfend weiches und breites Lachen hatte und sich geschmeidig bewegte.

»Wir gehen schrittweise vor«, sagte nun diese Satine, »du entscheidest, wann du dich ausziehen willst.«

»Apropos Kleidung.« Julia versuchte von sich abzulenken und begutachtete Satine von oben bis unten. »Wie bist du denn angezogen – mit langen Hosen und Pullover?«

Satine errötete. »Es ist Nacht, es könnte kühl werden.«, brummte sie.

»Aha, und mich willst du nackt herumliegen lassen«, erwiderte Julia ironisch.

»Nein, nein!« Satine errötete noch mehr. »Es ist nur, dass mir manchmal kalt ist, auch wenn‘s warm ist. Oder so.«

Es folgte eine erstaunliche Zeit. Satine arbeitete konzentriert, aber unverkrampft, Julia beobachtete ihre lässigen, manchmal katzenhaften Bewegungen. Sie war ganz professionelle Fotografin. Bei jeder Pose bat sie sie, an etwas Spezielles zu denken. »Stell dir vor, du liegst in einer Wiese« – »Jetzt tauch in die Farbe Orange.« – »Leg dich in eine Kinderzeichnung.« – »Denk an deinen ersten Kuss.« – »Durch deine Adern fließt Kaffee.« – »Du bist ein Rosenquarz!« Teils amüsiert, teils inspiriert folgte Julia den Anweisungen. Es machte ihr Spaß und lenkte sie davon ab, dass sie das T-Shirt ausgezogen hatte und jetzt auch den BH. Satine hielt sich hinter der Kamera versteckt und gab von dort aus ihre Anweisungen.

»Satine, ich weiß nicht, wie das ist, ein Rosenquarz zu sein.«

»Stell dir einen Rosenquarz bildlich vor und wie du in ihn ‘ineinfällst.«

»Flüssig ist Rosenquarz ja gerade nicht.«

»In der Vorstellung kannst du Dinge machen, die real nicht möglich sind.« Satine verrückte das Stativ ein wenig.

»Ach wirklich? Ich kann mir nicht mal andeutungsweise vorstellen, dass ich Harry anziehend finden könnte. Aber nun gut«, Julia setzte sich gerade auf, schloss die Augen und runzelte die Stirn. »Ich bin ein Roooosenquaaaarz, ich bin einsssssss mit einem Rosenquarzzzzzz, ohmmmm. Und wenn das so weitergeht, werde ich wie Bertheeeeeee.«

Satine lächelte. »*Pas mal.*« Sie verschwand wieder hinter der Kamera.

Julia war immer noch so weiß wie zu Beginn der Ferien. Oder vielmehr übergangslos elfenbeinfarben, was dem Körper im Kerzenlicht etwas Fließendes verlieh. Satine fand Julias Brüste wunderschön, auch wenn sie wegen des Stillens die Blütezeit hinter sich hatten. Milchigweiße, volle, honigsüße Brüste, von denen Satine nur zu gerne gekostet hätte.

Irgendwann gingen sie in den Innenhof hinüber. Satine breitete ein Tuch über den Korbstuhl und Julia entledigte sich dort der restlichen Kleider. Satine ließ sich Zeit, das Objektiv einzustellen. Julia hatte keinen durchtrainierten Körper. Sie war schlank, ohne mager zu sein, mit schön geformten Hüften und diesem vernarbten Bauch. Auf dem Stuhl sah sie wie eine fleischgewordene Venus aus. Satine hielt ihr liebeskrankes Alter Ego sorgsam unter ihren Kleidern versteckt, ganz nah auf der Haut, beim Herz. Es war die Fotografin, die das Zepter führte – präzis und konzentriert.

Eine fast andächtige Stimmung legte sich über sie. Seltsamerweise kam sich Julia keinen Augenblick entblößt oder ausgestellt vor, obwohl sie nun splitternackt war. Sie fühlte sich höchstens etwas verwirrt und irritiert. Zum Beispiel als Satine ihr ein Tuch quer über den Körper legte. Dabei langte sie in Julias Haar, hob es an und legte das Tuch darunter. Sie bedeckte damit ihre rechte Brust, zog es über den Bauch, wobei sie die Narbe sichtbar ließ, legte es über ihre Scham bis hinunter zum linken Fuß. Satine vermied es, Julias Haut zu berühren, sie vermied Julias Blick, blickte stattdessen gebannt auf das Tuch, das sie hier und dort drapierte. Sie stand bei dieser Arbeit über Julia gebeugt, ihre Haare kitzelten sie an der Stirn. Glänzendes Haar und so pechschwarz, dass nicht einmal die Mittagssonne aus dieser Schwärze

Brauntöne hervorlocken konnte. Julia hörte ihren Atem. Sie war überrascht, Satine atmen zu hören und sie war überrascht, dass es sie überraschte. Dass Menschen atmeten, war ja nun wirklich nichts Neues. Satines Atem so dicht vor sich zu hören fand sie irgendwie intim, nah. Zu nah. Ohne zu wissen, warum. Es berührte sie, bewegte ihre Seele, wie der Wind Birkenblätter bewegte. Und weil Satine so nah bei ihr war, bemerkte Julia ihren Duft. Diese Mischung aus Parfum und Körpergeruch betörte Julia. Sie roch Satine und es war ihr, als würde die Tür zu einer anderen Welt geöffnet; fremd war sie, exotisch, vielversprechend, farbig. Der Duft rief unbekannte Gefühle in ihr wach, und das verwirrte sie. Sie konnte sich nicht erinnern, jemals einen Menschen so gern gerochen zu haben. Und sie fragte sich, ob sie zuviel Wein getrunken hatte. Sie beobachtete Satines Hände, die den Stoff hoben, falteten, legten – lange Finger, schmale Hände, die kräftig und vertrauenserweckend aussahen, und sie versuchte sich vorzustellen, wie sich diese Hände auf ihrer Haut anfühlen würden.

Vermutlich hatte Berthe etwas Psychedelisches in den Wein gemischt.

Satine ging zur Kamera. Julia fühlte sich mit dem Tuch wie eine Liebesgöttin, die ihren Gott erwartet. »Du, Satine?«

Satine schraubte ein neues Objektiv auf den Apparat. »Mhmm?«, sagte sie ohne aufzuschauen.

»Du riechst umwerfend gut.« Julia wartete gespannt auf eine Reaktion.

Satine guckte durch die Linse und murmelte undeutlich »Aha« und dann: »Schau mal nach oben, als würdest du dort das erblicken, was du dir am meisten ersehnst.«

Julia schaute nach oben, enttäuscht über Satines gleichgültige Reaktion. »Ich sehe nur ziemlich trockene Feigenblätter«, erklärte sie.

»Du musst nicht mit den äußeren Augen schauen, sondern mit den inneren«, gab Satine nüchtern Anweisung.

»Meine Güte! Wenn du jetzt noch vom dritten Auge zu

schwafeln beginnst, werfe ich dir dein schön drapiertes Tuch an den Kopf!«, sagte Julia gereizt.

Satine schaute auf. »'allo, 'allo! Was ist denn in dich gefahren? Ich bitte dich, dir etwas vorzustellen und du fauchst mich wie eine tollwütige Katze an. Könntest du bitte das machen, worum ich dich gebeten 'abe.« Sie starrte Julia ungeduldig an.

»Uh, reg dich ab, Herrin und Meisterin, ich schaue ja schon nach oben und erblicke das, was ich mir ersehne.« Julia machte eine Grimasse, sie starrte in diese blöden Feigenblätter, ihre Stimmung war verdorben. Sie wünschte sich die Magie zurück, die Schönheit der Zusammenarbeit, gerade das war ihre größte Sehnsucht. Nur war sie jetzt gereizt, verärgert und angriffslustig, ohne zu wissen warum.

»Das sieht nicht wirklich nach Erfüllung aus«, brummte Satine skeptisch. Da ließ Julia den Kopf sinken und zischte: »Die hast du ja auch gründlich vertrieben! Wie lange muss ich noch so daliegen! Mir ist kalt!«

Satine sagte nichts. Sie drückte ohne Vorwarnung auf den Auslöser, gleich mehrmals, grinsend. Als Julia realisierte, was Satine tat, wetterte sie: »Du bist fies! Das ist gemein, mich gerade jetzt zu fotografieren. Geradezu niederträchtig ist das!«

»Ursprünglich wollte ich eine Göttin ablichten – und nun sitzt eine Furie vor mir, aber das ist auch interessant. Wir 'ören jetzt auf, es ist zu befürchten, dass mich die Furie sonst anfällt.«

Die Furie schaute finster. »Dreh dich um«, sagte sie schneidend.

Satine blickte Julia amüsiert an. »Ich habe dich eben die ganze Zeit über nackt gesehen.«

»Dreh dich um, sag ich!«

»Ist ja schon gut.« Satine machte mit ihren Händen besänftigende Bewegungen und wandte sich ab. Ein Schatten raste an ihr vorbei in die Wohnung, wo er sich in Windeseile Julias Klamotten anzog. »Ich geh jetzt«, rief der Schatten Satine zu.

»*Arrête!*« Satine flog herein. »Ich begleite dich noch ein Stück, damit du …« Sie brach ab.

»Damit ich mich nicht verirre, wolltest du sagen! Warte nur, bis ich deine größte Schwäche herausgefunden habe! Ich werde sie dann auch skrupellos ausnützen!«

»Meine größte Schwäche findest du nie heraus«, wandte Satine lachend ein.

»Da wär ich nicht so sicher. Du trägst ein Geheimnis mit dir herum. Ich kann das fühlen, und ich finde es heraus.«

»Jeder hat Geheimnisse«, wehrte Satine ab.

»Aber nicht so eines. Ich – wie sagt das Berthe nur noch? – ja, ich spür‘s im Urin«, Julia betrachtete Satine eingehend und nickte.

Satine zuckte mit den Schultern.

»Aber komm jetzt, du Geheimnis«, sie hakte sich bei Satine unter. »Im Osten geht schon bald die Sonne auf, und das liebliche Krächzen meiner Töchter wird über die Dächer schallen.« Abrupt ließ sie sich auf ein Knie herabsinken und schlug sich mit der Rechten ans Herz. »Oh holde Dame, ich muss eilen geschwind, dort oben ist mein Heim, dort kräht mein Kind! Ich find den Weg bestimmt. Ein letzter Kuss nur«, sie stand schnell auf und küsste Satine theatralisch auf die Wange, »dann heißt es Abschied nehmen. Schon legt der Morgentau sich über die Au. Habt tausend Dank für alles, und auf bald, edle Frau.« Sie küsste Satine auch auf die andere Wange und strich ihr zart über die Stirn. Lächelnd schaute sie den Schweiß auf ihren Fingerspitzen an. »Erstaunlich, wie verschwitzt du bist, wo es dir so kalt war.«

# 14. Kapitel ____________ Satine

*im atmenden Wald*
*wo Grasspitzen*
*sich verneigen*
*weil*
*es nichts Schöneres gibt.*
*Rose Ausländer*

Die Mädchen hatten auf einmal akute Beinschmerzen, und Berthe wollte lieber einen Tag lang zwei nervige Gören am Hals haben als am Abend fette Blasen an den Füßen. Also zogen Julia und ich alleine los. Wir nahmen den Sieben-Uhr-Bus ins Landesinnere. Es war noch stockdunkel, als wir mit einer Hand voll Rucksacktouristen am Straßenrand warteten.

Im Bus setzte sich Julia vorne hin, wegen der Aussicht und ihres Magens, wie sie erklärte. Wir fuhren durch die Dunkelheit, die nach einiger Zeit ein sanftes Erröten zu erkennen gab, Felsen und Häuser wurden sichtbar, die Ahnung des Meeres in der Ferne. Julia wurde grün und weiß im Gesicht und sehr still. Sie fragte mich schüchtern, ob sie vielleicht, ähm, ihren Kopf auf meinen, ehm, Schoß legen dürfte. Dabei deutete sie gequält auf ihren Magen. Ich nickte und holte meinen Pullover aus dem Rucksack. Nachdem Julia sich niedergelegt hatte, schaute ich unschlüssig auf meine Arme. Ich hatte keine Wahl, ich legte den rechten Arm über sie, den linken verstaute ich zwischen mir und dem Fenster.

Bald waren meine Oberschenkel und der linke Arm eingeschlafen und Julia auch. Das Licht zog über Land und Wasser, schüchtern erst, dann vorwitzig und einnehmend. Farben lösten sich nacheinander aus dem Schwarz, erst das Grau, dann die Pastellfarben, schließlich immer sattere Gelb-, Orange-, Rot-, Blau- und Grüntöne. Palmen ragten in den gelblichen Himmel, mir kam der Film über Annemarie Schwarzenbachs Reise durch die Wüste in den Sinn. Sie und Ella Maillart reisten in einem kleinen Auto durch die Wüste und brachten es zustande, in blendend weißen Kleidern herumzugehen und gleichzeitig tiefsinnige Sachen zu sagen. Annemarie war eine Tochter aus reichem Hause und hat vermutlich selten ein Waschbrett in der Hand gehalten, und auch die weitgereiste Ella war wohl wenig interessiert an der Erzeugung porentief reiner Wäsche. Also wie sollten ihre hellen Kleider in der staubigen Wüste sauber und faltenfrei gewesen sein?! Ich hätte meinen eingeschlafenen Arm gewettet, dass sich der Regisseur seine Wäsche noch heute von Mutti waschen lässt.

Ich betrachtete die schlafende Julia. In ihren Mundwinkeln lag die Andeutung eines Lächelns, auf ihrem Gesicht breitete sich süße Wohligkeit aus, Lebensfreude und Offenheit. Billie hatte oft den Kopf in meinem Schoß gelegt, sie war geradezu süchtig danach gewesen. Sie tat es, wenn ich nackt war und nachdem wir Liebe gemacht hatten. Billie war der erste Hai in meinem Leben, sie war eine raffinierte, verheiratete Verführerin mit einer unersättlichen Leidenschaft für junge, talentierte und unbekannte Künstlerinnen.

Ich hatte ein Stipendium für einen Jahresaufenthalt in Paris gewonnen, war zweiundzwanzig und gierig nach dem aufregenden Leben in einer aufregenden Stadt. Meine Wohnung lag im Montmartre, es war eine klitzekleine Zweizimmerwohnung, die als Zwischengeschoss in das ehemalig herrschaftliche Haus gebaut worden war. Ich besuchte in Paris eine Fotoschule, daneben arbeitete ich an Projekten und hing in der Künstlerszene herum. Ich war ein wandelnder ausgetrockneter Schwamm, der alles aufsog, was nur im Entferntesten mit Fotografie und Kunst zu tun hatte.

Billie lernte ich bei einer Ausstellung kennen, die ihr

Mann finanziert hatte. Billies Gatte Philippe stammte aus einer reichen Familie, sein Großvater war in der französischen Metallbranche tätig gewesen und stieg im Zweiten Weltkrieg in die Waffenproduktion ein. Philippe schämte sich für Großvaters Geschäfte, deshalb setzte er sich zum Ziel, das Blutgeld in Künstler zu investieren. Er hatte ein hervorragendes Gespür für die Künstler von morgen und besaß eine umwerfende Fotosammlung mit Werken von Alfred Stieglitz, Man Ray, Gisèle Freund, Sudeck, Nan Goldin, Struth und Gursky.

Billie stammte aus Kalifornien. Sie hatte eine wunderschöne Verbrennung am Oberschenkel, die von einem Bottich siedend heißen Wassers herrührte, den sie mit fünf Jahren neugierig untersucht hatte. Sie war erheblich jünger als Philippe, war als Au Pair nach Paris gekommen, um sich einen Millionär zu angeln. Sie dachte, dass es in dieser kulturellen Metropole besonders interessante Millionäre gäbe. Ja, ein reicher Pinkel mit Kultur sollte es sein, und den fand sie auch, was sie nicht davon abhielt, weiterhin ihrer wahren Leidenschaft zu frönen: den jungen Frauen. Ihr Mann sammelte Kunst, Billie sammelte angehende Künstlerinnen.

Ich war also bei dieser Vernissage, wo sich die großen Namen der Pariser Fotografieszene trafen, und stand aufgeregt und etwas eingeschüchtert vor einem riesigen Foto. Da kam eine große Frau auf mich zu; sie hatte wunderschönes rotblondes Haar und hielt zwei Champagner-Gläser in der Hand. Als wäre sie nicht schon groß genug gewesen, trug sie kriminell hohe Bleistiftabsätze. Sie sprach das lustigste Französisch, das ich je gehört hatte. In ihrem Mund waren die französischen Wörter wie Teig, den sie mit ihrer kalifornischen Surfbrett-Zunge breitwalzte und daraus Fladenworte buk.

Sie flirtete mit mir von Anbeginn an, das merkte sogar ich, obschon ich aufgeregt und naiv war. Sie zog mich auf ein rotes Ledersofa und unterhielt sich mit mir, wobei sie mir aufreizende Blicke zuwarf, bis mein Gesicht die Farbe des Sofas annahm. Sie lud mich zu sich ein, um meine Fotografien zu begutachten. Als ich am nächsten Tag meine Fotos vor ihr ausbreitete, warf sie aber nur einen kurzen Blick darauf, dafür einen umso längeren auf mich. So begann unsere Affäre. Ich verliebte mich unsterblich in sie und verzweifelte bald: Billie würde Philippe nie wegen einer unbekannten, mittellosen Fotografin verlassen, das war mir klar.

Während ich Julias Profil betrachtete, kamen mir Szenen mit Billie in den Sinn, an die ich schon lange nicht mehr gedacht hatte: Wir liebten uns meist in Billies Schlafgemach auf einem breiten Himmelbett, das auf einem dicken, dunkelblauen Teppich stand, umgeben von weinroten Stofftapeten und unter einem Originalabzug von Man Ray, auf der eine halbnackte Kiki de Montparnasse mit laszivem Lächeln auf uns herabblickte.

Billie legte also nach dem Sex ihren Kopf auf meinen Schoß und schnüffelte. Sie kommentierte, an welcher Stelle mein Körper nach mir duftete und wo nach ihr. Sie roch nach dem Liebesspiel meist wie ein geplündertes Buffet, denn sie liebte es, wenn ich allerlei Leckereien von ihrem Körper abaß. Ich habe kiloweise Honig von ihren Brüsten und vom Bauch geleckt, körbchenweise Erbeeren zwischen ihre Brüste gequetscht und in ihren Schamlippen versteckt, tubenweise Bilder mit Mayonnaise auf ihre Haut gemalt, gläserweise Nutella auf sie geschmiert und ihre Brustwarzen aus drei Metern Distanz mit *Thon*-Salat zu treffen versucht. Ob Caramelköpfli, Likör, Salami, Speckstreifen oder Crevetten – außer Suppe haben wir wohl alles ausprobiert. Manchmal hieß sie mich das Mittagessen auf ihrem Körper zu verspeisen, wohltemperiert natürlich. Heute amüsiert mich die Vorstellung, dass ich auf dem Bauch einer Hetera Würste zerstückelt habe. Ich fand diese Essen damals wahnsinnig aufregend, sie waren für mich der Inbegriff eines wilden, verrückten und dekadenten Künstlerlebens; außerdem kam ich kostenlos zu einer warmen Mahlzeit.

Das Jahr ging zu Ende, ich blieb in Paris. Billie verschaffte mir eine Stelle bei einem renommierten Porträtisten, bei dem ich alles Wesentliche über Porträtfotografie lernte.

Julias Mund entspannte sich mehr und mehr, sie öffnete ihn ein wenig und atmete tief. Ab und zu zuckte es in ihren Armen oder Beinen. Während ich zuschaute, wie die ersten Sonnenstrahlen ihr Haar zum Leuchten brachten, versuchte ich mir die Porträts von Billie in Erinnerung zu rufen. Seit sie mich fallen gelassen hatte wie eine heiße Kartoffel, hatte ich die Fotos nie mehr angeschaut, das war nun zwölf Jahre her.

Ich fragte mich, ob Julia Honig auf ihren Brüsten dulden würde und ob sie es mochte, wenn man ihren Busen ableckte. Sicher würde sie es mögen, wenn man mit Fingerfarben wilde Zeichnungen auf ihren Bauch malte.

Das Dorf, in dem wir ausstiegen, befand sich auf einer Anhöhe, von wo aus wir einen verschwommenen blauen Meeresstrich und im Landesinneren auf das stark zerklüftete Gebirge sehen konnten. Julia trug einen prall gefüllten Rucksack, als wollte sie eine Woche in die Wildnis gehen. Wir folgten der Hauptstraße, bogen rechts ab und kamen in eine karge Landschaft mit einzelnen Bäumen. Der Boden war voller Steine, Feigendisteln und Lorbeerbüsche. Wir folgten dem Weg, der uns den Hügel hinauf in einen buschartigen Wald führte. Die Bäume wurden größer, und bei einer Wegkreuzung erreichten wir die Grenze zum Nationalpark. Flechten und Moose klebten an den Baumstämmen und hingen als langes Gewebe von den Ästen herunter. Wie schon auf der ersten Wanderung zogen auch hier Nebelschwaden durch den Wald, es wirkte gespenstig.

Julia hatte eine Art zu wandern, die gewöhnungsbedürftig war; sie hielt ungefähr alle fünfzig Meter an, um eine Pflanze oder ein Krabbeltier genauer zu untersuchen, was gewiss interessant war, nur würden wir so unser Ziel erst in drei Tagen erreichen. Trotz dieses Schneckentempos wechselte der Wald langsam sein Gesicht. Die knorpeligen, von Flechten behangenen Bäume wichen großen Stämmen, die fast vollständig von Moos bewachsen waren. Grün, wohin wir auch schauten. In der Mittagszeit ließen wir uns auf einem Flecken aus hellem Gras nieder, Julia packte das Essen aus. Ich schaute ihr zu, wie sie reichlich Karotten, Äpfel, Trauben, Vollkornbrot, Rohschinken, Schafskäse, Oliven und ein Gläschen Inselpaste vor sich ausbreitete. Da begriff ich, wie gewohnt es für sie war, nicht nur für sich Essen mitzunehmen, sondern auch für die Mädchen und Berthe. Mich rührte dieses Verhalten, mir war es fremd für andere zu denken und zu sorgen. Nach dem Essen legten wir uns hin und schauten in die Baumkronen.

»'örst du die Stille?«, fragte ich sie.

»Kann man Stille hören?«

»Kannst du die Zwischenräume in einem Bild sehen?«

»Natürlich.«

»Also kannst du auch die Stille 'ören.«

Julia lag eine Weile schweigend da. »Meinst du mit Stille das Rauschen der Blätter?«

»Das auch.«

»Das Gezwitscher der Vögel?«

»Das auch.«

»Das Rascheln dieses Käfers?«

»Das auch.«

»Unseren Atem?«

»Das auch.«

»Ja, was denn noch?« Julia blickte mich verständnislos an.

»Die Stille ist dahinter. Sie liegt 'inter dem Krächzen, Flattern, Schnaufen und Knacken. Mitten in der Stadt ist es schwierig, die Ruhe zu 'ören. Dabei ist sie allgegenwärtig. Aber im Wald tragen die Geräusche die Stille in sich, man muss nur gut 'inhören.«

Julia lag auf dem Rücken und schaute in die Baumwipfel. Sie schwieg lange, schloss von Zeit zu Zeit die Augen und lauschte. Gespannt beobachtete ich sie aus den Augenwinkeln. Schließlich blickte sie zu mir, Verwunderung stand in ihren Augen. »Du hast recht«, flüsterte sie, »Stille kann man hören. Das ist echt verrückt!«

Nach einer Stunde Rast setzten wir unseren Weg fort, ließen schließlich den Wald hinter uns und zogen an Weinfeldern entlang. Die Rebstöcke krochen über den Boden; am Wegrand standen lange, ausgedörrte Gräser, die in der Nachmittagssonne golden leuchteten.

»Was ich dich schon lange fragen wollte, Satine – dein Name, ich habe den noch nie zuvor gehört«, Julia schaute mich interessiert an.

Ich lachte. »Diese Frage musste ja kommen, sie kommt immer – früher oder später. Also, meine Mutter stammt wie gesagt aus Berlin, sie ist die Tochter eines Schnürsenkelfabrikanten und einer Chansonsängerin. Vater stammt aus der Genfer See-Gegend, seine Eltern besaßen ein Weingut und sie 'atten gewollt, dass es ihr Sohn übernimmt, nur weigerte der sich.

Meine Eltern lernten sich in Südfrankreich kennen. Mutter war in den Ferien, mein Vater 'atte dort geschäftlich zu tun. Sie verliebten sich ziemlich heftig ineinander. Dem mag zuträglich gewesen sein, dass mein Vater gut aussah und einen tollen amerikanischen Wagen fuhr. Vermutlich war es auch von Vorteil, dass Mutter nicht genug Französisch konnte, um alles zu verstehen, was mein Vater erzählte. Mein Vater ist ein Chaot, aber auch ein Lebenskünstler, er ist witzig, lebenslustig und unterhaltsam. Die Langeweile und er 'alten sich nie im gleichen Raum auf. Vielleicht deshalb blieb Mutter bei ihm, auch wenn sie ihm mit ihrem Vermögen aushelfen musste, wenn seine Geschäfte mal wieder einbrachen. Er nennt sie zärtlich: meine deutsche Gründlichkeit, sie ihn: meine welsche Schlampigkeit, und sie sind noch 'eute glücklich miteinander, glaube ich jedenfalls.

Doch nun zu meinem Namen. Als Mutter schwanger mit mir war, befand sich Vater in seiner textilen Phase: Er 'atte auf einer Reise in Afghanistan Teppiche gekauft, die in der Schweiz weggingen wie warme Brötchen. Er reiste also wieder nach Asien und erwarb neben Teppichen auch Seide und Damast, später Samt und Satin. Eines Morgens im Dezember dann setzten bei meiner Mutter die Wehen ein. Mein Vater sagte: Gleich wenn ich meinem Kunden den Satin abgeliefert habe, gehen wir ins Spital.‹ Sie fuhren in Vaters klapprigem Lastauto einen steilen ‘ang ‘inauf, auf dem Beifahrersitz Mutter. Als die Abstände zwischen den Wehen immer kürzer wurden, begriff Vater, dass er keine Zeit mehr verlieren durfte. Er drehte das Auto und raste die Straße hinunter, doch plötzlich ‘ustete der Motor, und der Laster gab seinen Geist auf. Keine Seele und kein Telefon weit und breit! Vater sagte: Ich gehe ‘ilfe holen! Mutter keuchte: Du gehst nirgends ‘in, du ‘ilfst mir ‘ier, es bleibt uns keine Zeit! Vater wurde kreidebleich, aber er sah ein, dass sie Recht hatte. Er war bei den Geburten meiner Brüder dabei gewesen und wusste also ungefähr, wie das ablief. Er breitete den Satin ‘inten im Laster aus und bettete Mutter darauf. Die Sprüche, die sie zwischen den Wehen zum Besten gegeben haben soll, sind bei uns Legende: Lieber ‘ier als nirgendwo, lieber einen abgefrorenen ‘intern als einen affigen Gynäkologen, lieber mein Mann als zwei Schwiegermütter, lieber Satin als Reißzwecken, und so ging das die nächsten eineinhalb Stunden weiter, bis mein Vater kurz vor einem Nervenzusammenbruch stand und ich zur Welt kam. Mein Vater trocknete mich mit dem Satin ab, legte mich an Mutters Brust und deckte mich mit Satin zu – wunderschönem, glänzend sattrotem Stoff, den ich übrigens noch immer ‘abe. So tauften mich meine Eltern *Satine.*«

»Das Kind, das auf Satin geboren wurde«, Julia lächelte.

Die Felder leuchteten orange in der spätnachmittäglichen Sonne. Auf einer Anhöhe sahen wir ein kleines Dorf mit weißen Gemäuern und rostbraunen Ziegeln. Hier würden wir den Bus zurück nehmen. Die Zeit reichte noch, um auf dem Dorfplatz etwas zu trinken. Wir saßen müde und zufrieden vor dem Restaurant und starrten Löcher in die Luft.

Auf der Heimfahrt bettete sich Julia gleich auf meinen

Schoß. Ich schaute der Landschaft zu, wie sie vorbeieilte, als müsste sie nach Hause rennen und zehn Kindern das Abendessen zubereiten. Meine Oberschenkel, der Arm und Julia waren längst wieder eingeschlafen, nur mein Herz war wach – bumm, bumm, bubumm – es erinnerte mich mit jedem Schlag daran, dass ich lebte, liebte und – litt.

Es war ein zauberhafter Tag. Ein Tag, der viel zu schön gewesen war.

# 15. Kapitel Julia

*Sieh mich, das Meer, das dir zu Füßen brandet,*
*Lass dich umschlingen, küssen, schmelzen, komm!*
*Ricarda Huch*

*Göttin der Verblendung.* ATE. Julia biss in den Kugelschreiber. Vielleicht liegt es am Vollmond, dachte sie. Aber nein, Vollmond war es in der Nacht, als Satine kotzte.

*Entbehren, ermangeln.* DARBEN. Vielleicht war sie prämenstruell, Julia zeichnete Vierecke am Seitenrand des Kreuzworträtsels. Nein, die Periode ist Mitte des Monats fällig, und jetzt ist erst der Dritte.

*Nonne in der Probezeit.* NOVIZIN. Seit Tagen war sie schon nervös, kribbelig, rastlos und reizbar, und sie wusste nicht warum. Das Ende der Ferien rückte näher, übermorgen früh würden sie abreisen. Vielleicht war es wegen der kommenden Ausstellung, vielleicht ... Julia seufzte, sie hasste es, wenn sie durcheinander war. Scheiß Gefühle. Stell dir vor, wie die Welt ohne Gefühle wäre!, hatte Satine zu ihr gesagt. Ich würde mich garantiert besser fühlen, dachte sie mit finsterem Blick.

Paarungszeit. BRUNFT.

Julia stand auf und holte sich einen Orangensaft, mit dem vollen Glas tigerte sie im Zimmer auf und ab. Es war sehr warm, wie nur hatte es Satine vorletzte Nacht in den dicken Kleidern ausgehalten? Sie schüttelte den Kopf.

Satine.

Geboren auf rotem Satin.

Die begnadete Geschichtenerzählerin. Die mit den dunkelsten Augen, dem breitesten Lächeln, der feinsten Haut, die so umwerfend roch. Sie hatte noch nie solch eine Frau getroffen, Satine war irgendwie – anders. Nur wusste sie nicht so recht, was genau anders an ihr war. Natürlich, sie war eigenständiger als andere Frauen, humorvoll, geheimnisvoll, rätselhaft, verstand etwas von Autos. Nur, was wusste sie wirklich über Satine? Sie hatte sie so viel fragen wollen und – gut, eigentlich hatte sie das auch getan, nur waren Satines Antworten darauf meist dürftig ausgefallen. Als möchte sie nicht, dass ich sie kennen lerne, überlegte Julia. Ja, sie will nicht, dass ich erfahre, was ihr Geheimnis ist. Vielleicht ist ihr Geheimnis schrecklich!

Julia ging auf die Terrasse hinaus, sie nahm sich Berthes Zigarillos, setzte sich auf den Tisch und zündete sich eine an. Würden sie nach den Ferien Kontakt halten, gar eine Freundschaft pflegen? Julia baumelte mit den Beinen. Satine als Freundin, das konnte sie sich nicht vorstellen, obschon sie sehr gern mit ihr zusammen war. Die letzten Tage mit Satine waren wunderbar gewesen, sie hätte gerne noch mehr mit ihr zusammen erlebt, viel mehr. Sie fühlte sich mit Satine – wie eigentlich? Sie starrte lange auf ihre pendelnden Füße.

Dann drückte sie entschlossen den zur Hälfte gerauchten Zigarillo aus und ging wieder hinein. Wenn ihre Nervosität zu Hause nicht aufhörte, würde sie zum Arzt gehen, besser noch zu einem Hypnotiseur, der ihr gleich alle Ungereimtheiten weghypnotisierte. Sie legte sich wieder ins Bett und beugte sich übers Kreuzworträtsel. *Dummheit.* ESELEI. *Dummkopf.* JULIA. Leierkasten. JULIA. *Frühstücksspeck (engl.).* JULIA. *Erregung, Aufruhr.* JULIA.

Sie strich sich genervt über die Augen. Es war höchste Zeit, dass sie sich in einen Mann verliebte, etwas in ihr begann auszuufern, und das gefiel ihr nicht.

Als Abschiedsgeschenk lud Satine Julia zum Abendessen ein. Sie holte sie ab und wartete geduldig, als Julia unschlüssig auf der Terrasse stehen blieb. »Kommst du nun oder nicht?«, Satine sah sie erwartungsvoll an. Julia legte den

Kopf schräg und trat zögernd von einem Fuß auf den anderen. »Ja, natürlich, nur, die Kinder ...«

»Da mach dir keine Sorgen.« Berthe erschien mit den Mädchen in der Tür. »Was ist, Mädels? Ich mache euch meine berühmt-berüchtigten Spaghetti alla Diabola!« Die Mädchen hüpften auf und ab. »Au ja, lass uns Dabola machen!« Denia krabbelte an Berthe hoch. »Und dürfen wir zum Dessert ein Eis haben?«

»Ich sehe, ihr kommt ohne mich aus. Dann veranstaltet mal eure Spaghettischlacht.« Julia lächelte etwas gezwungen. Sie sah aus, als würde sie am liebsten bleiben und mitmachen. So sehr sie sich auf diesen Abend mit Satine gefreut hatte, jetzt fühlte sie sich angespannt und nervös. Sie hielt den Träger ihrer Tasche in der Hand und drehte ihn gedankenverloren um die eigene Achse, was den Träger grotesk verkrümmte.

Satine beobachtete amüsiert Julias Tun. »Falls du lieber dableiben möchtest ...«

Julia sah rasch auf. »Oh, nein, ich will diesen letzten Abend doch nicht einem Spaghetti-Topf alla Diabola opfern!« Das Zögerliche fiel endlich von ihr ab; sie nahm Satines Arm und zog sie mit sich. »Komm, wir gehen was Feines essen, vorne am Meer. Vielleicht nicht unbedingt Fisch – was meinst du?«

Das Restaurant, das sie wählten, lag an der Promenade, etwas zurückversetzt mit Blick auf eine geschlossene und halb verkommene Hotelbar. Julia und Satine waren für Inselverhältnisse früh da, ein einziger Tisch nur war mit einem jüngeren Ehepaar besetzt.

Das Interieur verströmte den Charme des Unfertigen, man war stolz genug, den Touristen das seemännische Gesicht trotzig entgegenzuhalten. Fotos von Fischerbooten und Fischern hingen an den Wänden, neben Gemälden von Insellandschaften, die vermutlich der mäßig begabte Schwager der Tante des besten Freundes des Cousins des Wirtes gemalt hatte.

Die zwei Frauen nahmen hinten in der Ecke Platz. Satine blätterte in der Menukarte. »Was nimmst du?«

Julia setzte die Brille auf, die sie nur im Notfall trug, und studierte das Angebot. Satine mochte es, wenn Julia ihre Brille aufsetzte. Sie fand Frauen, die gelegentlich Brillen trugen, sehr erotisch, die strenge Brille kontrastierte mit Julias weichen Formen. Satine seufzte leise.

»Ich habe keine Ahnung«, erwiderte Julia, »ich wähle am besten blind.« Sie schloss die Augen, ließ den Finger kreisen und dann im Sturzflug runtersausen. Sie öffnete die Augen und las. »Also, ich habe mich für *Vanilles eiskrem* entschieden.

Satine grinste: »Mit oder ohne Salat?«

»Lass mich schauen«, wieder ließ sie den Finger kreisen. »Ich nehme es mit Bier.«

»Eine schöne Entscheidung, wo du doch Bier ‘asst.«

»Heute Abend wachse ich eben über mich hinaus, du wirst schon sehen.«

Sie entschieden sich für das Tagesmenü. Das Fleisch wurde mit grob geschnittenen, saftigen Bratkartoffeln und verschiedenem Gemüse serviert. Der Wein entspannte Julia zusehends. Sie genoss es hier zu sein – zusammen mit Satine, in diesem kleinen Restaurant. Während der ganzen letzten Tage wollte sie immer nur hier sein, hier, genau hier, wo sie war und vor allem in der Nähe von Satine. Das Zusammensein mit Satine fühlte sich an, als würde sie nach Hause kommen und doch mitten in einem Abenteuer stehen. Sie beobachtete Satine, die mit zur Seite geneigtem Kopf in den Kartoffeln herumstocherte. »Hast du keinen Hunger?«

»Ich? Nein, ich weiß nicht. Vielleicht ‘ätte ich das Eis am Nachmittag nicht essen sollen.«

»Freust du dich auf zu Hause?«

»Nein.«

»Überhaupt nicht?«

»Ja, doch, die Arbeit, die Freunde.« Satine machte eine lahme Bewegung.

Der Abend wurde nicht so lustig, wie sie sich das gewünscht hätten, das Gespräch war ungewohnt schleppend, die Leichtigkeit der letzten Tage hatte sich auf einmal verzogen. Unaufhaltsam rückte der Abschied näher. Sie gingen zeitig, das Restaurant hatte sich mittlerweile gefüllt, es war laut und rauchig geworden. Auf der Straße sagte Julia: »Ich würde gerne am Meer entlang gehen, ich möchte ihm Adieu sagen. Morgen Abend um diese Zeit werde ich vermutlich dem Regen zuhören.«

»Sag ihm besser *au revoir*, oder willst du es nie wieder sehen?«

Julia packte Satines Arm. »Du hast Recht. Komm!«

Sie schlenderten eine Weile, bis Satine Julia schubste. »Wer zuerst den großen Stein dort erreicht, kriegt einen Drink!« Satine rannte los, doch Julia, die in der Schule im Kurzstreckenlauf zu den Besten gehört hatte, schoss hervor. Das Lachen und Rufen der Frauen vermischte sich mit dem Brechen der Wellen. Julia hechtete im letzten Moment nach vorne und landete alle Viere von sich gestreckt neben dem Stein. »Ha, ich kriege eine Bloody Mary«, triumphierte sie lachend. Sie sah zu Satine auf, als gerade ein Auto auf der Strandstraße drehte und die Scheinwerfer zu ihnen herüber leuchteten. Julia sah Satines Gesicht und den besonderen Blick, mit dem sie zu ihr hinunterschaute. Er ging Julia durch Mark und Bein; Satines Gesicht war offen und schutzlos, und Julia wusste, dieser Blick war ganz allein für sie bestimmt. Sie erkannte darin etwas, das sie nicht wissen oder wahrnehmen wollte. Satine drehte sich von ihr weg, sie fuhr sich ein paar Mal flüchtig durchs Haar, während sie aufs Meer hinaus schaute und sagte: »Es ist wunderschön – das schwarze Wasser, das Licht des Mondes auf den Wellen. Ich möchte in diesem Licht schwimmen.«

»Dann lass es uns tun.« Julia grinste sie herausfordernd an, und bevor Satine sich‘s versah, hatte Julia ihre Kleider ausgezogen. Satine blieb unschlüssig stehen, nur langsam begann sie sich das Hemd aufzuknöpfen. Julia rannte mit einem Indianderschrei ins Meer, Satine zog sich ebenfalls aus, zeichnete dann jedoch mit der großen Zehe Kreise in den Sand.

»Komm, Satine, es ist wundervoll warm, wohlig und – du wirst es nicht glauben – nass!« Julia winkte sie zu sich.

Satine schlenderte zögernd zum Wasser. »Beißt dich auch sicher kein Vieh in die Beine?« fragte sie ängstlich.

»Nein, jetzt komm doch«, erwiderte Julia lachend.

Satine ging durch die sich brechenden Wellen und watete zu Julia. Sie sah, wie das Mondlicht unentwegt Punkte auf den Rücken der schlafenden Wellen tanzen ließ, um sie gleich wieder auszuwischen und neue zu zeichnen. Die Häuser am Ende des Strandes warfen Lichter in die Nacht, es war ein farbiges Blinken und Zwinkern. Aus der Ferne waren die Stimmen der Menschen zu hören, die auf und ab schlenderten. Ab und zu knatterte ein Motorrad vorbei, das ein frecher Inseljunge vermutlich haarscharf an Inselmädchen und Touristinnen vorbeisteuerte. Ängstlich tauchte Satine ins Wasser.

Julia planschte, weil sie, wie sie erklärte, Schwimmen langweilig fand. Satine hingegen, die als Kind regelmäßig im See geschwommen war, zog größere Runden, bis Julia rief: »Komm, ich habe einen großen Stein gefunden, wollen wir doch mal schauen, wer länger oben bleiben kann!« Sie stand auf dem Stein und ragte bis zum Bauchnabel aus dem Wasser. Satine blickte auf Julias volle Brüste, schluckte leer und schrie dann: »Attacke!« Sie stürzte sich auf Julia, die umgehend kreischend versank. Satine bemächtigte sich mit solchem Eifer des Steines, dass sie von der von ihr selbst erzeugten Wasserbewegung auf der anderen Seite wieder hinuntergeschwemmt wurde. So ging es hin und her: Eine schubste, die andere schrie, eine stieg hinauf, die andere wurde weggespült; sie lachten, schrien, kicherten, rauften und stießen sich. Dann blieben sie ruhig im Wasser stehen.

»Ich wollte seit langem mal nachts im Meer schwimmen, aber brachte den Mut dazu nie auf. Ich habe mir vorgestellt, dass mir ein Seeungeheuer ein Bein abreißen oder kleine Fische an meiner Wade knabbern würden. Schon allein bei diesem Gedanken überkam mich das nackte Grausen.« Sie blickte Julia von der Seite an, »nun 'abe ich es geschafft, danke.«

Julia drehte sich zu ihr, mit einem undefinierbaren Ausdruck in den Augen, sie näherte sich Satine, strich ihr sanft eine Strähne aus dem Gesicht und sagte leise: »*De nada.*«

Dann hätte Julia ihre Hand zurückziehen sollen, konnte aber nicht. Sie folgte einem Impuls, nein, der Impuls schob sie, und sie konnte nicht anders, als sich schieben zu lassen, und sie wollte nichts anderes als geschoben zu werden. Sie fuhr mit den Fingerspitzen über Satines Gesicht – von der Stirn über ihren Nasenrücken zum Mund, dessen Form sie sachte nachzeichnete. Satine erstarrte. Julia wusste, sie hätte umkehren und zum Strand schwimmen sollen, noch war Zeit dazu, noch konnte alles nach einem Missverständnis aussehen. Statt dessen kam sie näher, und es war ihr, als wäre sie der eine Pol eines Magneten und Satine der andere, und sie konnte nicht widerstehen. Satine war gelähmt, hingerissen zwischen Erstaunen, Entsetzen, Alarmiertheit und – auch – Glück. Julia entwich ein leiser Seufzer, und als sie sich überlegte, wie es wohl wäre, Satine zu küssen und es ihr in eben diesem Moment bewusst wurde, dass sie sich das schon viele Male überlegt hatte und mehr noch: sich danach gesehnt hatte, küsste sie Satines weichen Mund. Lippen so weich wie Samt und Seide. Satine legte ihre Arme um Julia und zog sie an sich. Julia drängte zu ihr, schmeckte die salzige Nässe auf ihren Lippen, und als sie die Münder füreinander öffneten, schmeckte sie die süße und warme Nässe ihrer Zungen. Sie wurde schwach, weich, sie dehnte sich aus, sie wurde sich Satines und ihrer eigenen Nacktheit bewusst, der Brüste, die sich weich aneinander legten, der Brustspitzen, die von der Frische des Wassers und dem jäh erwachten Verlangen hervortraten. Julia zog Satine hungrig, durstig, wie eine Ertrinkende an sich, hielt sie, wie sie noch nie jemanden gehalten hatte. Sie wollte ihr nahe sein, noch viel näher, Haut an Haut, so nah, dass nicht einmal mehr ein Schmetterlingsflügel zwischen ihnen Platz gefunden hätte. Der Kuss war süßer als eine reife Mango, er war leidenschaftlich und dunkel, und er dauerte länger als es für das Schälen von einer, vielleicht sogar von zwei oder drei Früchten gebraucht hätte; doch als sie sich hätten daran machen können, einander die Fruchtstücke in den Mund zu schieben und am saftigen Fleisch zu lutschen, packte Julia Satines Schultern und hielt sie um Armeslänge von sich.

»Was um Himmels Willen tun wir hier?!«

»Küssen, soviel ich weiß.«

»Aber das geht nicht, Satine, so geht das nicht. Ich kann nicht. Ich bin doch keine … Bist du etwa …? Entschuldige, ich muss gehen!« Julia drehte sich um und watete so schnell sie konnte ans Ufer. Wenn das hier eine Filmszene wäre, schoss es ihr durch den Kopf, würde jetzt ein Gewitter aufziehen, es begänne zu regnen, und die Regentropfen würden sich mit ihren Tränen vermischen. Da merkte sie, dass wirklich Tränen über ihre Wangen liefen und dass sie am liebsten geschluchzt hätte, aber sie musste sich zusammenreißen.

Denn Satine tauchte neben ihr auf, Julia blickte kurz zu ihr hinüber und erschrak über das Entsetzen, das in Satines Gesicht geschrieben stand. Satines Lippen – ach, ihre wunderschönen, weichen Lippen! – zitterten und der Blick in ihren Augen – ach, ihren dunklen, tiefen, ernsten Augen! – war äußerst verstört. »Bitte lass uns nicht so auseinander gehen«, bat sie Julia. »Sprich mit mir, bleib da und rede mit mir.« Satine fasste sie an der Schulter, doch Julia schüttelte ihre Hand ab. In ihrem Kopf drehte sich ein Karussell, sie konnte keinen klaren Gedanken fassen. So begann sie darauf los zu reden, um Distanz zwischen ihnen zu schaffen. »Satine, ich kann nicht. Es geht nicht. Nicht mit uns, ich bin doch nicht … Nein, ich kann nicht. Es tut mir Leid, dass ich mich zu so etwas habe hinreißen lassen, ich will das nicht!«

»Du ‘örst dich an, als kämest du direkt aus der Folterkammer«, sagte Satine trocken. Sie stand dort, wo die gebrochenen Wellen schäumend über den Sand krochen. »Du 'ast doch damit angefangen, und ich 'atte den Eindruck, dass –«

»Hör auf, Satine, ich ertrage es nicht! Lass mich gehen – lass uns ein andermal darüber reden. Ich wollte das nicht, nicht so, nicht …«

Sie verstummte und suchte hastig ihre Siebensachen zusammen, in Windeseile war sie angezogen. Sie packte ihre Tasche und blickte kurz zu Satine, die sie entsetzt anstarrte. »Warum nur, Julia, warum?«, fragte sie tonlos.

»Nicht heute, Satine, ich kann es dir nicht erklären. Adieu.«

»Du meinst wohl *au revoir.*«

Julia nickte kurz und drehte sich um, ohne Satine noch einmal anzublicken, dann rannte sie davon.

Berthe saß Zigarillo rauchend am Steintisch und las. Erstaunt hob sie den Kopf, als sie eine keuchende und verschwitzte Julia gewahrte. »Ich habe dich wesentlich später erwartet«, meinte sie und staunte nicht schlecht, als die Freundin wortlos hineinging. Sie hörte die Dusche und später das Klappern der Küchenschränke. Nach einer Weile erschien Julia mit frisch gewaschenen Haaren und einem Glas in der Hand. Sie nahm die Weinflasche vom Tisch und füllte das Glas randvoll, dann trank sie es in einem Zug leer. Berthe legte das Buch zur Seite: »He Julia – du trinkst Wein, keine Limo. Ist was?«

Julia goss sich nach und sagte matt: »Wir haben uns geküsst.«

Berthe hob ihre Augenbrauen, während sie an ihrem Zigarillo zog. »Das wurde auch langsam Zeit«, sagte sie seelenruhig.

Julias Unterkiefer klappte nach unten. »Was hast du gesagt?«

»Ach, Julia, das habe ich mir beinahe gedacht – du hast wieder einmal Pflaumen auf den Augen! Satine ist bis über beide Ohren in dich verliebt. Und wenn du zwischendurch mal deine Gefühle beachten würdest, hättest du realisiert, dass du ebenfalls verliebt bist. Also, da ist es doch normal, dass man sich küsst.«

Julia packte Berthe und schüttelte sie: »Wir sind zwei Frauen, ich habe Kinder, und was wäre mit meinem Freundeskreis, meine Töchter brauchen einen Vater, und warum hast du mich nicht gewarnt …?«

»Julia, lehn dich zurück, atme tief durch und hör mir zu: Erstens, zehn Prozent aller Frauen bevorzugen Frauen, man nennt diese Spezies Les-ben. Offenbar kannst du dieses Wort nicht aussprechen, vielleicht sollten wir das üben.« Als Berthe Julias entsetzten Gesichtsausdruck bemerkte, fügte sie hinzu: »Nun, vielleicht später. Zweitens: Manche Frauen kommen erst auf den Geschmack, wenn sie schon Kinder haben, das sind dann so genannte les-bi-sche-Müt-ter. Dein Freundeskreis ist im Gegensatz zu dir weltoffen genug, um eine lesbische Julia zu akzeptieren. Der Vater deiner Kinder vatert aus der Distanz, bis heute Abend scheint dies kein Problem gewesen zu sein. Ich hätte dich warnen sollen? – Wovor denn?! Ich glaube nicht, dass Satine eine Massenmörderin ist oder den Scientologen angehört. Aber sage mir jetzt: Was hast du mit ihr gemacht?«

»Ich hab ihr gesagt, dass ich das nicht wolle, und bin weggerannt.«

Berthe rollte die Augen und seufzte. »Julia, du bist eine ausgewachsene Katastrophe.«

»Das konnte ich ja auch eingehend von deinen vielfältigen Pirschereien lernen«, fauchte Julia.

»Ts, ts, zieh die Krallen wieder ein!«

»Berthe, du verstehst mich nicht. Ich will *nichts* mit einer Frau. Mir ist es schleierhaft, wie das geschehen konnte. Ich war von Sinnen – es hat nichts mit mir zu tun. Ich verliebe mich in Männer, und Satine, ja Satine …«, sie verstummte, wischte Ascheflöckchen vom Tisch, dann betrachtete sie ihre Füße. »Ach, was soll's, ich geh jetzt ins Bett. Morgen müssen wir früh auf, sonst verpassen wir den Bus.« Sie goss sich noch ein Glas Wein ein und schüttete es herunter, ohne abzusetzen.

»Wirst du Satine vor der Abfahrt noch sehen?«

Julia richtete sich entschlossen auf. »Nein.« Sie stand auf. Berthe hielt sie fest. »Sag mir nur noch eins: Kann sie küssen, unsere Satine?«

Julia verschränkte ihre Hände hinter dem Kopf und seufzte herzerweichend.

Berthe grinste. »Also, wo ist das Problem?«

»Sie ist eine *Frau*! Ich will doch keine *Frau*!«

Julia stürmte hinein, Berthe blieb kopfschüttelnd zurück, überzeugt davon, dass ihre beste Freundin den Verstand verloren hatte. Sie zündete einen weiteren Zigarillo an, während Julia sich ins Bett legte und vom Wein betäubt in einen schwarzen, traumlosen und entsetzlich leeren Schlaf fiel.

# 2. Teil Zurück

# 16. Kapitel ______________ Satine

*Unaufhörlich schreib ich deinen Namen*
*und zerkratz ihn mit meinen Nägeln.*
*Yvan Goll*

Es war so lärmig, dass ich meine eigenen Gedanken nicht verstand, aber das war so schlecht auch nicht, meine Gedanken taugten sowieso nicht viel. Ich bretterte mit Höchstgeschwindigkeit über die Autobahn, das bedeutete bei meiner alten Kiste 110 km/h. Das Chaos und Gedränge um Lyon hatte ich hinter mir gelassen, war eben an Vienne vorüber und fuhr nun Richtung Valence. Die Landschaft präsentierte sich Grau in Grau wie schon bei der Abfahrt in der Schweiz, es war trostlos, kalt und nass.

Ich würde Olivier treffen, in unserer Bar, ich freute mich darauf. Olivier ist mein Cousin und bester Freund, seit ich mich zurückerinnern kann. Er ist ein Jahr älter als ich und war in der Kindheit mein großes Vorbild. Er erzählte mir phantastische Geschichten, die ich alle glaubte, und was immer er tat, ich machte es nach. Ich hatte dieselben Lieblingsfarben wie er, die gleiche Lieblingszahl, denselben Schal; wir rauchten im Wald Zigaretten, legten Nägel unter Autoräder, feierten in Abwesenheit der Eltern Fernsehorgien, wir philosophierten, debattierten, suchten nach dem Lebenssinn, litten am Weltschmerz, hatten die ersten Frauen und durchlebten eine Hippiephase. Er war in den Süden Frankreichs ausgewandert und hatte zusammen mit anderen vor vier Jahren die Künstleragentur *La Duchesse* aufgebaut. Sie vermittelten Künstler und Kunsthandwerker, Schauspieler oder ganze Theatergruppen, Töpferinnen und Chöre, Schriftsteller und Bands und organisierten viele Veranstaltungen selbst.

Olivier war für die Fotografie und das Theater zuständig, Nathalie für das Kunsthandwerk, Amélie für klassische Musik und Pierre für Konzertveranstaltungen.

Ich war die Hoffotografin der *Duchesse*, eine Arbeit, die mich im Durchschnitt vier Mal im Jahr während zwei Wochen beanspruchte. Ich liebte diese Arbeit, auch wenn ich davon nicht eben reich wurde. Dieses Mal war ich besonders froh über die Abwechslung. Ich freute mich zwar nicht auf die Arbeit, keine Arbeit erfreute mich in letzter Zeit, die Freude hatte sich verzogen, sie war im Winterschlaf oder im Hungerstreik. Aber ich war froh, Olivier zu treffen, vielleicht konnte er mir Trost spenden. Ich hoffte, er würde nicht nur den Kopf schütteln, wie das die zwei Josés und meine so genannten Freunde getan hatten, als ich ihnen das Desaster mit Begonie Heuschreck erzählte. Es war vorauszusehen, dass sie mich verständnislos anschauen und überflüssige Kommentare abgeben würden wie: »Wann hört das mit den Heteras endlich auf?« – »Wie oft willst du noch auf die Nase fallen?« – »Du bist nicht nur nicht normal, sondern nicht normal in deinem Nichtnormalsein.« Dieser Ausspruch kam von Lavinia, die meine beste Freundin sein wollte, was ich seitdem jedoch bezweifele. Meine so genannten Lieben zeigten herzlich wenig Mitleid mit mir, sie waren der Meinung, dass eine einigermaßen vernünftige Lesbe sich von Heteras *fernzuhalten* habe. Eine einigermaßen vernünftige Lesbe ging *niemals* nackt mit einer Mutter von zwei Kindern im Meer baden – egal wie attraktiv die auch sein mochte. Eine einigermaßen vernünftige Lesbe suchte eine andere einigermaßen vernünftige Lesbe, um gemeinsam eine einigermaßen vernünftige Beziehung aufzubauen. Nachdem sie meine Juliageschichte gehört hatten, gaben sie vermutlich die Hoffnung auf, dass sich mein Liebesverhalten je in positiver Hinsicht ändern würde. Meine Tante meinte nur: »Was Satinchen nicht lernt, lernt Satine nimmermehr.« Als mir Joséline riet, einen Therapeuten aufzusuchen, um mein »Heterasyndrom« zu bearbeiten, rannte ich heulend aus dem Haus und schwor, nie mehr einen Schritt in dieses vergammelte Weingut zu setzen. Wie konnte Joséline mir das raten, hatte nicht gerade sie zu mir gesagt, dass die Liebe fällt, wo sie hinfällt?

Was konnte ich dafür, dass meine Liebe immer nur Fallobst war?

Ich hatte Julia nicht wiedergesehen.

Sie rannte fort, und mir war es, als würde sich die Schwärze des Meeres in meinem Innern ausbreiten. Ich weiß nicht mehr, wie lange ich fassungslos dort stand, immer noch dahin starrend, wo Julia verschwunden war. Ich war vom Siebten Himmel in die Siebte Hölle gestürzt, und dieser Höhenunterschied machte mir schwer zu schaffen. Am nächsten Morgen brauchte ich lange, bis ich den Mut fand zu Julia hochzugehen.

Sie hatte mich mit Leidenschaft und Hingabe geküsst. Sie wollte mich, ich weiß, dass sie mich dort im Meer gewollt und begehrt hat. Als sie mit ihren Fingern meine Lippenlinie nachfuhr, sah ich in ihrem Gesicht Sehnsucht, Begehren und ein Verlangen nach Hingabe.

Ich war also die Treppen hochgerannt, mit bangem Herzen. Die Tür stand offen. Ich rief Julias Namen, dann Berthes, Leandras und Denias, aber niemand antwortete. Ich ahnte Schlimmes, und als ich zur Tür hineinspähte, wurde meine Ahnung bestätigt: Die Wohnungen waren leer gefegt. Später sollte ich von der Hausbesitzerin erfahren, dass sie den Siebenuhrbus zum Flughafen genommen hatten. Ich ging zurück in meine Wohnung und ließ mich aufs Bett fallen. Betäubt starrte ich an die Decke, die einen Riss hatte, und diesen Riss kleisterte ich in der Vorstellung wieder und wieder zu, während meine Gefühle und Gedanken in Seenot waren.

Während der verbleibenden zwei Ferientage saß ich am Strand und modellierte drei Figuren aus Sand: Billie, Joëlle und Julia. Dann formte ich ihnen hässliche Brüste, dicke Beine, in die ich hingebungsvoll Cellulite-Dellen grub, und verpasste ihnen Achtziger-Jahre-Frisuren. Anschließend walzte ich sie flach, köpfte, vergrub, zertrampelte oder torpedierte sie, und während ich die Figuren erneut formte, überlegte ich mir, auf welch grausame Weise ich sie das nächste Mal zerstören würde. Ein Knabe sah mir hingerissen zu, dann begann auch er dickbrüstige Monster zu formen und plattzuwalzen.

Ab und zu ging ich zur Bar und besann mich auf Joséphines Therapiemethode: Ich soff.

Im Verlauf des Nachmittags wurden die Figuren immer grotesker und die Zerstörungsakte grausamer. Zum Abendessen aß ich eine Flasche Rotwein und trank dazu eine kleine Handvoll Oliven. Zum Nachtisch erzählte ich einer hübschen, blonden Frau mein ganzes Elend. Da ich nicht wusste, welche Sprache sie verstand, redete ich parallel französisch, deutsch und englisch: »*Tu vois, I met her at the* Strand *and then je suis tombée amoureuse*, aber das war das dümmste, *that I could do.*« Als ich nach verschiedenen Umwegen zum Schluss meines Monologs kam, sagte die Blonde etwas, das Skandinavisch und nicht besonders nett tönte. Da stand ich auf und sagte cool: »Fucking Ámál.« Und schwankte elegant hinaus.

Ich torkelte das Dorf hinauf, Julia brannte in meinem Herzen und ich wurde geradezu religiös in meiner Bitte um eine sofortige Löschung dieses Feuerherdes. Aber als ich inbrünstig darum bettelte, erinnerte ich mich daran, wie mir Julia ihren kleinen Marien-Schrein vorgeführt hatte, den sie im *Supermercado* erstanden hatte: Sie stellte das Ding aufs Bett, klappte seine Schwingtürchen auf, faltete die Hände und kniete sich davor nieder, was reichlich dumm aussah – der Schrein war so klein im Vergleich zu Julia. Da kippte die Maria um und verschwand unter dem Laken. Wir kicherten wie zwei Pubertierende und ließen uns auf die Matratze fallen, worauf der Schrein in die Höhe flog und in einem Salto zu Boden fiel. Leandra schaute herein und zeigte uns missbilligend den Vogel, draußen sang Denia eines ihrer

Piratenlieder. Das Licht fiel in Streifen durch die Jalousie auf den Zimmerboden, ich blieb auf dem Bett liegen und schaute zu, wie Julia das Schreinchen aufhob und sachte die Türchen hin und her bewegte, bevor sie es auf das Nachttischchen stellte. »So, Maria Magdalena Anna Isabella, bewache mein Leben und das meiner Lieben. Und tust du nicht so, wie ich wohl will, ist Ladenschluss«, sprach's und klappte den Schrein zu.

»Wenn ich nicht wüsste, dass du normal bist, würde ich denken, du spinnst«, sagte ich lachend. Julia legte sich auf den Rücken, verschränkte die Hände hinter dem Nacken und studierte mich eingehend. Ihr Blick machte mich verlegen: Sie schien bis in die hinterste Ecke meiner Seele zu schauen. Ich wusste, dass dem nicht so war – vielleicht überlegte sie sich gerade, was sie zu Abend kochen könnte, aber nichtsdestotrotz fühlte ich mich von ihrem Blick geröntgt. Ich hätte gerne ihre Gedanken erfahren, aber falls sie tatsächlich nur an gedämpftes Fleisch und Röstkartoffeln dachte, lieber doch nicht.

Ich hatte Valence passiert und Montélimar, schließlich überquerte ich die Brücke in Pont-St.-Esprit. Ich fuhr durch lange Platanenalleen, ein freundlicher Gott riss die Wolken auf, und die Sonne schickte letzte Strahlen über die nackten Weinfelder. Die kahlen Rebstöcke sahen aus wie vielarmige E.T.s. In Reih und Glied standen sie in den Feldern, aber taten so, als würden sie nicht stramm stehen, sondern wären Deserteure, alle zusammen. Nachdem ich die Ebene durchfahren hatte, gelangte ich in sanfte Hügel, die Straße schlängelte sich um kleine Felsen und Büsche, dann war ich da.

Das Städtchen an der Grenze zwischen dem Languedoc und der Provence bedeutet für mich Heimat. Als Kind hatte ich hier oft die Ferien verbracht; es war auch der Ort, wo sich meine Eltern kennen gelernt hatten. Als ich ausstieg, drückte mich ein eisiger Mistral an die nächste Hausmauer. Der trockene Wind brannte mir in den Augen, als ich mich bis zum *Place des herbes* kämpfte. Früher war der Platz verwaist – er erblühte nur am Samstag, wenn die Händler zwischen den alten Platanen ihre Marktstände aufschlugen. In den vergangenen dreißig Jahren war hier renoviert worden, die Arkaden wurden geflickt, Läden und Cafés zogen in die ehemaligen Lagerräume ein. Draußen auf der Ringstraße fuhren die Autos hupend und stinkend in Schritttempo, der von Bäumen gesäumte Fleck aber war eine Oase. Weil ich diesen Platz so liebte, war es zu Oliviers und meiner Tradition geworden, uns hier in einem Café zu treffen. Als Olivier hereinkam, saß ich schon vor einem Pastis. Zu unseren Ritualen gehörte es auch, auf jedes Wiedersehen einen Pastis zu trinken, egal zu welcher Tageszeit wir uns trafen.

Niemand hätte vermutet, dass Olivier mein Cousin war. Während ich ziemlich groß, schmal und dunkel war, war er blond, etwas kleiner als ich und stämmig gebaut. Er hatte eine markante Nase und wunderschöne graugrüne Augen. Als ich früher Rittergeschichten las, stellte ich mir die Ritter mit solchen Augen vor und war überzeugt, dass auch Olivier ein Ritter werden würde.

Olivier kam mir lachend entgegen und nahm mich in die Arme: »*Mia cara Satinella!* Schön, dich zu sehen! Wie geht's, was machst du, wie waren deine Ferien? Erzähl mir alles!«

Er bestellte bei der neuen Kellnerin einen Pastis, und begutachtete die Frau unverhohlen. Dann nahm er meine Hand und schaute mir prüfend in die Augen. »Meine Güte, was ist los mit dir? Du siehst aus wie ein Bouillonwürfel für Diätsuppen – abgehärmt bis in die Innereien! Du warst doch in den Ferien?!«

Mein Cousin hatte die lästige Angewohnheit, gleich auf den wunden Punkt zu kommen, das wusste ich, und doch war ich erstaunt, wie schnell er diesmal war. »Olivier, das war vor zwei Monaten! Ich bin reif für weitere Ferien. Übrigens hatte ich seither viel zu tun«, sagte ich mürrisch, drehte das Glas hin und her und starrte in den Pastis.

»Satine, schau mir tief in die Augen und wenn du mir ohne mit der Wimper zu zucken sagen kannst: Nein, es hat keine Komplikationen mit einer Frau gegeben, wechsle ich das Thema.«

Ich schaute in seine grüngrauen Ritteraugen und seufzte tief. »Nun gut«, ich räusperte mich, »es könnte sein, dass es in irgendeiner wenn auch unerheblichen und unwichtigen Weise Komplikationen mit einem weiblichen Wesen gegeben hat, an denen ich in kaum zu erwähnendem Ausmaß beteiligt gewesen sein könnte.« Ich lächelte hölzern.

Olivier grinste vielsagend: »Aha, die heißen Nächte haben dich so geschlaucht. Wann stellst du sie mir vor?« Als er jedoch mein Gesicht sah, auf dem das Unglück offenbar in Leuchtschrift angeschrieben stand, runzelte er die Stirn. »Satine, sag jetzt endlich, was los ist!«

So erzählte ich ihm alles über Julia und mich. Während ich erzählte, liefen mir die Tränen hinunter, ich konnte nichts dagegen tun, mein Herz brannte so sehr. Olivier reichte mir eine Serviette. »Habe ich dich nicht vor den Frauen gewarnt? Habe ich dir nicht gesagt, dass die Heteras für mich bestimmt sind, aber niemals für dich? Habe ich dir nicht eingetrichtert, du sollst dich vor Frauen in Acht nehmen, die mit Männern ins Bett steigen? Hast du nichts aus der Geschichte mit Billie und Joëlle gelernt? Diese Weiber brechen dir doch nur das Herz.« Da verlor ich endgültig die Contenance und weinte unbeherrscht drauflos.

Olivier schüttelte bedauernd den Kopf. »Dich scheint es ja schlimm erwischt zu haben«, sagte er. Ich schnäuzte als Antwort so heftig in die Serviette, dass diese nachgab und ich die ganze Sauce in der Hand hatte. Oliver reichte mir kommentarlos seine Serviette. Er ließ mich gewähren, das hatte er schon immer gut gekonnt: einfach da sein und das zulassen, was war. Als meine Augen schon so geschwollen waren, dass ich als Geisha hätte Karriere machen können, hörte ich doch noch auf zu weinen. Olivier gab mir sicherheitshalber ein paar Servietten, die er vom Nebentisch geangelt hatte, und strich mir über den Handrücken. Schließlich fragte er: »Meinst du, sie hat nur mit dir gespielt?«

»Ach, was weiß ich! Sie hat mich voller Leidenschaft geküsst und mich angeschaut, dass ich nicht mehr wusste, wo oben und unten war. Aber das ist jetzt auch egal.«

»Du könntest sie anrufen, um das zu klären.«

»Ohne Telefonnummer?«

»Hast du schon mal etwas von we-we-we, Punkt, telsearch gehört?«

»Ich kenn nur ihren Vornamen.«

Olivier stieß einen besserwisserischen Zischlaut aus. »Diese Frau hat dir voll das Hirn rausgepustet!«

»Konnte ich im Voraus wissen, dass sie abhauen würde, bevor wir Adressen austauschen konnten?«, verteidigte ich mich fauchend.

Kopfschüttelnd zerknüllte er die leere Zigarettenschachtel. »Da kannst du nur aufs Schicksal hoffen.«

Ich schaute ihn verständnislos an.

»Euch hat der Zufall zusammengeführt. Vielleicht war es aber auch Schicksal, und das wird euch wieder zusammenführen, wenn die Zeit dafür reif ist.«

»Olivier, sakrosankte Hoffnung ist das Letzte, was ich jetzt brauche. Ich will sie vergessen und zwar *so schnell als möglich!*«

»Vielleicht musst du sie aber nicht vergessen, sondern einfach nur zuwarten.«

»Hast du mich nicht verstanden – sie ist eine *Hetera* und rannte vor mir weg!«

»Vielleicht ist sie eine Spätzünderin.«

»Vielleicht bin ich ein Marsmännchen.«

»Vielleicht ist sie aus Angst vor ihren tiefen Gefühlen zu dir davongerannt.«

»Vielleicht fließen die Flüsse aufwärts«, spottete ich, doch Olivier ging nicht darauf ein. Er dachte nach. »Wie war es mit ihr zusammen?«

»Wie war was?«

»Na, wie hast du dich gefühlt, wenn du mit ihr zusammen warst?«

Ich überlegte. Ja, wie habe ich mich mit ihr gefühlt, mal abgesehen von den Schmetterlingsschwadronen, die meinen Magen heimsuchten? Olivier ging Zigaretten holen. Ich ließ Szenen mit Julia vor meinem inneren Auge ablaufen und weinte wieder ein bisschen. Olivier kam zurück, er bot mir eine Zigarette an. »Also, was ist?«

Ich sog den Rauch tief in die Lungen. »Ich bin mir nicht sicher ... Mit ihr zusammen fühlte ich mich irgendwie – reich. Wir konnten wunderbar zusammen lachen, streiten, debattieren, spielen, arbeiten – mit ihr zu schweigen machte mich grundlos glücklich, es entstand eine Ruhe zwischen uns, die mich entspannte. Und dieser Kuss – ja dieser Kuss ... oh, dieser Kuss, er war –«

Olivier legte seine Hand auf die meine. »Sag's mir nicht, das geht nur euch was an!« Olivier schmunzelte.

»Aber weißt du, was das Verrückteste war: Ich habe vor ihr gekotzt.«

»Nein!«

»Doch! Ich habe gekotzt, gleich mehrere Male, sie hat mir einmal sogar die Stirn gehalten.«

Oliver machte große Augen. »Du hast in Anwesenheit eines anderen Menschen gekübelt? Das ist erstaunlich, nein, das ist *sensationell*! Satine, du *musst* sie finden, du konntest nicht mal vor deiner eigenen Mutter kotzen, und jetzt das! Wie romantisch, das ist ein Zeichen – du *musst* sie finden!«

Langsam nervte mich Olivier, er wusste wieder mal nicht, wann es genug war. »Nein, nein und nochmals nein, ich will sie nie wieder sehen! Ich habe in den letzten zwei Monaten gelitten, ja, aber ich habe auch nachgedacht. Man sagt, aller guten Dinge sind drei und ich sage dir: Aller schlechten Dinge sind ebenfalls drei. Fertig mit dem Heterascheiß. Das war endgültig das letzte Mal, dass ich auf eine solche Frau hereingefallen bin, hörst du! Das letzte Mal! Lieber keusch für den Rest meines Lebens als nochmals sowas.«

Olivier hatte schweigend zugehört. »Es ist dir wirklich ernst, nicht? Ernster jedenfalls als früher?«, stellte er fest.

»Oh ja, bierernst. So gesehen hat die Sache mit Julia auch ihr Gutes. Ich weiß nun ganz klar, was ich *nie* mehr will – und fokussiere mich auf das, was ich mir wünsche – eine Frau nämlich, die Frauen liebt und begehrt, die treu ist, verlässlich, erotisch, schön, gewandt, gesche–«

Olivier lachte, »Satine, bleib auf dem Boden!«

»– und eine gute Krankenschwester ist und Humor hat und Bier mag und Sciencefiction-Filme. Und die keine Kinder hat – das war jetzt nichts gegen Leandra und Denia –, und sie soll aus der Romandie kommen. Haarfarbe egal, nur nicht rötlich-blond, Augenfarbe egal, nur nicht grün-blau, und bitte keine Narben, keine allzu gerade Nase und bloß keine Kunsthistorikerin! Bitte eine die anständig Auto fahren kann und die nichts mit Kinderzeichnungen am Hut hat. Jawohl.« Ich lehnte mich erschöpft im Stuhl zurück. Olivier schüttelte den Kopf und blickte mich unverhohlen mitleidig an. »Das schreit nach einem harten Stück Arbeit, bis du diese Julia überwunden hast.« Er ließ den Blick schweifen und begann plötzlich dämlich zu lächeln. Ich schaute in den Spiegel, der hinter ihm hing und sah, dass er die neue Kellnerin im Visier hatte, sein Gesicht bekam jenen leicht schmierigen, etwas dümmlichen Gesichtsausdruck, den ich an ihm hasste.

Olivier ist wirklich mein liebster Freund, der beste, den ich mir vorstellen kann, aber er hat diesen einen Charakterzug, den ich nicht leiden kann: seine Lolita-Manie. Als er ganz jung war, konnte er sie unbemerkt ausleben, er stand eben auf gleichaltrige, vorzugsweise sehr dünne Mädchen mit vorzugsweise großem Busen – sie hatten etwas Durchscheinendes, Zerbrechliches und Hilfloses an sich. Olivier wurde älter, er durchlief die unterschiedlichsten Phasen, ging ins Fitnessstudio, tauschte es gegen Indianerbücher und *Herr der Ringe* ein, wurde politisch, kunstschaffend und vorübergehend Alkoholiker. Zwei Konstanten blieben in seinem Leben jedoch bestehen – die eine war ich, die andere war die Sucht nach diesen unterernährten, blutjungen und todlangweiligen XXS-Mädchen. Jetzt ist er fünfundreißig und langsam wird es peinlich, dass er noch immer mit diesen Kindchen ausgeht. Sein Verschleiß ist enorm, ich will mir nicht überlegen, wie viele von denen noch Jungfrauen waren, sonst würde mir speiübel und dann müsste ich an Julia denken. Dann würde mir noch übler, und ich müsste noch mehr an Julia denken und so fort.

Olivier starrte immer noch die blasse, dünne Kellnerin an und öffnete den Mund, vermutlich um mir zu sagen, wie geil er sie fand.

»Olivier, denk nicht dran das auszusprechen, was du auf der Zunge hast, ich will's nicht hören. Du weißt, ich kann deinen Minderjährigentick nicht ausstehen!«

Er klappte den Mund wieder zu.

»Ich brauche dich wohl nicht nach deinem Liebesleben zu fragen. Alles beim Alten. Sag nichts, nick einfach oder schüttele den Kopf.«

Olivier nickte.

»Du hattest wieder einige, stimmt's?«

Er nickte.

»Mit jeder ging's höchstens ein paar Wochen oder Tage?«

Er nickte und grinste.

»Ich frage mich, was daran witzig sein soll. Aber nun gut, du bist ein Mann, und deshalb ziehe ich ja auch Frauen vor.«

Olivier war beleidigt. »Also bitte, da kriegt man als Mann Lust, sich am nächsten Baum aufzuknüpfen!«

»Ach, Olivier du hast einfach den schrecklichsten Frauengeschmack, den es auf Gottes weiter Erde gibt.«

»Das sagst gerade du!«

Wir stritten uns über Geschmäcker, Olivier gaffte die Kellnerin an, wir bestellten Bier und kamen schließlich auf die Arbeit zu sprechen. Ich sollte für das *Duchesse*-Veranstaltungsheft Künstler fotografieren. Olivier hatte mir die zwei Wochen mit Terminen vollgestopft und erklärte mir, was im einzelnen zu tun war. Später gingen wir zu Nathalie, die in der Nähe in einer weitläufigen Dachwohnung wohnte. Amélie und Pierre waren schon da und begrüßten mich herzlich.

Dass diese Vier zusammenarbeiteten und dass diese Zusammenarbeit funktionierte, grenzte an zwei Wunder. Nathalie war die einzige Frau, mit der Olivier eine längere Beziehung gehabt hatte. Es begann zu kriseln, als Nathalie von ihrer Bulimie loskam und ein paar Kilo zunahm. Kurze Zeit später lernte Olivier Amélie kennen, mit der er eine Komm-mir-nicht-zu-nah-geh-nicht-weg-Beziehung führte, was beide samt Umgebung nervlich zerrüttete. Pierre wiederum lernte Nathalie kennen; gemeinsam bauten sie die erste Agentur auf. Eines Tages ging Olivier Nathalie besuchen und nahm Amélie – mittlerweile seine Ex – mit. Zum Entsetzen aller verliebten sich Pierre und Amélie Hals über Kopf ineinander. Nathalie musste aus Pierres Wohnung ausziehen und ihren Job in der Agentur aufgeben. Bald zog Amélie bei Pierre ein, das ging gut, bis – und das ist für mich der schönste Teil der Geschichte – sich Amélie und Nathalie zufälligerweise an einem Festival begegneten. Mitten auf der Wiese lieferten sie sich wegen Pierre ein bitterböses Wortgefecht, das seinesgleichen sucht. Als ihnen die Munition ausgegangen war, lud Amélie Nathalie zu einem Drink ein. Sie blieben den Rest des Abends im Festzelt und stellten erstaunt fest, wie gut sie sich verstanden.

Das war der Anfang einer leidenschaftlichen, geheimen Affäre, bis der gehörnte Pierre Wind davon bekam und Amélie aus Wohnung und Agentur warf. Die Beziehung der beiden Frauen gedieh, fand aber ein abruptes Ende, als Nathalie realisierte, dass sie mit Amélie auf natürlichem Wege nie ein Kind haben würde, was sie in ihrer Liebesblindheit glatt übersehen hatte! Amélie war lange Zeit wegen der Trennung untröstlich, blieb aber den Vorzügen der Frauen treu und – nun ja, wir hatten auch mal kurz etwas miteinander. Es blieb ein Intermezzo; sie hatte keine Narbe, und eine Hetera war sie auch nicht mehr. Dann gründeten die Vier *La Duchesse*, weil sie wussten, dass sie auf ihrem Gebiet die Besten waren. Die Freunde und Bekannten gaben der Agentur keine drei Wochen. Das war vor vier Jahren.

Pierre ist jetzt mit einer Schneiderin verheiratet, Nathalie hatte sich von einem Algerier ein Kind machen lassen, das zum großen Teil von Nathalies Mutter aufgezogen wurde. Ich ertappte sie neuerdings dabei, wieder sehnsüchtige Blicke auf Amélie zu werfen. Über Amélies Liebesleben wussten wir wenig, in der klassischen Musikszene gab es vermutlich genug willige Frauen.

Die zwei Wochen waren anstrengend. Ich raste von Termin zu Termin, baute Kamera und Licht auf, baute Licht und Kamera ab, ließ die Filme entwickeln und vergrößerte sie in der Dunkelkammer. Nur ein Mal fand ich Gelegenheit, am Nachmittag spazieren zu gehen. Ich ging an Weinfeldern entlang, über Feldwege, durch Buschwälder, kam durch einsame, halb verlassene Dörfer mit ihren wunderschönen Natursteinhäusern. Ich sinnierte über mein Leben im Allgemeinen, über meine Situation im Speziellen und viel zu oft über Julia. Als ich an einer Kirche vorbeikam, musste ich an die Wanderung denken, auf der wir auf eine kleine Kirche gestoßen waren. Es war drinnen so gemütlich wie in einer Todesgruft, und ich wollte gleich wieder gehen. Nicht so Julia. Sie schaute begeistert um sich und begann zu dozieren: »Hast du gewusst, dass viele alte Kirchen und Kathedralen auf heidnischen Kultstätten gebaut sind? Die Urchristen waren intelligente Strategen, sie wussten, wenn sie die Heiden bekehren wollten, müssten die christlichen den heidnischen Kultstätten gleichen. Wenn man es gewohnt ist, die Straße rauf und dann um die Ecke zum Tempel zu gehen, ist es praktisch, wenn die neue Kirche am selben Ort steht.«

Julia konnte aus heiterem Himmel ins Vortragsfieber geraten und war dann nicht mehr zu halten. »Das Christentum hat viele Symbole und Bilder des heidnischen Glaubens für seine Zwecke benützt, schau mal da!« Sie deutete auf ein Gemälde an der Decke, einen Kreis, in dessen vier Himmelsrichtungen ein Stier, ein Löwe, ein Adler und ein Engel gemalt waren. »Die symbolisieren die vier Evangelisten Markus, Matthias, Lukas und Johannes. Gleichzeitig stehen sie für die vier Sternzeichen Stier, Löwe, Adler beziehungsweise Skorpion und Wassermann. Gläubige Christen behaupten, dass die Astrologie des Teufels ist – wenn das so wäre, warum sind die Sternzeichen Seite an Seite mit den Evangelisten zu sehen? Das ist doch zum Lachen.

Nimm an, du wärst ein Marsmensch. Wenn du durch Italien gehen würdest, in Kirchen, an Gebetsstätten und an Menschen vorbei, was, würdest du denken, beten sie an? Einen alleinigen, unsichtbaren Gott-Vater? Kaum. Wohl eher eine blaugewandete Göttin, die ein Kind auf den Armen trägt, Göttin Maria. Diese Mariaverehrung ist nichts anderes als ein Nachgesang auf die Göttin, die bei den alten Völkern verehrt wurde.«

»'mm, du könntest Recht 'aben.«

Julia grinste triumphierend. »Weißt du, ich habe immer Recht.«

»'ört, 'ört, die Erde ist flach!«

Wie ich diese Gespräche vermisste. Wie gerne ich Julia besser kennen gelernt hätte. Wie sehr ich sie zum Teufel wünschte. Ich konnte nicht an sie denken, ohne gleich wütend aufzustampfen, gegen eine Wand zu treten, etwas zu zerreißen, sie in Gedanken in tausend Stücke zu hacken oder Fotos von ihr zu verbrennen. Ja, ich hatte tatsächlich ihre Bilder vergrößert. An einem Wochenende im Dezember geriet ich in einen trotzigen Gemütszustand, der mir die nötige Kraft gab, den Anblick von Julia auf Fotopapier zu ertragen. Zu meinem Entsetzen waren die Bilder gut; sehr gut sogar; vom besten, was ich jemals gemacht hatte. Als ich das realisierte, brach ich in einen weiteren Wut- und Weinanfall aus. Ich hatte mir vorgenommen, niemandem das Material zu zeigen, nur lagen aus unerfindlichen Gründen ein paar der Bilder in der Fotomappe der *Duchesse*-Aufnahmen. Olivier schaute die Fotos durch und war zufrieden. Ich zündete mir eben erleichtert eine Zigarette an, als er anerkennend pfiff. »Die sind Klasse! Wann hast du das aufgenommen?«

»Was?«, ich beugte mich nach vorne.

Olivier zeigte mir ein Foto, auf dem Julia wie eine Lady auf einem Stuhl saß, dann eines, auf dem sie halbnackt im Sessel fläzte.

»Scheiße«, sagte ich nur und wollte Olivier die Bilder entreißen, doch er versteckte sie hinter seinem Rücken. »Das ist Julia, stimmt's? Satine, das sind die besten Fotos, die ich jemals von dir gesehen habe! Du musst etwas damit tun – wann ist deine Ausstellung in Paris?«

»Im Oktober, aber vergiss es!«

»Von wegen vergessen. Das Material ist hervorragend! Du musst das ausstellen! Vergiss deine Gefühle und denk wie eine Fotografin, die erfolgreich sein will.«

»Wer sagt, dass ich erfolgreich sein will?«, erwiderte ich trotzig.

»Ich! Du warst schon als Kind ein perfektionistisches, ehrgeiziges Luder. Du willst die Fotos in die Schublade verbannen, nur weil ein paar unangenehme Gefühle damit verbunden sind? Satine, das kann nicht dein Ernst sein! Hast du Julia gefragt, ob du die Fotos allenfalls für künstlerischen Zwecke gebrauchen könntest?«

»Ja, und sie hat eingewilligt.«

»Dann steht deinem Erfolg in Paris nichts im Weg!«

Auf meinem Spaziergang dachte ich über die Fotos nach, und je länger ich darüber nachdachte, desto klarer wurde mir, dass Olivier recht hatte: Sie gehörten in eine Ausstellung und meine schmerzhaften Gefühle ins Private. Vielleicht würde ich durch diese Ausstellung schneller über Julia hinweg kommen.

Vielleicht schneite es bald schwarze Flocken.

# 17. Kapitel Julia

*Mein verlorenes Paradies, schlaf ein,*
*schlaf ein wie ein junges blindes Tier,*
*ich habe die Türe hinter mir zugeschlagen.*
*Natalja Gorbanewskaja*

Dann lieber noch Jürgen, dachte Berthe. Lieber seine lächerlichen blonden Fransen und das eingebildete Gerede, lieber noch mal einen Rechtsstreit zwischen den beiden, lieber Kinder, die ausflippten, als das.

Julia war unerträglich.

Nicht, dass sie unfreundlich oder unwirsch gewesen wäre – jedenfalls nicht öfter als sonst – oder dass sie herumgeschrien und die Mädchen geschlagen hätte. Sie wurde nicht laut, im Gegenteil, sie wurde leiser, kaum merkbar. Es war bedeutend weniger Julia da als früher. Vielleicht war ihre Seele auf dem Rückflug abgesprungen oder, was Berthe vermutete, auf der Insel bei den Erinnerungen an die gemeinsame Zeit mit Satine geblieben. Ohne es zu merken. Auf jeden Fall irrte sie weiß der Teufel wo herum.

Berthe vermutete, dass Julia die Erinnerungen an Satine mit Tippex übermalt hatte. Im Flugzeug hatte Berthe sie einmal auf Satine angesprochen, aber Julia hatte sich stumm abgewandt. Zu Hause versuchte sie es noch einmal, diesmal schmetterte Julia die Tür hinter sich so heftig zu, dass Berthe ihr nasses Haar im Luftzug trocknen konnte.

Julia hatte Satine nie mehr erwähnt. Sie hatte diese Frau, deren Anwesenheit und einziger Kuss ungeahnte Gefühle in ihr entfacht hatte, wie ein Stück Dreck unter den Teppich gekehrt. Wenn sie nun über diesen Teppich ging, wich sie der Stelle aus, unter dem der Dreck lag. Aber es kam zu ihrem

Ärger vor, dass sie doch darauftrat, dann blitzten Erinnerungen an Satine in ihr auf und damit verbunden ein diffuser Schmerz, der sich wie ein Flächenbrand in ihr ausbreitete. Sie hätte den Teppich am liebsten aus dem Fenster geworfen, was aber nicht ging, weil Satine beim Zusammenrollen zum Vorschein gekommen wäre und mit ihr die Erinnerungen. Und die Gefühle. Also blieb der Teppich, wo er war, und darunter der Dreck, der doch alles andere als ein Dreck war.

Wenn Berthe hörte, wie Julia gegenüber andern behauptete, dass es ihr gut ginge, hätte sie sie schütteln wollen, bis sie wieder zu Vernunft kam. Aber Julia hatte sich eingekapselt, und Berthe wusste, dass sie diese Hülle nicht durchdringen konnte. Julia lebte im Kokon der zurechtgebogenen Realität; sie hatte entschieden, dass nichts im Meer vorgefallen war und damit basta.

Die Mädchen gaben es auch bald auf, Satine in Anwesenheit ihrer Mutter zu erwähnen. Julias Stimme wurde jedes Mal so schneidend und ihre Blicke so eisig, dass der Speichel im Mund der Mädchen gefror. Dann hatten sie den Mund voller Eiswürfel, die sie gerne wieder ausgespuckt hätten, was sie aber nicht durften – bekanntlich darf man ja nicht spucken. Warum waren die schönen Dinge im Leben auch immer verboten?

Denia beklagte sich bei Berthe: »Mutti ist so gemein! Warum durften wir Satine nicht auf Wiedersehen sagen?! Schau mal«, sie hielt ihre rechte Hand in die Luft und deutete auf den Daumen, »das ist Mami. Dann kommst du«, sie tippte auf den Zeigefinger, »du bist meine zweite Mami. Und das«, sie streckte ihr den Mittelfinger entgegen, »das ist Satine, die habe ich nach dir am Liebsten. Dann kommt Omi und der kleine Finger ist Großomi aus Deutschland. Mit Mami und dir und Omi kann ich reden, Großomi kann ich anrufen oder besuchen, aber was ist mit Satine? Sie muss mir doch unbedingt erzählen, wie es mit Schlafmütze und Naseweis weitergeht! Ich will sie wiedersehen – hast du ihre Telefonnummer endlich?«

Berthe schüttelte den Kopf. »Leider nicht, es tut mir Leid.«

Denia stampfte wütend auf. »Ich hasse Mami, die blöde Gans!« Sie kickte gegen das Tischbein. »Ich will Satine wiedersehen, sie ist schließlich meine Mami Nummer dreeeeiiiiiiiiiiiii!!!!« Sie begann zu weinen. Als sie sich beruhigt hatte, diktierte sie Berthe eine Postkarte an Satine. Sie adressierten sie an den lieben Gott mit der Bitte, sie an Satine weiterzuleiten.

Schon vor den Ferien war klar, dass Julia nach der Rückkehr viel würde arbeiten müssen, denn Ende Februar sollte die Ausstellung »Bitte berühren« die Tore öffnen. Julias Eltern und Berthe würden nach den Mädchen schauen, Jürgen würde mit ihnen in den Winterferien Ski fahren gehen und sie jedes Wochenende zu sich nehmen. Julia konnte sich also rückhaltlos in die Vorbereitungen stürzen, und sie tat das mit einem Eifer, der weit übertrieben war. Dieses eine Mal trieb sie nicht die Leidenschaft für ihr Lieblingsthema, sondern der übermächtige Wunsch, sich zu verlieren. Wenn sich in Filmen die Helden aus Liebeskummer in die Arbeit stürzten und traurige Ringe unter den Augen kriegten, fand Julia das pathetisch und billig. »Das ist lächerlich«, meinte sie. »Wenn ich unglücklich verliebt wäre, würde ich in die nächste Bar gehen und einen Knackarsch aufreißen. Ein bisschen Sex und genügend Alkohol, und die Sache wäre innerhalb von zwei Wochen ausgestanden.«

Auf einen nebligen November folgten ein stressiger Dezember, ein grauer Januar und ein nasser Februar. Julia arbeitete wie eine Besessene, strich am Abend müde übers Haar ihrer Kinder und schlief öfter am Küchentisch ein. Berthe brachte ab und zu einen wahren Seelenpartner zu sich nach Hause und Julia hörte deren Tantra durch die Wände dröhnen, was sie eben diese Wände hochbrachte. Der Seelenpartner löste sich wie gewohnt bald im Nichts auf, und Berthe zerrte Julia für ein weiteres Ritual auf den Hügel. Julia brachte die Kinder zu den Großeltern und wieder zurück, am Wochenende übergab sie sie Jürgen und ging ins Museum, weiterarbeiten.

Natürlich, die Vorbereitungen für die Ausstellung waren interessant – die Organisation der Kunstwerke, die Verhandlungen mit den Künstlern, das Konzept für den Katalog, das Texten und die Diskussionen mit den Mitautoren. Sie liebte es, die räumliche Anordnung der Bilder festzulegen und umzuändern, es war eine sehr kreative Phase in dieser Arbeit. Im ersten Teil der Ausstellung würden Kinderzeichnungen von berühmten Künstlern hängen, die Kinder sollten sehen, dass auch das berühmteste Genie so angefangen hatte wie sie. In den nächsten Räumen würden Werke zu sehen sein, auf denen das Kind thematisch im Zentrum stand. Alle Bilder würden verglast und auf Kindeshöhe gehängt. Im letzten Teil sollten Exponate ausgestellt sein, mit denen die Kinder spielen durften.

Julias Leben lief wie geölt, die Aufgaben, Zeiten und Pausen waren schon lange im Voraus festgelegt. Sie fühlte sich dadurch getragen, aber auch eingesperrt. Nur manchmal geschahen Kleinigkeiten, die sie kurz aus der Bahn warfen. Wie zum Beispiel damals, als sie in ein Kaufhaus ging, um eine Lampe zu kaufen. Die Mädchen hatten im Wohnzimmer Fußball gespielt und dabei die Stehlampe ruiniert. Ein junger, eifriger Verkäufer erklärte ihr die Vor- und Nachteile der verschiedenen Lampen. »Sehen Sie diese Stehleuchte, die kann wechselnde Lichteffekte produzieren, sie hat einen Motor und vier Farbfilter, einen Schalter, um den Motor anzuhalten und einen um das zweite Rohr dazuzuschalten. Interessant an dieser Lampe ist das Acryl-Satine-Rohr, das … – aber Madame, wo gehen Sie hin?« Der Verkäufer sah verblüfft zu, wie Julia beim Wort Satine ohne zu überlegen rechtsum kehrt machte und das Geschäft verließ.

An einem Abend saß Leandra bei Julia am Küchentisch und erzählte begeistert, wie gut sie lesen konnte. Julia lächelte, »also, lies mir etwas vor.« Sie nahm eine der Zeitungsseiten, die sie auf den Tisch gelegt hatte, um darüber die Kartoffeln zu schälen. »Lies mir die Überschriften vor.«

Lea setzte den Finger unters erste Wort. »Direkt aus den Usa – viel billiger! – Di-ät-prukte, Vit-mine, Mi-ne-raa-len. Mama, was ist Usa?«

»Die USA, Amerika, nehm ich an.«

Lea suchte die nächste Überschrift: »*Erfolgreich fett.*«

»Das steht da?«

»Ja.«

»Was steht auf der nächsten Zeile?«

»*Re-d-uzi-eren.*« Sie stutzte, »was ist redozieren?« Julia erklärte es ihr. Als sie begriff, lachte sie auf. »Das ist etwas für Berthe – erfolgreich Fett redozieren – gell, da wird man schlank und so.« Sie suchte weiter. »*Neu. Das Hecker Satine-Programm* – oh, da steht Satines Name. He, Mama, wo gehst du hin?« Und weg war Julia. Man hätte ihr ein Schloss mit hundert Zimmern schenken sollen, dann hätte sie von morgens bis abends Zimmer verlassen und Türen zuschlagen können, sooft und soviele sie wollte.

Ein anderes Mal hatte sich Julia mit ihrer Freundin Carla fürs Kino verabredet. Sie gingen regelmäßig ins Kino, die eine wählte den Film, die andere folgte ihr, ohne zu wissen, worauf sie sich eingelassen hatte. An diesem Abend war Carla der Leithammel und Julia das Schaf. »Du wirst den Film mögen, da bin ich mir sicher«, raunte sie Julia zu, als es im Kinosaal dunkel wurde.

Der Film begann mit einem roten Vorhang, er begann in Paris Ende des 19. Jahrhunderts, mit einem Zwerg, der ein trauriges Lied sang, mit Christian, der todunglücklich vor der Schreibmaschine saß. Es begann und endete im *Moulin Rouge*, wo die Frauen tanzten und zu haben waren. Und während die Kamera über das *Moulin Rouge* und dann hinein glitt, hörte man Christian sagen: »Die Schönste von allen war die Frau, die ich liebte«, er hielt kurz inne, »Satine, eine Kurtisane, man nannte sie den funkelnden Diamanten.«

Julia erstarrte zu einer Salzsäule wie damals Lots Frau, nur dass sie nicht zurückschaute, sondern nach vorne auf die Leinwand: *Satine, der funkelnde Diamant.* Julia hätte gerne eine Tür zugeschlagen, aber da war keine Tür in Reichweite, nur Dunkelheit und eine lange Reihe von Knien, an denen sie sich hätte vorbeizwängen müssen, und überdies war sie ja eine Salzsäule und mit ihrem Orientierungssinn hätte sie den Ausgang sowieso nicht gefunden.

Also blieb sie.

Wie dieser Christian das sagte: *Die Schönste von allen war die Frau, die ich liebte – Satine.* Julias Nervenenden gingen auf, sie saß in der Dunkelheit des Kinos und fühlte sich ins Meer zu Satine zurückkatapultiert, ein Zittern lief durch ihren Körper. Sie tauchte in die farbige, wilde Welt des *Moulin Rouge*, in die herzzerreißende Liebesgeschichte zwischen Christian und Satine, in die Musik, den Tanz, und sah wieder Satine auf dem Stein im Meer stehen, fühlte die weichen Lippen unter ihren Fingerspitzen, den Kuss, diesen süßesten, salzigsten und bittersten Kuss ihres Lebens. Das filmische Feuerwerk aus Farben, Musik und Tanz kehrte ihr Inneres nach außen, und wie sie in die tragische Geschichte hineingezogen wurde, überschwemmte sie das Zurückgehaltene der letzten Monate: Sehnsucht, Bitterkeit, Leidenschaft, Verzweiflung und Verwirrung. Sie wünschte sich, dass der Film sofort zu Ende ginge, sie hoffte, dass er nie aufhören würde. In der Pause schleckte sie ihr Eis wie eine automatische Briefmarken-Abschleckmaschine.

»Ist was, Julia?«, fragte Carla und betrachtete sie von der Seite, »gefällt dir der Film nicht?«

»Doch, doch, natürlich, natürlich. Doch, sicher. Aber natürlich. Die Farben, die Musik, es ist sehr – wirklich«, Julia leckte mechanisch weiter. Während zwei langen Stunden hörte sie den Namen *Satine* wieder und wieder. Diese Film-Satine war zwar rothaarig, aber schlank wie die Insel-Satine, groß, grazil, mit einer Aura des Unnahbaren. Am Ende starb Satine, das war die Ernüchterung und die Wahrheit. Satine starb, Satine musste sterben, Satine hatte nichts in Julias Leben verloren, es ging nicht, sie war keine solche, nein.

Ende Januar wurden die Ausstellungsräume für Julia frei gemacht, sie ließ jeden in einer anderen Farbe streichen. Die Exponate trafen ein, gut verpackt in Holzkisten, andere Exponate wurden aus dem Depot geholt und kontrolliert. Julia ging an den Kisten entlang, sie roch das Holz, fuhr liebevoll mit der Hand über Kanten und Bretter. Der lustvollste Teil der Ausstellung konnte beginnen. Unbeschreiblich, wenn die Kisten geöffnet wurden und die Kunstwerke sichtbar wurden. *Spielendes Kind in der Haustür,* und *Kleinkinderschule* von Max Liebermann, *Kinderstudie* und *Zwei Mädchen* von Fritz von Uhde, Werke von Paula Modersohn-Becker, Otto Dix, von Feininger, Picasso, Kandinsky, Münter, Klee und Dubuffet. Manchmal kam es ihr wie ein Traum vor, dass diese Ausstellung zustande kam, mit all den großen und den kleinen Namen. Als geradezu genial hatte sich ihre Idee erwiesen, Hersteller von Kinderartikeln für das Sponsoring anzugehen. Es war wohl eines der ersten Male, dass ein Windel-, ein Kindernahrungs- und ein Spielzeugfabrikant Geld in eine Museumsausstellung investierten. Sie sorgte dafür, dass die Bilder tief genug gehängt wurden. Kunst war ihrer Ansicht nach nichts zum daran hochschauen, sondern ein Prozess, an dem alle teilhaben sollten. Sicher, da gab es Da Vinci, Michelangelo, van Gogh, Picasso – Ausnahmetalente, deren Namen sich untilgbar in die Kunstgeschichte eingemeißelt hatten. Andere waren berühmt und später vergessen, wieder andere blieben unentdeckt und wurden erst nach ihrem Tod berühmt. Der Geschmack kam und ging, Moden spülten Künstler nach oben und wuschen sie wieder weg. Aber die wahre Kunst, der kreative Prozess war etwas, das in jedem Menschen steckte. In Julias Augen war der ureigenste Selbstausdruck vollkommen und schön, auch wenn er vielleicht hässlich oder linkisch daherkam. Sie hatte vor Jahren auf einem Töpfermarkt einen Jungen gesehen, der Phantasieviecher neben der Keramik seines Vaters zum

Verkauf anbot. Julia war entzückt und kaufte ein undefinierbares Rüsseltier mit Riesenaugen und Löchern im Rücken. Es bekam den Namen Dindo und stand seither auf ihrem Nachttischchen. Sie betrachtete Dindo gerne, er war für sie Symbol des ursprünglichen Selbstausdrucks, der niemandem gefallen will, sondern einfach *ist*. Das war es, was ihr in der Kinderkunst und an der *Art Brut* gefiel: die Freiheit, Unbekümmertheit und Spontaneität, die hier zum Ausdruck kamen.

Und sie haderte damit, dass ihre Mädchen kaum Interesse für kreative Arbeit zeigten. Denia verkündete, dass sie sich zum Geburtstag eine Barbie-Puppe wünschte und Ken gleich dazu. Sie würde die beiden verheiraten und aufeinanderlegen, und dann bekämen sie Kinder und so. Julia verdrehte ihre Augen so sehr, dass es ihr weh tat, setzte sich Denia auf den Schoß und fragte sie, warum es denn unbedingt Barbies sein mussten.

»Die haben tolle Arme und Beine aus Gummi, man kann sie in alle Richtungen verbiegen. Und es gibt viel Glitzerzeugs und Ponies und einen Kochherd dazu, das ist geil.«

Julia hatte voll zu tun, um Denia zu erklären, dass erstens das Wort geil in dieser Wohnung nichts verloren hatte und man zweitens Puppen nicht verbiegen durfte und drittens Barbies nur über ihre Leiche in dieses Haus kämen.

»Dann halt über deine Leiche, ist mir doch wurscht.«, entgegnete Denia enttäuscht.

»Weißt du denn, was eine Leiche ist?«

Denia grummelte. »Weiß ich wohl! Eine Leiche ist ein Baum. Wo steht denn deine Leiche, he?«

Ihre Kinder hatten tausend Möglichkeiten, ihre Kreativität zu entfalten, stattdessen wünschten sie sich Barbies oder fuhren wie Irre auf Rollschuhen herum, wie das Leandra in letzter Zeit zu tun pflegte. Bestimmt waren Jürgens Gene daran schuld.

Jürgen hatte sich von der Niederlage am Gericht etwas erholt, er grüßte sie meistens wieder, wenn er die Mädchen abholen kam. Seine blonden Fransen wie immer im Gesicht, sah er sie zwar misstrauisch und vorwurfsvoll an, aber manchmal wünschte er ihr sogar einen schönen Tag. Die Mädchen freuten sich wie wahnsinnig auf ihren Papa, Julia war froh darüber und sprach in Anwesenheit ihrer Töchter nie schlecht über ihn. Sie hatte diesen Mann geliebt, vielleicht nicht tief genug, aber sie hatte mit ihm zusammen schöne Momente erlebt. Er würde immer der Vater ihrer Kinder sein und war mitbeteiligt, dass die Mädchen so wunderbar waren. Vermutlich.

Sie winkte, wenn die Töchter lachend in Jürgens schnittigen Wagen einstiegen, sie winkte, wenn sie in Jürgens schnittigem Wagen zurückkehrten und die Treppen hochrannten. Sie hörte ihnen zu, wenn sie von ihren Erlebnissen erzählten, sie suchte ihren Kram zusammen und schob Wache, wenn sie die Zähne putzten. Sie erzählte ihnen eine Gutenachtgeschichte und ließ den immer wiederkehrenden Vorwurf über sich ergehen, dass sie immer noch nicht wussten, ob Naseweis und Schlafmütze den Schatz gefunden hatten. Wenn die zwei endlich schliefen, las sie in einem Buch oder sah fern oder sie saß auf dem Sofa mit der schnurrenden Lady Chatterly auf dem Schoß, und alles in allem konnte man sagen, dass Julias Leben abwechslungsreich war, sie selber aber todunglücklich. Nur hätte sie das nie zugegeben.

Genau besehen brachte sie für alles nur ein müdes Interesse auf. Sie hatte sich so sehr auf ihre Ausstellung gefreut, aber jetzt, kurz vor der Eröffnung fühlte sie lediglich eine dumpfe Leere in sich. Sie war wie ein Gemälde, dessen Farben herausgewaschen worden waren, wie ein klassisches Konzert ohne Husten oder ein Zugabteil ohne schreiende Handybenutzer. Sie war wie ein Kamel ohne Höcker; oh nein, sie *war* ein Kamel, mit oder ohne Höcker.

Berthe hätte es einfacher ausgedrückt: Julia war Julia abzüglich Satine.

Julia vermisste Satine, aber dieses Geheimnis war besser gehütet als alle Augäpfel dieser Welt. Die Götter fanden, es sei lange her, dass ein Mensch sich in Sachen Liebe so dumm angestellt hatte wie Julia. Die Götter nannten sie deshalb Julia Scheuklappe, Julia Brett-vor-dem-Kopf und Julia Pflaumen-auf-den-Augen und amüsierten sich köstlich über sie.

Eines Morgens im Februar, kurz vor der Eröffnung ihrer Ausstellung, erwachte Julia und beschloss, dass etwas geschehen musste: Sie würde sich einen Mann angeln. Schluss mit dem Nonnendasein und erst recht Schluss mit Erinnerungssplittern an einen Zwischenfall im Meer. Bahnbrechend war diese Idee nicht; Ablenkungsmanöver gibt es, seit Menschen Ablenkung suchen, aber immerhin kam sie auf andere Gedanken. Sie hatte auch schon einen Mann im Visier: den Neuen aus der Handwerkerabteilung. Er hieß Daniel, war jünger als sie und hatte ein ausnehmend hübsches, römisches Gesicht mit ernsten, aufmerksamen Augen. Er gefiel ihr, auch wenn er kaum einen Meter sechzig groß war und leider etwas zu kurze Beine hatte. Seine ruhige Ausstrahlung, gepaart mit dem schönen Gesicht, machte diesen Makel allemal wett. Da sie in der Endphase der Vorbereitungen von morgens bis abends im Museum war und eng mit den Restauratoren und Handwerkern zusammenarbeitete, kreuzten sich ihre Wege regelmäßig und sie tauschten jedes Mal intensive Blicke aus.

Für Julia war die Zeit reif! Alles in ihr lechzte nach irgendwas, ja nach was denn? Nach einem Umbruch, nach der tröstlichen Welt von unverfänglichem Sex, damit die Stelle, die sie von ihren Ferienerinnerungen ausgetippext hatte, nun mit grellen Farben übermalt werden konnte. Das Jagdfieber überkam sie, sie kramte T-Shirts mit großem Ausschnitt aus dem Kleiderschrank, sie ließ ein oder gar zwei Knöpfe mehr als sonst an ihrer Bluse offen, sie staubte den Schminkkasten ab und putzte die hochhackigen Schuhe auf Hochglanz.

»Jesses Maria, was soll das werden?«, flüsterte Berthe, als sie frühmorgens in Julias Wohnung kam, um sich Milch auszuleihen, und Julia in knapp bemessenen Kleidern vor dem Spiegel stehen und sich schminken sah.

»Du brauchst nicht zu flüstern, die Mädchen sind bei meinen Eltern. Aber um deine Frage zu beantworten: Ich gehe arbeiten, was sonst.«

»Arbeitest du neuerdings im Bordell?«

Julia lachte überdreht: »Nun sag bloß, dass du meinen Salon nicht kennst – er heißt *Die flotte Julie* und ist gleich um die Ecke.«

»Aber für irgendwen machst du dich doch schön – falls man das so nennen kann!«

»Ich muss jetzt gehen, wir haben eine Sitzung«, Julia packte verärgert ihre Tasche.

Da wollte Berthe es wissen: »Sag mal, kannst du dich an Satine erinnern?«

Julia verschwand wortlos im Schlafzimmer.

»Ich meine die sympatische Frau aus der Romandie, mit der du eine schöne Zeit verbracht hast – insbesondere im Meer«, rief Berthe ihr nach.

Aus dem Schlafzimmer waren Flüche zu hören, Julia raste heraus und wetterte: »Wo ist meine Perlenkette? Sicher haben die Gören sie verlegt. Mist, sie hätte so gut zur Bluse gepasst!«

»Julia, ich habe dir eine Frage gestellt!« Als Berthe sah, dass Julia die Wohnungstüre ansteuerte, folgte sie ihr. »Oh, nein, diesmal keine zugeschlagenen Türen. Julia, sprich! Denkst du an Satine?« Berthe schob sich wie ein Bollwerk vor den Ausgang. Julia blieb stehen, umklammerte den Träger ihrer Tasche und drehte sich auf dem Absatz um.

»Nein, sage ich!« Schnell griff Berthe nach dem Schulterriemen, aber Julia ließ die Tasche einfach fallen und stürmte Richtung Schlafzimmer.

»Nein, hab ich gesagt!« Berthe packte Julias Mantel, doch Julia knurrte und schlüpfte einfach aus ihm heraus.

»Ich sagte, *nein*! Du feige Hündin!« Berthe hechtete Julia nach und warf sich auf sie. Unter diesem gewichtigen Argument ging Julia in die Knie. Sie stürzte zu Boden, Berthe fiel auf sie, was Julia vorübergehend den Atem nahm. Berthe packte sie an den Handgelenken und drückte sie neben ihren Kopf auf den Boden.

»Ich ersticke«, japste Julia.

»Ja, das wirst du, wenn du mir keine Antwort gibst. Was ist mit Satine?!«

Julia drehte den Kopf zur Seite und starrte in die Leere, schließlich sagte sie leise: »Nichts. Es ist nichts. Geh von mir runter, ich muss los.« Julia sprach bestimmt, freudlos und so eisig, dass Berthe Gänsehaut bekam. Entnervt stand sie auf, während sie kopfschüttelnd auf Julias maskenhaftes Gesicht sah. »Wie lange willst du noch auf diesem Tripp bleiben? Von mir aus müssen wir nie mehr über Satine reden, aber zeig mir erst, dass du dieses Kapitel abgeschlossen hast.«

Julia stand auf, was in den engen Kleidern nicht eben leicht zu bewerkstelligen war. Sie grinste siegesgewiss. »Oh, du wirst noch staunen, ich habe soeben ein neues Kapitel begonnen.«

# 18. Kapitel Satine

*Goldne Freiheit, kehre wieder*
*In mein wundes Herz zurück.*
*Weck mir neue, heitre Lieder*
*Und entwölke Geist und Blick.*
*Sophie Albrecht*

In der zweiten Woche hatte ich einen Termin mit Amélie. Ich sollte das Duo *Florence et Jules* fotografieren, Amélie würde mir assistieren, da *F&J* zwei ihrer Zöglinge waren. Florence spielte Cello, Jules Oboe und Fagott – ihr Repertoire umfasste unbekannte Kostbarkeiten aus der klassischen Musik, angefangen bei Bach bis hin zu Alban Berg. Sie hatten Klavieretüden von Chopin auf ihre Instrumente übertragen und vergessene Komponistinnen aus der Mottenkiste hervorgeholt. Sie spielten mit erfrischend jugendlichem Elan, ihre Interpretationen waren teilweise gewagt, aber nie respektlos. In den letzten Jahren hatten sie sich in Paris einen Namen gemacht, *La Duchesse* organisierte jetzt eine Konzertreihe in Südfrankreich, und bald würde die zweite CD rauskommen. Meine Aufgabe war es, Fotos für das Cover und für die Tournee zu machen.

Florence und Jules hatten mir begeistert geschildert, wie sie sich die Fotos auf der CD vorstellten: Sie würden auf roten Stühlen am Strand sitzen und auf ihren Instrumenten spielen, Florence hätte ein langes Kleid an, das hoffentlich im Wind wehen würde, und Jules einen Taucheranzug inklusive Schwimmflossen. Sie fanden die Idee ungeheuer gut, es sollte ihren Bruch mit der traditionellen Spielart der klassischen Musik darstellen.

Wir fuhren in die Camargue, Florence hatte einen Gettoblaster neben sich auf dem Sitz, und wir mussten uns die ganze Zeit über knallharten RAP anhören, auf dessen CD-Hülle ein *Parental Advisory*-Etikett klebte. Ich dachte mir nicht viel dabei, denn ich war von den Künstlern einiges an Widersprüchen gewöhnt. Jules war klein und dünn mit scharf geschnittenen Gesichtszügen und lichtem Haar, Florence hatte eine lange wirre Mähne, die sie knallrot mit knallblauen Strähnen gefärbt hatte, es sah sehr appetithemmend aus. Heute war sie in ein weites altmodisches Konzertkleid gehüllt, normalerweise trug sie – auch auf der Bühne! – New Yorker Gangsta-Look. Das konnte man nicht anders als grässlich oder eben avantgardistisch finden. Die Frisur passte nicht zu den Klamotten und beides zusammen nicht zu unserer Vorstellung von einer Frau, die klassische Musik spielte. Die Autoscheiben zitterten unter den Bässen der *Shit-fuck-youhh-men-mother-fucker-you-son-of-a-bitch-get-the-fuck-out-of-here*-Musik. In der Camargue bog ich in eine Nebenstraße und in die Nebenstraße der Nebenstraße, dann in die Nebenstraße der Nebenstraße der Nebenstraße, und so weiter und mehrheitlich durch Pinienwälder, bis wir auf einen Feldweg gelangten und als irgendwann auch der zu Ende ging, lag das Meer direkt vor uns. Wir staunten nicht schlecht: Der Strand war mit Treibgut übersät – Plastiksäcke, Plastikflaschen, glatte Holzstücke, Seilfetzen, verrostete Konservendosen, Teile einer Puppe und sogar ein grüner Wollpullover. Florence rief: »Wow, das ist perfekt!« Sie sprang aus dem VW-Bus und wurde vom Mistral ein paar Meter Richtung Meer gerissen, ihr weites Kleid blähte sich wie ein Segel auf. Florence drückte ihren Rock an den Leib und kämpfte sich zu uns zurück. »Genial«, schrie sie begeistert, »das ist genial! Leicht abgefuckt, genau das Richtige für uns.« Sie zerrte Jules und den Gettoblaster aus dem Auto, doch Jules sprang, kaum war er draußen, wieder ins Auto zurück und jammerte: »Wie sollen wir bei dieser Kälte auch nur einen Ton spielen können? Besser wir tun nur so als ob.«

»Nix da, das ist energetisch nicht dasselbe, ob wir so tun

als ob oder ob wir es wirklich tun. Auf dem Foto sieht man den Unterschied, nicht wahr, Satine?«

Ich zögerte. »Na ja, man hört bekanntlich nichts, wenn man ein Cover anschaut«, ich sah mich Hilfe suchend nach Amélie um, doch die zündete sich gelassen eine Zigarette an und grinste nur.

»Papperlapapp«, sagte Florence, »es wirkt besser, wenn wir richtig spielen, das solltest du als Fotografin eigentlich wissen!«

Die Entscheidung war gefallen. Sie würden im kalten Mistral, in der feuchten Meeresluft an Saiten zupfen und in Flöten blasen, aber was am Schlimmsten war: Sie wollten dazu den Gettoblaster laufen lassen. Modern meets classic, nannten sie das, das gäbe gewiss geile Fotos. Jules zwängte seinen schmächtigen Körper in den Taucheranzug, wobei *merde* häufiger als jedes andere Wort zu hören war. Florence schleifte die roten Kunstlederstühle durchs Treibgut. Ich beobachtete den Strand, das Licht, die Farben des Taucheranzugs und Florences Kleid. Der Himmel war weitgehend wolkenlos, die Sicht sehr gut, die Schatten fielen weit, was den Fotos Tiefe und Konturen verleihen würde, aber es sah nicht danach aus, als könnten wir bald mit den Aufnahmen beginnen. Jules sah in dem Anzug erbarmungswürdig aus, er hatte die Schwimmflossen angezogen und watschelte hinter Florence her, die die Stühle mal hierhin, mal dahin setzte. Sie drehte sich zu mir um: »Ich rufe dich, wenn wir so weit sind, es dauert bestimmt nicht mehr lange.« Woraufhin Amélie, die auf dem Vordersitz saß, herzlich lachte. Ich war auf dem Rücksitz und reinigte meine Kamera. Jules watschelte bibbernd zu uns und zog Pullover und Jacke über, dann packte er tapfer das Cello und seine Oboe. Florence stimmte ihr Instrument, stimmte es erneut, sie stellten Stühle gegeneinander, nebeneinander, voneinander abgewendet, Florence stimmte wieder das Cello – wenn das so weiterging, saß ich noch um Mitternacht auf diesem Hintersitz oder lag vielmehr quer darauf, jämmerlich an einer Nikotinvergiftung verreckt. Während Amélie und ich warteten, pafften wir nämlich eine Zigarette nach der andern. Wir pflegten seit jeher eine intensive Paffbeziehung, eines Tages würden wir als Lungenkrebspatientinnen in den Bergen kuren und im Klo versteckt weiterrauchen.

»Sympathisch, die Diven, nicht?«, meinte Amélie und deutete mit dem Kopf in Richtung der Verrückten. »Sie sind übrigens wirklich gut.«

Ich seufzte, »ich habe es lieber, wenn ich beim Fotografieren mitreden kann. Was verstehen Musiker schon von Bildkompositionen?« Ich stellte das Stativ auf und setzte die Kamera darauf.

Amélie zündete sich mit dem Zigarettenstummel die nächste Zigarette an. »Haubentaucher wäre kein schlechter Name für die zwei – Florence die Haube, Jules der Taucher.« Sie kicherte, dann musterte sie mich länger. »Jetzt, da wir mal alleine sind, erzähl mir, wie es dir so geht. Hast du Joëlles Hochzeit gut überstanden?«

Ich schoss zum Einwärmen Fotos von den Avantgardisten da draußen, Jules ließ eben die Oboe in der Hand kreisen und Haubenflorence stand über ihr Cello gebeugt. »Ja, ich war derweil auf einer sonnigen Insel.«

»Oh, das hast du gut gemacht«, Amélie nickte beifällig. »Und war‘s schön dort?«

»Von mir aus können wir das Thema wechseln.«

»Satine, Satine!« Amélie wackelte mit dem Kopf, »was ist geschehen, hast du dich verguckt? Los, erzähl!« Amélie richtete sich kerzengerade auf und hatte mit einem Mal eine hemmungslos neugierige Miene.

»Leihst du mir eine Zigarette?«

»Nur, wenn du es mir erzählst.«

Ich schüttelte verärgert den Kopf und suchte meine eigene Zigarettenschachtel. »Dass euch das immer so furchtbar interessiert – wer mit wem wann wo –, wie lästig!«

»Wir nehmen Anteil an deinem Leben, das ist alles«, Amélie versuchte ein unschuldiges Gesicht zu machen.

»Ah ja? Aber ich bestehe nicht nur aus Herzensangelegenheiten!«

»Okay, dann erzähl mir von deiner Arbeit«, sagte Amélie beschwichtigend, dann schwieg sie und ich schwieg auch. Schweigend pafften wir. Draußen drehte Florence am Cellogriff, Jules sprang in seinen Schwimmflossen auf und ab, er sah nicht gerade wie ein ernstzunehmender Musiker aus. Bei uns im Bus wurde weitergeschwiegen, niemand konnte so beharrlich schweigen wie Amélie.

»Also gut«, ich gab auf. »Wenn du 's unbedingt wissen willst: Ich bin vom Regen in die Traufe gekommen und gleich die Dachrinne runtergerutscht, ungebremst wohlbemerkt.«

Amélie schaute mich ungerührt an. »Wer ist sie? Ich will Daten – Größe, Haarfarbe, Brustumfang, Arschkonsistenz, Sternzeichen, Zivilstand – eben alles Wesentliche.«

Ich warf ihr einen entnervten Muss-das-sein-Blick zu. »Sie ist in meinem Alter, kleiner als ich, rötlich-blondes Haar, grün-blaue Augen, zwei Mädchen ungefähr zwischen fünf und sieben, geschieden –«

»Oh je, eine geschiedene Mutter, da kannst du ebensogut was mit dem Papst anfangen!«, unterbrach mich Amélie.

Ich ignorierte das. »Kunsthistorikerin, Leidenschaft für Kinderzeichnungen, Orientierungssinn hundertachtzig Grad verdreht, aus der deutschen Schweiz, reicht das?«

»Nee, das Wichtigste hast du vergessen: Brustumfang, Arschbeschaffenheit, Sternzeichen.«

Ich stöhnte auf. »Du bist unmöglich!« Ich überlegte. »Sie sieht nicht knackig, aber auch nicht nicht knackig aus.«

»Hä?«

»Meine Güte, es geht doch nicht um Äußerlichkeiten!«

»Ja, ja, die inneren Werte – ich möchte mal sehen, was du machen würdest, wenn die inneren Werte eingepackt in hundertdreißig Kilo Lebendfleisch daher kämen! Sternzeichen?«

»Hai!«

»So, so, die arme Satine ist also über eine Hetera gestolpert und direkt auf die Nase gefallen. Jetzt kannst du dich im Elend suhlen, das machst du doch gern, oder?«

»Also bitte, das ist eine Unterstellung. Was kann ich dafür –«

»– dass du auf Heten abfährst?«

Ich nickte.

»Ich war keine Hetera, mich hast du bald fallen lassen.«

»Das war was anderes.«

»So?« Amélie trommelte auf die Nackenstütze.

Ich wandte mich verlegen ab.

»Natürlich war es etwas anderes, Satine, denn ich bin eine Lesbe, und Lesben sind unter deiner Würde.«

Langsam begann ich trotz der Kühle im Auto zu schwitzen. »Ich habe mich doch nicht absichtlich in diese Frauen verliebt.«

»Wie kannst du da so sicher sein?«

»Ich –«

»Du wiederholst immer dasselbe Strickmuster und wunderst dich, dass der neue Pullover auch wieder Scheiße aussieht. Vielleicht solltest du das Muster mal ändern.«

»Und wie bitte?«

Amélie zündete sich eine Zigarette an und lächelte eines dieser weisen Lächeln, auf welche die Welt verzichten konnte. »Als erstes müsstest du dich von deiner Hetera-Manie befreien *wollen*, dann wärst du aus dem Gröbsten raus. Aber leider bist du süchtig nach Liebesschmerz.«

Das saß. Eine Ohrfeige von Schwarzenegger wäre dagegen ein zärtliches Streicheln gewesen. »Liebe kann man nicht steuern«, entgegnete ich.

»Oh, kann man sehr wohl, der Punkt ist nur, ob man *will*. Die Menschheit ist einfach absurd – sie kann über jeden Fluss Brücken schlagen, sie kann Wolkenkratzer bauen, Computer entwickeln, auf den Mond fliegen, den Mars erforschen, aber wenn‘s um die Liebe geht, kann sie Eins und Eins nicht mehr zusammenzählen. Sie ist süchtig nach

Aufregung – nichts ist ja so aufregend wie ein Chaos in Gefühlsdingen! Wir reden von Liebe und Verliebtheit, aber meist geht's doch bloss um ein bisschen Seelenkitzel. Sei froh, dass die Frau geflüchtet ist, was willst du mit einer Hetera mit zwei Kindern aus der Deutschschweiz? Ach, du mit deiner Schwäche fürs Unmögliche!«

»Na hör mal, ich bin mit Joëlle immerhin drei Jahre zusammen gewesen!«

»Sie hat dich auch ganz schön auf Trab gehalten mit ihrem Divagehabe, das hast du mir oft genug geklagt. Und eifersüchtig warst du, am liebsten hättest du jedem Mann den Schwanz abgeschnitten. Du hast sehr wohl gespürt, dass sie früher oder später wieder vom Zug abspringen würde. Oder hat sie sich jemals als Lesbe bezeichnet?«

»Sie nannte mich die Frau ihres Lebens«, brummte ich.

»Eben. Du wusstest, dass sie nicht bleiben würde, und nur deshalb konntest *du* bleiben. Im Grunde bist du ein Angsthase.«

»Danke«, erwiderte ich säuerlich, »auf die Psychohorroranalyse habe ich gerade noch gewartet.«

»Weißt du, wenn du dich unglücklich verliebst, triffst du zwei Fliegen auf einen Schlag: Du kriegst für dein Unglück von deinen Mitmenschen Mitgefühl und Zuwendung –«

»Von wegen!«

»– und du musst dich auf keine Nähe einlassen. Das ist sehr praktisch.«

»Ich habe letztes Sylvester den Heteras endgültig abgeschworen.«

»Ja, und hast du auch geschworen, dich auf eine Beziehung ein-zu-las-sen?«

»Das –«

Es klopfte ans Fester, Florence winkte uns. »Satine, wir sind soweit, du kannst kommen.«

Als ich das Stativ und die Phototasche packte, griff Amélie nach meinem Arm. »Satine, du bist eine tolle Frau, wer dich kriegt, kann sich die Finger lecken. Verschleuder dich doch nicht an solche Luder.« Sie schwieg einen Moment, dann sagte sie leise: »Ich habe dich damals ungern ziehen lassen.«

Ich schaute verlegen zu Boden. »Ich weiß, Amélie, aber das ist schon lange her.«

Amélie lächelte wehmütig. »Ja. Dummerweise kennen unsere Herzen aber keine Zeit.« Nun schaute auch sie zu Boden. »Geh jetzt, die Arbeit ruft.«

So ist das in meinem Leben: Die Heteras tun mir weh und ich tue den Lesben weh – ein stumpfsinniger Zyklus von Verletzen und Verletztwerden.

Das Cello verstimmte sich andauernd, aber Florence wollte ums Verrecken spielen und Rap-Musik dazu laufen lassen, es war grauenhaft. Ich stand kurz davor, mein Stativ auf den Gettoblaster, das Cello oder Florence herabsausen zu lassen. Bis ihnen eine große Welle nasse Füße bescherte und ich fotografierte, wie sie sich vor der Welle zu retten versuchten. Florence hielt das Cello in die Luft und schrie um Hilfe, Jules versuchte ihr zu helfen, fiel aber rückwärts ins Wasser. Ich hätte meine Leica darauf verwettet, dass ich in diesem Augenblick das beste Material für das CD-Cover eingefangen hatte.

In der zweiten Woche legte sich der Mistral endlich, es wurde wärmer. Die Abende verbrachte ich mit Olivier. Wir führten bis spät in die Nacht Gespräche, unsere geliebten, anregenden, spannenden Gespräche, die irgendwo begannen und nicht enden wollten. Ich kehrte mit gemischten Gefühlen nach Hause zurück. Als ich in Genf über die Grenze ging, wurde mein Herz schwer, und dass die Schweiz ebenso nass, kalt und grau wie bei der Abfahrt war, machte es nicht einfacher. Glücklicherweise warteten einige Aufträge auf mich, das würde mich vor einem Absturz bewahren. Manchmal ging ich abends in die Dunkelkammer und vergrößerte Fotos von Julia, Berthe und den Mädchen. Das zu tun fiel mir schwer, aber weil die Qualität der Bilder zum Teil hervorragend war, machte ich weiter.

Zwei Monate gingen vorüber, ich ließ die dunkel-nass-kalt-trüben Tage stoisch an mir vorbeiziehen, rauchte wie ein Fabrikschornstein aus dem vorletzten Jahrhundert, und mit meiner miesen Laune hätte ich eine Großstadt verfinstern können. Meine Freundinnen waren besorgt um mich und schleppten mich zu jedem Anlass, der Ablenkung versprach. Und an einem solchen kam ich dann endlich, endlich auf andere Gedanken: Ich stand in einer Lausanner Homodisco mit einem Becher Bier unschlüssig an einen Pfeiler gelehnt und sah den Strippern dabei zu, wie sie lasziv an ihren Unterhosen zerrten und rissen, die Dinger aber nie runter bekamen. Die Stimmung war ausgelassen und mit sexueller Energie aufgeladen. Drag Queens in schrillem, knapp bemessenem Fummel, auf Stöckelschuhen, mit großzügig aufgetragener Schminke und Perücke pflügten sich hysterisch gackernd einen Weg durch die Masse. Das große Meer der Schwulen steckte in knackigen Jeans und engen T-Shirts. Es gab die Leder-Homos mit Lederhosen, nackter Brust, Hosenträgern, Bürstenhaarschnitt oder Glatze, mit Schnauzer und Dreitagebart. Es gab die Eleganten im Anzug mit nichts drunter, andere bevorzugten Shorts, die das Nötigste oder soll ich sagen: das Wichtigste? umfassten. Die Betonung dieses Wichtigsten, dieses so vergötterten Lustschwengels war in Schwulendiscos allgegenwärtig. Nach ein paar Stunden kam bei mir meist der Punkt, da ich gerne eine Runde mit der Schere gedreht hätte.

Es gab Lesben, in großer Unterzahl, falls man das so sagen kann. Lesben gingen seltener aus als Schwule, zogen einen gemütlichen Abend zu Hause dem wilden Nachtleben vor, ausgenommen sie waren auf der Suche nach einer neuen Partnerin. Was Lesben und Schwule anging, so bestätigte sich auch hier, dass in unserer Gesellschaft ein Mann auch ohne Frau immer noch ein veritabler Mann ist, eine Frau ohne Mann hingegen nichts. Anders kann ich mir die weit verbreitete lesbische Art, sich im öffentlichen Raum unsichtbar zu machen, nicht erklären.

Ich lehnte wie gesagt an einem Pfeiler, hatte mich eben von einer Trockeneisattacke erholt und beobachtete, wie ein paar Typen hektisch hin und her tänzelten. Es war drei Uhr morgens und offensichtlich hatten sie noch keinen Bettgenossen gefunden. Meine Freundinnen waren im Untergeschoss, wo eine Lesbe Musik auflegte, es mir aber zu niedrig und zu eng war.

»Hey, tolle Musik, nicht?« Eine Frau trat zu mir, sie hatte wasserstoffblondes, kurzes Haar, war modisch und ziemlich knapp bekleidet. Sie hatte einen deutschschweizer Akzent, also antwortete ich ihr auf Deutsch. »Ja, gefällt mir gut.«

»Oh, du sprichst Deutsch, wie angenehm!« Die Frau lächelte. »Willst du etwas zu trinken? Ich lade dich ein.«

Ich schaute in meine lauwarmen Bierreste. »Gerne, ein Bier.«

Die Frau ging zur Theke, sie hatte einen knackigen Arsch und strahlte Bestimmtheit aus. Entzückend. Als sie mir das Bier reichte, deutete sie auf die Menschenmenge. »Ich habe gehofft, dass bei euch mehr Lesben im Ausgang sind.«

Ich betrachtete ihr Gesicht mit dem schmalen, aber schön geschwungenen Mund. »Wie du sehen kannst, ist es bei uns das Gleiche – wahrscheinlich ‘andelt es sich um ein weltumspannendes Problem. Frauen sind bekanntlich für die Brutpflege geschaffen, da nützt selbst die Abwesenheit von Mann und Kind nicht viel. Will man glauben, was man liest, sind‘s wohl die Gene, die uns an den ‘erd zwingen.«

»Was für schreckliche Aussichten! Da kann ich nur hoffen, dass du gentechnisch verändert worden bist.« Sie grinste leicht anzüglich.

»Ja, in der Tat«, sagte ich und lächelte zurück. Diese Begegnung war genau das, was ich brauchte, um auf andere Gedanken zu kommen. »Wie heißt du?«

»Karin. Und du?«

»Satine.«

»Du meinst, wie die singende, schwindsüchtige Edelnutte aus *Moulin Rouge*?«

Ich nickte.

Karin schaute mir tief in die Augen, ziemlich unverfroren war sie, und ich ließ meine Lider ebenfalls schwer werden. Sie packte meine Hand, »komm, lass uns tanzen.«

Ich ließ mich aufs Parkett ziehen, Trockeneis waberte über die Tanzfläche, was mich vorübergehend Karins unmissverständlichen Blicken entzog. Das Licht glitt in farbigen Mustern über unsere Körper, ich ließ Karin näher zu mir kommen, sie fuhr mir über den Arm, ich packte sie an den Hüften und drehte sie herum. Lächelnd formierten wir uns zu neuen Tanzfiguren, wir verketteten uns ineinander, lösten uns voneinander, sie schmiegte sich an meinen Rücken, ich tanzte um sie herum. Die Bässe wummerten, der Rhythmus trieb uns an, eine soulige Frauenstimme lockte, klagte und verführte. Was wollte ich mehr, die Frau gefiel mir, sie hatte mich im richtigen Augenblick getroffen, hatte das Richtige gesagt und getan. Irgendwann tanzten wir eng umschlungen, irgendwann starrte Karin auf meine Lippen, als wären sie eines der sieben Weltwunder, ich beugte mich zu ihr und küsste sie. Es war leicht, es war einfach und klar – keine Frau, die mich im Salzwasser stehen lässt, keine Frau, die mich leidenschaftlich küsst und auf Nimmerwiedersehen verschwindet.

Karin rückte von mir ab. »Was ist los? Du bist auf einmal so steif.«

»Nichts, es hat mich bloß am Rücken gejuckt.« Ich lächelte unsicher.

Es war auch leicht, sie mit zu mir zu nehmen. Wir stolperten küssend durch die Wohnung Richtung Bett. Es war einfach, ihre Haut zu erkunden, sie aus den Kleidern zu schälen. Ich umfasste ihre kleinen, wohlgeformten Brüste, als wären sie die ganze Welt. Es begann schon zu dämmern, als ich mit nassem, schwerem Körper entspannt in den Schlaf glitt, in der Nase Karins Liebesduft.

Als ich ein paar Stunden später erwachte, schien das Licht durch die Fensterläden. Es fiel in hellen Streifen über das

Bett, über verwuschelte Haare und ein entspanntes Gesicht neben mir. Ich schluckte schwer. Der Morgen nach der ersten Liebesnacht ist für mich ein Alptraum. Ich fragte mich entsetzt, was die Frau neben mir sucht und wie ich am schnellsten fliehen beziehungsweise sie in die Flucht schlagen kann. An diesem Sonntagmittag hätte ich Karin gerne aus dem Fenster geworfen, ihr Anblick war mir so fremd und machte mir meine Verlorenheit und Heimatlosigkeit noch bewusster. Ich schlich auf Zehenspitzen ins Badezimmer und bespritzte mein Gesicht mit kaltem Wasser.

Karin verabschiedete sich bald. Nachdem sie meinen Gesichtsausdruck gesehen hatte, verschwand sie wortlos unter der Dusche. »Ich gehe jetzt«, meinte sie nachher. »Wenn du willst, kannst du mich ja mal anrufen.« Sie schrieb auf den Rand einer Zeitung Namen und Telefonnummer. »Es würde mich freuen.« Abwägend schaute sie mich noch mal an, dann ging sie.

Eine Woche später rief ich Karin an. Ich traf sie in einem Restaurant, das vollgestopft war mit gemütlichen Ledersesseln. Ihr Haar war an diesem Tag kastanienbraun. »Abwechslung ist das halbe Leben«, meinte sie, als sie meinen Blick auf ihre Frisur auffing.

»Wohl nicht nur in dieser Hinsicht«, gab ich zurück.

»Und wenn es so wäre?«

»Es wäre in Ordnung für mich.«

Sie nippte an ihrem Drink, ich saugte am Orangenschnitz. Karin schaute auf. »Ich finde, wir könnten zu mir nach Hause gehen, zur näheren Begutachtung unserer Situation sozusagen«, sie grinste.

Ich blieb zwei Nächte und einen Tag, den wir auch zur Nacht machten. Auf der Heimfahrt trällerte ich einen Schlager und ließ die Autobahnraser gelassen an mir vorbeiziehen. Eigentlich gefiel mir das Leben wieder ganz gut. Kaum hatte ich das gedacht, kurbelte ich die Scheibe runter und schrie in den Fahrtwind: »Adieu, ihr Haie, sucht euch euer Fressen woanders!«

# 19. Kapitel ___________ Julia

*Ich such nicht Liebe, such das leichte Rätsel.*
*Der Gruß der Unwahrheit nur mich erregt.*
*Ludmilla Wilkina*

Es war soweit. Der Abend der Vernissage brach an. In letzter Minute waren auch die Kataloge noch eingetroffen und stapelten sich jetzt in der Halle, wo schon die langen Tische standen, auf denen sich Salami, Rohschinken, Käse, Oliven, kleine Tomaten, Brötchen und Lachsscheiben türmten. Daneben war eine kleinere Tafel, beladen mit Würstchen, Kartoffelchips, Fischstäbchen, Cola und anderen Kinderträumen. Julia fand, wenn es schon um Kinder ging, sollten die auch etwas davon haben. Julia war am Morgen mit flauem Gefühl im Magen erwacht und jetzt, als sie die vielen Besucher hereinkommen sah, wurde es ihr auch noch flau im Kopf.

Die Mädchen waren da, ihre Großeltern, Berthe mit einer Neueroberung, Freundinnen, Kolleginnen der Kunstvermittlung samt Kindern, Museumsangestellte, Mitglieder der Museumskommission und der Kunstfreunde, Kindergärtnerinnen und Lehrer – die meisten mit Kindern. Julia stieg nervös ein paar Stufen der Treppe hoch, die in der Mitte des Raumes hinaufführte, und hielt die Eröffnungsrede. Während sie sprach, beobachtete sie, wie Besucher sehnsüchtig aufs Buffet schielten. Nach der Rede fühlte sich Julia endlich beschwingt – zu wenig Schlaf, Lampenfieber und Überarbeitung samt Wein wirkten sich in ihr aus, als hätte sie Aufputschmittel eingenommen. Die Kinder rannten durch die Ausstellungsräume – ohne die Kunstwerke zu beachten, steuerten sie ins Spielzimmer. Die Erwachsenen standen mit

Häppchen und Wein herum, drehten den Gemälden den Rücken zu und schauten neugierig in die Menschenansammlung. Ein paar wirklich Interessierte gingen gebückt durch die Räume, sie lobten die Idee, die Bilder auf Kindeshöhe zu hängen und verfluchten insgeheim die aufkommenden Rückenschmerzen.

Julia schüttelte Unmengen von Händen, tauschte allerlei Blablabla aus, knüpfte einzelne interessante Kontakte und manchmal sah sie sich nach Daniel um. Sie bekam von Berthe ein belegtes Brot in die Hand gedrückt, das auf deren Appetit zugeschnitten war. Ihre Mutter bahnte sich einen Weg durch die Masse, im Schlepptau Vater, der seinen Kopf wie üblich in den Wolken trug. Mutter küsste Julias Wange und nahm gleich ein Taschentuch aus ihrer Handtasche, um die Spuren ihres Lippenstifts auf dem Gesicht ihrer Tochter wieder wegzuwischen. »Mein Julchen«, flötete sie – Julia hatte es aufgegeben, ihrer Mutter das »Julchen« abzugewöhnen –, »die Ausstellung ist superbe, wir sind stolz auf dich, nicht wahr, Herbert?«

»Natürlich, auch wenn wir außer vielen Köpfen noch nichts gesehen haben«, bemerkte Julias Vater und zwinkerte Julia zu.

»Omi, schau, ich habe mir ein Brot gemacht!« Denia tauchte neben ihrer Großmutter auf, sie präsentierte stolz ihre Brotscheibe, die mit zwei Lagen Salami, zwei Lagen Rohschinken, drei Lagen Lyonerwurst und einer Lage Lachs beladen war.

»Tochter!«

»Nicht aufregen, Mami, das ist gratis und niemand hat gesagt, dass ich nicht darf«, sie verschwand wie ein Wiesel im Unterholz.

Berthe schubste Julia. »Das ist Leopold«, stellte sie einen dunkelhaarigen Mann mit Schnauz vor. Julia konnte sich nicht erinnern, dass Berthe jemals einen Leopold erwähnt hätte. Leopold quetschte Julias Hand. »Der Hammer, die Ausstellung, der Hammer«, sagte er und schob ein Stück

Käse in den Mund. Julia vermutete, dass er ebenfalls noch nichts von der Ausstellung gesehen hatte.

Julia wurde von Gespräch zu Gespräch weitergereicht, nahm ernst gemeintes und vorgetäuschtes Lob entgegen und nickte Bekannten zu. Irgendwann war dann jeder Besucher satt, jedes Gespräch beendet und alle wichtigen Persönlichkeiten gesehen, die Ausstellung leerte sich zusehends. Einer der Handwerker setzte sich auf das leergefegte Buffet und schüttelte den Kopf: »Ich weiß es ja, dass bei Vernissagen die Kunst nebensächlich ist, aber ich gewöhn mich einfach nicht dran.«

Als sie fertig aufgeräumt hatten, ging die Museumscrew in eine Kneipe. Julia saß Daniel gegenüber und flirtete hemmungslos mit ihm. Es war lange her, seit sie das letzte Mal mit einem Mann geflirtet hatte. Ihr fehlten eindeutig die feinen Zwischentöne, eine gewisse Raffinesse, und der Alkohol machte sie auch nicht gewandter. Alle am Tisch merkten, welche Absichten Julia verfolgte, aber Julia merkte nicht, dass sie es merkten. In ihrer Jagdeuphorie entging ihr zudem, dass der Angeflirtete nicht besonders engagiert auf ihr Werben reagierte. Trotzdem begleitete Daniel sie nach Hause. Vor ihrer Wohnung zog Julia den erotischsten Blick aus ihrem Repertoire und hauchte mit ziemlich schwerer Zunge: »Kommst du noch zu einem Kaffee hoch?«

»Julia, ich habe eine Freundin, ich gehe jetzt besser«, Daniel blickte sie bestimmt an, nur in seinen Augen lag eine Spur Bedauern.

»Nicht mal für einen Espresso?«

Daniel schüttelte den Kopf.

»Oder einen Ristretto, gleich hier?«

»Ich liebe meine Freundin, es tut mir Leid.«

»Aber vielleicht ein kleiner Kuss, das wird deine Freundin nicht stören. Man muss nicht überehrlich sein, finde ich.« Sie näherte sich ihm und machte sich unbemerkt etwas kleiner, damit sie nicht auf ihn hinunterschauen musste. Daniel war beschwipst, milde ausgedrückt, er schüttelte den

Kopf, seufzte und nickte schwach. Also küssten sie, erst auf die Lippen, dann so richtig. Das ging eine Weile so, bis Julia abrupt aufhörte und stotterte: »Ich muss gehen, du kratzt ja, ich muss gehen, tschüss, du kratzt ja«, sie sagte das, als wäre ihr bisher noch nie aufgefallen, dass Küsse mit Männern kratzten.

Im Bett weinte sie sich in den Schlaf, wegen Daniels Abfuhr, weil der Kuss gekratzt hatte, weil die Vernissage gelungen war, weil sie betrunken und noch angezogen unter der Decke lag und weil eine Welt ungerecht war, in der man sich auch noch selber ausziehen musste.

Die Ausstellung wurde ein Erfolg. Schulklassen kamen in Scharen und demolierten in Rekordzeit die Kunstwerke, welche speziell für die Ausstellung geschaffen worden waren. Die Künstler mussten mehrmals herbestellt werden, um ihre Werke wieder in Stand zu setzen. Es kamen Privatpersonen mit oder ohne Kinder, »Bitte berühren« verwandelte das Museum während drei Monaten in eine Kombination aus Bienenstock, Kindergarten und Jugendtreff, das Aufsichtspersonal verwandelte sich parallel dazu in Nervenwracks. Julia war auf der Beliebtheitsskala bei der Aufsicht deutlich gesunken. Das Café verkaufte kübelweise Eis und Tanks voller Sirup. Von Andacht, Stille und Ernsthaftigkeit war in den musealen Hallen wenig übrig geblieben, was Julia als Erfolg wertete, die alteingesessenen Museumsbesucher hingegen als Skandal bezeichneten.

Der letzte Tag der Ausstellung bescherte ihnen einen Besucherrekord. Julia war euphorisch, vor allem, weil »Bitte berühren« nun auch in Hamburg gezeigt werden würde. In der darauffolgenden Woche bauten die Handwerker unter ihrer Aufsicht die Ausstellung ab; schon bald würde die nächste Exposition hier einziehen. Langsam kehrte für Julia der Alltag ein. Sie machte Führungen und arbeitete mit ihrer Arbeitskollegin Luzia an Lehrmaterialien für den Kunstunterricht. Der Juni war ungewöhnlich heiß. Sie ging an den freien Nachmittagen mit den Mädchen ins Schwimmbad, saß unter dem Schatten eines Baumes und wachte darüber, dass Denia den kleineren Kindern nicht die Spielzeuge wegnahm. Denia wusste nur vage, was mein und dein war – oder sie wollte es nicht wissen. Sie riss sich alles unter den Nagel, was nicht festgebunden war. Als Julia sie einmal dabei erwischte, wie sie Kleingeld vom Bücherregal nahm, fragte sie sie, ob sie denn nicht wisse, dass dies Diebstahl sei. Denia sah sie empört an, »ich tu nicht stehlen, wenn ich die paar Rappen nehme« – es waren rund neun Franken –, »ich wohne doch hier!«

»Das Geld habe ich verdient, du musst mich fragen«, entgegnete Julia.

»Aber ich verdiene mir auch mein Geld! Ich trockne das Geschirr ab, ich räume mein Zimmer auf. Ich bringe dich zum Lachen, du kannst mich umarmen und abküssen. Ich versuche mit Lea nett zu spielen, aber die blöde Kuh ist ja eine solche Zicke, da ist das unmöglich. Ich bin dein Fleisch und Knochen, darum darf ich das Geld nehmen!«

»Aha, und warum darfst du in Läden Dinge mitgehen lassen? Auch wegen Fleisch und Knochen?«

»Nein, weil du mir nicht kaufst, was ich will.«

Julia sah die Erziehungsarbeit, die sie bei Denia noch würde leisten müssen, als Mount Everest vor sich aufragen.

An einem Dienstagvormittag machte Julia eine Führung bei den alten Meistern im Untergeschoss. Während sie mit den Ausführungen begann, sah sie aus dem hintersten Raum hellen Lichtschein leuchten. Vermutlich hatte einer von den Handwerkern das Licht dort brennen lassen. Nach der Führung ging sie nachschauen, und während sie in den Raum trat, sagte sie halblaut: »Immer diese vergesslichen Handwerker«, aber da waren zwei unbekannte Menschen, und ihr kam in den Sinn, dass die Sammlung Aeppli hier fotografiert werden sollte. Ein Gemälde lag auf dem Boden, auf zwei Seiten standen große Lampen und darüber befand sich ein riesiges Brückenstativ, an dem eine Kamera befestigt war.

Julia hielt plötzlich den Atem an, aber nicht wegen der imposanten Fotoausrüstung, noch weil sie überrascht war, hier überhaupt jemanden anzutreffen, und erst recht nicht wegen des blonden Mannes, der sie freundlich anlächelte. Sie hielt den Atem an wegen der Frau, die neben dem Bild kniete, in der Hand den Belichtungsmesser, und die jetzt aufsah.

Wie groß ist die Wahrscheinlichkeit, in einem Heuhaufen eine Stecknadel zu finden? Wie groß ist die Wahrscheinlichkeit, eine Flaschenpost aus dem Meer zu fischen, die man vor Monaten selbst hinein geworfen hat?

Die Frau, die aufschaute und erbleichte, war die Frau, die unter Julias Teppich gekehrt lag, die Frau, deren Namen sie aus Läden trieb und Zimmertüren zuschlagen ließ, die Frau, die unmöglich hier sein konnte.

Unmöglich.

Satine.

# 20. Kapitel ____________ Satine

*Immer wieder die Liebe,*
*die mich erhöht und erniedrigt hat*
*und Schnee zurückließ*
*mit einer Fährte*
*weiß Gott wohin.*
*Erika Burkart*

Ich saß auf den Knien, mit dem Rücken zur Tür, und hielt den Lichtmesser über das Bild, als sie hereinkam. Ich hörte sie nicht, sah nur, dass Olivier ein freundliches Lächeln aufsetzte. So drehte ich mich um. In meiner Erinnerung drehte ich mich ewig, in Zeitlupe, ich drehte mich, mein Blick schweifte über Olivier, die Lampe, die weiße Wand und stoppte bei der Person, die im Eingang stand, und es war unglaublich. Ein unglaublich schlechter Witz. Es konnte nicht wahr sein.

Julia!

Ich starrte sie ungläubig, ich starrte sie entsetzt an, und sie starrte ebenso ungläubig und entsetzt zurück, ich hörte Olivier sagen: »*Bonjour*, ich kenn Sie doch – 'abe ich Sie nicht gesehen schon?« Er überlegte, ich betete, dass er sich nicht erinnerte, aber da begann er bereits zu grinsen: »'aa, jetzt ich weiß es!« Ich warf ihm einen tödlichen Blick zu, der ihn augenblicklich zur Vernunft oder doch wenigstens zum Schweigen brachte.

Julia stand wie angewurzelt da, weiß im Gesicht, und schüttelte langsam den Kopf. Zugleich versuchte sie zu lächeln. »Ich dachte, die Handwerker hätten das Licht vergessen und wollte es löschen. Ihr seid wegen der Sammlung Aeppli da, nicht?« Sie gab sich sichtlich einen Ruck und kam zögernd auf mich zu, sie schaute mir flüchtig in die Augen und sagte dann in beiläufigem Ton: »Hallo Satine, schön, dich wiederzusehen.«

Dass ich nicht lache. Ich wette, sie hätte lieber ein Glas Lebertran getrunken als mir zu begegnen! Sie trat auf Olivier zu, und sie stellten einander vor.

»Woher kennt ihr euch?«, fragte Olivier, das Pseudo-Unschuldslamm.

»Von den Ferien. Kommt ihr voran mit der Arbeit?«

Wir nickten. Ich fühlte mich etwa so wohl wie damals, als ich mit einem Lustmolch in einem engen Lift dreißig Stockwerke hochfahren musste.

Julia wandte sich zögernd an mich: »Und geht's dir gut?«

»Ja, danke«, lächelte ich dünn. Es entstand eine peinliche Pause, dann fragte ich: »Wie geht's den Mädchen und Berthe?«

»Ach, sie spinnen wie immer, aber sonst geht's ihnen prima.« Jetzt lächelte auch sie dünn. Wir schwiegen; kaum zu glauben, dass wir uns auf der Insel stundenlang unterhalten hatten! Wir schauten Wände rauf, Wände runter, spielten mit den Händen, taten ein Schrittchen nach vorn, eines nach hinten, und übten uns in leerem Schlucken.

»Ich muss weiter«, erklärte Julia schließlich. »Wenn ihr Fragen habt, mein Büro liegt im Untergeschoss in der Abteilung Kunstvermittlung.« Sie hob die Hand zum Gruß und hastete zum Ausgang, nur war das nicht der Ausgang, sondern die Tür zu einem Nebenräumchen, in dem Putzmittel untergebracht waren. Julia öffnete die Türe, schaute auf bunte Putztücher und rosa Gummihandschuhe, schloss die Tür leise wieder und eilte – ohne uns eines weiteren Blickes zu würden – zum Ausgang. Ach Julia, du Donald Duck unter den Pfadfindern!

Wir würden Spaß haben, hatte Olivier gesagt, als er mich anrief und mir von dem Auftrag erzählte, wir würden gutes Geld verdienen, könnten wieder einmal zusammen arbeiten, und ich wäre in derselben Stadt wie Karin. Wir müssten eine Sammlung fotografieren, das bedeutete drei bis vier Wochen harte Arbeit, präzises, geduldiges Vorgehen, Pflicht, nicht Kür, für die eigene Kreativität war kein Platz. Olivier wusste, dass ich dieses technische Fotografieren liebte. Die Herausforderung, dem Original so nah als möglich zu kommen, jagte mir den Adrenalinspiegel hoch. Die Vorstellung, in Karins Nähe zu sein fand ich verlockend, es versprach die geglückte Mischung aus Arbeit und Vergnügen zu werden.

Aber wieder einmal passten Vorstellung und Wirklichkeit zusammen wie eine Faust und eine Magengrube.

Wir fingen an einem Montag mit der Arbeit an, es war sehr ruhig, da das Museum montags geschlossen war. In den Pausen schlenderte ich durch die Säle und betrachtete die ausgestellten Werke.

In den vorangegangenen Monaten hatte ich immer wieder an den Fotos von Julia gearbeitet und dadurch so etwas wie ein beruflich-distanziertes Verhältnis zu ihr schaffen können. Ich dachte etwas weniger an sie, war etwas weniger wütend, sehnte mich etwas weniger nach ihr. Nur manchmal suchte sie mich in den Träumen heim, und ich erwachte mit brennender Seele. Ich empfand dann einen Verlust, der sich weit größer anfühlte als damals bei Joëlle, was mich erstaunte und was ich für absurd hielt. Trotzdem war ich in meinem Entschluss unumstößlich: keine Heteras mehr – lieber selber Hetera werden als noch einmal ein solcher Herzkrampf. Karin war der Beweis, dass ich mich in die richtige Richtung bewegte – ich war zwar nur ein bisschen verknallt in sie, aber das würde noch werden.

Alles, was nicht Julia war, bedeutete Fortschritt.

Im Museum hing ein Gemälde mit dem Namen: »Die Versuchungen des heiligen Antonius« von Niklaus Manuel Deutsch – nackte Frauen, Drachen, Skelette, Müßiggänger und Vielfraße fielen über den armen Antonius her, der sich tapfer dagegen verteidigte. Als Julia den Saal verließ, sah ich vor meinem inneren Auge das Antoniusbild, nur stand ich an seiner Stelle und wehrte mich gegen ein Heer von Julias, Joëlles und Billies. Dieses Bild bewahrte mich davor, die ganze Fotoausrüstung kurz und klein zu schlagen – ich sagte mir innerlich: Stark wie Antonius, unbeugsam wie Antonius, siegreich wie Antonius!

»Sag schon, ist da nicht eben der Grund deiner bitteren Tränen rausmarschiert?«, fragte Olivier dämlich.

Ich zischte: »Ja, das ist sie, etwas dünner und mit kürzerem Haar. Die Frau, mit der ich *nie mehr irgendwas* zu tun haben will, kapiert?«, und trat gegen die Fototasche, die, weil sie leer war, in hohem Boden durch den Raum flog.

»Ich hab doch gesagt, dass das Schicksal euch wieder zusammenführen wird«, triumphierte Olivier. »Bin mal gespannt, wie das mit euch weitergeht.«

»Überhaupt nicht wird das weitergehen, ich mache hier meine Arbeit, in der Freizeit treffe ich mich mit Karin und damit basta!«

»Sie ist eine interessante Erscheinung«, erwiderte Olivier.

»Dann greif zu. Da sie abgenommen hat, kommt sie ja deiner magersüchtigen Traumfrau nahe, nur mit dem Alter wird's wohl hapern«, entgegnete ich bissig.

Olivier zuckte mit den Schultern. »Ich werde sie mir jedenfalls aus der Nähe betrachten. Will doch wissen, wer meine Satine so leiden macht.«

»Wenn du ihr was über mich erzählst, bringe ich dich langsam und unvorstellbar brutal um, Cousin hin oder her.« Ich machte eine Drohgebärde in seine Richtung, doch Olivier grinste nur.

Für den Rest des Nachmittags war ich nicht mehr zu gebrauchen. Olivier übernahm kommentarlos die Regie, ich machte Handlangerarbeiten. Julia sah immer noch anziehend aus, aber auch erschöpft, vielleicht wegen der Ausstellung, von der sie erzählt hatte. In meinem Hinterkopf huschte der kleine lächerliche Gedanke vorbei, dass sie vielleicht wegen mir ...?

Von Zeit zu Zeit schaute mich Olivier fragend an, und ich

ließ ihn fragend schauen. Vor dem Museum verabschiedete ich mich von ihm mit der Bemerkung, dass ich allein sein wollte. Er lächelte vorsichtig. »Bis später dann im Hotel«, meinte er und schlenderte davon. Ich schaute ihm nach. Olivier war unfähig, wie ein normaler Mensch zu gehen, er konnte nicht laufen, nicht hetzen, nicht hasten – er konnte nur schlendern, jedenfalls sah es so aus, als würde er schlendern. Er konnte rasend schnell schlendern, aber es sah immer noch so aus, als mache er einen Sonntagsausflug. Schon mancher hatte ihn wegen seines Schlendergangs unterschätzt. Einen Olivier Barrault aber sollte man nicht unterschätzen und auch keine Satine Barrault. Ich würde mit Anmut und Grazie vier Wochen in der Nähe dieser Julia Irgendwer hinter mich bringen. Schlendernd, gewissermaßen.

Aus unerfindlichen Gründen musste ich an meine Eltern denken und wie sie damals auf mein Coming-out reagiert hatten. Vater umarmte mich: »Du bist der beste Ballen Satin, den ich jemals besessen habe. Roll du ihn nur aus, wo du ihn ausrollen willst.« Mutter hingegen rastete aus; sie verbot der ganzen Familie den Kontakt zu Joséphine. Das Verbot wurde keine Sekunde befolgt. Die Berliner Tochter aus gutem Hause tat sich weiterhin schwer. Sie war eine Frau der vollendeten Ästhetik oder von dem, was sie dafür hielt. Also sagte sie: »Küss *nie* in meiner Anwesenheit eine Frau! Zwei Busen, so nah aneinander, tu mir das nicht an!«

So ist meine Mutter.

Nachdem sie Joëlle das erste Mal gesehen hatte, war ihr Kommentar: »Pass auf, Joëlle ist wie ein Kamel, kaum hängen die Höcker runter, säuft sie im nächstbesten Wasserloch.« Damals wurde ich wütend. Heute weiß ich, dass sie so unrecht nicht hatte. Mutter erwies sich übrigens als lernfähig. Als ich nicht mehr nach Hause kam, aus Protest, weil sie Joëlle an Weihnachten nicht eingeladen hatten, schickte sie mir eine Karte mit der Bitte, einen Blick in ihren Garten zu werfen. Was ich auch tat und was mich ordentlich verblüffte: Sie hatte eine Regenbogenfahne gehisst, die nun munter im Winde wehte! Als ich sie später fragte, wie sie den Mut fand, öffentlich zur Homosexualität ihrer Tochter zu stehen, meinte sie: »Ach, weißt du, außer den Homosexuellen weiß niemand, was der Regenbogen bedeutet. Als die Nachbarn nach der Flagge fragten, sagte ich, der Regenbogen sei Teil meines Berliner Familienwappens.«

Meine Berliner Großmutter, die Chansonnière gewesen war und nichts besseres wusste, als einen Schnürsenkelfabrikanten zu heiraten, strahlte, als ich meine gut eingeübte Coming-out-Show aufführte. Wortlos ging sie zur Kommode und holte ein Foto aus der Schublade hervor. »Für dich, Mädel.«

Auf dem Foto war Oma abgebildet, als sie etwa achtundzwanzig war. Splitternackt posierte sie und schaute kess in die Kamera. Oma lächelte schelmisch. »Das Bild hat die Lore gemacht, meine große Liebe. Sie hat einen Bombenangriff in Berlin nicht überlebt.« Wehmütig schaute sie auf das Foto. »Mit ihr war es der Himmel auf Erden.«

»Und Großvater?«

»Sagen wir es so: Wenn Lore ein Cadillac war, war dein Großvater ein VW-Käfer. Mit beiden konnte ich fahren, nur war‘s im Cadillac eleganter, gemütlicher, schicker. Egon hat mir ein gutes Leben ermöglicht, Lore war die Ekstase.« Ohne ein weiteres Wort zu verlieren ging sie in den Garten hinaus und begann Rosen zu schneiden. Ich glaube, sie weinte, während ich die Neuigkeiten zu verdauen versuchte, dass meine Großmutter eine Frau geliebt hatte!

Wie gerne würde ich auf dem Sterbebett sagen können: Ich hatte einen Cadillac von einer Frau, ich habe Ekstase kennen gelernt, ich habe geliebt, ich wurde geliebt, das Leben hat sich gelohnt. Meine Freundin Lavinia behauptete, dass ich zu sehr auf die Liebe fixiert sei. Beziehungen wären so wichtig nun auch wieder nicht, in unserer Zeit der Lebensabschnittspartner sowieso. Wie ich dieses Wort hasse – Lebensabschnittspartner, kurz LAP. So können nur Menschen sprechen, die alle Hoffnung auf eine erfüllende Liebe aufgegeben haben. Würde ich einmal sagen müssen: Ich habe eine Menge LAPs gehabt, kenne jede erdenkliche Liebesposition, jeden möglichen Grund, sich zu trennen, jede Nuance eines Streits, jede Facette der Enttäuschung? Würde ich sagen müssen: Ich habe ein paar starke Fotos geschossen, aber meine Liebe ins Nichts verpulvert? Oh nein, auf meinem Sterbebett will ich sagen können: Ich habe geliebt, ich wurde geliebt und ich habe ein paar gute Fotos gemacht – in dieser Reihenfolge.

Ich würde stark sein. Dieses Vorhaben bekräftigte ich mir auf meinem Spaziergang am Fluss entlang. Ich würde die Begegnung mit Julia als Prüfung nehmen, ich würde beweisen, dass die Heten bei mir ausgespielt hatten. Ich würde ein schmerzhaftes Kapitel in meinem Leben abschließen, dann wäre ich für die wahre Liebe gerüstet.

Als ich am nächsten Morgen erwachte, dachte ich zwei Dinge. Erstens: Ich werde Karin heute wiedersehen und darauf freue ich mich wahnsinnig; zweitens: Ich will heute nicht Julia treffen. Wenn ich ehrlich bin, so muss ich gestehen, dass ich den zweiten Gedanken zuerst dachte. Ich hörte Mauersegler über die Dächer jagen, sie kreischten, und dieses Kreischen bedeutet für mich Sommer. Ich sah durchs Fenster Schafe weiden – ich befand mich mitten in einer Stadt, und draußen blökten die Schafe, phantastisch! Olivier und ich gingen zu Fuß zum Museum, er schlendernd und ich mit jedem Schritt nervöser. Wenn ich nur nicht Julia sah! Olivier langweilte mich mit einer Geschichte, die am Vorabend vielversprechend begonnen und spätabends erfolglos geendet hatte. Er war klug genug, mich mit meinem Gefühlsleben allein zu lassen. Am Vormittag kamen wir zügig voran und machten erst am frühen Nachmittag Mittagspause. Wie könnte es anders sein: Im Café saß Madame Die-ich-nicht-sehen-wollte mit dem Rücken zu mir und unterhielt sich angeregt mit einem Mann. Ich wollte umdrehen und gehen, aber Olivier schob mich vorwärts mit einem »Ich hab jetzt Hunger, verdammt nochmal!«. Also schlich ich an Julia vorbei und setzte mich an den Tisch, der am weitesten von ihr entfernt war. Olivier, dieser Satansbraten, tippte Julia auf die Schulter und grüßte sie freundlich. Julia sah überrascht auf und schaute suchend um sich, bis sie mich entdeckte. Sie nickte mir lächelnd zu.

Gleichgültig, wann ich durchs Museum ging, egal mit welcher Strategie ich Julia zu umgehen versuchte, ich begegnete ihr! Ich sah sie, als sie Führungen leitete, ich sah sie mit der Direktorin die Treppe runterkommen, ich traf sie, als sie mit einer Arbeitskollegin die Treppe hoch stieg, sah sie mit einer Schulklasse an unserem Raum vorbeigehen. Und jedes Mal, wenn wir uns begegneten und sie mir unverbindlich-freundlich zulächelte, wurde ich wütender. Und wütender. Ich mutierte zu einem Pulverfass, zu einem Dampfkochtopf, den man auf der Herdplatte vergessen hatte, zu einem Vulkan kurz vor dem Jahrhundertausbruch.

Am Freitag war ich am Ende. Ich war heilfroh, zwei Tage dieser Hölle fernbleiben zu können. Es war Mittag, als ich das Untergeschoss durchquerte, um einen Kaffee trinken zu gehen. Ich trottete misslaunig durch die Gänge, da schoss Julia um die Ecke, mir entgegen. Kaum hatte sie mich gesehen, setzte sie ihr saudoofes Lächeln auf und verlangsamte ihren Schritt.

Da stob der Funken und entzündete das Pulverfass, dann sprengte es den Dampfkochtopf und jagte den Inhalt an die Decke, der Vulkan brach aus.

# 21. Kapitel ____________ Julia

*Lösch mir die Augen aus: ich kann dich sehn,*
*wirf mir die Ohren zu: ich kann dich hören.*
*Rainer Maria Rilke*

Julia starrte ins Arbeitsräumchen; sie dachte, dass sie am besten hinein ginge und die Türe hinter sich zu schlüge. Sie tat es nicht, sondern fragte sich, wie sie unbehelligt hier wieder heraus käme. Sie versuchte zu rennen, ohne dass es danach aussah, Satine und Olivier ignorierend, die sich vermutlich köstlich amüsierten. Sie hastete durchs Museum und war überzeugt, dass das Leben an diesem Tag einen gewaltigen Systemfehler aufwies und ausgerechnet sie ihm zum Opfer gefallen war. Am Abend ging sie mit Berthe, den Mädchen, mit Rebekka und deren drei Kindern ins Schwimmbad. Unter ihrem Baum sitzend überlegte sie sich, wie sie krank werden könnte. Sie könnte im Pool ein bisschen fast ertrinken oder sich von einer Biene stechen lassen und allergisch darauf reagieren oder eine heftige Sommergrippe vorlegen, Hauptsache, sie konnte dem Museum fernbleiben.

Dass Satine hier war, in *Julias* Museum, an *ihrem* Arbeitsplatz, nachdem sie diese Frau während Monaten erfolgreich verdrängt hatte, war eine Unverschämtheit. Die Chance, Satine wieder zu begegnen, stand eins zu etlichen Millionen. Warum musste sie immer dann das große Los ziehen, wenn es nur einen Haufen Ärger zu gewinnen gab?

Sie beschloss, ihre Mittags- und sonstigen Pausen zu ungewohnten Zeiten zu nehmen und wenn möglich nur noch Hintereingänge zu benutzen. Aber so sehr sie sich auch bemühte, sie sah Satine jeden Tag, meist sogar mehrere

Male, was einmal mehr bewies, dass das Schicksal sadistisch veranlagt war. Am Ende der Woche war ihre psychische Verfassung ruiniert, sie war heilfroh, dass Freitagmittag war und sie ins Wochenende gehen konnte. Sie schloss ihr Büro ab. Vor dem Museum würden vermutlich schon Berthe und die Mädchen warten, sie musste sich also beeilen. Gerade als sie um die Ecke hetzte und sich überlegte, was sie zu Mittag kochen könnte, erblickte sie Satine. Sie waren allein auf weiter Flur, ihr Herz begann zu rasen. Sie verlangsamte den Schritt und hielt Ausschau nach einem Putzkämmerchen, aber da war nichts, natürlich nicht. So setzte sie ein freundliches Lächeln auf und dachte, Pfannkuchen könnte ich heute machen! Pfannkuchen mit Spinat und Käse, für die Mädchen Honig, und dazu Salat!

Als Satine nahe genug war, sagte Julia »Hallo, Satine« und setzte ihren Weg fort; Satine schaute sie düster an, erwiderte aber nichts. Julia wollte schon aufatmen, als sie Satines dunkle Stimme hinter sich hörte.

»Danke der Nachfrage. Ich bin damals in der Nacht nicht im Meer ertrunken. Ich 'abe die restlichen zwei Tage mit netten Beschäftigungen totgeschlagen und, danke der Nachfrage, ich bin gut nach 'ause geflogen! Ja, und danke, mir ist es in den letzten Monaten gut ergangen. Danke auch für die Adresse und die schönen Worte zum Abschied. Danke, dass du mich geküsst und zurückgestoßen 'ast. Danke, dass Madame Deren-Nachnamen-ich-nicht-kenne feige davongerannt und frühmorgens klammheimlich davongeschlichen ist. Danke, dass Madame Deren-Nachnamen-ich-nicht-kenne mich in den letzten Tagen dauernd blöde anlächelt!« Satine schien buchstäblich zu kochen, fehlte nur noch, dass ihr Dampf aus Nase und Ohren stieg. Julias Beine waren weicher als in sämtlichen mündlichen Prüfungen ihres Lebens, das hier war ja auch schlimmer als jede Prüfung. Sie gab sich einen Ruck: »David.«

»Was David!«, schnauzte Satine, »Kannst du auch ganze Sätze bilden?«

»Mein Nachname ist David.«

»David ist ein Vorname, kein Nachname.« Satine schäumte schier.

»David ist mein Nachname!«, erwiderte Julia trotzig.

»Ach, komm!«

»Wenn ich's dir sage – Himmel, muss ich dir auch noch einen Ausweis zeigen, damit du mir glaubst?!«

Satine klopfte mit einem Fuß auf den Boden und zuckte mit den Schultern.

Julia öffnete ihre Tasche und wühlte wütend darin, »also wenn Madame Deren-Nachnamen-ich-ebenfalls-nicht-kenne mir nicht glauben will, da!«, sie öffnete ihre Brieftasche, zog eines der Kärtchen heraus und hielt es Satine vor die Nase. »Bist du nun zufrieden?«

Satine studierte das Kärtchen. »Dr. Alfons Werren, Tierarzt. Ich wusste doch, dass du nicht David 'eißt.« Satine lachte spöttisch.

Julia kramte fluchend ein anderes hervor. »Da!«

»Julia Romana David-Degen. Ich glaub's nicht, dein zweiter Name ist Romana! Deine Eltern waren nicht zufälligerweise Shakespeare-Fans? Jetzt verstehe ich, warum du dich so formvollendet im Meer benommen 'ast. Das Ganze war ja wirklich eine Tragikomödie.«

»Wenn du weiter solchen Unsinn redest, gehe ich«, sagte Julia spitz. Auch ihr Kochtopf begann sich zu erwärmen.

»Geh doch – das ist ja deine Spezialität. Der Name *Julia Romana Angsthase* wäre passender für dich.«

»Madame Deren-Nachnamen-ich-auch-nicht-kenne, könnten wir vernünftig miteinander reden?! Das hier führt zu nichts.«

»Wohin soll es denn führen? Willst du so vernünftig mit mir reden wie damals im Meer?« Sie imitierte Julia: »Ich kann jetzt nicht, ich muss gehen, lass uns später darüber reden! Du hast doch damit gerechnet, dass wir uns nie mehr wiedersehen würden.« Satine stampfte auf, »Pech gehabt, 'ier bin ich! Nicht, dass ich das beabsichtigt hätte, im Gegenteil, wenn ich gewusst ‘ätte, dass du ‘ier bist, ‘ätte ich diesen verdammten Auftrag nie und nimmer angenommen.«

»Dann geh doch!« Das Ventil von Julias Dampfkochtopf stieg.

»Aus den Augen, aus dem Sinn, nicht wahr – wie praktisch für dich! Ich war auf der Insel ein Spielzeug, das du am Schluss abgeküsst hast, und dann, pfft, fort damit.«

»Ich habe nicht mit dir gespielt, außer einmal Backgammon! Du interpretierst das völlig falsch.«

»Dann sag mir, wie ich es interpretieren soll, sag‘s mir! Ist das ein ‘obby von dir, Frauen zu küssen und dann abzuservieren, oder ist es nur eine schlechte Angewohnheit?«

»Nein. Nein! Das war das erste ... Das war ... Was weiß ich, was das war. Es war dunkel, wir hatten Wein getrunken, es war der letzte Abend, wir haben im Meer Unfug getrieben. Was weiß ich, warum ich dich geküsst habe – ich gäbe viel dafür, wenn ich das wüsste. Ich weiß es aber nicht und ich will es auch nicht wissen. Es war ein klitzekleiner Ausrutscher. Meinst du, ich bin stolz auf mich? Meinst du, ich wollte dich verletzen? Ich wollte das nicht, zuallerletzt wollte ich das. Ich geb‘s zu, ich konnte mit der Situation nicht umgehen, und das tut mir Leid. Aber es hat keinen Sinn rückwärts zu schauen.«

»Du machst es dir schon verdammt einfach, Frau Julia Romana David!« Satine schüttelte schnaubend den Kopf.

Julia hatte die Tasche zu Boden gleiten lassen und sich an die Mauer gelehnt, sie starrte Satine an. »Satine, ich bin eine heterosexuelle Frau, Mutter von zwei Kindern! Sicher wollte ich keine falschen Hoffnungen oder Annahmen wecken. Es ist aus weiß Gott welchem Grund passiert, verdammt noch mal!«

»Weißt du, was mich am meisten verletzt ‘at? Dass dir unser Zusammensein keinen anständigen Abschied und keinen Zettel mit deiner Adresse wert war. Für dich sind Menschen vermutlich Gegenstände, die du ‘ervorholst, wenn es dir passt und sie wegwirfst, wenn du genug ‘ast.« Satines

Hals war wie zugeschnürt, die Verletzungen fühlten sich wieder so frisch an. »Wenn ich dich ‘eute anschaue und dir zuhöre, weiß ich nicht mehr, ob mir die Zeit mit dir etwas bedeutet hat.« Sie rieb sich den Handrücken.

Julia schluckte leer. »Heißt das, dass du dich in mich –, bist du eine –«

»Satiiiiiiiiiine!!«

Überrascht schauten die Frauen hoch. Denia und Leandra stürmten auf Satine zu, dahinter erschien Berthe, die suppentellergroße Augen machte. Die Mädchen sprangen an Satine hoch wie junge Hunde. Satine umarmte sie lachend, sie ging in die Knie, die Mädchen plapperten und schrien durcheinander, Satine nickte, fragte, antwortete.

Julia zog es den Magen zusammen. Sie hätte Berthe gerne angeschrien, warum konnte sie nicht draußen warten?! Berthe ihrerseits strahlte, und als sich die Mädchen etwas beruhigt hatten, trat sie zu Satine und schloss sie in die Arme. »Jesses Maria, du bist es wirklich! Die Mädchen haben oft von dir gesprochen, ich fand leider deinen Namen im Telefonsuchsystem nicht, unter Satine hättest du doch erscheinen sollen. Gut siehst du aus.«

Satine grinste, »ich bin nicht registriert, ich ‘abe nur eine Handynummer.«

Julia wandte sich ungläubig an Berthe. »Du hast ihre Telefonnummer gesucht – ich wusste nichts davon.«

»Du bist ja auch immer so böse geworden, wenn wir Satine erwähnt haben«, platzte Leandra heraus, Denia neben ihr nickte.

»Ja, dafür hast du uns verschwiegen, dass Satine hier ist, das ist unverschämt! Aber lassen wir das!«, Berthe legte ihren Arm über Satines Schultern. »Sag mir lieber, wie es dir geht, warum du hier bist.«

Nun erschien von der anderen Seite Olivier. »Satine, was ist los?« Er schlenderte auf die Frauen zu, »wer sind diese Damen?«

Satine stellte Olivier die Mädchen und Berthe vor. Berthe

sagte: »Das Wiedersehen müssen wir feiern, wir laden euch zum Essen ein.«

»Au jaaaa!«, schrien die Mädchen und Olivier doppelte mit einem »Das ist ein gute Idee« nach. Julia und Satine schwiegen betreten, bis sie angeschubst wurden und sich zwangsläufig einverstanden erklären mussten, wollten sie keine Meuterei im Untergeschoss des Museums riskieren. Man einigte sich auf Sonntag Abend. Als die Vier gingen, schaute Satine ihnen hinterher. Berthe redete aufgeregt auf Julia ein, die Mädchen hüpften, nur Madame David trottete lustlos dahin.

Es wurde Sonntagabend, obschon Julia gehofft hatte, dass in dieser Woche der Sonntag ausfallen würde. Julia stand am Fenster und beobachtete das Geschehen unten im Garten. Satine und Olivier waren vor kurzem eingetroffen und sofort von den Mädchen zu Spielen genötigt worden. Satine jonglierte einen Ball mit Füßen, Knien, Schultern und Kopf, Olivier trug die Mädchen umher, sie quietschten vor Vergnügen, Berthe schritt derweil wie eine Walküre im Garten herum. Gott-sei-Dank war dieser Olivier blond, dachte Julia, sonst würde sie wegen der Erotik nicht mal mehr eine Salatschüssel halten können. Satines Haar war länger, es reichte ihr bis zu den Schultern und wellte sich ein wenig; es stand ihr gut, aber kurze Haare hatten ihr auch gut gestanden. Julia seufzte. Sie würde sich heute Abend betrinken und sie würde sich weit weg von Satine setzen. Ja, Frau Angsthase wäre ein passender Namen für sie, sie war wirklich die gelungene Vollendung einer Memme.

Als sie herunterkam, war nur noch der Platz gegenüber von Satine frei, bestimmt hatte Berthe die Sitzordnung forciert! Die erste Hälfte des Abends bestimmten Lea und Denia, sie schnatterten, kicherten, johlten, plapperten und turnten auf ihren Stühlen herum. Berthe hatte Couscous für die Erwachsenen und für die Mädchen Spaghetti alla Diabola gekocht. Olivier bekam von Lea eine Gabel voll Spaghetti in den Mund geschoben, kaute anerkennend und behauptete, noch nie so gute Spaghetti gegessen zu haben, worauf Berthe Julia, die ihre Spaghetti wenig achtete, ein stolzes »Ha!« entgegentrompetete.

Olivier hatte Feuerwerksvulkane mitgebracht. Im Schein der Vulkane beobachtete Julia ihre begeisterten Kinder. Satine stand zwischen den Mädchen und hielt sie an den Händen; einmal schaute sie kurz zu Julia herüber, ernst, fragend, vorwurfsvoll, und da war noch etwas anderes, Undefinierbares in ihrem Blick, das Julia sich schnell abwenden ließ.

Es war beschlossene Sache, dass Satine den Mädchen die Fortsetzung der Geschichte von Naseweis und Schlafmütze erzählen musste. Also ging sie mit Julia und den Kindern nach oben, während Olivier und Berthe über die Qualität verschiedener Spaghettisorten diskutierten. Satine schaute sich kurz um. Sie musste grinsen, als sie sah, dass Julias Wohnung unaufgeräumt war. Überall lagen Kindersachen, Bücher und sonstiger Kram herum, aber es war gemütlich. Während Julia mit Denia die Zähne putzte, assistierte Satine Lea beim Umziehen. Lea erzählte ihr, was Gabriela und sie in der letzten Zeit verbrochen hatten. Und das war einiges! Lea verschwand ins Badezimmer und Denia stürzte sich angezogen ins Bett, erst nach einigem Gerangel schaffte es Satine, sie in den Pyjama zu stecken. Als Lea vom Badezimmer zurück raste und schreiend auf ihr Bett hechtete, sprach Julia ein Machtwort: »Wenn ihr nicht sofort unter euren Decken verschwindet, geht Satine wieder!« In Windeseile verschwanden sie unter dem Duvet und blickten Satine erwartungsvoll an. Satine wusste, wo sie auf der Insel mit der Geschichte aufgehört hatte, die Mädchen hatten es ihr heute mindestens hundert Mal erörtert. »Also, Schlafmütze und Naseweis erwachten aus ihrem Winterschlaf, sie waren voller Energie und bereit für neue Taten …« Während sie erzählte, hob Julia hier ein Kleidungsstück auf, legte dort einen Bären ans Bettende, Satine kam nicht von dem Eindruck los, dass auch sie interessiert zuhörte. Schließlich verschwand Julia doch in die Küche, wo sie Kaffee kochte. Satine glitt in ein Wohlgefühl wie damals auf der Insel, als sie in Julias Appartamento mit den Kindern spielte oder mit Julia diskutierte.

Julia hantierte in der Küche und trug anschließend ein volles Tablett leise durch den Korridor. Als sie Satine gewahrte, die vor der Kinderzimmertür stand, ließ sie es vor Schreck beinahe fallen und sagte: »Der Kaffee ist heiß!« Die Straßenlampe leuchtete zum Wohnzimmer herein, ein Lichtschein fiel bis in den Korridor und ließ Satines eine Gesichtshälfte strahlen. »Das ist erstaunlich«, sagte diese amüsiert. Im Schatten des Korridors kreuzten sich einen Moment lang ihre Blicke. »Gehen wir runter, sonst wird der Kaffee kalt«, sagte Satine und berührte Julia leicht am Arm, Julia roch Satines Parfum, worauf sie das Tablett beinahe ein zweites Mal fallen ließ. Sie gingen in den Garten, wo sich Berthe und Olivier lebhaft unterhielten. Satine grinste, als sie hörte, worüber die beiden diskutierten. »Da 'aben sich offensichtlich zwei Kochfreaks gefunden. Ihr solltet mal zusammen kochen.«

Die Kochfreaks schauten kurz auf, sagten »mmh, mmh« und fuhren mit ihrem Gespräch fort.

Julia lehnte sich zurück und hörte dem Gespräch zu, Satine zündete sich eine Zigarette an. »Kann ich auch eine haben?«, fragte Julia. Satine hielt ihr das Päckchen entgegen und gab ihr Feuer. Julia betrachtete Satines lange Finger, und es war ihr, als wären die letzten Monate nicht gewesen. Mit halbem Ohr hörte sie Berthes Ausführungen über die perfekte Zusammensetzung einer Marinade zu. Olivier wandte sich an Julia. »Und du, was ist dein Lieblingsessen?«

»Blut- und Leberwürste«, antwortete Julia prompt.

»Was?«, Olivier und Satine sahen sie entsetzt an.

Berthe nickte. »Ja, so ist sie, keine Ahnung von *Haute Cuisine.*«

»Das würde ich so nun auch nicht sagen«, erwiderte Julia.

»Aber ich«, entgegnete Berthe mit Nachdruck. »Wenn du in eine Arbeit vertieft bist, könnte man dir faule Eier hinstellen und du würdest sie mit der Bemerkung essen, dass die Mayonnaise etwas scharf sei.«

»Das ist nicht wahr, ich weiß gute Küche durchaus zu schätzen.«

»Einem Kellner hast du mal gesagt, die Suppe sei köstlich, du liebest Safran. Aber es war eine Spargelcremesuppe.«

Jetzt grinsten alle am Tisch außer Julia, die befürchtete, dass die Rede nun auch auf andere ihrer Schwächen käme. Aber Berthe beließ es erstaunlicherweise bei diesem kleinen Seitenhieb. Stattdessen erzählte sie Müsterchen aus dem Heim für schwer erziehbare Jungen, wo sie als Erzieherin arbeitete. »Wenn ein neuer Rotzlöffel eintritt, denkt der: ›Was will denn die olle Dicke da‹, aber spätestens wenn ihn die olle Dicke mit ihren Riesentitten an die Wand gedrückt hat, ändert er seine Meinung. Tittenquetschen ist genial, um den Flegeln zu zeigen, wer hier das Sagen hat.«

»'eißt es nicht, man sollte ihnen vor allem Verständnis und Mitgefühl entgegenbringen?«, fragte Satine.

»Natürlich, aber was die Jungen noch mehr brauchen, ist jemand, der ihnen sagt, wo oben und unten, was mein und dein ist, was sich gehört und was nicht, wo die Grenzen sind und wann sie überschritten werden. Die haben meist Eltern, die durch Abwesenheit glänzen oder Weicheier sind oder so restriktiv, dass sie Nähe und Distanz gar nicht kennen lernen konnten. Man muss im richtigen Augenblick nachgiebig oder streng, verständnisvoll oder strikt, liebevoll oder hart sein. An guten Tagen ist das einfach zu bewerkstelligen, an anderen bist du froh, wenn du heil aus dem Heim kommst.«

»Bist du noch nie angegriffen worden?«, fragte Olivier ungläubig.

»Einmal Brustquetschen hat bis jetzt immer gereicht.«

Julia lächelte, ihrer Ansicht nach war Berthe eine der besten Erzieherinnen im Land. Sie war immer wieder hingerissen, Berthe im Zusammensein mit den Jungen zu beobachten; sie besaß eine natürliche Autorität, eine unglaubliche Wachsamkeit und eine phänomenale Geistesgegenwart. In ihrer Anwesenheit waren die Jungen wie ausgewechselt.

Satine und Olivier blieben lange, rauchten Zigaretten, tranken Wein, Grappa und rauchten und tranken noch mehr Grappa. Als sie dann gegangen waren, trug Julia mit Berthe das Geschirr hinein. Berthe summte ein Lied. Julia lächelte. »Hast dich gut unterhalten?«

»Oh ja, es war ein schöner Abend, ich habe mich so gefreut, Satine wieder zu sehen. Und dieser Olivier ist trotz seiner blonden Haare auch nicht übel.«

»Falls du es noch nicht bemerkt hast, die Haarfarbe hat keinen Einfluss auf den Charakter eines Menschen. Aber das habe ich dir sicher schon mal gesagt.«

»Hast du Julia, hast du.« Berthe schubste sie. »Und wie war's für dich, mit Satine meine ich?«

Julia lehnte sich an den Küchenschrank und wedelte mit dem Geschirrtuch, sie überlegte lange. »Nicht übel«, sagte sie endlich.

»Wow, Julia gibt mir eine Antwort, wenn's um Satine geht, welch ein Fortschritt! Auch wenn die Antwort noch ziemlich dürftig ist.« Berthe lachte.

Am Montag sahen sie einander nicht, Julia hatte am Vormittag eine Sitzung und am Nachmittag frei. Am Dienstag sahen sie einander nicht. Julia ging in Satines Arbeitsraum, um zwei Lehmfiguren vorbeizubringen, die die Mädchen für sie gemacht hatten, aber niemand war da. Am Mittwoch saß Julia vor ihrem Zehn-Uhr-Kaffee, als Satine, Olivier und eine modisch gekleidete Frau mit Kurzhaarschnitt auftauchten. Olivier kam strahlend zu ihr, küsste sie ab und bedankte sich für den schönen Abend. Satine hob beim Vorbeigehen die Hand zum Gruß und nickte lächelnd; sie und die Frau ließen sich bei der Fensterfront nieder, Olivier setzte sich schließlich zu ihnen.

Nicht dass es Julia etwas ausgemacht hätte, weil Satine

nur im Vorbeigang gegrüßt hatte, es war ihr egal. Vollkommen. Die Kurzhaarfrau himmelte Satine an, das war offensichtlich. Aber was kümmerte es sie, wer dort drüben wen anhimmelte? Verstimmt tunkte sie ihre Semmel in den Kaffee, was bemerkenswert war, denn Julia tunkte nie Semmel in den Kaffee und schon gar nicht so lange und gründlich, dass sich der Semmel auflöste und Krumen obenauf schwammen. Plötzlich raffte sie sich hoch und eilte in ihr Büro. Mit den Figuren in der Hand ging sie kurz darauf zu dem Dreiergrüppchen am Tisch und streckte sie Satine und Olivier entgegen. »Diese Figur da, ist für –«, sie kratzte sich am Kopf, »uh, ich weiß nicht mehr, welche für wen bestimmt ist. Jedenfalls haben die Mädchen sie für euch gemacht. Ihr könnt ja um die Schönere würfeln, ich bin mir nicht sicher, welche es ist. Vielleicht die Nasenkrokogiraffe mit dem dicken Bauch? Oder das Affenbrillenpinguinschwein mit den Glubschaugen?«

Satine und Olivier verengten ihre Augen wie professionelle Galeristen. Schließlich sagte Satine: »Ich finde, das Affendingsschwein ähnelt Olivier, ich nehme deshalb die Nasenkrokogiraffe.« Sie nahm ihr Viech ehrfürchtig entgegen, »'erzlichen Dank!« Olivier sah beleidigt zu seiner Cousine: »Du findest, ich 'abe ein solches Profil? Oder sind es die Glubschaugen, die dich erinnern an mich?« Er legte Julia die Hand auf den Arm, »Sag den Mädels *merci beaucoup*.«

Julia nickte. »Ja, und sie lassen fragen, ob ihr Lust habt auf einen Ausflug in die Berge, nächstes Wochenende zum Beispiel.« Gott, was hatte sie eben gesagt? Die Mädels wären bestimmt begeistert von dieser Idee, aber den Vorschlag hatten sie nicht gemacht!

Bevor Satine etwas sagen konnte, platzte Olivier heraus: »Wir kommen gerne. Oder 'abt ihr«, er schaute zu Satine und Karin, »das ganze Wochenende verplant?«

Karin hatte mit halb freundlichem, halb säuerlichem Gesichtsausdruck dabeigesessen, jetzt kippte die Mimik ganz ins Saure. »Samstag bin ich schon anderweitig beschäftigt.«

Olivier strahlte. »Super, wir kommen am Samstag.«

Julia schubste ihn. »Du solltest erst Satine fragen, ob sie überhaupt kann und will!«

Satine nickte zögernd. »Okay, am Samstag gibt's einen Ausflug mit *Pique-nique* und allem Drumherum.«

»Gut«, Julia lächelte, »die genaueren Angaben folgen.«

# 22. Kapitel ___________ Satine

*Bin ich es, der den Bogen spannt,*
*oder ist es der Bogen, der mich*
*in höchste Spannung zieht?*
*Bin ich es, der das Ziel trifft,*
*oder trifft das Ziel mich?*
*Eugen Herrigel*

Wir waren etwas beschwipst, als wir von Julia und Berthe weggingen. Wir schlenderten über die Brücke, der Fluss kroch träge dahin, die Mondsichel hing hoch oben im Nachthimmel. Olivier summte, ich ließ die Gedanken schweifen. Nun ja, schweifen ist wohl etwas übertrieben; wenn meine Gedanken Schwalben gewesen wären, hätte man einen Schwarm über Julias Wohnung sehen können.

»War ein schöner Abend, findest du nicht?«, meinte Olivier.

»Obwohl kein vollbusiges Klappergestell da war, das du hättest anbaggern können?«, fragte ich trocken.

Er machte ein beleidigtes Gesicht. »Sehr lustig! Aber sag mir, wie ist es dir ergangen in der Höhle des Löwen?«

Wir kamen an einem Trinkbrunnen vorbei, ich ging hin, um mit der Hand Wasser zu schöpfen. Olivier stand abwartend da. »Ist deine Entscheidung – *no heteras* – ins Wanken geraten?«

»Nur weil ich Julia ein paar Stunden gegenüber saß – sag mal, spinnst du!?«

»Also bitte, du hast wegen dieser Frau ziemlich gelitten, da liegt diese Frage doch auf der Hand!«

»Nur ist da Karin, die ...«

»... du nicht liebst.«

»Tu ich doch!«

»Tust du nicht, definitiv. Ich kenn dich, Cousinchen, ich seh‘s in deinen Augen, was du für einen Menschen empfindest, und bei Karin reicht der Glanz deiner Augen nicht weit.«

»Das wird sich ändern.«

»Und wie?« Olivier kickte eine PET-Flasche über den Gehsteig.

»Indem ich in die Beziehung investiere.« Es klang auch für mich wenig überzeugend.

»Satine, Liebe ist keine Kapitalanlage!«

»Bei allem Respekt, du bist für mich nun wirklich keine Fachperson in Sachen Liebe!« Ich hakte mich wieder bei ihm unter. »Wie findest du Berthe?«

Olivier grinste mit mäßig interessiertem Gesicht, »kurvig, sehr kurvig.«

»Ja, mal abgesehen davon, falls du von einem solch gravierenden Fehler absehen kannst.«

»Ganz unterhaltsam, lustig, eine interessante Gesprächspartnerin. Aber ich würde mich lieber mit dir über Julia unterhalten. Ihr passt gut zueinander, finde ich.«

Ich stöhnte auf, »hast du Alzheimer oder was: Ich bin mit *Heteras* ein für allemal *fertig*!«

»Einen Freund scheint sie nicht zu haben.«

»Was?!«

»Kein Rasierapparat, kein Aftershave, keine Pariser.«

»Olivier! Hast du geschnüffelt?!«

»Ich? Nein, woher auch! Ich hab ja Augen, und die Kästen waren auch nicht abgeschlossen.«

»Das ist nicht die feine Art!«

»Große Pantoffeln lagen auch nirgends rum.«

»Das will nichts heißen.«

»Oh doch!«

»Das heißt höchstens, dass sie zur Zeit Single ist, und warum verdammt nochmal müssen wir immer und immer wieder über das leidige Thema sprechen?«

Olivier sagte nichts darauf, ich beantwortete mir die Frage innerlich selber: Wir sprachen über das leidige Thema, weil das leidige Thema meine leidigen Gedanken immer und immer wieder besetzte.

Karin sah ich selten, sie war dauernd unterwegs; so blieb für uns wenig Zeit übrig. Es störte mich nicht, eigentlich. Sie hielt mich auf Distanz, aber sie hatte ja von Anfang an gesagt, dass sie nichts Ernsthaftes suchte – sie wollte *fun*, nur das. *Sun, fun and nothing to do*, so in der Art. Mir ist es schleierhaft, wie man das Wort *fun* auch nur in den Mund nehmen kann, es tönt so flach, so abgedroschen, es riecht nach Sonnencreme, nach Surfbrett, knappen Bikinis, einer Horde Martini Bianco trinkender, auf jung getrimmter Menschen, die es lustig haben, ha, ha, ha.

Und ich wurde aus dem Nichts heraus frostig. Wenn Karin und ich uns küssten, spürte ich Lust, aber sobald wir uns dem Höhepunkt auch nur im Entferntesten näherten, ging die Kühlschranktür auf und gleich noch das Gefrierfach, und ich brach ab mit der Bemerkung: »Ich kann 'eute nicht, sorry.« Karin beteuerte, dass ihr das egal wäre, ich dachte, aber mir ist das überhaupt nicht egal, ich will stöhnen und explodieren! Ich brachte mögliche Gründe vor für meine offene Kühlschranktür, den echten Grund suchte ich lieber gar nicht erst.

Drei Tage später sah ich Julia. Wie erstaunt war ich, als sie uns zu einem Ausflug einlud! Das war eine gute Gelegenheit zu beweisen, dass ich ihr gegenüber resistent war, dass ich zur heiligen Antonia mutiert war, immun gegenüber julianischen und anderen heterosexuellen Verführungen und, na ja, ich freute mich wie ein Kind darauf.

Der Samstag war ein Prachttag, der Himmel leergefegt und die Luft so klar, dass wir die Berge sehen konnten, als wir eilig zum Bahnhof schlenderten. Dort kamen uns zwei aufgeregte Mädchen entgegen mit Rucksack und lustigen Sonnenhütchen auf dem Kopf. »Wir gehen am See auf ein Piratenschiff!«, krähte Denia und umschlang meine Hüften.

»Und ich gehe schwimmen«, fügte Lea hinzu. »Da zeig

ich dir, wie gut ich das schon kann. Denia braucht noch den Schwimmring, die Niete.«

Hinter ihr tauchte Julia auf, was mir Herzklopfen bescherte. Zum Glück war ich standhaft wie der heilige Antonius. Sie packte Lea an den Schultern, »willst du zu Hause bleiben und das Kinderzimmer aufräumen oder willst du eine liebe Schwester sein?«

Wir ergatterten uns im Zug zwei Abteile und sahen den Bergen beim Näherrücken zu. Wir winkten den Kühen, Denia spuckte auf Leas Rat hin gegen den Wind, was ihr einen Klatsch ins Gesicht bescherte, Lea wurde erneut das Aufräumen des Kinderzimmers angedroht. Julia schien gelöster zu sein, Olivier saß neben Berthe und diskutierte mit ihr darüber, was in ein richtiges Sandwich hineingehört.

Kaum waren wir angekommen, musste eines der Fräulein schon aufs Klo. Julia verschwand mit Denia hinter den Bahnhof, Lea stand neben mir am Geländer und hüpfte auf und ab, Berthe und Olivier gingen die Sandwiches in der Bahnhofssnackbar begutachten.

Lea schubste mich. »Warum hast du uns nie angerufen?«

»Ich 'atte eure Telefonnummer nicht«, antwortete ich wahrheitsgemäß.

»Hast du keinen Computer, wo man die Telefonnummern nachschauen kann?«

»Doch, doch, aber ich wusste euren Familiennamen ja nicht.«

»Der ist doch ganz einfach – wir heißen David, das weiß jedes Baby.«

»Deine Mutter 'atte vergessen, ihn mir zu sagen, oder ich 'atte vergessen, danach zu fragen.«

»Ich wollte dir Ade sagen, aber du warst nicht da.«

»Ich wusste nicht, dass ihr so früh abreisen würdet, sonst wäre ich gekommen.«

»Vielleicht hast du es vergessen.«

»Nein, nein, deine Mutter 'at mir nichts gesagt, ich schwöre es dir.«

Lea ließ den Oberkörper über das Geländer hängen. »Satine, liebst du Mama?«

»Was?! Ich, was 'ast du gesagt?«

Lea blickte mich ungeduldig an: »Ob du Mama liebst.«

»Ja, also, ich 'abe sie gern, ja.«

»Ich meine anders, so wie Papi Mama lieb hatte, so wie wenn man heiraten will und so. Wie ich Gabriela heiraten werde.«

»Ich …«

»Gell, du liebst Mami, aber du sagst es ihr nicht, weil sie sowieso nur blöd tun würde. Keine Angst, ich sag's ihr nicht, es ist unser Geheimnis. Mich hast du auch gern, gell? Sogar meine Schwester, hab ich Recht?«

Mir brach der Schweiß aus. »Absolut, ich 'ab euch soooo lieb«, und öffnete meine Arme, soweit ich konnte. Ich war wie vom Donner gerührt, vom Blitz getroffen, von einer Schneelawine überrollt – was hatte dieser kleine Mensch eben gesagt? Wie kam sie bloß darauf? Julia bog um die Ecke, Denia raste lachend auf mich zu, ich fing sie auf. Julia schaute mit gerunzelter Stirn auf den Boden. Julia war einfach die attraktivste Frau, die ich kannte. Nicht weil sie im klassischen Sinn schön war, es war vielmehr diese eigenartige Mischung von Weiblichkeit, Eleganz, Orientierungslosigkeit, Intelligenz, Ungeduld und Heftigkeit, die ihr einen unwiderstehlichen Charme verlieh.

Olivier und Berthe kamen von der Snackbar zurück und berichteten von der niederschmetternden Qualität der Sandwiches – eine Information, die niemanden erstaunte und auf die gewiss niemand gewartet hatte. Wir gingen zur Anlegestelle, in einiger Entfernung konnten wir schon das Drachenschiff sehen, auf dem wir fahren würden. Die Mädchen tanzten aufgeregt auf und ab, das Schiff sah auch wirklich beeindruckend aus. In seinem Rumpf war es dunkel, etwa eine Million Kinder schrien, krähten, rannten und kletterten herum, ich war nach der Fahrt taub und todmüde.

Olivier und Berthe entdeckten ihre gemeinsame Leidenschaft für Harley Davidson und besprachen dies eingehend, so blieb mir nichts anderes übrig, als mich mit den Mädchen abzugeben oder neben Julia herzutrotten. Wir wanderten den See entlang, dann den Hügel hinauf mit Sicht auf die gewaltigen, immer noch schneebedeckten Berge, die gelassen in ewiger Zenmeditation verharren und gelangweilt auf uns Ameisen herabschauen. Oben folgten wir dem Hügelkamm, dann musste Julia mal und forderte uns auf weiterzugehen, sie würde uns folgen. Wir schlenderten gemütlich weiter. Als die Bäume den Blick freigaben, hielten wir an, um die Aussicht zu genießen. Der See glitzerte, weiße Dreiecke glitten übers Blau, ich fühlte mich als Teil einer kitschigen Ansichtskarte.

Julia kam und kam nicht, ich hatte so meine Ahnung, woran das lag. Ich sagte den andern, dass ich nach ihr sehen würde, und ging den Weg zurück. Als ich auf der anderen Seite des Hügels hinunterschaute, wurde meine Ahnung bestätigt: Julia hatte den falschen Weg erwischt, ich sah sie einen Pfad entlanggehen, der leicht abwärts führte. Ich begann zu rennen und rief ihren Namen, aber sie hörte mich nicht. Als ich sie schließlich erreichte, war sie verblüfft. »Warum kommst du von hinten, wenn ich euch nachfolge?«

»Rate mal.«

Julia kniff die Augen zu, dann sagte sie: »Mhmm.« Kurzes Schweigen, »sag nicht, dass ich den falschen Weg genommen habe!«

»'ast du.«

Wir kehrten um. Als wir die Weggabelung erreichten, wo gelbe Pfeile in alle Himmelsrichtungen zeigten, fragte ich: »Sagt dir Zenbuddhismus etwas?«

Julia nickte zögernd.

»Zen und die Kunst des Bogenschießens?«

Sie schüttelte den Kopf.

»Im Zenbuddhismus geht es um die Leere, darum, wie man die Leere findet, wie man Teil der Leere wird. Man konzentriert sich in der Meditation auf eine weiße Wand, auf das Nichts und findet so die eigene Mitte und die Mitte von allem. Manche Zenmönche üben sich in der Kunst des Bogenschießens, sie konzentrieren sich aber nicht auf das Ziel, sondern auf die eigene Mitte, und wenn sie die finden, treffen sie von allein ins Schwarze. Manche Mönche treffen sogar mit geschlossenen Augen. Was ich sagen will: Vielleicht könntest du dich besser orientieren, wenn du dich erst auf deine Mitte konzentrieren und dann den Weg wählen würdest.«

Julia rümpfte die Nase.

Ich fuhr unbeirrt fort. »Zenbuddhismus ist eine Methode, wie du mit dem Leben umgehen kannst, wie du der Wahrheit etwas näher kommst.«

»Welcher Wahrheit?«

»Welches der richtige Weg ist, warum wir leben, was ist, wenn wir nicht mehr sind. Die Wahrheit über das Wesen des Lebens und des Todes, unserer Seele, des Atmens, des Seins.«

»Klingt unglaubwürdig und wirr, aber interessant. Also, wie geht das?«

Ich führte Julia direkt vor den Wegweiser, »dir ist vermutlich nicht ganz klar, wo die andern auf uns warten?«

Julia nickte.

»Welchen Weg würdest du nehmen?«

Julia zeigte in die Richtung, aus der wir ursprünglich hergekommen waren.

Ich legte ihr die Hände auf die Schultern. »Okay, jetzt schließ die Augen, konzentrier dich auf deinen Bauchnabel. Lass die Energie dorthin fließen, und wenn die Aufmerksamkeit weggehen will, dann machst du mit ihr gemütlich einen großen Bogen und kehrst wieder zu deiner Mitte zurück. Wenn es dir dann vorkommt, als ob du zentrierter bist, öffnest du Augen und folgst dem ersten Impuls.« Ich nahm meine Hände von ihren Schultern und wartete ab. Ihr Gesicht wurde ruhig und konzentriert, ich betrachtete die feinen Fältchen um ihre Augenwinkel, die Andeutung der Lachfalte, die gerade Falte zwischen ihren Augenbrauen.

Nach rund fünf Minuten öffnete Julia die Augen, drehte sich um und lief, ehe ich sie daran hindern konnte, frontal in den Pfeiler hinein.

»Autsch, Sakrament, verdammtes Scheiß-Zen!!«

»Julia, 'ast du dich verletzt?!«, rief ich entsetzt.

Sie winkte ab.

»Das war schon ganz gut. Schau«, beeilte ich zu sagen, »du bist vom richtigen Weg nur noch fünfundvierzig Grad entfernt. Vorher waren es hundertachtzig!«

Julia rieb sich zornig die malträtierte Stelle am Kopf. »Daneben war es trotzdem.«

»Aber auch nahe daran. Wenn du übst, wirst du immer besser.«

»Willst du aus mir eine Zen-Nonne machen?«, Julia blieb skeptisch.

»Es ist eine Methode, die dir helfen könnte. Probier sie aus und du wirst verstehen, was ich meine.«

Wir gingen zu den anderen, schweigend, und das Schweigen war schön, ich hätte am liebsten geheult, so schön fühlte es sich an.

Nach dieser Wanderung war es wie damals nach dem Tanz im Regen. Ich gab einige meiner Widerstände auf und Julia ihre scheinbar auch, was dazu führte, dass wir uns jeden Tag sahen, absichtlich oder unabsichtlich. Wir trafen uns im Café; wenn Julia auch am Nachmittag arbeitete, gingen wir in der Mittagspause an den Fluss und aßen Sandwiches. Meistens war Olivier mit von der Partie, ein oder zwei Mal erschien auch Berthe. Stillschweigend waren Julia und ich übereingekommen, die Vergangenheit ruhen zu lassen. Was zählte, war die Gegenwart. Und in der fühlte ich mich zum Glück so stark wie der heilige Antonius. Ich würde meinem Schwur – *no* Haie *anymore* – treu bleiben. Attraktive orientierungslose Mütter hin oder her.

# 23. Kapitel ________ Julia

*Küss nochmals mich, küss wieder, küss mich gut,*
*gib einen Kuss mir, süßer als bisher.*
*Louise Labé*

Am Abend des letzten Arbeitstages gingen Satine, Olivier, Julia und Berthe zusammen aus. Das bescherte den beiden Frauen ein Déjà-vu, aber sie hatten sich im Stillen geschworen, dass der Abend diesmal im Unterschied zu jener Nacht im Meer erfreulich enden würde. Da noch andere dabei sein würden, wären sie sicher vor allfälligen Unregelmäßigkeiten.

Julia saß am Nachmittag im Wohnzimmer auf dem Boden und tat etwas, was sie selten tat: Sie glotzte TV. In einer Stunde würde sie los müssen, um Denia von der Kinderkrippe abzuholen. Sie zappte lustlos durch die Sender, bis sie bei einer Befindlichkeitsshow hängen blieb. Sie hasste Sendungen, in denen Menschen vor einem Millionenpublikum ihre Geheimnisse, Laster, Abnormitäten und Perversionen preisgaben. Ihr war das peinlich, sie stellte sich vor, wie diese Leute nach Hause zurückkehrten und nun die ganze Nachbarschaft wusste, dass sie magersüchtig, bulimisch, sexsüchtig, drogenabhängig, HIV-positiv oder was auch immer waren. Sowas kam einem sozialen Kopfschuss gleich! Bevor sie weiterzappen konnte, läutete das Telefon, und während sie mit ihrer Mutter besprach, wann sie die Mädchen vorbeibringen würde, sah sie, dass sich eine junge Frau von siebzehn oder achtzehn Jahren neben den Moderator hinsetzte. Sie sah nervös aus, strich sich dauernd das Haar aus dem Gesicht. Was mochte der Grund sein, dass die in der Show war? Julia beendete das Telefonat so rasch als möglich, drehte den Fernseher wieder lauter und schob sich eine Handvoll Erdnüsschen in den Mund.

Die junge Frau hieß Vera und wollte ihrer besten Freundin etwas gestehen. Musik ertönte, eine andere junge Frau, sehr sympathisch, kam herein, auch sie nervös, und nahm gegenüber von Vera Platz. Der Moderator sagte: »Okay, Vera, nun bist du an der Reihe.« Vera stand zitternd auf und näherte sich ihrer Freundin. »Also, was ich dir schon lange sagen wollte, aber nicht gewagt habe, weil ich echt Angst hatte, dich deswegen als Freundin zu verlieren, und das wäre schlimm, das Allerallerallerschlimmste, was ich mir vorstellen kann, weil seit fünf Jahren sind wir doch die besten Freundinnen, und ich habe jede Minute genossen, hey, es war und ist einfach megasuper mit dir. Aber die Sache ist die«, Vera sah aus als würde sie gleich umkippen, »meine Gefühle für dich haben sich verändert, schon lange, aber ich habe dir das nicht sagen können, du wärst sonst davongerannt und nie mehr zurückgekommen. Das wirst du bestimmt auch heute machen, aber ich kann und will es einfach nicht mehr verschweigen, sonst drehe ich voll durch.« Sie schluckte schwer, ihre Freundin sah sie erwartungsvoll an. »Die Sache ist die: Wanda, ich liebe dich, als Freundin, aber ich liebe dich auch als Frau, ich sehne mich nach einer echten Beziehung mit dir, ich will mit dir zusammensein, so richtig, ich liebe dich leidenschaftlich, ich –«, sie brach ab.

Wie ergreifend! Diese Vera machte ihrer Freundin vor laufender Kamera, vor einem riesigen Publikum eine Liebeserklärung! Julia hielt den Atem an. Die Kamera zoomte näher auf Wanda, die verstört und mit weit aufgerissenen Augen in ihrem Sessel saß. Langsam stand sie auf. »Aber, aber – ich ..., mein Gott! Ich liebe dich doch auch, ich meine so richtig, hab es dir bloß nie gesagt, aus demselben Grund wie du, ich fass es nicht, das ist, das ist Wahnsinn, unglaublich, Wahnsinn!«

Einen Moment lang war es totenstill, dann fielen sich die beiden Frauen unter tosendem Applaus des Publikums überglücklich in die Arme. Es war wirklich unglaublich, es war ergreifend, romantisch, berührend, schön, wahr, wunderschön, überwältigend. Julia hatte sich auf dem Sofa nach vorne gebeugt und ein Kissen an sich gedrückt, die Härchen im Nacken und auf den Armen hatten sich ihr aufgestellt, es durchfuhr sie kalt und heiß. Auch als die zwei Frauen verschwunden waren und der Moderator die nächsten Kandidaten ankündigte, sogar während des Werbeblocks krallte sich Julia immer noch ins Kissen, mit offenem Mund, die Erdnüsschen noch immer halb zerkaut. Julia schluckte erst beim zweiten Werbeblock, als das Telefon läutete und die Kleinkindererzieherin fragte, ob sie noch vorhabe, ihre Tochter abzuholen.

Während sie durch die Stadt raste, streiften ihre Gedanken Satine, und sie fragte sich einmal mehr: War der Kuss im Meer für sie der erste dieser Art oder eben nicht? War die modische Puppe, mit der sie im Museumscafé aufgetaucht war, ihre Geliebte?

Sie lud Denia ins Auto und raste zurück nach Hause, wo auch schon Lea ungeduldig wartete. Sie habe Hunger, motzte die Kleine, und wann sie endlich zu Großpapi gehen würden, und die Schule wäre Scheiße, immer das Herumgesitze. Im Auto motzte sie weiter, wann Julia endlich Auto fahren lerne, das ewige Gerüttel gehe ihr auf die Nerven. Julia versuchte etwas Autoritäres zu sagen, aber Auto fahren und autoritär sein war für sie zu viel auf einmal, also fluchte sie über den Trottel vor ihr, der nicht vorwärts machte.

Julias Mutter empfing sie unterkühlt, sie küsste an Julias Wangen vorbei in die Luft und umhüllte sie wie üblich mit einer Parfumwolke, die intensiv wie ein Desinfektionsmittel war: »Seit einer halben Stunde bin ich mit dem Essen fertig und ihr taucht erst jetzt auf! Das Gratin ist trocken und hart geworden!«

Lea raste mit einem »Ich geh mal schauen, was Opi macht« in den unteren Stock. Denia ging schnurstracks zum Putzschrank und holte den Teppichfransenkamm heraus.

»Omi, gell, du hast die Teppiche heute noch nicht gekämmt?«

»Aber doch nicht, wenn ich weiß, dass mein Sauberspätzchen kommt!«, flötete Julias Mutter.

Denia begann die Teppichfransen im Salon zu kämmen, Teppichfransenkämmen war ihre Leidenschaft, zur großen Freude Omas und zum Ärger Julias. In ihrer Kindheit hatte sich Julia von der Putzwut ihrer Mutter tyrannisiert gefühlt, und kaum war sie dieser Ordnungshölle entkommen, gebar sie ein Putzmonster.

Julia half beim Aufdecken, ihre Mutter tischte die letzten Neuigkeiten auf, wer geheiratet und wer einen neuen Job gefunden, ein Kind oder eine Zyste bekommen hatte und dass Brändles Jüngster jetzt auch den Doktortitel hätte, und er wäre ein sympathischer Mann, ob Julia sich nicht mal mit ihm treffen wollte.

Lea erschien mit Großvater an der Hand. Sie wollte Zoologin werden und half ihm bei seinen Experimenten im Garten und im Keller. Oma schaute missbilligend auf die Hände ihres Mannes und ihrer Enkelin. »Habt ihr sie gewaschen? Ihr werdet sicher etwas Grässliches angefasst haben!«

Seufzend marschierten sie zum Spülbecken. Für Julias Vater war Dreck ebenso inexistent wie Sauberkeit. Als ehemaliger Professor des Zoologischen Instituts interessierte er sich vor allem für alles Krabbelnde und Fliegende, nur nicht für saubere Teppiche oder die Haare seiner Frau, die neuerdings rosa-blond gefärbt waren, was Julias Mutter nach Ansicht ihrer Tochter zu einer zweiten Barbara Cartland machte. Julias Mutter sah sogar beim Gärtnern wie aus dem Ei gepellt aus. Während sie vielfältige Kontakte innerhalb der gutbürgerlichen Gesellschaft pflegte, Bridge spielte, in einen Lesezirkel ging und mit Freundinnen Golf spielte, brütete ihr Mann über wissenschaftlichen Büchern oder informierte sich im Internet über den neuesten Stand der Forschung. Von außen betrachtet waren die Degens eine Walt Disney-Familie – proper, freundlich, einfach beneidenswert. Die Eltern sprachen sich noch heute mit Schatz, Liebe und Häschen an, die Töchter waren gut erzogen, die Enkelkinder einfach süß. Einzig Julias Scheidung warf einen Schatten auf die Idylle und ein paar andere Details wie Julias Freundschaft zu Berthe, ihre Passion für Kinderzeichnungen und ihr schlampiger Haushalt.

Vor Jahren hatte Julia den Film *Der Rosenkrieg* gesehen, in dem Kathleen Turner und Michael Douglas sich erst leidenschaftlich liebten, sich dann gegenseitig das Leben zur Hölle machten. Er pinkelte auf ihren Fisch, der im Backofen brutzelte, sie tischte ihm den geliebten Hund als Pâté auf, er überfuhr ihre Katze, wenn auch nicht absichtlich, sie überfuhr mit ihrem Jeep seinen kleinen Oldtimer. Sie kämpften verbissen ums Haus, bis sie mit dem Kronleuchter in den Tod stürzten. Julia kam aus dem Kino und dachte, wow, meine Eltern haben in einem Film mitgespielt! Der einzige Bereich, wo ihre Eltern ihre Differenzen offen austrugen, war der Garten. Sie führten eine Mischung aus Stellungs- und Guerillakrieg zwischen Hortensien, Gurken, Holzhaufen und Erdhügeln. Julia konnte sich gut erinnern, wie sich die beiden gegenseitig in Gummistiefeln und mit Gartenschere nachspionierten.

Berthe sagte zu Julias Elternhaus: »Jedes Mal, wenn ich in diese protzige Villa komme, gefrieren mir sämtliche Gefühls- und Empfindungsknospen ab. Ein Wunder, dass du in dieser kalten Umgebung nicht ein Zombie geworden bist. Nun ja, manchmal bist du schon einer.« Worauf Julia ihr die Spülbürste an den Kopf warf.

Die Walt Disney-Familie saß nun im Salon am Tisch auf den Polsterstühlen, die ihre Mutter wegen der Mädchen mit Schonbezügen versehen hatte. Julia war nervös, sie brachte kaum einen Bissen herunter. Mutter beobachtete sie mit vorwurfsvollem Blick. »Zuerst kommst du zu spät und dann isst du das Gratin nicht, weil es wegen dir ungenießbar geworden ist. So habe ich es gerne, also wirklich!«

»Ach Oma, so schlimm ist es auch nicht, du hast schon

schlechter gekocht«, meinte Leandra und trug damit nicht zur Verbesserung der Stimmung bei.

»Mutter, es hat nichts mit deinem Essen zu tun. Ich muss jetzt gehen.« Sie verabschiedete sich von ihren Töchtern und den Eltern und war heilfroh wegzukommen.

Beim Glockenturm traf sie Berthe, Satine, Olivier, Wolfgang, Luzia und deren Freundinnen Martha und Annouk. Sie gingen erst etwas essen, flanierten dann durch die belebte Innenstadt und schauten den Straßenmusikern und -akrobaten zu.

»Was nun?«, fragte Olivier, als es auf Mitternacht zuging. »was 'at euer Nachtleben sonst noch zu bieten?«

»Zum Beispiel eine Outdoor Goa Disco unten am Fluss, da kann man voll abtanzen«, schwärmte Berthe. »Wer kommt mit?«

»Nee, ich geh ins autonome Zentrum, dort gibt's eine weniger technoide Party«, meinte Luzia.

Berthe, Olivier, Wolfgang und Annouk gingen zum Fluss und die vier Frauen ins Kulturzentrum. Satine machte schon den ganzen Abend lang ein missmutiges Gesicht. Sie sagte wenig und wenn, dann war sie kurz angebunden. Mit jedem Schluck Alkohol, den sie trank, wurde ihre Stimmung sichtlich schlechter.

Das autonome Zentrum war ursprünglich eine Militäranlage gewesen; heute waren in dem weitläufigen Riegelgebäude Restaurant, Kino, Konzertraum, Theatertrakt, Werkraum, Bibliothek und ein Frauenraum untergebracht. Luzias vorgeschlagene Disco war eine Frauendisco, was sie zu erwähnen vergessen hatte. Sie stiegen die steile Treppe hoch und gelangten in einen hohen Raum mit freistehenden Balken und Backsteinmauern. Auf einer kleinen Bühne legte eine DJane Musik auf. Hinten befanden sich ein alter Billardtisch und eine Bar. In der Nähe von Julia küssten sich eben zwei Frauen, Julia schaute irritiert weg. Als sie sich zusammen mit ihren Kolleginnen einen Weg zur Bar bahnte, fragte sie sich immer wieder: Was nur tu ich hier?

»Kann ich dich zu einem Drink einladen?« Satine lehnte sich zu ihr hinüber und lächelte das erste Mal an diesem Abend.

Doch bevor Julia antworten konnte, erschien die modische Puppe vom Museumscafé und tippte Satine auf die Schulter. Letztes Mal hatte sie feuerrotes Haar, jetzt war es in Grau mit bläulichem Schimmer gefärbt. Satine grüsste das Püppchen übertrieben freudig, sie küssten sich zur Begrüßung auf den Mund. Julia hatte das registriert, obwohl es ihr egal war, wen und wie lange Satine küsste; nur weil da mal etwas im Meer gewesen war, musste es sie noch lange nicht interessieren. Der Lippenstift passt nicht zu der grauen Haarfarbe, dachte Julia. Sie machte ein gleichgültiges Gesicht, während Satine sich lachend – plötzlich konnte sie lachen! – mit dem Dämchen unterhielt. Satine hatte den Drink für Julia offenkundig vergessen, aber das war Julia schnuppe. Sie bestellte einen Campari Orange und verwickelte Luzia in ein Gespräch über Ittens Farbkreis, was ein deplatziertes Thema war, anschließend besprachen sie die Tanzstile der Frauen. Indessen lachte Satine mit dem Dämchen, aber das war Julia einerlei, sie amüsierte sich mit Ittens Farbkreis prächtig, und der Alkohol sprudelte in ihrem Blut, vielleicht etwas durchsetzt mit Wut, aber das wollte sie so genau nicht wissen. Sie packte Luzia an der Hand, rief: »Komm, lass uns tanzen!« und warf einen Seitenblick auf Satine, die die Welt um sich vergessen hatte. Nur was kümmerte sie das, morgen würde Satine sowieso wieder aus ihrem Leben verschwunden sein.

Julia war kein weiblicher John Travolta. Tanz erinnerte sie an Sport, und Sport war in ihren Augen eben nur etwas für Schwache. Julia hielt sich nicht für schwach, im Gegenteil, seit dem Auftauchen der Grauhaarigen fühlte sie sich geradezu stark. Ein Adrenalinschub jagte den andern, sie hätte Baumstämme ausreißen oder große Lautsprecherboxen dem Dämchen an den Kopf werfen können. Sie durchtanzte den Raum mit Stechschritten und abgehakten Armbewegungen, das monotone, leicht hypnotische Musikstück lieferte den perfekten Hintergrund für ihre Laune. Sie stach kreuz und quer zwischen den Frauen hindurch und immer mal wieder an der Bar vorbei, wo Satine noch mit der andern stand. Julia stieß ein »Ha!« aus. Sie war so froh, dass sie das alles nichts anging, dass sie hinterher nach Hause zu ihren zwei Töchtern gehen und ihr tolles Leben weiterführen konnte. Das Hin- und Herkreuzen war anstrengend, vor allem wenn man kein weiblicher John Travolta war; verschwitzt ging Julia schließlich an die Bar zurück.

Satine und die andere waren verschwunden. Gott-sei-Dank! Julia bestellte ein Mineralwasser und schaute sich um, vermutlich waren sie am Tanzen, dachte sie. Sie blickte ins Gewühl, konnte aber Satine nirgends entdecken. Kein Wunder bei dem Licht! Sie stand eine Weile an der Theke gelehnt und beobachtete die Tanzenden. Es war seltsam, in einer Disco ohne Männer zu sein, oder zumindest ungewohnt; es war nicht schrecklich, sondern einfach ungewohnt, eben seltsam. Sie konnte nicht sagen, ob es ihr gefiel – doch es gefiel ihr, dass sie nicht angemacht und nicht wie ein Stück Vieh begutachtet wurde.

Dann musste sie daran denken, dass Satine morgen abfahren würde und dass sie sich diesmal von ihr richtig verabschieden wollte. Julia trank den Becher leer und umkreiste die Tanzfläche, versuchte im düsteren Licht Satine auszumachen, bei den Sofas und beim Billardtisch und beim Eingang, sie umkreiste das Parkett mehrere Male, schaute und schaute, aber fand sie nicht. Sie kam eben wieder an der Bühne vorbei, als zwei Frauen vor ihr auf die Seite traten und den Blick auf die Bühne freigaben.

Julia blieb wie versteinert stehen.

Satine stand neben der Bühne an einen Pfeiler gelehnt und küsste das Dämchen! Ein paar Atemzüge lang stand Julia wie angewurzelt da, und der Schock spülte Bilder in ihr Bewusstsein: das Meer in der Nacht, die Streits mit Satine, Satines wundervolle Augen, Satines schönes Lachen, der gemeinsame Tanz im Regen, die Foto-Sitzung, das unerwartete Wiedersehen, der Zen-Buddhismus, die Wegkreuzung, Schlafmütze und Naseweis, Satines Lächeln, ihr Duft, Satines Humor, Satines Akzent, Satines geschmeidige Bewegungen, ihr Ordnungssinn, ihr Zorn. Die Erinnerungsfetzen, die Gefühlsfetzen, die Gedankenfetzen und ein paar Erkenntnisfetzen veranstalteten ein einziges Tohuwabohu in Julia, dann brannten ihr die Sicherungen durch. Schnaubend steuerte sie auf die Küssenden zu, riss die Puppe weg und verpasste Satine eine Ohrfeige. Julia hatte nicht überlegt, was sie tun würde, aber das hier fühlte sich gut an. Satine hielt sich verblüfft die Wange und stieß Flüche aus, die aus dem tiefsten Waadtländer Hinterland kamen.

Und ohrfeigte zurück.

Sie standen sich gegenüber, mit brennender Wange, die eine wutschnaubend, die andere mit Augen, zu Schlitzen verengt. Karin schüttelte hochnäsig ihren grau getönten Haarschopf und stampfte mit einem »Das ist mir denn doch zu blöd, spinnt ihr völlig oder was?« davon.

Satine hatte als erste die Sprache wiedergefunden. »Bist du übergeschnappt?!«, schrie sie Julia an.

»Und du? Bei mir hast du Geschmack gezeigt, aber bei der bist du ja wohl übergeschnappt.«

»Was geht's dich an, wen ich küsse?! Nicht den kleinen Zeh einer Amöbe geht's dich was an!«

»Du schuldest mir einen Drink.«

»Was?« Satine hoffte falsch verstanden zu haben.

Julia blickte sie trotzig an. »Du wolltest mich zu einem Drink einladen, und dann kam dieses Püppchen. Mir ist es egal, mit wem du herumturtelst, *to-tal* egal! Aber ich hasse es, wenn man ein Versprechen nicht hält.«

»Das darf nicht wahr sein!«, stöhnte Satine.

»Ist es aber: Du willst mir einen Drink spendieren und beim erstbesten Püppchen, das auftaucht, vergisst du deinen Anstand.«

Satine stöhnte nochmals. »'ier 'aben wir Madame David-

Degen, die geborene Anstandsdame. Bei ihr erhalten Sie den letzten Schliff. Lektion eins: Wie lasse ich jemanden, den ich eben abgeküsst 'abe, im Meer stehen? Lektion zwei: Wie mache ich mich klammheimlich in der Morgendämmerung ohne Abschied aus dem Staub? Lektion drei: Wie entschuldige ich mich dafür Monate später? Lektion vier: Wie mache ich in einer Disco eine Eifersuchtsszene?«

»Ich bin nicht eifersüchtig.«

»Bist du doch!«

»Bin ich nicht!«

»Warum wohl 'ast du mich geschlagen? Sicher nicht um mich wiederzubeleben!«

»Es war ein Reflex.«

»Ein Reflex?«

»Ja, ein Reflex, verdammt nochmal. Wenn man dir ans Knie klopft, schlägt das Bein aus, so was nennt man Reflex.«

»So, und was oder wer 'at an deiner Seele einen Schlägerreflex ausgelöst?«

»Ich habe nicht geschlagen, ich habe geohrfeigt.«

»Antworte mir!«

»Der Drink.«

»Der Drink?«

»Ja, *der* Drink! *Der*, den du mir versprochen hast und den ich *nicht* bekommen habe!«

»Du bist nicht ganz dicht.«

»Mir doch egal, was du machst! Aber *so was* machst du nicht mit mir!«

Satine verdrehte die Augen. »Julia, was willst du? Irgendwas hast du doch mit deinem kindischen Getue beabsichtigt!«

»Dich will ich«, rutschte es Julia heraus, aber kaum hatte sie das gesagt, schlug sie entsetzt die Hände vor den Mund. »I-ich meine i-ich wollte sagen, *n-nichts* will ich, nur meine Ruhe.«

Satine grinste: »Mich willst du? Das sind Neuigkeiten!«

»Verdreh mir nicht die Wörter im Mund – ich will gar nichts, nur meine Ruhe.«

»Deshalb schlägst du mich, weil du deine Ruhe willst?«

»Ich hab dich nicht geschlagen, bloß vielleicht ein wenig geohrfeigt.«

»Antworte mir!«

»Ich-ich-ich–«, Julia deutete auf die umstehenden Frauen, die ihnen amüsiert zuschauten, »ich mag denen nicht länger eine Vorstellung geben.« Damit schlüpfte sie hinter die Bühne. Satine folgte ihr zögernd; sie fand Julia an die Wand gelehnt und an ihrem rechten Arm fingernd, sie war beim Ohrfeigen offenbar an dem Holzpfeiler entlang geschrammt und hatte sich verletzt.

»Da, nimm.« Satine streckte ihr ein Taschentuch entgegen.

Julia presste das Taschentuch auf die Wunde.

Satine stand unschlüssig daneben. Eine Weile standen sie schweigend, die Streitluft war verpufft. Draußen sang eine soulige Frauenstimme von der Liebe, Julia roch Satines milden Duft, den sie so liebte, sie schaute in ihre nachtschwarzen Augen, und ein zweites Mal an diesem Abend brannten ihre Sicherungen durch. Wortlos schlang sie ihren Arm um Satines Hals, zog sie an sich und küsste sie. Das war überraschend für beide, und so reagierten sie instinktiv. Leise aufstöhnend rückte Satine näher zu Julia, sie umschlang deren weichen, festen Körper. Das letzte, was Julia dachte, war: keine Stoppeln, da stören keine Stoppeln! Dann wurde ihr Kopf leer und ihre Beine weich. Sie ließ sich überwältigen von Satines Duft, sie küsste und schnupperte, ging auf in jähem Verlangen, in Körperlichkeit. Sie packte Satine an den Hüften, zog sie näher zu sich, sie tauchte ein in den Kuss, erzitterte unter der Berührung der Zunge. War es die Seele, die sich weitete? War es das Herz, das aufging? Satine vergrub ihr Gesicht in Julias Haar, küsste sie hinter dem Ohr, küsste ihren Hals, und Julia stammelte mit atemloser Stimme: »Ich hab dich so vermisst, Satine, so sehr! Ich hab –«

Satine presste erneut ihre Lippen auf Julias Mund, und Julia machte die seltsame, neue Erfahrung, dass Küssen intim sein kann. Mit Männern hatte sie Küsse sexuell anregend gefunden, aber Satines Zunge berührte Seele, Herz und Geschlecht. So nah, so unglaublich nah. Sie begann zu zittern, ihr wurde schwindlig. Wenn Satine sie nicht gehalten hätte, wäre sie vermutlich zu Boden geglitten. Julias Hände glitten unter Satines T-Shirt, mehr zufällig als absichtlich, strichen über die warme, samtene Haut, den Rücken hinauf, den Rücken hinunter, sie erglühte unter dieser Berührung, etwas im Magen krampfte sich zusammen. Dies hier war einfach und klar, richtig, so richtig. Julia war erschüttert und voller Freude, glücklich, verlangend, brennend, oh ja, sie brannte. Als Satine über ihr Gesicht streichelte, hätte sie weinen mögen, weinen und schreien, aber noch lieber küsste sie weiter und stammelte wieder und wieder, wie sehr sie Satine vermisst hatte.

Doch das Schicksal war nicht gut gelaunt. Es verkehrte die Rollen, es wühlte die Emotionen auf und brachte Satine dazu, Julia plötzlich keuchend von sich zu stoßen und zu sagen: »Nein, Julia, ich will nicht. Ich will nie mehr etwas mit einer ‘etera und ich bleibe dabei.«

Julia schaute sie ungläubig an. Sie war zerzaust, hatte rote Wangen, sie sah zum Anbeißen aus, was Satine nicht entgangen war, aber das würde sie nicht von ihrem Entschluss abbringen. Julia wusste nicht, worüber sie mehr erstaunt war – dass Satine sie weggestoßen hatte oder dass ihr endlich bewusst geworden war, was sie für diese Frau empfand.

»Oh nein, nicht jetzt, wo ich verstehe, was mit mir los ist! Gott, warum war mir das nicht schon lange klar?«

»Du würdest mich wieder fallen lassen.«

»Was?«

»Du bist eine ‘etera, du würdest mich fallen lassen.«

»Warum sollte ich?«

»Weil du eine ‘etera bist, deshalb.«

In Julia stieg die Wut der Verzweiflung. »Woher willst du

so genau wissen, was eine Hetera ist?!«, wetterte sie. »Dass alle immer genau wissen, wer was ist – verdammte Schubladisierung!«

»Bei dir fehlen die typischen Eigenschaften einer Lesbe.«

»Und die wären bitte?«

»Lesben schwärmen für Lehrerinnen, Schauspielerinnen und Mütter. Sie sind chronisch in ihre Freundinnen verliebt.«

»Willst du behaupten, dass du dich an meiner Stelle in Berthe verliebt hättest?!«

»Wen schaust du an, wenn sich im Film eine Frau und ein Mann küssen? Die Frau? Den Mann?«

»Ich –«

»Wen schaust du an, wenn dir ein Pärchen entgegenkommt – die Frau oder den Mann?«

»Das –«

»Schaust du den Frauen ins Dekolleté oder den Männern auf den Po? Was geschieht mit dir, wenn du einer schönen Frau begegnest? Und was bei einem Mann?«

»...«

»Du warst immer mit Männern zusammen, und auf einmal meinst du, dass du dich für eine Frau interessierst. Tönt nicht sehr plausibel. Dir 'at's doch Spaß gemacht mit den Männern, oder? Und du würdest sie wieder wollen.«

Julia lachte sarkastisch. »Natürlich, ich hatte multiple Orgasmen ab Fließband und trieb es mehrmals pro Tag. Oh ja, Satine, ich hatte einige Männer, eine stattliche Anzahl, um genau zu sein. Na und – ist es das, was eine Frau zur Hetera macht, der Sex?«

»Was denn sonst, die Augenfarbe?«

»Ich dachte, es sei die Liebe. Was ist, wenn der Sex heiß ist, aber das Herz kalt bleibt? Ich weiß nicht, ob ich schon immer habe Frauen küssen wollen und ob ich lieber Frauen anschaue. Aber Satine, was spielt das für eine Rolle? Dich will ich küssen, dich!«

»Mit Küssen ist's aber nicht getan, Madame! Was würdest du deinen Mädchen erklären, wenn sie mich am Morgen neben dir im Bett entdecken? Was weißt du davon, wie es ist als lesbische Mutter zu leben? Was sollen deine Töchter ihren Schulkameraden erzählen, wenn sie nach deinem Partner fragen? Was erzählst du deinen Eltern, deinen Freunden? Was weißt du davon, wie es ist zu einer Randgruppe zu gehören? Weißt du, wie viele lesbische Bücher und Filme es gibt, Julia? Ich sag es dir: Es gibt viel zu wenig, was dir Vorbild und Unterstützung für dein Leben sein könnte. Du bist umgeben vom 'eterosexuellen Lebensstil, du 'ast keine Ahnung, wie das ist! 'eute findest du diese Disco spannend – bald wüsstest du, dass es in dieser Stadt kaum eine Alternative gibt, und du beginnst dich tödlich zu langweilen. Du kokettierst mit meiner Lebensform. Du willst mich? Ach was, du willst ein wenig exotisches Prickeln in deinem eintönigen Alltag! Du willst mich, Julia? Nein, du willst ein aufregendes Experiment. Das wäre bestimmt eine interessante Erfahrung für dich, aber ich bin kein Versuchskaninchen. Ein zweites Mal tust du mir das nicht an. Ich 'abe die Geschichte zwischen uns überwunden, also lass mich in Frieden.«

»Aber –«

»Lass es dabei bewenden. Wer weiß, eines Tages treffen wir uns wieder und können Freundinnen sein. Aber nicht 'eute und nicht morgen. Ich gehe jetzt. Adieu, Julia.«

»Du willst wohl sagen, *au revoir*«, sagte Julia tonlos und stützte sich schwer gegen die Wand. Gelähmt schaute sie zu, wie ihr Satine einen letzten, traurigen Blick zuwarf und dann verschwand.

Die Musik wummerte gegen die Mauer, zwei Frauen lachten laut. Julia zitterte. Was nur war geschehen? Satine hatte ihr einen Korb gegeben. Noch nie hatte ihr jemand einen Korb gegeben. Noch nie hatte sie jemanden so sehr gewollt wie Satine. Wie ging das zusammen? Sie wollte Satine, und Satine gab ihr einen Korb. Was war das für eine Logik? Das war nicht logisch, das war ein Witz und zwar ein schlechter.

Sie betrachtete das Blut auf dem Boden, auf ihren Schuhen und mit Erstaunen stellte sie fest, dass der Schmerz in ihrem Herzen ein unbekanntes Gesicht trug. Das machte ihr Angst. Sie schlich aus der Disco, stolperte die Treppe hinunter und fuhr unter Tränen nach Hause.

# 3. Teil Endlich

# 24. Kapitel Satine

*Ich glaube an mein Herz, das ich presse,*
*um das Linnen des Lebens zu färben.*
*Gabriela Mistral*

Ich war high, entzückt, begeistert, stolz, sehr stolz. Ich fühlte mich unverletzlich und göttlich, stark und unschlagbar, ich hatte den Oscar für die beste Kussszene erhalten, den *Grand Prix d'Eurovision de la Kussabbrechen* gewonnen sowie den Nobelpreis für die erfolgreiche Bannung der Haie. Die Selbstachtung und der Respekt klopften an meiner Tür und wollten bei mir einziehen.

Und dies alles nur, weil ich endlich dem Leben klar gegenübergetreten war! Steht nicht schon in der Bibel geschrieben: Bittet und euch wird gegeben, klopfet an und euch wird aufgetan? Nur war das Leben während den Jahrmillionen offenbar schwerhörig und kurzsichtig geworden. Als ich zum Beispiel in meinem ersten Italienurlaub auf einen Baum stieg und rief: ›Voglio delle *donne*‹, schleppt das Leben mir eine *Nonne* heran. Als ich noch lauter schrie, servierte es mir Billie, dann Joëlle. Und schließlich Julia. Wenn ich kreische: Nein, ich will eine *lesbische* Frau, versteht das Leben *läppische* Frau und setzt mir eine davon an jede Straßenecke. Eine *Lesbe*, verdammt nochmal! Das Leben erhört mich und setzt mir eine *Wespe* auf den Arm. Und brächte es einmal das Richtige, würde es damit garantiert an mir vorbei stolpern oder fände mich gar nicht erst.

Nun hatte ich begriffen: Man muss unerwünschte Geschenke dem Leben dankend zurückgeben und halt noch lauter rufen, noch deutlicher werden. Man muss beharrlich sein und Unpassendes zurückweisen, bis man das Richtige erhält. Julia hatte ich laut und deutlich zurückgegeben, auch wenn es mich innerlich fast zerriss. Liebes Leben, danke, aber ich will eine lesbische Frau, verstehst du? Eine les-bische, keine läppische und erst recht keine Julia!!

Ich hatte sie zurückgegeben, und das machte mich high und stolz und alles andere. Mein Leben hatte einen Quantensprung genommen, ich fühlte mich wie die Kohlensäure in der Limonade. Ich fühlte mich so prächtig, dass mich die Menschen mehr beachteten. Nicht dass ich vorher ein Mauerblümchen gewesen wäre, aber wenn ich jetzt einen Raum betrat, wurde ich sofort wahrgenommen. Ich ging durch die Stadt, und die Passanten schauten mir ins Gesicht. Wenn ich etwas sagte, hörte man mir zu. Ich spürte förmlich, wie ein Strahlen und Leuchten von mir ausging, und wie die Menschen davon angezogen wurden. Egal was ich in diesem wunderbaren Sommer auch tat – es gelang mir. Es war einer dieser seltenen Momente im Leben, da jede Gleichung aufging, da sich jedes Kreuzworträtsel bis zum letzten Feld lösen ließ, da ich in der richtigen Schlange wartete und beim Automaten das nötige Kleingeld hatte, da ich immer einen leeren Parkplatz fand und im Kino niemand neben mir Popcorn mampfte. Ich hatte eine Menge Fotoaufträge, obschon Sommerferienzeit war, und meine Freunde luden mich zum Grillen ein.

Ich hätte mir nie träumen lassen, dass der Abbruch eines Kusses etwas so Wunderbares auslösen könnte, es war eine Offenbarung und ein Segen zugleich. Ich bin mit der Auffassung großgeworden, dass ich etwas anpacken und durchziehen muss, um glücklich zu werden. Jetzt hatte ich das Gegenteil getan – es abgebrochen –, und die Tür zum Paradies ging auf. Meine Euphorie ließ Julia verblassen und in weite Ferne rücken, ich war so beflügelt, dass ich über sie und die mit ihr verbundenen Gefühle hinwegflog, ich befand mich auf den letzten Kilometern eines Marathons, die Endorphine jagten durch meinen Körper und betäubten die Schmerzen in den Beinen. Ich war high. Die verschiedenen Teile in meinem

Leben passten auf einmal wie ein großes, wunderschönes Puzzle zusammen, und wenn ein Teil doch nicht ganz passte, half ich mit der Laubsäge nach.

Ich beendete die Affäre mit Karin. Sex ohne Liebe war einfach nichts für mich. Das war wie Musik ohne Bässe, es war, als würde man farbenblind in einem Blumenmeer stehen. Karin ging wortlos ins Badezimmer, holte meine Zahnbürste und Nachtcreme; sie ging wortlos ins Schlafzimmer und kam mit meiner Unterwäsche zurück; sie ging wortlos in die Küche und drückte mir meine Lieblingsmüslimischung in die Hand. Schließlich sagte sie kühl: »Hier deine Sachen. Viel Glück mit der Kuh. Vor allem beim gegenseitigen Ohrfeigen.«

»Es 'at nichts mit ihr zu tun.«

»Ach, wirst du Nonne?!« Karin taxierte mich verächtlich.

»So ungefähr. Im Moment jedenfalls«, entgegnete ich.

Sie schlug die Tür vor meiner Nase zu, hätte ich eine Barbra Streisand-Nase gehabt, wäre die jetzt blau und grün und gelb.

Ach, mein Leben gefiel mir. Ich war erfüllt, und diese Erfüllung ließ mich in Frauen- und Homodiscos gelassen in die Runde schauen. Auf einmal hatte ich die Muße zu warten, die Dinge auf mich zukommen zu lassen. Mit einmal wusste ich, dass es irgendwo die richtige Frau für mich gab und dass ich zu gegebener Zeit auf sie treffen würde. Ich jagte dem Glück nicht mehr hinterher; wenn ihm danach war, konnte es ja mich jagen.

Falls ich je vergessen haben sollte, was ich leidenschaftlich gern tat, so wusste ich es spätestens jetzt wieder: fotografieren. Ich kaufte mir endlich eine Digitalkamera, dazu einen leistungsstarken Computer und einen gebrauchten Farb-Laserdrucker. Während normale Menschen an den milden Sommerabenden den Genfer See entlang flanierten, hockte ich am Computer und arbeitete mich in die digitale Fototechnik ein. Ich ackerte mich durch die Materie, die so ganz anders als das bisher erlernte Fotohandwerk war. In der

Dunkelkammer zu arbeiten war mystisch, geheimnisvoll, eine dunkle Angelegenheit; es war eine sinnliche, handfeste Arbeit. Die aggressiven Lösungen stachen in die Nase, am Vergrößerer musste gehebelt, verstellt und gedreht werden – das alles war greifbar. Das belichtete Fotopapier in den Entwickler zu legen war ein Vorgang, der mich jedes Mal wieder faszinierte: Langsam entstanden aus dem weißen Papier Formen, Schatten, Andeutungen, die sich dann zu einem Bild verdichteten.

Ein Digitalbild hingegen war seltsam körperlos; sobald ich abgedrückt hatte, war es verfügbar. Und einmal im Computer, kann das Foto beliebig verändert werden. Fotografie als Spielerei, durch und durch manipulierbar. Ich arbeitete in den folgenden Wochen parallel mit einer herkömmlichen und einer Digitalkamera, um die zwei Methoden miteinander zu vergleichen.

Wenn ich abends nicht vor dem Computer saß oder bei Freunden angeschwärzte Würste aß, ging ich mit den beiden Kameras an die Strandpromenade und fotografierte. An einem solchen Sommerabend kniete ich am Hafen und nahm Details der Schiffe auf: Segel, Namenszüge, einen verchromten Mast, in dem die Sonne sich spiegelt, die Luken, Sitzbänke, den Baum, die Steuerräder, Ankerketten, das Licht und die Enten auf dem See – als eine Frauenstimme hinter mir sagte: »Guten Abend, Satine.«

Ich kannte die Stimme so gut. »Salut, Joëlle«, sagte ich und wandte mich um. Joëlle stand ein paar Schritte von mir entfernt und lächelte mich unsicher an. Sie trug einen dünnen Sommerrock und eine große, sehr dunkle Sonnenbrille. Das blonde Haar hatte sie hochgesteckt.

»Ist das ein Auftrag?«, fragte sie und deutete auf den Hafen.

»Mehr ein Selbstversuch.« Ich war so überrascht sie zu sehen, dass ich nicht dazukam, nervös oder aufgeregt zu sein.

»Lange ist's her«, meinte sie.

»Zwei Jahre, und es war kein Tag zu wenig.«

Sie überhörte meine Bemerkung. »Gut siehst du aus.«

»Was willst du, Joëlle?«

»Vielleicht kommst du mit etwas trinken?«

Ich stand auf und klopfte mir die Kleider ab, »okay, Kaffee trinken mit dir sollte drinliegen.« Ich deutete zum Restaurant am See mit der großen Terrasse. Joëlle nickte, schweigend gingen wir hinüber. Die Sonne hatte die umstehenden Gebäude in ein goldenes Licht getaucht, alle Menschen, denen wir begegneten, hatten vergoldetes Haar. Wir setzten uns an einen Tisch nahe beim Wasser und bestellten eine Flasche einheimischen Pinot Gris. Ich studierte Joëlle eingehend und gab mir nicht die Mühe, das zu verbergen.

»Was schaust du mich so an?«, fragte sie irritiert.

»Ich versuche herauszufinden, wie dir das Eheleben bekommt. Nun«, ich legte den Kopf leicht schräg und begutachtete sie weiter, »ich bin mir nicht sicher.«

Joëlle schaute mich verwirrt an. »Was – was, sag schon!«

»Dein Haar ist länger und fülliger, dein Körper ist auch etwas fülliger, alles in allem siehst du gut durchgefickt aus.«

»Satine – muss das sein?!«

»Ich rapportiere nur, was ich sehe – und wie du weißt, habe ich ein geübtes Auge. Zartrosa steht dir übrigens schlecht, zusammen mit den blonden Haaren macht's dich bleich.«

Joëlle tat, als hätte sie das überhört. »Geht's dir gut?«

»Fragst du mich das, damit du dein schlechtes Gewissen beruhigen kannst? Wenn ich sage, mir geht's gut, macht es dann automatisch das gut, was du mir zugemutet hast?«

»Müssen wir davon reden?«, fragte sie verärgert. »Ich habe dir gesagt, dass es mir leid tue – sei nicht so nachtragend. Es war für alle besser.«

»Seltsam, dass ich nachtragend bin, wenn ich einen fremden, nackten Mann in *meinem* Bett vorfinde, der *meine* Freundin gefickt hat! Erstaunlich, dass ich nachtragend bin, wenn meine Freundin über ein Jahr schon mit dieser Pelzmatte rumgemacht hat und mir das verheimlicht! Unglaublich dass ich nachtragend bin, wenn meine Freundin schwört, wie sehr sie mich liebt, derweil sie schon regelmäßig ihre Hände in dieser ekligen Pelzmatte vergrub! Wenigstens hast du mir eine interessante Denkaufgabe gestellt, die ich bis heute nicht lösen konnte: Wenn ich meiner Partnerin nicht vertrauen kann, wem dann?« Ich schmetterte ihr den letzten Satz entgegen und schwieg, weil ich sonst losgeflennt hätte.

Joëlle war weiß im Gesicht geworden. Sie kramte ihre Zigaretten aus der Tasche und zündete sich mit fahrigen Bewegungen eine an. »Können wir nicht wie zwei vernünftige Menschen miteinander reden?«

»An diesem Tisch ist leider nur ein vernünftiger Mensch und der sitzt garantiert nicht mir gegenüber.«

»Sehr originell!« Stirnrunzelnd nahm sie die flüssige Speisewürze aus dem Gewürzständer, tröpfelte sich davon auf die Hand und schleckte sie ab.

»Das machst du also immer noch?«

Sie blickte mich verständnislos an.

»Maggi lecken. Menschen ändern sich echt wenig. Schaust du die deppige Serie am Montagabend immer noch, wie hieß sie noch gleich?«

»*Allie McBeal.* Ach, ich hätte wissen sollen, dass es sinnlos ist, mit dir zu reden. Du kannst mir einfach nicht verzeihen.«

»Genau!« Ich lehnte mich zu ihr und sprach ganz leise. »Ich möchte dich sehen, wie du verzeihen könntest, wenn dich dein Anton Pelzmatte ein Jahr lang hintergeht, und du eines Morgens nach Hause kommst und eine fremde, sehr nackte Frau in deinem Bett liegt. Du wärst doch die erste, die einen hysterischen Anfall hätte. Du hast immer noch nicht begriffen, was du angerichtet hast. Ich habe bei dieser Scheiße eines gelernt: Dass ich meine Menschenkenntnis gehörig aufpolieren musste, will ich nicht nochmals in eine ähnliche Katastrophe rennen!«

Joëlle goss uns schweigend Wein nach, sie schaute eine Weile auf den See hinaus, dann nahm sie endlich ihre Sonnenbrille ab. Als ich ihre Augen sah, fiel mir die Kinnlade runter: Sie hatte ein dunkelviolettes Veilchen ums linke Auge! Sie lächelte gequält. »Vermutlich bist du nicht die einzige, die eine Weiterbildung in Menschenkenntnis braucht.«

»Wer war das?«

»Er hat mir hoch und heilig versprochen, dass das nie wieder vorkommt, er wollte es nicht tun, er ist sonst ein guter Ehemann.« Als sie sah, dass ich etwas erwidern wollte, fügte sie rasch hinzu, »mir wäre es lieber, du würdest das, was du sagen willst, nur denken.«

»Aber, der Scheiß –«

»Bitte, Satine!«

Vor mir saß die Frau, deretwegen ich unzählige Stunden tobend im Weinkeller verbracht und literweise Tränen vergossen hatte, und trug ein blühendes Veilchen im Gesicht. Während ich sie betrachtete, wirbelten mir unzählige Gedanken zugleich durch den Kopf. Sie waren alle auf einen Schlag da, aber ehrlich gesagt, war ein Gedanke einen Hauch schneller als die andern. Ich dachte: Ha, das geschieht dir recht! Du hast mir seelisch eine verpasst, jetzt hast du körperlich eine verpasst bekommen. Mein Anstand schickte sofort einen anderen Gedanken: Oh, die arme Joëlle, wie muss sie leiden! Dann folgte dieser: Das kommt davon, wenn man sich mit einem Mann einlässt, mit Lesben würde dir das *nie* passieren.

Das also machte die Rachsucht aus mir – ein schadenfreudiges, gleichgültiges, hämisches, verlogenes Luder. Ich entschied, keinen dieser Gedanken zu äußern.

»Es war nur ein Ausrutscher.« Joëlle setzte die Brille wieder auf.

»Unsere hochmütige, eingebildete Joëlle wird geschlagen, wer hätte das gedacht?!« Die Bemerkung konnte ich mir doch nicht verbeißen.

»Ist das alles, was du zu sagen hast?«, sie runzelte die Stirn.

»Mir kommt nichts anderes in den Sinn. Du warst mal der wichtigste Teil meines Lebens, jetzt bist du es nicht mehr. Ich gab dir alles, was ich dir geben konnte, aber ein Schwanz und eine Pelzmatte befanden sich nicht darunter. Jetzt hast du Schwanz und Pelzmatte, und als Dreingabe offensichtlich auch ein paar Schläge. Pech gehabt. Du hast gewählt.«

Joëlle war blass geworden. »Ich hätte gedacht, dass wir über diese Phase hinaus sind und Freundinnen werden könnten.«

»Und als Freundin müsste ich mir dann deine Freuden und Leiden mit Pelzmatten-Antoine anhören und dir die Hand halten, wenn du ein blaues Auge hast? Was uns verbindet, sind drei mehrheitlich schöne Jahre, aber damit hat es sich. Ich pflege lieber Kontakt mit Frauen, die keine Schläger heiraten.«

Joëlle stand wortlos auf. Auch wenn ich ihre Augen nicht sehen konnte, wusste ich, dass sie fassungslos und zutiefst verletzt war. »Das war‘s wohl«, sagte sie tonlos, knallte eine Zwanzigernote auf den Tisch und ging. Nur die Dachspitzen der umstehenden Häuser waren noch von der Sonne beschienen. Ich sah einem Jungen zu, wie er seinem kleinen Hund Steine ins Wasser warf. Der Hund rannte aufgeregt in den See und suchte den Stein, der Junge lachte hell auf.

Ich hatte einen Oskar und einen Nobelpreis gewonnen sowie den Grand Prix. Eben gerade hatte ich mir auch noch das Ordenskreuz für miese Verdienste gegenüber Exfreundinnen ergattert. Ich blieb noch eine Weile, benommen von dem, was sich zwischen Joëlle und mir abgespielt hatte. Ich hatte mich gerächt, aber ich fühlte mich miserabel dabei. Und doch, etwas anderes zu sagen wäre Heuchelei gewesen; ich hatte ihr ungeschönt gezeigt, was in mir für sie übriggeblieben war und das war nicht viel. Dass es so wenig war, deprimierte mich am meisten.

Ich bestellte eine zweite Flasche Pinot Gris und als ich die getrunken hatte, schleppte ich meine Fototasche die steilen Straßen hinauf. Die Sonne war längst untergegangen, aber der Himmel noch hell. Ich ging an einem Park entlang, dort saßen junge Hippies auf dem Rasen, kifften, spielten Frisbee, aus einem Gettoblaster tönte Pink Floyd, Fackeln steckten im Boden. Als ich in meiner Wohnung ankam, war meine Laune im Keller. Dorthin ging ich als erstes, holte mir eine Pinot Gris Flasche meiner Tante und trank die auch noch. Die Euphorie hatte mich vorübergehend verlassen. Bilder begannen vor meinem inneren Auge zu tanzen: Joëlle mit blauem Auge, Anton Pelzmatte, Joghurt auf Billies Bauch, der erste Tanz mit Karin, der erste Kuss mit Amélie, die Schulkollegin, in die ich hoffnungslos verliebt war, Joséline und Joséphine, die ich schon seit Monaten nicht mehr gesehen hatte, und – Julia.

In meinem Dusel war ich nicht mehr fähig, meine Gefühle zu kontrollieren. Julia überschwemmte mich ungefragt, mitsamt der Erinnerung an unsere zwei abgebrochenen Küsse und alles andere. Wir waren quitt, das war die gute Neuigkeit, alles andere waren nur schlechte Neuigkeiten, über die ich gar nicht nachdenken wollte. Ich trank die Flasche leer, schwankte ins Schlafzimmer und plumpste stöhnend auf die Matratze. Das Bett schlingerte, ich schloss ein Auge, mit dem anderen fixierte ich die Deckenlampe. Als ich einen Fuß auf den Boden stellte, wurde es ein bisschen besser. Irgendwann schlief ich ein. Das Letzte was ich sah, war eine durchnässte Julia, die lachend durch den Regen tanzte.

Ein paar Tage später fuhr ich nach Frankreich, die Vorarbeiten für die Herbstausgabe der *Duchesse* standen an. Das Arbeiten im südfranzösischen August war eine Tortur; wenn wir mit den Außenaufnahmen morgens nicht zügig vorankamen, grillierte die Sonne Spiegeleier auf unseren Köpfen. Ich wohnte bei Olivier; er besaß ein altes Steinhaus etwas außerhalb, ein wunderschönes Haus mit Innenhof, wo Feigenbäume, Oleanderbüsche und Rosen wuchsen. In diesen Gemäuern, die von Platanen und Kastanienbäumen umgeben waren, blieben die Temperaturen im erträglichen Bereich.

Olivier schien mir verändert. Er verhielt sich merkwürdig mir gegenüber, nicht unangenehm, im Gegenteil, er schien ausgeglichener, zufriedener, beschwingt. Als ich ihn nach den Frauen fragte, winkte er ab. Ich fragte ihn, wie viele er in der Zwischenzeit erbeutet hatte, doch er schüttelte den Kopf. »Keine.«

»Bist du krank, oder was?«, fragte ich perplex.

»Sehe ich so aus?«, erwiderte er grinsend und verschwand in der Küche.

Später beim Nachtessen stellte er die unvermeidliche Frage: »Bist du sicher, dass das mit Julia klug war?«

»Olivier, zum tausendsten und letzten Mal: Ja, ich bin mir ab-so-lut sicher!«

»Aber vielleicht hätte Julia mit dir –«

»Bitte, Olivier!«

»Ich finde es jammerschade, dass es so rausgekommen ist. Ihr hättet so gut zueinander gepasst. Ich weiß sowas, und du weißt, dass ich sowas weiß.«

»Meine Güte, seit Monaten wiederhole ich, dass ich dieses Kapitel abgeschlossen habe, und du willst mit mir über eine Hochzeit mit Julia schwätzen. Offensichtlich haben wir ein gravierendes Kommunikationsproblem.«

»Schon gut, schon gut. Lassen wir's, du wirst es vermutlich am besten wissen.«

»Und ob ich das tue!«

Als ich einmal in der Agentur auftauchte, saßen Amélie und Nathalie am Schreibtisch und unterhielten sich. Es war offensichtlich, dass wieder etwas zwischen ihnen im Gange war, es knisterte und krachte im Gebälk. Man hätte die Stimmung, die die zwei produzierten, in Stücke schneiden und fritieren können – es wären köstliche Häppchen daraus entstanden. Sie waren über die Tischplatte geneigt, diskutierten angeregt und warfen sich Seitenblicke zu – ein Streichholz, und das Zimmer hätte lichterloh gebrannt.

Ach, wie mir das Hin und Her zwischen den Menschen auf die Nerven ging! Nathalie und Amélie waren glücklich miteinander gewesen, dann hatte Nathalie die Schnapsidee, ein Kind zu wollen, und verließ Amélie deswegen, das war doch verrückt! Sie hätte schließlich auch auf anderem Weg zu Samen kommen können. Doch nein, sie lachte sich einen Algerier an, und kaum war sie schwanger, verschwand der Mann auf Nimmerwiedersehen. Drei Jahre später nun schmachtet Nathalie wieder Amélie an! Ich frage mich, ob es nicht eine Alternative zu diesem öden Hin und Her gibt, zu diesem Ich-will-dich, Ich-will-dich-nicht, Komm-mir-nicht-zu-nah, Geh-nicht-weg, Ich-kann-mich-nicht-einlassen, Ich-verzehre-mich-nach-dir. Das Leben hat weiß Gott mehr zu bieten als elektrisierende Anfangsphasen und niederschmetternde Kurzschüsse. Ich will Energie fürs Fotografieren, für meine Freunde, fürs Reisen, für den Fortbestand einer Liebe. Soll jemand anderes Haie füttern und Wunden lecken, das einzige was ich in Zukunft lecken werde, ist Nusseis.

# 25. Kapitel ____________ Julia

*Der Teufel soll die Sehnsucht holen!*
*Ricarda Huch*

In dem Moment, als Julia Satine und Karin sich küssen sah, dämmerte es ihr. Als sie Satine ohrfeigte – aus reinem Reflex übrigens – und als Satine ihr ebenfalls eine klebte, ging die Sonne der Erkenntnis auf und erhellte Julias Herz. Während sie mit Satine stritt, kletterte die Sonne rasch höher, beleuchtete ihre Seele. Ihre innere Landschaft nahm Farbe an, wurde konturenreich, gestochen scharf und wunderschön. Als sie Satine küsste und Satine sie leidenschaftlich zurückküsste, explodierte etwas in ihr und sie erkannte, was allen um sie herum schon lange sonnenklar gewesen war: Sie wollte diese Frau. Während sie zu Satine drängte, fragte sie sich, warum sie Satine nicht schon lange geküsst hatte, von frühmorgens bis spätabends, die Nacht hindurch, dann wieder von frühmorgens bis spätabends, nur unterbrochen davon, dass sie ihren Töchtern etwas kochen musste. Satines Nähe, ihr leises Stöhnen machten sie schwach, sie geriet in ein Delirium, und es erwachte in ihr das unbekannte Verlangen, eins zu werden, mit dieser Frau zu verschmelzen, in ihr aufzugehen, sich hinzugeben an die Süße der Liebe. Zwischen den Küssen stammelte sie, wie sehr sie Satine vermisst hatte; während sie immer weiterküssten, stammelte ihr Herz: Wie habe ich das nicht merken können, wie konnte ich so blind sein?!

Die Götter lachten und tauften Julia um in *Julia Endlichdämmert-es-ihr, Julia Lange-Leitung, Julia Kapiert-es-doch-noch.*

Die Musik wummerte, Julia hielt Satines Körper umschlungen wie eine Halbverdurstete die Wasserflasche, wie eine Halbverhungerte das Brot.

Aber dann war das Entsetzliche geschehen: Satine hatte sie von sich gestoßen. Betäubt hörte sie zu, wie Satine über Heteras und Lesben dozierte und warum sie das nicht mehr wollte. Der Boden kippte unter ihr weg, und obschon sie immer noch stand, fiel sie in einen Abgrund. Sie sah Satine fortgehen – nein, nicht jetzt, da sie endlich verstanden hatte, jetzt, da sie endlich sehen konnte, fühlen konnte, da sie zu größerem und überwältigend schönem Leben erwachte! Sie blieb ohnmächtig zurück – so also musste sich Satine in der letzten Nacht auf der Insel gefühlt haben! Schwärze breitete sich in ihr aus. Erst beim zweiten Versuch fand sie aus der Disco. Zu Hause verkroch sie sich unter der Bettdecke. Zu allem Übel hatte Berthe einen Typen bei sich, und die beiden produzierten einen Lärm, als müssten sie ein ganzes Stadion beschallen. Julia legte das Kissen über den Kopf. Sie hörte erst auf zu weinen, als der Tantra-Radau endlich, endlich verstummt war; es dämmerte bereits.

Berthe brachte alle zwei bis drei Wochen einen Typen mit nach Hause, aber Julia bekam nie auch nur die Haarspitze von ihm zu sehen. Sie war sonst immer darauf erpicht gewesen, Julia mit ihren Liebhabern bekannt zu machen, jetzt war das anders. Wenn Julia Berthe darauf ansprach, wurde die Freundin erstaunlicherweise rot und wich ihren Fragen aus. In regelmäßigen Abständen verschwand sie von Donnerstag bis Sonntag Abend, angeblich in eine Weiterbildung, was Julia nicht so recht glauben wollte. Sie war ratlos.

Eines Nachts dann, Julia war schon den ganzen Tag über übellaunig gewesen, hatte Berthe wieder Herrenbesuch. Es hörte sich an, als produzierten sie den Soundtrack für einen Pornostreifen mit dem Titel *Schmierige Mösen*. Vielleicht, so überlegte Julia, hatte Berthe eine Stelle als Pornostar angenommen und übte zu Hause für ihre Rolle. Und Julia, die in sexueller Hinsicht durchaus tolerant war, hatte die Nase allmählich gestrichen voll. Sie rannte im Morgenmantel zu

Berthe hinüber und stürmte auf das Schlafzimmer zu, wobei sie rief: »Ich komme jetzt, ich warne euch! Deckt euch zu, nehmt das Dingsbums aus dem Dingsda, ich bin gleich da! Mir reicht's! Seht euch vor, ich bin an der Türe und mache sie auf …« Julia platzte in Berthes Schlafgemach, schnaubend fixierte sie das Liebespaar und –

»Olivier!«, stotterte sie, »Olivier! Was um Himmels Willen suchst du hier?!« Sie blickte fassungslos auf einen verschwitzten Blondschopf und eine verwuschelte Berthe.

Olivier lächelte verlegen. »Ich suche Erfüllung. Und«, er schaute Berthe lächelnd an, »ich finde sie 'ier.«

»Aber das geht nicht, Berthe hasst blonde Männer, und du stehst doch auf Magere, hat Satine mir erzählt«, sie hielt inne. Erst jetzt realisierte sie den Zusammenhang. Entsetzt schlug sie die Hände vors Gesicht.

»Genau deshalb wollte ich es dir nicht sagen«, warf Berthe ein.

»Ach du Scheiße!« Julia drehte sich um und verließ fluchtartig Berthes Wohnung.

»Julia, komm zurück, lass uns darüber reden«, rief Berthe.

»Keine Zeit, ich gehe mir eine neue Busenfreundin suchen«, Julia schmetterte die Wohnungstür zu.

»Ach du Scheiße«, echote Berthe.

Am nächsten Tag, es war Samstag, begann Julia morgens um acht mit einem sehr verspäteten Frühlingsputz, die Kinder waren bei Jürgen in Deutschland. Als Berthe bei ihr vorbeikam, saß Julia im Kinderzimmer auf der Leiter und wienerte die Vorhangstange.

»Seit wann putzt du so was?« Berthe schüttelte den Kopf.

»Seit es meine Ex-Busenfreundin mit blonden Männern treibt und vortäuscht magersüchtig zu sein«, erwiderte Julia spitz.

»Julia, können wir vernünftig miteinander reden?«

»Fällt dir nichts besseres ein, als aus all den Millionen, Milliarden Männern dieser Erde den Cousin und besten

Freund der Frau, die mein Herz gebrochen hat, auszuwählen?«

»Hast nicht du immer gesagt, ich solle meine Blondenphobie abbauen?«

»Aber doch nicht mit Olivier!«

»Es ist aber so, Julia. Ich bin glücklich wie noch nie in meinem Leben, so leid es mir tut wegen Satine und dir.«

Julia ließ den Putzlappen sinken. »Wann, seit wann geht das mit euch?« Sie bewarf Berthe mit dem Putzlappen, »ach, ich weiß seit wann – seit dem letzten gemeinsamen Abend, nicht?«

Berthe nickte. Sie blickte schmachtend zu Julia hoch, »weißt du, ich bin soooo verliebt, nein, ich liebe, leidenschaftlich und tief. Mit ihm ist es so einfach, es fühlt sich richtig an, ich komme mir vor, als käme ich …«

»… nach Hause. Ich weiß Berthe, ich weiß nur zu genau.«

»Könntest du jetzt endlich von dieser Leiter runterkommen? Ich kriege Nackenstarre!«

Julia stieg herunter und kam zögernd in Berthes Wohnung, wo Olivier eben das Frühstück zubereitete. Er umarmte sie herzlich. »Ich wollte nicht, dass Berthe dich anlügt, aber wir wollten auch nicht, dass du unnötig leidest, wegen Satine. Deshalb 'aben wir uns 'eimlich getroffen.«

Julia strich über die Tischplatte, starrte auf den Boden. »Weiß Satine von euch?«

Olivier schüttelte den Kopf.

»Wie geht es ihr? Wenn sie glücklich verliebt ist, dann schweige lieber«, sie kämpfte mit den Tränen.

Olivier seufzte. »Es geht ihr prachtvoll, sie ist überzeugt, das Richtige gemacht zu 'aben. Sie ist überzeugt, dass du nur einen Ausflug machst und sie wieder fallen lässt.«

»Wann würde ich als ernsthafte Anwärterin gelten?«

»Wenn du dreißig Jahre als Lesbe gelebt 'ättest.«

»Meine Güte, sie will wohl, dass man ihr nach dem ersten Kuss die ewige Liebe verspricht! Das kann man nicht, egal ob homo oder normal.«

»*Mais alors*, wenn du einteilst in 'omo oder normal, bist du nicht die richtige Person für Satine!«, warf Olivier entrüstet ein.

»Betreib keine Haarspalterei, Olivier!«, entgegnete Julia. »Man hat doch nie die Sicherheit fürs Leben in einer Partnerschaft, ich könnte sie ja auch wegen einer anderen Frau verlassen.«

»Ja, natürlich, aber wie sagt ihr so schön: Gebranntes Kind scheut den Feuer. Satine will sich nie mehr verbrennen.«

»Da soll sie sich doch eine Feuerwehrsfrau angeln.«

Olivier betrachtete Julia eine Weile schweigend, dann fragte er: »Liebst du sie?«

Julia begutachtete die Brosamen auf dem Fußboden, die Brosamen auf dem freien Stuhl und auf dem Tisch und sie betrachtete die Brosamen ihrer Liebe zu Satine, welche in Tat und Wahrheit Brotlaibe waren. Schließlich sagte sie leise: »Frag nicht.« Ihre Augen wurden feucht.

Olivier lächelte. »Und möchtest du sie zurückgewinnen?«

»Ich will nichts gewinnen! Sie müsste schon freiwillig kommen.«

»Bist du bereit, etwas dafür zu tun, damit sie freiwillig kommt?«

»Nein, entweder sie kommt von sich aus oder nicht. Man kann doch nicht jemanden zur Freiwilligkeit zwingen!«

Berthe stöhnte, »Julia, du bist ein sturer, kindischer, widerborstiger Trotzkopf!«

»Ach was, ich habe nur nicht vor, Überzeugungsarbeit zu leisten, ich bin doch keine Zeugin Jehovas.«

»Im Oktober beginnt in Paris eine Ausstellung, an der Satine Arbeiten ausstellt«, unterbracht Olivier das Schweigen.

»Und was soll ich da? An der Vernissage vor ihr auf die Knie gehen und ihr meine Liebe bezeugen?«

»So ungefähr.«

»Vergiss es. Ich habe auch noch so etwas wie Stolz in meiner Brust, ich werfe mich doch nicht irgendeiner Frau vor die Füße! Das würde ja heißen, dass ich eine, eine–«, Julia stockte.

»Eine Les-be wolltest du sagen, stimmt's?«, Olivier grinste unverhohlen.

»Julia, bist du homophobisch oder was?« Berthe runzelte die Stirn. »Ich hätte das nie von dir gedacht.«

Julia lachte bitter. » Hast du in deiner Kindheit jemals einen Film gesehen, in dem Romy Schneider und Ingrid Bergmann sich küssten? Oder dass in einer Werbung zwei Frauen Hand in Hand dem Sonnenuntergang entgegenlaufen? Wer ist das Pendant zu Barbie? Ken! Mit wem war ich verheiratet? Mit einem Mann! Also kommt mir nicht mit der Heuchelei, dass die Liebe zwischen zwei Frauen das Normalste der Welt sei. Außerdem habe ich von homosexuellen Frauen nun mal kein schmeichelhaftes Bild. Für mich sind das die kurzhaarigen, schlecht angezogenen, männlichen, militanten irgendsowas. Ich kenne jedenfalls nur solche.«

»Jodie Foster ist lesbisch«, warf Olivier ein.

»Ach ja? Trotzdem. Soll ich darüber euphorisch werden? Muss ich mir die Haare schneiden, darf ich keine Röcke mehr tragen? Und was ist mit meinen Mädchen? Meint ihr, sie fänden das lustig, wenn sie in der Schule sagen müssten, dass ihr Mami mit einer Frau zusammen lebt? Dann die Sexualität. Also ich meine«, sie schaute verlegen zu Boden, »ich weiß doch gar nicht, wie das ist, wie das geht, ob mir das gefallen würde. Und was sage ich meinen Eltern und der Verwandtschaft? Ihr könnt leicht dahinsagen: Du musst kein Problem mit dem Homozeugs haben. Ja, es ist so, ich will keine von denen sein, ich will ein normales Leben führen.«

»So normal wie deine ach so netten Eltern, die sich in Tat und Wahrheit das Leben zur Hölle machen, subtil und grausam? Willst du ein Leben führen, das nach außen hin Vorbildcharakter aufweist, aber ein vertanes Leben ist, weil es nicht deines ist?« Berthe regte sich sichtlich auf. »Warum faszinieren dich Kinderzeichnungen und Kritzeleien von Irren, hast du dich das schon mal gefragt? Könnte es nicht sein, dass sie dich faszinieren, weil sie echt, direkt und ehrlich sind? Wem soll dein Leben gleichen – einer Kinderzeichnung oder der Blümchentapete im Schlafzimmer deiner Eltern? Natürlich ist es nicht nur einfach, als Frau mit einer Frau – aber ist es nur leicht als Frau mit einem Mann? Männer, die ihre dreckigen Boxershorts auf dem Boden liegen lassen, Fußball schauen und Bier saufen, unter denen nicht wenige auch mal schlagen oder warum nicht ein wenig vergewaltigen; die zu neunundneunzigkommaneun Prozent den Kehrrichtsack nicht nach draußen stellen, von anderem täglichen Einerlei ganz abgesehen.«

»Danke!«, sagte Olivier säuerlich.

»Ich rede ja nicht von dir, Lieber!« Berthe strich ihm zärtlich über die Wange, dann wandte sie sich wieder Julia zu, die mit verschränkten Armen und gerunzelter Stirn zugehört hatte. »Ich kenne dich schon lange, Julia, aber ich habe dich noch nie so gelöst und glücklich erlebt wie mit Satine. Solch eine Offerte macht dir das Leben nicht oft, und falls es noch nicht zu spät ist, musst du zugreifen. Wage diese Liebe, es ist doch scheißegal, wen du liebst, Hauptsache du liebst. Deinen Beitrag zur Erhaltung der Menschheit hast du schon geleistet, was ja als Argument gegen die Homosexualität ins Feld geführt wird, also worauf wartest du?!« Berthe grinste, ungewollt musste auch Julia lächeln. Sie stand auf und hob die Hand. »Vielleicht hast du ja recht, Berthe, ich gehe jetzt rüber. Ich muss nachdenken.«

Es war August, die Mädchen waren noch eine Woche mit Jürgen in den Ferien. Julia hatte das Buch gekauft, von dem Satine gesprochen hatte: *Zen in der Kunst des Bogenschießens.* Obschon sie damals auf der Alp gegen die Wegweiserstange geprallt war, nahm es sie Wunder, was es mit diesem Zen auf sich hatte. Sie übte mit Leandras Pfeilbogen, versuchte morgens eine Viertelstunde lang zu meditieren. Aber sie schlief regelmäßig wieder ein. Also trank sie erst einen Kaffee und räumte ein wenig auf, bevor sie sich hinsetzte. Sie versuchte sich auf ihren Nabel zu konzentrieren, doch sobald sie das tat, musste sie an Satine denken, von ihr hatte sie ja die Technik. Und wenn sie an Satine dachte, war der Teufel in ihr los. Trotzdem, nach dem Sitzen fühlte sie sich meistens entspannter und eine Spur zentrierter. Manchmal meditierte sie mit offenen Augen über einer Kinderzeichnung. Das zu tun hatte etwas Befreiendes; ihr war es, als wären das Unmögliche und das Mögliche plötzlich austauschbar. Sie setzte sich nach jahrelanger Pause wieder ans Klavier. Statt jedoch ihre klassischen Stücke herunterzuspielen, versuchte sie ein einfaches Thema frei weiterzuentwickeln. All diese Experimente waren spannend und belebend, und sie fragte sich, was sie in den letzten Jahren getan hatte, mal abgesehen von der erfolglosen Dressur der Mädchen. Sie genoss die Zeit für sich, das Bogenschießen, Meditieren, Klavierspielen, und wäre da nicht die Sache mit Satine gewesen, die Sehnsucht nach ihr, das Verlangen, sie zu sehen, die Angst, sie nie mehr zu sehen, die Selbstvorwürfe, wie sie so dumm sein konnte, dann hätte Julia sich glücklich nennen können.

Und da war dieses Thema, mit dem sie sich so schwer tat: dem Lesbischsein. Berthe meinte dazu: »Du kannst dich ja wenigstens mal darüber informieren – ganz unverbindlich – einen lesbischen Film schauen, einen lesbischen Roman lesen. Wozu leben wir denn im Informationszeitalter?«

»Nur weil ich etwas verschossen in Satine bin, muss ich noch lang nicht eine von denen sein.«

»Lesben heißt das Wort, das du ums Verrecken nicht aussprechen willst, Les-ben.«

»Wart nur ab, bis ich an Olivier eine Geschlechtsumwandlung vorgenommen habe, dann wirst du sehen, wie es ist, als Frau eine Frau zu lieben!«

Berthe lachte ihr tiefes Lachen. »Wie du weißt, bin ich sexuell lernfähig.«

Am nächsten Abend brachte sie einen Stapel Videokassetten vorbei. »Die Schwester von Lene ist lesbisch und so freundlich, dir ein paar ihrer Videos auszuleihen, du kannst ja mal schauen, wie es so ist als Les-be. Dir muss man auch alles vorkauen!«

Julia war einmal mehr vom praktischen Sinn Berthes überrascht. Sie musste unwillkürlich lachen. »Mit einer Freundin wie dir bleibt einem wirklich nichts erspart. Danke, Berthe.«

Dann fuhr Berthe ins Sommerlager und Julia war alleine. Dafür stapelten sich vor ihr Videokassetten und ein Buch über Zen und Bogenschießen.

An einem heißen Nachmittag schlenderte sie durch einen Buchladen, und war es Zufall, dass sie sich in der Nähe der Abteilung ›Homosexualität‹ wiederfand? Als sie das erkannte, erschrak sie und steckte den Kopf ins nächstbeste Regal, wo die Großdruckbücher standen, sie stöberte darin eine Weile mit gespieltem Interesse und machte die interessante Entdeckung, dass *Schloss Gripsholm* von Tucholsky auch in Großschrift erhältlich war.

Als niemand zugegen war, fasste sie sich ein Herz und schlenderte mit gelangweiltem Gesicht an den Lesbenbüchern entlang. Ihr brach der Schweiß aus, doch nicht der Hitze wegen. Beim Vorbeigehen schnappte sie ein paar Titel auf: *Die Muschelöffnerin*, *Suche Frau, nur für das eine*, *Sarahs Töchter*, *Zweite Geige*, *Carol*. Sie ging ohne anzuhalten weiter und verließ fluchtartig den Laden. Draußen überfiel sie die Wut auf sich selbst. Julia Angsthase! Was war schon dabei, in Lesbenbüchern zu schmökern? Vielleicht wäre jemand vorbeigegangen und hätte sich – nichts! – gedacht. Oder zwei pubertierende Jungs hätten verlegen herumgewiehert. Aber die brüllten in der Regel schon beim Anblick von zwei Kürbissen los.

Sie beschloss, es ein zweites Mal zu versuchen, doch vorher suchte sie im Internet nach der geeigneten Literatur. Das Angebot war, wie Satine angedeutet hatte, nicht groß; es umfasste etwa zweihundert Bücher. Was nach viel klang, aber gewiss schnell verschmökert war, wenn man einmal auf den Geschmack gekommen war. Julia stellte eine Liste der Bücher zusammen, die sie besonders interessierten, und betrat am nächsten Tag mit klopfendem Herzen die Buchhandlung. Sie streifte durch die Kinder-, die Kunst- und die Kochbuchabteilung, bis sie feststellte, dass sie sich beeilen musste, wollte sie nicht zu spät zur Gynäkologin kommen. Dort blätterte sie in einer Illustrierten und dachte über ihre Feigheit nach. Sie kam zum Schluss, dass es ihr einfacher fallen würde, nackt durch einen Buchladen zu gehen als in Ruhe Lesbenbücher anzuschauen.

Sie zwang sich zu einem dritten Versuch. Wie eine Kamikazekämpferin steuerte sie auf die Lesbenbücher zu, nahm zwei Bücher heraus und schaute sich dabei so auffällig um, dass ein Ladendetektiv misstrauisch geworden wäre. Sie wollte eben noch ein Buch greifen, als eine Buchhändlerin um die Ecke kam. Julia verlor umgehend die Nerven und hielt der Frau die Liste unter die Nase. »Guten Tag, könnten Sie mir behilflich sein? Meine Schwester wohnt in Australien und hat mir eine Liste zugemailt. Ich finde sie nicht alle.« Die Frau lächelte mit ihrem kirschroten Mund, als wisse sie mehr, als Julia lieb war. Eine Viertelstunde später trat sie mit zwei Taschen aus dem Laden und schnappte nach Luft. Lesbenbücher für meine Schwester, hatte sie gesagt. Etwas Blöderes konnte ihr nicht in den Sinn kommen – ihre Schwester war stockhetera! Nun hatte sie die Bücher, es gab jedoch keinen Grund stolz zu sein, aber viele, sich ins nächste Loch zu verkriechen. Ihr war bisher gar nicht aufgefallen, wie feige sie war. Die Vorstellung, zur Außenseiterin abgestempelt zu werden, war ihr ein unbeschreibliches Gräuel. Ihr Drang dazuzugehören und nicht unangenehm aufzufallen, war so groß, dass sie dafür ihre Großmutter verkauft hätte. Ob sie auch ihre Kinder zum Kauf freigegeben hätte, wollte sie lieber nicht ergründen.

In den folgenden Tagen ging Julia morgens arbeiten, am Nachmittag und Abend unterzog sie sich – wie sie das für sich bezeichnete – dem Homo-Schocker: einem ultimativen Crashkurs in weiblicher Homosexualität. Beim Lesen im Schwimmbad holte sie sich einen gründlichen Sonnenbrand.

Am Abend legte sie sich mit Schmerzen und einer lindernden Jogurtmaske aufs Sofa und schaute Videos.

Und starb tausend Tode. Sie hatte weiß Gott schon eine Menge Filme gesehen, und viele waren erheblich besser als diese Lesbenstreifen, aber bei diesen geriet sie irgendwie außer sich. Sie musste sich eingestehen, dass es sie schier um den Verstand brachte zu sehen, wenn zwei Frauen sich küssten.

Die Mädchen kamen von den Ferien aus Italien zurück, und mit ihnen ein Alltag, der angefüllt war mit Organisieren, Brote bestreichen, Schulsäcke packen, mit aufgeschürften Knien und Ellbogen, mit Schwesterngezänk und tausend Fragen. Madame Ruhe packte ihre Sachen und zog bis auf weiteres aus, dafür schwirrten Gelächter, Gekreische, Gejammer, Gepolter und Gejohle durch die Zimmer, und Lady Chatterly floh unters Bett.

Julia lernte Jürgens sportliche Freundin Ulrike kennen, die laut Denia wie eine Ziege wieherte. Julia hatte den Eindruck, dass sie mehr einer Gans glich; sie meinte das nicht böse, jedenfalls nicht ausgesprochen böse, aber Ulrike hatte nun mal einen ziemlich langen Hals, das war unübersehbar, ja, und ihr Gang hatte auch etwas von einer Gans. Sie bat Jürgen und Sportskanonen-Ulrike freundlich lächelnd herein. Die Mädchen schnatterten, sie wollten alles auf einmal erzählen, Ulrike und Julia musterten sich gegenseitig und bildeten sich Meinungen übereinander, die besser unausgesprochen blieben.

Später, Kindsvater und Sportfrau waren längst gegangen, trat Julia ins Zimmer der Mädchen. Denia schlief in schräger Lage, in den Kissenbezug gezwängt, Leandra aber erwachte, als sie ihr übers Haar strich. Schlaftrunken hob sie den Kopf und blinzelte ihre Mutter an. »Ist Satine gekommen?«

»Was?«

»Hat Satine vorbeigeschaut?«

»Nein. Warum sollte sie auch, meine Seerose?«

»Ich bin keine Seerose, wegen uns soll sie kommen, wegen dir auch, natürlich. Wann kommt sie?«

»Wahrscheinlich lange nicht.«

»Und das lässt du einfach so zu?«

»Ich –«

»Wenn mir jemand Gabriela wegnehmen wollte, würde ich mich wehren. Ich würde kämpfen wie Tarzan und die vierzig Räuber. Ja, das würde ich.« Sprach's, drehte sich um und schlief weiter. Julia ging ins Bett und starrte zur Decke, sie dachte über Ulrike nach und stellte verblüfft fest, dass sie sie wie eine Rivalin behandelt hatte, als ob sie eifersüchtig wäre und Jürgen wieder zurückwollte. Dabei war sie weit davon entfernt, ihren Exmann zurückzuwünschen! Dann dachte sie daran, dass Satine eine Ausstellung machen würde. Sie sollte um jemanden kämpfen? Sie sollte hofieren, scharwenzeln, auf den Knien dahergekrochen kommen, um etwas bitten?! Sie sollte ihren Stolz ins Eiskühlfach legen und den Mut aus dem Mottenschrank holen? Sie war doch nicht Robin Hood, auch nicht Pipi Langstrumpf, Tankgirl oder Dornröschens Prinz. Sie war Julia, der orientierungslose Angsthase, Julia, die Kinderzeichnungsjägerin, Julia Weißhaut, Julia Autoschreck, Julia Holz- und Trotzkopf, und das reichte ihr vollkommen. Ihr Edelmut bestand darin, eine Schnecke vom heißen Asphalt aufzulesen und ins Gras zu tragen, was sie jedoch nicht davon abhielt, die Erde um die jungen Sonnenblumenpflänzchen im Garten mit einer halben Schachtel Schneckenkörner zu bestreuen. Ja, sie sehnte sich nach Satine, sie verzehrte sich nach ihr, aber das hieß nicht, dass sie deswegen in einer Pariser Galerie antanzen würde. Sie wollte nicht mehr länger darüber nachdenken und fiel schließlich in den Schlaf der Selbstgerechten.

Julia blieb ein Monat Zeit zu entscheiden, ob sie am sechsten Oktober nach Paris gehen würde oder nicht. Berthe deckte sie mit guten Ratschlägen ein – »Geh, geh, *geh*. Du musst gehen, geh doch einfach, *geh*, wehe du gehst nicht!« Olivier schenkte ihr einen Stadtplan von Paris, auf dem er den Weg vom Bahnhof zur Galerie mit gelbem Leuchtstift eingezeichnet hatte.

»Habt ihr nichts Besseres zu tun, als mich zu einer Erniedrigung zu zwingen?«, fragte Julia entnervt. »Geht ein Kind machen, macht euer Überschalltantra oder einen Ausflug mit dem Motorrad – aber erspart mir eure dummen Ratschläge!«

Sie nahm den Stadtplan von Paris trotzdem und hüllte sich in den nächsten Wochen bezüglich Satine in Schweigen.

# 26. Kapitel Satine

*Mücken spielen im schwarz-goldenen Licht, im Licht sind wirklich schwarze Töne, tiefes Altgold liegt unter den Buchen, Pflaumenblau auf den Höhen … kein Blatt bewegt sich, es ist ganz still. Blank sind die Farben, der See liegt wie gemalt, es ist ganz still. Boot, das flussab gleitet, Aufgespartes wird dahingegeben – es ruht.*
*Kurt Tucholsky*

Es gibt eine Form der Fotografie, die ich mehr liebe als alle anderen, vermutlich weil ich nur selten dazu komme, und weil ich bei dieser Arbeit allein sein kann, vollkommen allein. Ich rede von der Gebäudefotografie. Ich kenne eine Handvoll guter Architekten, die mich engagieren, wenn sie ihr neu gebautes Haus fotografiert haben wollen. Im September bekam ich zu meiner Freude wieder einmal einen solchen Auftrag. Ich sollte eine Villa in einem Weinberg fotografieren. Früher hatte ein Schuppen dort gestanden, ich frage mich, wie sie zu der Baubewilligung kamen – mitten in der Landwirtschaftszone! Der Architekt hatte ein Haus entworfen, das perfekt in den Weinberg passte, es nahm die Farben und Formen des Hanges auf und führte sie weiter; das Haus war Teil des Hügels und wahrte trotzdem seinen eigenen Charakter. Ich würde für die Arbeit eine Woche Zeit brauchen. Am Montag stand ich frühmorgens auf, damit ich noch vor dem Sonnenaufgang dort sein würde und die Bewegung des Lichts und den Schattenfall beobachten konnte. Drei Tage lang studierte ich den Gang der Sonne und merkte mir, wann wo die idealen Lichtverhältnisse herrschten. Ich stieg mit meiner Leiter auf das Dach des Nachbarhauses, ich legte mich auf den Küchenboden und beobachtete, wie die

Kacheln die Küche, das Fenster und den Blick hinaus reflektierten. Je nach Sonneneinfall schien der Boden nicht mehr grün, sondern dunkelgrau zu sein, wirkte die Holzwand wie ein goldenes Meer, oder der Metallkamin blinkte auf. Ich beobachtete, wie das Haus lebte, ich war eine Katze auf der Lauer, die Jägerin auf der Pirsch. Ich erlebte in diesen Tagen so viel, dauernd veränderten sich die Farben, die Spiegelungen wanderten, verschwanden oder tauchten auf, die Schatten verliehen Tiefe oder machten flach. Es waren knifflige Aufgaben zu lösen: Wie brachte ich das Dämmerungslicht und die erleuchteten Innenräume ins richtige Verhältnis? Wann war der einzig richtige Moment, das Blau des Himmels zu fotografieren, damit es auch schön satt wirkte?

Vom vierten Tag an fotografierte ich zur ausgewählten Zeit von den ausgewählten Standorten aus. Das bedeutete, dass ich das verdammt schwere Stativ inklusive Leica während Stunden im und ums Haus herum schleppen musste und Film für Film belichtete. Das verlangte meine ganze Konzentration. Mein Handy war abgestellt, alle Gedanken blieben draußen, es existierten nur noch das Haus, die Kamera und ich. Ich vergaß zu essen, ich vergaß meine kleinen und mittelgroßen Probleme, ich dachte höchstens an mein Auto, das ich falsch geparkt hatte und mir einen Strafzettel einbringen konnte. Jeden Abend brachte ich die Diafilme ins Labor. Würden die Einstellungen stimmen – die Lichtverhältnisse, der Ausschnitt, die Farbe? Diese Stunde des Wartens waren wie immer der schrecklichste Aspekt der ganzen Arbeit.

Vielleicht liebe ich diese Aufträge so sehr, weil sie mich in die Gegenwart, in eine intensive Unmittelbarkeit katapultieren und persönliche Gefühle ihre Wichtigkeit verlieren. Am letzten Tag, nach getaner Arbeit, stützte ich mich aufs Geländer und genoss den überwältigenden Ausblick über die Rebberge und den Genfer See. Ich stand lange dort und fühlte, wie mein Herz schwer wurde. Ich musste an Julia denken, es hätte ihr hier bestimmt gefallen. Ach, inmitten dieser Schönheit fehlte sie mir mehr, als ich wahrhaben wollte.

Es war September. Bald würden die Trauben reif sein. Der September ist ein schöner Monat, oberflächlich betrachtet jedenfalls. In Wahrheit ist er grausam, er täuscht den Sommer vor, aber die Tage werden merklich kürzer und künden Widriges an: Aufstehen in der Dunkelheit, nach Hause kommen in der Dunkelheit, tagelang eisiger Nordwind, der bis auf die Knochen dringt, überall Grau. Im September treffen sich Sommer und Winter, und wenn sie sich berühren, geschieht bisweilen das Wunder der fünften Jahreszeit. Die fünfte Jahreszeit ist dann, wenn der Sommer am Verklingen ist und der Herbst noch nicht begonnen hat. Es ist die kurze Zeit im Jahr, da alles still steht, in vollendeter Schönheit und Fülle, und man doch ahnt, dass diese Pracht bald sterben wird. Im September, wenn für ein paar Tage die fünfte Jahreszeit herrscht, bin ich traurig: Nie sonst bin ich mir der Vergänglichkeit des Lebens bewusster als während dieser grausam schönen Zeit, deren Fülle und Schönheit dem Tod geweiht sind.

Auf dem Heimweg beschloss ich meine Tante zu besuchen. Seit ich wutschnaubend aus ihrem Haus gerannt war, weil mir Joséline eine Therapie andrehen wollte, war ich nicht mehr vorbeigegangen. Die Josés ließen mich gewähren; sie wussten, dass ich wiederkommen würde, es war nicht das erste Mal, dass ich davongestürmt war. Erst wanderte ich durch die Rebberge meiner Tante. Ich wollte sehen, wie weit die Trauben waren. Die Sonne blendete mich. Sie erinnerte mich an das letzte Mal, da ich bei solchem Licht an Rebfeldern entlang gegangen war – auf der Wanderung mit Julia. Es war einer dieser Tage, da alles vollkommen war, das Glück sich von mir streicheln ließ und ich mein Gesicht in sein Fell vergrub.

Ich fuhr am Weingut vor, als eben meine Tante herauskam. Als sie mich entdeckte, winkte sie: »Gut dass du kommst, ich brauche Hilfe im Weinkeller.« Das war typisch

Tante: Anstatt mich mit Brimborium zu begrüßen, tat sie so, als sei ich eben vom Einkauf zurückgekommen. Sie hieß mich die Gitter hinaufzusteigen, in denen die Weine lagen, und ihr die Flaschen zureichen. Wir arbeiteten schweigend; es war gut, wieder da zu sein, die vertraute Nähe zu Joséphine zu spüren, mich zu Hause zu fühlen. Als wir die Kartons zugeklebt und beschriftet hatten, luden wir sie in den alten Lieferwagen. Dann zündeten wir uns eine Zigarette an.

»Wenn das Wetter so bleibt, können wir bald mit der Weinlese beginnen. Aber ich schätze, es wird sich nicht halten.« Tante tat einen tiefen Zug und blickte über die Weinfelder.

»Meine Ausstellung beginnt am sechsten Oktober, ich muss aber schon vorher dort sein, rechne also nicht mit mir«, sagte ich.

»Wie kann meine Lieblingsnichte während der Weinlese eine Ausstellung machen!«, sie schüttelte den Kopf.

»Hast nicht du immer gesagt: Pack die Chance beim Schopf? Ein anderer Termin war nicht möglich«, wandte ich ein.

Grummelnd stampfte meine Tante den Dreck aus ihren Stiefeln. »Satinchen, wie geht‘s eigentlich mit deiner hoffnungslosen Angelegenheit?«

»Es ist aus und vorbei, ich bin geheilt! Fertig mit Heteras, ein für allemal.«

Sie schaute mich erstaunt an. »Das ist nicht dein Ernst.«

»Durch Zufall bin ich ihr wieder über den Weg geraten, und habe sie abserviert. Ich fühle mich großartig!«

Meine Tante drückte ihre Zigarette an der Schuhsohle aus. »Was? – Satinchen ist zur Satine gereift? Die Quadratur des Kreises ist vollbracht? Erstaunlich, ich muss schon sagen.«

»Danke für die Blumen. Ich glaub, ich geh jetzt!« Ich drehte mich wütend auf dem Absatz um und steuerte aufs Auto zu.

»Hat Satinchen auf dem Weg zum Erwachsenwerden den Sinn für Humor verloren?«, hörte ich meine Tante hinter mir sagen.

Ich fuhr herum. »Da schaffe ich den Durchbruch in meinem Leben, aber dir fällt nichts besseres ein, als mich zu beleidigen. Ist das Humor?«

»Du erwartest doch nicht, dass ich bei jeder vernünftigen Enscheidung, die du triffst, ein Fest veranstalte?! Ich wusste, dass du nicht ewig den falschen Frauen nachrennen würdest, deshalb mein Gleichmut. Die große Tat aber wird es sein, die richtige Frau zu finden und mit ihr eine passable Beziehung zu leben. Dann, Satine, werde ich ein Fest veranstalten.«

Kopfschüttelnd sagte ich: »Du kannst dich immer rausreden, nicht? Ich frage mich, wie das Joséline all die Jahre mit dir ausgehalten hat.«

»Sie hat Ohrenlider.«

»Was?«

»Sie kann weghören und sie weiß, dass ich nur Menschen necke, die mir etwas bedeuten.« Sie tippte grinsend an ihre Baseball-Mütze und verzog sich in den Keller.

Ich traf Joséline in der Küche an, sie wusch vor sich hin summend einen Kopfsalat. Als sie mich kommen hörte, sagte sie ohne aufzusehen: »Satine, kannst du mir Schnittlauch aus dem Garten holen?« Sie erkannte mich immer an meinem Schritt, aber ansonsten hatte sie mich ebensowenig verdient wie meine Tante. Kannten die beiden das Gleichnis vom verlorenen Sohn nicht? Der kam nach Jahren zurück, und sein Vater veranstaltete aus Freude ein Fest für ihn. Warum las heutzutage niemand mehr die Bibel und lebte danach? Wenn ich, die verlorene Tochter, zurückkomme, muss ich Wein abpacken helfen und Kräuter holen, keine Spur von Jubel, Lammbraten und Fest!

Als ich mit dem Schnittlauch zurückkam, lächelte mich Joséline freudestrahlend an und nahm mich in die Arme. Immerhin. Auch sie wollte wissen, wie es mir mit meiner leidigen Frauengeschichte ging. Sie hörte mir schweigend zu. Und runzelte die Stirn.

»Was ist? Warum schaust du so ernst, wo ich dir von meinem Erfolg erzähle?«

Sie zupfte die Salatblätter auseinander und warf sie in die Salatschüssel. »Etwas an eurer Geschichte ist faul«, sagte sie.

»Was? Wie faul? Ich habe doch das einzig Richtige getan, oder nicht?!«

»Natürlich, mein Liebes, du hast vollkommen richtig gehandelt, es war konsequent und alles. Trotzdem habe ich das Gefühl, dass es noch nicht der Schlussstrich war.«

»Meine Güte, du hast mich ständig vor Heteras gewarnt, wolltest mich gar in eine Therapie schicken, und jetzt, da ich endlich eine Hetera von mir weise, sprichst du von einer faulen Geschichte!«

Joséline nahm in Gedanken versunken Öl, Essig und die Gewürze hervor und begann alles dosiert über den Salat zu schütten. »Du hast ja recht, Satine. Aber trotzdem ist etwas nicht ausgestanden. Ach, lassen wir's, die Zukunft wird hoffentlich zeigen, dass mein Gefühl falsch war.« Sie tätschelte meine Wange. »Aber vergiss nie, ich war bis vierzig auch heterosexuell.«

»Hör auf! Ihr macht mich noch wahnsinnig!«

Am nächsten Tag ging ich die gerahmten Fotos für die Ausstellung holen. Die Ausstellung würde *Vue des Femmes* heißen. Ich hatte die Bilderrahmen von meiner Freundin Cécile machen lassen, einer Eisenplastikerin. Wir hatten uns vor Jahren an einer Gruppenausstellung kennen gelernt, seither waren wir befreundet und unterstützten uns gegenseitig in unserer Arbeit. Ich hatte Abzüge in Sepia machen lassen, Cécile hatte mir aus gerostetem Eisen Rahmen zusammengeschweißt, die Rostfarbe passte wunderbar zu den sepiafarbenen Fotos. Bevor wir die Bilder einpackten, schauten wir sie durch. Es würde eine sehr persönliche Ausstellung werden. Ich zeigte Porträts von meiner Tante und Joséline, von meiner Mutter, Billie, Joëlle, Cécile, Karin, Berthe, von drei guten Freundinnen, von der Hausmeisterin, der Kioskfrau, von zwei Cousinen aus Berlin und natürlich von Julia. Céline hatte die Fotos nebeneinander an die Mauer ihres Ateliers gelehnt. Ich schaute in die Runde. »Welches gefällt dir am besten?«, fragte ich sie.

Céline legte den Kopf schief und sah von Bild zu Bild. »Auf dem Foto von Billie kommt dein ungezügelter, jugendlicher Eros zur Geltung und die Lüsternheit dieser Frau, die hungrig auf junges Frauenfleisch ist. Hast du sie mal wieder gesehen?«

Ich schüttelte den Kopf. »Ich würde gerne wissen, was aus ihr geworden ist.«

Céline ging an den Bildern entlang. »Deine Tante scheint mir ein eigensinniger, kauziger Mensch zu sein.«

»Das kannst du laut sagen!«

»Das hast du gut rübergebracht. Das ist deine Mutter, nicht wahr? Du schaust immer noch zu ihr hoch. Sie hat Eleganz, aber sie ist auch etwas kühl – ein ausdrucksstarkes Bild.«

So kommentierte sie jedes Foto. Vor Julia blieb sie eine Weile schweigend stehen. »Das ist die Frau von der Insel, nicht?«, fragte sie.

Ich brummte zustimmend.

»Ich sehe eine Frau, die sich hingeben will, es aber nicht kann. Die voller Sehnsucht und Unterströmungen ist und damit nicht klar kommt. In ihrem Blick liegen Wünsche und Fragen offen, aber die Haltung ist kontrolliert. Sie fühlt sich wohl neben dem Baumstamm, mit dem Tuch über ihrem Körper; aber sie ist gespannt wie ein Pfeilbogen. Das Foto strahlt eine große Widersprüchlichkeit aus. Es gefällt mir, gerade weil es so widersprüchlich ist, es ist wie eine Geschichte mit vielen Andeutungen und Aussparungen. Wenn du mich so fragst, ist es das beste Porträt, das du je gemacht hast.«

# 27. Kapitel Julia

*Wenn ich dich ansehe bestehst du*
*aus lauter Sonnen*
*und du scheinst die sauberste*
*Anschaffung der Erde zu sein.*
*Helga M. Novak*

Julia kam zu spät, doch sie kam. Sie hatte kurz vor dem Ziel eine falsche Abzweigung genommen und geriet in einen Platzregen, aber dann fand sie die Galerie doch noch, sie fand sie tatsächlich und das ganz allein! Als sie vor dem Eingang stand und durch die Fenster die elegant gekleideten Menschen sah, wäre sie am liebsten umgekehrt, doch ein netter Monsieur mit gepflegtem Schnurrbart hielt ihr die Türe auf, so fuhr sie sich hastig über die feuchten Kleider und trat ein. Die Räume waren voller Menschen, voller Geplauder, raschelnden Kleidern und warmer Luft, die nach Zigarettenrauch, Parfum und Canapés roch. Sie schaute sich um, mit zitternden Beinen und mit einem Herz, das ihr bis zum Hals schlug. Bald würde sie Satine sehen! Ein älteres Ehepaar schaute interessiert zu ihr, die Frau flüsterte ihrem Mann etwas ins Ohr. Vielleicht hat die noch nie eine durchnässte Schweizerin gesehen, mutmaßte Julia. Sie bahnte sich einen Weg durch die Menge, warf im Vorübergehen einen flüchtigen Blick auf die Fotos an der Wand und auf die Skulpturen daneben. Seltsam – wohin sie auch kam, gafften die Leute sie an und tuschelten. Die spinnen, die Pariser, dachte Julia, bis sie direkt vor einem der ausgestellten Photos stand und ihr der nächste Gedanke vor Schreck in den Hirnwindungen stecken blieb: Das war sie selber auf dem Photo, halbnackt, wohlgemerkt! Sie saß in dem ungemütlichen Sessel aus Satines Appartement und schaute in die Kamera. Es war ein Blick, Julia fand erst keine Worte dafür, sie hatte nicht gewusst, dass sie so blicken konnte, so direkt, so – innig und gleichzeitig entrückt. Julia war sprachlos, ohne zu übertreiben konnte sie behaupten, dass sie auf dem Foto umwerfend aussah und überdies bestach die Aufnahme durch eine raffinierte Komposition. Aber obwohl ihr das Foto gefiel, wallte ihr Blut auf: Dieses Luder stellte Akte von ihr aus, und sie hatte nichts davon gewusst! Sie mochte sich zwar undeutlich daran erinnern, dass sie Satine die Erlaubnis gegeben hatte, die Fotos für künstlerische Zwecke zu nutzen – aber doch nicht so! Alle romantischen Gefühle waren verflogen. Wo war diese Schlampe? Zu ihrem Ärger strahlten sie weiterhin Besucher an und sagten Dinge wie: »*C'est superbe, formidable, extraordinaire!*« Widerwillig betrachtete sie die Frauenporträts näher, und je länger sie die Fotos betrachtete, desto klarer wurde ihr: Diese Bilder waren wirklich *formidable*, sie waren Spitzenklasse, bezaubernd, jedes eine Liebeserklärung!

So sehr Julia Satine auch suchte, sie fand sie nicht. Sie begegnete Berthe und Olivier, die ihr erklärten, dass sie eben um diese oder jene Ecke verschwunden war. »Wir können sie festhalten, wenn du willst«, schlug Olivier vor.

»Nein, das hier ist ja nicht der Louvre, früher oder später muss sie mir über den Weg laufen«, sagte Julia entnervt.

Wenn man die Szene aus der Vogelperspektive hätte mitverfolgen können, so wäre man nicht umhin gekommen, die perfekte Symmetrie zu bewundern, mit der sich Julia und Satine bewegten. Wenn Julia in einen Saal kam, ging Satine hinaus, und befanden sie sich einmal im gleichen Raum, standen die Besucher so, dass sie einander nicht sehen konnten. Es war, als würden die Götter sie wie Spielfiguren hin und herschieben und sich dabei köstlich amüsieren.

Nach einer Stunde hatte Julia von dieser göttlichen Komödie die Nase jedoch gestrichen voll und ging an die frische Luft, um sich zu beruhigen. Sie trug elegante Schuhe mit Ledersohlen. Die Treppe vor dem Eingang war aus hellem Marmor, ihre Schuhe machten sich gut darauf. Nur hatte es ja geregnet, der Stein war glitschig, Julia rutschte aus und segelte hinunter, direkt in eine Besucherin, die auf der Mitte der Treppe stand und rauchte. Dieses arme Opfer hatte ebenfalls frische Luft schnappen wollen, um sich vom Lampenfieber, von der Aufregung und dem Menschenauflauf zu erholen, die sie bestürmten.

Dass irgend so eine dumme Kuh über sie stürzte, hatte Satine gerade noch gefehlt. »Was soll das denn?«, rief sie wütend und stieß die dumme Kuh von sich. Als sie Julia erkannte, wurde sie fahl. Sie zischte: »Was suchst du 'ier, 'ab ich dich etwa eingeladen?« Wütend schmiss sie die Zigarette auf den Boden und zerquetschte sie unter dem Absatz.

Julia war konsterniert. »Ich frage mich mittlerweile auch, was ich hier tue. Seit Stunden suche ich dich, aber Madame steckt immer grad wer-weiß-wo. Und jetzt noch diese lausige Begrüßung.«

Satine funkelte Julia an. »Was willst du?«

Julia funkelte böse zurück. »Was will ich wohl?«, sie schubste Satine. »Rat mal«, wieder schubste sie Satine. »Rate doch mal«, noch einmal schubste sie Satine. »Was denkst du wohl, warum ich hier bin?!«

»Wenn ich es wüsste, würde ich nicht fragen, und 'errgott nochmal, 'ör auf mich zu schubsen!«

Julia verschränkte die Arme. »Ich bin da, um dich dabei zu ertappen, wie du mit meinen Nacktfotos Geld machen willst!«

»Aber du 'ast mir doch die Erlaub–«

»Ja, meine Güte! Das habe ich! Es waren Ferien! Du schienst eine integre Person zu sein! Ein Anruf, um nachzufragen, ob ich wirklich noch einverstanden bin, hätte nicht alle Welt gekostet.«

»Aber dann hättest du –«

»Nein gesagt. Genau.«

»Die Fotos sind vom besten, was ich jemals gemacht 'abe, Kunst darf man nicht vorenthalten.«

»Kunst ist kein Freibillet für beschissenes Verhalten, auch wenn die Kunstszene vom Gegenteil überzeugt ist!«

Es begann zu nieseln. Julias Haut dampfte. Kein Wunder, denn darunter kochte es. Erneut schubste sie Satine. »Wem gehören die Titten auf den verdammten Fotos?«

Satine machte eine wegwerfende Bewegung. »Die Fotos sind doch nur ein Abbild davon, und 'örst du endlich auf mich zu schubsen!«

Julia stieß einen hysterischen Lacher aus. »Fehlt bloß noch, dass du mir jetzt mit Magritte kommst, der eine Pfeife malte und drunter schrieb: *Ceci n'est pas une pipe!* Meine Brüste sind trotzdem *meine Brüste*, auch wenn sie nicht fleischlich an der Wand hängen. Aber es sind *meine* Brüste, kapiert?! Ich habe mich damals vor dir ausgezogen, damit du Aktfotos für *mich* machen solltest, für *mich*, hörst du?! Bevor ich aber eines dieser Fotos zu Gesicht bekomme, hat *tout Paris* sabbernd auf meine Brustwarzen gestarrt. Ich wiederhole: Es gibt nur eine Person, die entscheidet, wer meine Brüste sehen darf, und das ist sicher nicht Satine Barrault, sondern das bin *ich*! Julia Romana David-Degen!!«

Satine starrte betreten zu Boden – sie wusste, dass sie nicht korrekt vorgegangen war. Aber woher konnte sie auch wissen, dass Julia bei der Ausstellung auftauchen würde? »Willst du, dass ich deine Fotos runternehme?«, fragte sie zerknirscht.

»Nein, jetzt ist es zu spät.«

»Was willst du dann?«

»Ich will herausfinden, ob ich Glück hatte, als du aus der Disco gerannt bist.«

»Ich bin nicht weggerannt, ich bin einem selbstbestimmten, würdevollen Leben entgegengeschritten.«

»Ach! Ich war demnach etwas Würdeloses in deinem Leben?«

»Jede 'eterosexuelle Frau ist in Liebesdingen bei mir falsch am Platz.«

»Ach, scheiß doch auf deine Hetero-, Homo- oder Was-weiß-ich-für-eine-Sexualität! Scheiß auf deine Scheißschubladen, Scheißkategorien, Scheißtitulierungen – was weißt du schon über mich? Dass ich Männer hatte, dass ich verheiratet war? Seit drei Jahren bin ich nicht mehr verheiratet und hatte auch keine Männer mehr, aber ich bin deiner Meinung immer noch hundertprozentig heterosexuell, ja?! Oder bin ich autosexuell? Oder bi? Ist eine Les-be, wenn sie zölibatär lebt, eine Les-be, eine Single, eine Nonne, eine potenzielle Hetera, eine gewesene Bi, eine Masturbatorin? Sag du mir nicht, was ich bin oder sein werde! Wenn dich Heteras verlassen haben, tut mir das Leid, aber du könntest auch von einer Les-be verlassen werden! Verlassen kann man immer werden. Besonders wenn man sich beschissen verhält! Vielleicht haben deine Exfrauen und du einfach nur nicht zueinandergepasst?! Verlassenwerden gehört zu den Risiken der Liebe, das kann auch Madame Barrault nicht ändern. Du möchtest eine Frau, die dir Treue fürs Leben schwört? Wer so was schwört, lügt ganz einfach. Wir kennen unsere Zukunft nun mal nicht. Das einzig Vernünftige, was wir tun können, ist, dem Herzen zu folgen; das habe ich durch dich gelernt. Und deshalb bin ich hier. Ich bin meinem Herz gefolgt.«

Regentropfen rannen über Julias Gesicht, Regentropfen tropften Satine von den Haarspitzen. Manchmal öffnete jemand die Tür, dann hörten sie kurz das Stimmengewirr, das Lachen und Brummen aus den Ausstellungsräumen. Satine hatte sich an ein Auto gelehnt. »Was 'eißt das, du bist deinem 'erz gefolgt?«

Julia lächelte unbeholfen.

»Red schon!«

Julia strich sich seufzend die nassen Haare aus dem Gesicht. »Satine, ich bin hier, weil –, weil ich immerzu an dich denken muss, tagsüber, und nachts träume ich von dir. Ich bin hier, weil mein Herz in Scherben liegt und du der Leim bist, mit dem ich es wieder zusammenflicken könnte. Weil ich mich so sehr nach dir sehne, dass ich Muskelkater davon habe. Weil ohne dich das Leben weniger Spaß macht. Weil ich so jemand wie dich noch nie zuvor getroffen habe. Darum! Ja Satine, ich will dich, ohne wissen zu wollen, wohin das führt. Ich will dich, ohne eine klare Vorstellung von diesem Begehren zu haben. Die Küsse mit dir waren himmlisch. Und du riechst so gut! Und deine Augen! Wie oft habe ich wegen deinen Blicken weiche Knie bekommen, aber ich Idiotin habe gedacht, dass es an meinem Blutzuckerspiegel läge! Es gibt nichts an dir, was mich nicht entzücken würde, außer vielleicht dein fürchterlicher Hang, mich zu provozieren.«

Satine starrte mit verschränkten Armen auf den Boden. Es war unklar, ob sie bald in einen Lach- oder Wutanfall ausbrechen, Reißaus nehmen, weinen oder umkippen würde.

»Zugegeben, ich war feige. Ich hatte eine verdammte Angst davor, was die andern sagen würden, wenn ich eine Frau liebe! Mutter wäre so schockiert, dass ihr rosa gefärbter Haarschopf über Nacht ergrauen würde, und das kann ich ihr kaum antun, wo sie so viel Geld in diese grässliche Haarfarbe investiert!« Julia hielt inne, »Satine, sag auch mal was, du lässt mich buchstäblich im Regen stehen!«

Satine stieß sich vom Auto ab, griff sich an die Brust und sagte einsilbig: »Weißt du, was mein ‘erz sagt? Es sagt: bubumm, bubumm, bubumm.«

Julia wartete ab, als Satine nichts weiter sagte, schüttelte sie den Kopf. »Ist das alles – bubumm, bubumm, bubumm? Mehr spricht es nicht? Mehr kommt dir nicht in den Sinn? Dann entschuldige, dass ich deine Vernissage gestört habe.« Enttäuscht und zornig schulterte sie ihre Tasche und wandte sich zum Gehen.

Satine machte rasch einen Schritt nach vorn. »Gib mir deine ‘and.« Bevor Julia sich wehren konnte, nahm Satine ihre Hand und legte sie sich auf die Stirn. »‘ier kannst du spüren, wie meine Gedanken sich jagen.« Satine nahm Julias Hand vom Kopf. »Und jetzt fühl, das 'erz, es macht bubumm, bubumm, bubumm, und seit deine Hand da liegt, macht es das noch schneller.« Und sie führte Julias Hand an ihre Brust.

Julia hatte ihre Hand angestarrt, die auf Satines Brustkorb ruhte, nun sah sie auf, das Gesicht offen, verwundbar, aber sehr klar. »Satine. Satine, ich liebe dich«, stieß sie hervor, endlich, und als sie es gesagt hatte, wusste sie, dass es die Wahrheit war, und Satine begriff, dass Julia die Wahrheit gesagt hatte und dass sie selbst nie aufgehört hatte zu hoffen, dass es so sein würde.

Satine lächelte und flüsterte ihr ins Ohr: »Fühlst du, jetzt schlägt es noch schneller. Vom ersten Augenblick an 'at es für dich geschlagen – bubumm, bubumm, bubumm – stark und unentwegt, und das ist so geblieben.«

Julia hörte den Regen singen, zart strich sie über Satines Gesicht. Dann küssten sie sich, und diesmal kam keine von beiden auf die Idee, den Kuss abzubrechen, weil sie –

»Siehste, habe ich dir nicht gesagt, die zwei stehen im Regen! Die stehen immer im Regen, wenn sich die Möglichkeit ergibt. Kinder, was macht ihr da unten?« Berthe stand beim Eingang und daneben Olivier, der einen Regenschirm hielt.

Satine schaute auf, »Berthe, Olivier –?« Verdattert sah sie, wie Berthe sich eng an Olivier schmiegte.

»Irgendwann musst auch du es erfahren«, Olivier grinste.

»*Je pourrais te massacrer!*«, Satine stürzte sich auf Olivier und boxte ihn mehrmals. »Da hat er eine neue Frau und endlich mal kein mageres Kückchen, und er verheimlicht mir das. 'abt ihr einen Komplott gegen mich geschmiedet oder was?!«

»Ich habe auch nichts davon gewusst«, lachte Julia, »bis ich sie in flagranti erwischt habe. Sie haben uns schändlich hintergangen.«

»Mach mal einen Punkt!« Berthe stemmte ihre Hände in die Hüften. »Wir haben euch nicht hintergangen, wir mussten zuerst den Schock verarbeiten, dass wir uns in unsere Horrorvisionen verliebt haben! Sich an eine neue Haarfarbe zu gewöhnen war eines, aber der arme Olivier muss mit gänzlich neuen Körpermassen fertig werden. Am Anfang sagte er mir Komplimente wie: Schatz, das kann unmöglich immer noch dein Bauch sein. Oder er schreckte mitten in der Nacht auf und rief: Ihhh, da ist eine zweite Frau im Bett!«

Satine schüttelte den Kopf und versetzte Olivier lachend einen Seitenhieb.

»Ihr seid also doch noch zu einer gütlichen Einigung gekommen.« Berthe schnalzte mit der Zunge. »Jetzt kommt aber rein, ich hab's lieber an anderen Orten feucht als an meinen Kleidern.«

Julia rollte die Augen.

Kaum waren sie drinnen, liefen sie Satines Familie in die Arme. Ihrem Vater war anzusehen, dass er stolz auf sie war, er hatte vor Aufregung ganz rote Ohren. Ihre Brüder stürzten sich mit Geheuel auf sie, hoben sie hoch und küssten sie ab. Ihre Mutter hielt sich derweil im Hintergrund. Julia fand sie schön, in Würde gealtert, sie stand einfach da, wohl wissend, dass ihre Anwesenheit beachtet wurde, und grüßte ihre Tochter als Letzte.

André, der Zweitälteste, schlug Satine auf die Schultern. »Du, das Fotomodell auf dem Sessel sieht so was von geil aus, kannst du mich nicht mit ihr bekannt machen?« Er pfiff anzüglich durch die Zähne.

»*Bien sur*«, Satine nahm Julias Hand und zog sie neben sich, »'ier ist Madame Julia David. Aber leider ist sie schon vergeben, du kommst eine 'albe Stunde zu spät.«

André blickte von Satine zu Julia und zurück, reichte Julia die Hand und meinte augenzwinkernd: »Ich 'offe sehr, dass Ihre Wahl nicht auf mein Schwesterherz gefallen ist! Sie ist eine 'ervorragende Fotografin, zugegeben, aber sie 'at keine 'aare auf der Brust und auch sonst fehlen ihr wichtige Details. Überlegen Sie es sich gut.« Er lächelte unverschämt. André war das männliche Pendant zu Satine – dieselben dunkeln Haare und Augen, derselbe schmale Körperbau, dieselben vollen Lippen.

»Vielleicht ist es gerade die Anwesenheit gewisser anderer Details, die Satine besonders attraktiv machen«, erwiderte Julia schelmisch und sonnte sich in ihrer Unverfrorenheit.

Die Zeit verstrich für Julia viel zu langsam, sie hatte die Ausstellung schon zehn Mal durchstreift, hatte von Mineralwasser zu Orangensaft, zu Weißwein und zu Rotwein gewechselt. Sie durchstreifte die Ausstellung ein weiteres Mal, sah manchmal in der Ferne Satine, und wenn sie zu ihr schaute, hob sie ihr Glas und prostete ihr zu. Satine warf ihr Blicke zu, die selbst Granit in Vanillesauce verwandelt hätten, und Julia, die weit davon entfernt war, aus Granit zu sein, schwankte auf Gummibeinen weiter. Sie holte sich ein neues Glas Wein und verabschiedete halblaut die Besucher, die die Ausstellung verließen.

»Was tust du da?« Berthe stieß Julia in die Seite.

»Ich beglückwünsche das Gehen, aber das verstehst du nimmer nicht.«

»Julia, schau mir in die Augen!« Berthe stellte sich vor Julia und fixierte sie. »Wie viele Gläser hast du gekippt?«

»In der Welt der Künste wird nicht gerechnet, holde Busenfreundin mein.« Julia grinste breit.

»Jesses Maria, heute ist die Nacht der Nächte, und du lässt dich volllaufen!«

»Oder die Nacht der Reinfälle, das wissen wir noch nicht, und übrigens gehe ich jetzt.« Julia stellte kichernd ihr Glas auf eine Skulptur, und wandte sich dem Ausgang zu. Als sie den Türknauf betätigte, legte sich eine warme Hand darüber. »Man darf ‘ier nur mit einem Putzfrauendiplom rein.«

»Was?« Julia drehte den Kopf. Satine stand neben ihr, worauf sie einen kleinen Schwächeanfall erlitt. »Ich wollte frische Luft schnappen und ein wenig durch Paris schlendern und so.«

Satines Hand lag immer noch auf der ihren, was Julia

nervös, richtig schön nervös machte. »Du wolltest gehen, ohne mir Adieu zu sagen?«, fragte Satine.

»Du meinst wohl *au revoir*?«, konterte Julia. »Nein, ich wollte nicht wirklich gehen, nur ein wenig in etwa.«

Satine küsste ihren Hals. »Bist du dir da sicher?«

Julia erschauderte, sie langte nach Satines Nacken und vergrub die Finger in ihrem Haar. »Wenn ich noch weiter hier warten muss, bin ich stockhagelsturzbesoffen.«

Satine lächelte. »Du bist da. Sag, dass du keine Fata Morgana bist.«

»Ich bin keine Fata Morgana, ich bin Fräulein Wartet-nicht-gern.«

Sie einigten sich darauf, dass Fräulein Wartet-nicht-gern mit Olivier und Berthe in die gegenüberliegende Bar ging und Satine später dazu stoßen würde. Fräulein Wartet-nicht-gern spielte gegen Berthe und Olivier Billard. Jedes Mal, wenn die Türe sich öffnete, schaute sie auf, in der Hoffnung, dass es Satine war. Ihre Augen waren weit aufgerissen, was sie Berthe zu verdanken hatte: Kaum waren sie in der Bar angekommen, hatte Berthe sie genötigt, zwei doppelte Espressi zu trinken. Vermutlich würde sie in drei Tagen das erste Mal wieder schlafen können. Sie stritten gerade über eine Billardregel, als Satine kam. Sie trat neben Julia ohne sie zu berühren. »Wie wär‘s, wenn wir losziehen würden?«, flüsterte sie leise in Julias Ohr.

Julia schluckte leer und nickte.

# 28. Kapitel ___________ Satine

*Hast du die Lippen mir wund geküsst,*
*so küsse sie wieder heil,*
*und wenn du bis Abend nicht fertig bist*
*so hat es auch keine Eil.*
*Heinrich Heine*

Es hatte aufgehört zu regnen. Die Straßenlaternen spiegelten sich in den schwarzen Pfützen und verwandelten den Asphalt in einen fleckigen Teppich. Julia nahm schüchtern meine Hand, so gingen wir schweigend eine Weile nebeneinander her. Wir erreichten die Seine und folgten dem Fluss abwärts, bis ich es schließlich nicht mehr aushielt. Ich umarmte Julia, nur kurz jedoch, dann hielt ich sie eine Armeslänge von mir und rief erstaunt: »Du schlotterst ja!«

»Die Kleider sind nicht ganz trocken geworden. Und sowieso«, Julia deutete vage irgendwohin. Ich zog die Jacke aus und legte sie ihr über die Schultern. »Da, nimm, ich rufe uns ein Taxi.«

Das Entrée im Hotel war menschenleer und spärlich beleuchtet. Wir stiegen Treppen hinauf, die mit dicken Teppichen ausgelegt waren, vorbei an goldumrandeten Spiegeln, Blumenbildern und Sträußen aus getrockneten Blumen.

»Das ist es.« Julia deutete auf die Zimmertür mit der Nummer 306. Sie öffnete und trat zur Seite, um mich vorgehen zu lassen. Dann ließ sie die Tür hinter mir ins Schloss fallen. Sie blieb draußen im Gang, vermutlich war sie dort zur Salzsäule erstarrt. Ich öffnete die Tür wieder und streckte den Kopf hinaus. »Eine von uns befindet sich auf der falschen Seite. Rate mal, welche.«

»Nichts ist nur richtig oder nur falsch«, entgegnete Julia,

noch immer erstarrt. »Ich finde es ganz gemütlich hier«, sie räusperte sich. »Oder jedenfalls einfacher als dahin zu gehen, wo eine Frau wartet, die mir weiche Knie verursacht.«

Ich nahm lächelnd ihre Hand. »Süße, komm. Der Frau, die dir weiche Knie verursacht, geht es nicht anders.«

Kaum war Julia im Zimmer, wurde sie geschäftig. Sie zog die Vorhänge zu, zündete die Nachttischlämpchen an und löschte das Deckenlicht. »Die habe ich mitgenommen, in Gedenken an unsere Fotonacht«, sagte sie, während sie die Kerzen im Zimmer verteilte. Ich saß auf dem Bett und schaute amüsiert zu, wie sie ihre wenigen Kleider in den Schrank verstaute. Als sie das nächste Mal an mir vorbeiging, packte ich ihren Arm und zog sie neben mich aufs Bett. »Julia, ich glaube, es ist gut jetzt«, flüsterte ich und strich ihr zärtlich eine Strähne aus dem Gesicht.

Julia schaute auf ihre Knie. »Satine, ich habe Angst.«

»Wovor denn?«, fragte ich vorsichtig. »Dass ich ein Vampir bin und dich beiße?« Ich bleckte die Zähne.

Julia schob meinen Kopf verlegen lächelnd von sich. »Ich hab Angst, dass ich mich blöd anstelle, dass es dir mit mir nicht gefällt. Bei den Männern war das was anderes, aber bei dir ...?« Sie neigte sich zu mir und schnupperte an meinem Hals. »Mhmmm, soll ich dir zum Einmillionenvierhunderttausendachthundertdreiundsiebzigsten Mal sagen, wie gern ich dich rieche?«

»Du 'ast ein Kontingent von dreizehn Milliarden, nur zu.« Ich grinste.

Julia stützte sich auf meine Schulter. »Ich glaub, am meisten fürchte ich, dass ich mein Herz an dich verlieren könnte. Und wenn das weg wäre, würde der Rest von mir auch nicht mehr recht zusammenpassen. Ich sähe dann aus wie ein schlecht gemachtes Patchwork«, sie zeichnete mit dem Finger meine Augenbrauen nach. »Aber ich will kein schlecht gemachtes Patchwork sein.« Sie fuhr über meinen Nasenrücken. »Ich will überhaupt kein Patchwork sein.«

»Aber Julia, ernsthaft, was könnte schon passieren?«

Julia starrte in die Leere. »Nichts, vielleicht. Dass du keinen Orgasmus hast. Dass ich keinen Orgasmus habe. Dass ich nichts von weiblicher Anatomie verstehe. Dass ich etwas falsch mache. Zum Beispiel mit deinen Brüsten, ich hab mal einen Film über Frauen-Sado-Masochismus gesehen, die haben Metalldinger an ihre Nippel geklemmt und mit Gewichten behängt! Was ist, wenn ich in Fahrt komme und du die Beißzange unter dem Bett hervorziehst oder mir deine demolierten Brüste zeigst?«

Ich hob mein T-Shirt. »Sehen meine Brustwarzen beschädigt aus?«

Julia starrte auf meine Brüste. »Ehm, was war die Frage?«

Ich zog das T-Shirt wieder runter. »Damit wäre das mit der Zangenangst ja wohl bereinigt. Und den Stress kannst du dir auch sparen«, fügte ich an. »In der ersten bin ich viel zu aufgeregt für einen Orgasmus.« Ich blickte Julia lange an, bis sie verlegen wegschaute und seufzte: »Nun gut, aber vielleicht sollte ich nachsehen, ob deine Brustwarzen wirklich unversehrt sind.« Sie grinste mutig, unternahm aber leider nichts.

Unten auf der Straße konnte man Menschen reden und Autotüren zuschlagen hören, eine Frau lachte laut auf, eine Männerstimme fiel ein. Es begann wieder zu tröpfeln, der Regen klopfte und trommelte in gleichmäßigem Rhythmus aufs Dachfenster.

»Hast du gewusst, dass sich ein Dach über der Welt bildet, wenn es regnet?« Julia lehnte ihren Kopf an meine Schulter. »Jeder Tropfen küsst die Erde und lässt sie erschaudern. Wenn man aufmerksam lauscht, hört man die Musik, die entsteht, wenn der Regen auf dem Boden trommelt.« Vorsichtig umschlang sie meine Hüften, ließ ihre Hand unter mein T-Shirt gleiten und strich über meinen Bauch. Sie ließ ihre Finger hinauf wandern und schloss halb genießerisch, halb aufgeregt die Augen. Sie atmete scharf ein und murmelte eine dieser wunderbar-wirren Liebesbezeugungen: »Satine, ach du Schönste, du Wunderschönste, du bist so schön, so wunderwunderschön.« Dann begann sie bedächtig die unteren Knöpfe ihrer Bluse zu öffnen. Als die Narbe am Bauch zum Vorschein kam, strich ich entzückt darüber. Wir begannen uns gegenseitig die Kleider abzustreifen, aber in solch delikaten Momenten stellen sich die Knöpfe in den Löchern quer und die Reißverschlüsse klemmen, die Füße verheddern sich in den Hosenbeinen und die Haare im Hemd. Nur allmählich glitt Stück für Stück auf den Hotelzimmerboden; die Kerzen flackerten unruhig in der aufgewirbelten Luft. Doch kaum waren wir endlich nackt, packte Julia das Leintuch und zog es rasch bis unters Kinn.

Wie du willst, dachte ich, nahm mein Linnen und bedeckte mich ebenfalls.

Sie hatte mich beobachtet. »Und was jetzt?«, fragte sie schließlich verzagt.

»Wir könnten als Geister durchs 'otel schleichen und Gäste erschrecken. Oder wir könnten das Licht ausmachen und schlafen. Oder wir könnten 'arem-'arem spielen«, ich zog das Tuch bis unter die Augen.

»Im Harem werden keine Schleier getragen«, wandte Julia stirnrunzelnd ein.

»Umso besser«, erwiderte ich. »Wir könnten auch unter das gleiche Leintuch schlüpfen und nachforschen, was es zu entdecken gibt. Oder ich könnte einen Eisberg spielen«, ich verschwand ganz unter dem Tuch und kniete mich aufs Bett, »und du die Titanic.« Zugedeckt wartete ich, was Julia tun würde. Erstmal tat sie nichts. Ich spürte nur, wie sie vom Bett aufstand. Sie ging durch den Raum, es wurde still. Als nichts weiter geschah, lugte ich unter der Decke hervor und sah mich um. Ein Geist stand reglos in der einen Ecke des Hotelzimmers.

»Also doch Spukspielchen«, sagte ich leichthin.

»Nein, das ist meine Installation mit dem Namen ›Idiotinnen-stellt-man-in-die-Ecke-und-hüllt-sie-ein‹.«

Ach, wie süß sie war, ich hätte sie auffressen mögen! Ich raffte mein Tuch um mich und ging zu ihr hinüber. »Das

Schöne an dieser Installation ist, dass sie sich in eine Performance verwandeln kann und folgendermaßen 'eißt: Die-Idiotin-in-der-Ecke-findet-den-Weg-zum-Bett,-eine-eingewickelte-Satine-'ilft-ihr-dabei.« Vorsichtig fasste ich die weiße Frau an den Schultern und führte sie zum Bett, worauf sie niedersank. Sie war immer noch von Kopf bis Fuß bedeckt, nur die linke Hand lugte hervor.

»Könntest du dir vorstellen, dass ich die Finger deiner linken Hand küsse?«, fragte ich sie.

»Könnte sein«, ihre Stimme tönte dumpf unter dem Tuch.

Ich küsste ausgiebig jeden ihrer Finger. Als ich damit fertig war, schob ich das Leintuch langsam Richtung Ellbogen und küsste mich vom Handgelenk bis zur Armbeuge. Die Härchen auf ihrem Arm stellten sich auf.

»Könnte es sein, dass auch der Oberarm geküsst werden möchte?«

»Könnte sein. Ja, durchaus.«

Gemächlich zog ich das Leintuch herab. Ich küsste bis zu ihrer Schulter, schnupperte daran, strich darüber und sah Julias Bauch unter dem Linnen sich stärker heben und senken. Wie gerne hätte ich das Tuch von ihr gerissen! Ich wollte sie küssen, überall, sie spüren und sehen. Stattdessen fragte ich geduldig: »Könnte es sein, dass auch deine rechte Hand geküsst werden will?«

»Könnte sein«, sagte Julia. Und so ging das weiter. Ich legte den zweiten Arm, die Schulter und sogar zwei Beine frei, ich küsste Stirn, Augen, Nase und Wangen. Als ich mit der Zunge über ihre Ohrmuschel fuhr, stockte sie. Ich strich mit meinen Lippen über ihre Lippen, fuhr bis zu den Schläfen und wieder zurück, strich erneut über ihren Mund. Er öffnete sich ein wenig. Ich flüsterte: »Ob vielleicht auch dein Mund geküsst werden will?« Als Antwort zog sie mich an sich.

Wir fielen in unseren Kuss, es schien, als würde sich die aufgeschobene Leidenschaft seit jener Nacht im Meer entladen, alles, was wir in dieser Zeit zurückhalten mussten. Wir schälten eine Mango nach der andern, saugen und leckten uns gegenseitig den Saft aus den Mundwinkeln. Dann hob sie ihr Leintuch und ließ mich drunter gleiten. Ja, schließlich ließ sie mich zu sich – zu ihrem Körper, dessen Anblick ich seit der Fotonacht als brennende Sehnsucht in meinem Herzen trug.

Es regnete in einem fort. Das Trommeln des Regens würde mich in Zukunft an diese erste Nacht erinnern. Das Prasseln verband sich mit dem Kerzenlicht, mit der grauen Dämmerung, mit unserem Keuchen, Flüstern und Lachen; mit unserer Müdigkeit, mit Tränen auch, Bildern und Erinnerungen. Ohne dass wir uns zu einem Höhepunkt getrieben hätten – es war sich alles Höhepunkt genug. Bis wir erschöpft und träge in den Schlaf hinüberglitten, ineinander verschlungen, mit Salz auf dem Gesicht.

Als ich aufwachte, klopfte der Regen noch immer an die Fensterscheiben. Mein Bein war eingeschlafen, deshalb war ich aufgewacht. Es ist merkwürdig, dass man erwacht, weil etwas an einem einschläft. Ich öffnete ein Auge. Als ich rötlich-blondes Haar neben mir sah, öffnete ich mit klopfendem Herzen auch das andere. Ich hatte also nicht geträumt, Julia war da! Sie lag über meinem Bein, auf der Seite zusammengerollt, ihr Gesicht an meiner Schulter. Sie schlief und atmete, nur manchmal zuckte ihre Nase oder die Mundwinkel bewegten sich. Ihr Haar lag auf dem Kissen, über ihrem Gesicht, auf meiner Schulter. Ich zog mein Bein langsam unter ihr hervor, sie grunzte leise und drehte sich auf den Rücken. Mein Bein erwachte mit schmerzhaftem Kribbeln und Ziehen.

Julia sah unschuldig aus, klein und jung, sie wirkte blühend, wie ein Strauß wilder Blumen. Sie war da! Sie lag neben mir im Bett! Ich beobachtete lächelnd, wie sie mit der Zunge schnalzte und sich zu mir drehte, dabei seufzend den linken Arm über meine Hüfte legte.

Seit ich wach war, hatte ich das unbestimmte Gefühl, irgendetwas sei anders an diesem Morgen, nur wusste ich nicht, was. Ich lag mit dieser Frau das erste Mal im Bett und – ja was? Während ich darüber nachdachte, zog Julia am Linnen, ihre Schultern und die rechte Brust kamen zum Vorschein, und als ich noch überlegte, ob ich sie abküssen sollte, wurde mir schlagartig bewusst: Es war der erste Morgen nach einer Liebesnacht, an dem ich mich weder verloren fühlte noch davonlaufen wollte. Im Gegenteil, ich hätte ewig neben Julia liegen und sie anschauen mögen. Es war einer dieser kostbaren Momente, da ich genau zur richtigen Zeit am richtigen Ort war.

»*Bonjour Chérie, tu va bon?*« Julias Augen waren noch geschlossen, sie lächelte. Ich fragte mich unwillkürlich, ob sie wohl absichtlich ein solch erbarmungswürdiges Französisch sprach. Später sollte ich erfahren, dass sie nicht anders konnte. Sie behauptete, die Schuld an ihrem kläglichen Französisch trügen zwei Schulfreundinnen, die zweisprachig aufgewachsen waren und in der Schule links und rechts von ihr saßen – das ist die faulste Ausrede, die ich je gehört hatte.

Ich strich ihr das Haar aus dem Gesicht und sagte: »*Oui, mon trésor, je vais bien, très bien.*«

»Tresor? Um Gottes Willen, seh ich wirklich so klobig aus?«, fragte sie vorwurfsvoll.

»Du müsstest wohl mal deine Französischkenntnisse etwas auffrischen, *hein*?«

»Aber nicht jetzt, *Chérie*. Jetzt hab ich was anderes vor.« Sie öffnete die Augen, ein Strahlen aus blaugrüner Tiefe durchfuhr mich. Ihr Lächeln war wie ein Sonnenaufgang, ein echter Magenflachleger.

Wir erfrischten uns, und ich hangte das »Bitte-nicht-stören!«-Schild an die Tür. Als ich zurückkam, lag Julia auf dem Rücken. Sie sah so zart aus, als ginge ihr alles direkt unter die Haut. Oder wie wir das sagen: *Elle est à fleur de peau*, sie hat eine Blume auf der Haut. Oh ja, sie war eine Blume, eine Lilie! Der Regen tanzte auf den Scheiben, ich durchquerte den Raum, legte mich aufs Bett und betrachtete sie schweigend. Sie ist hier!, sang es in mir, sie ist hier bei mir! Ich küsste sie, in das Prasseln des Regens mischten sich unsere leisen Seufzer, unsere Zungen umschwammen sich wie Fische; ich trank sie, ich ließ mich von ihr wie eine Dessertschale auslecken. Ich glitt mit meinem Bein zwischen ihre Beine und empfing ihre träge Nässe. Das Oben wurde zum Unten, das Links zum Rechts, wir gerieten in einen Taumel – ach, ich war so hungrig nach ihr, dürstend, mich sehnend und voller Gier.

Ab und zu hielt Julia unsicher inne und drehte den Kopf zur Seite. Dann neigte ich mich zu ihrem Ohr und flüsterte: »Keine Angst, ich bin es nur – ich, die im Backgammon gegen dich verloren 'at.« Lächelnd entspannte sie sich, und wie mir schien, jedes Mal ein bisschen mehr. Sie war eine Nachtkerzenblüte, die sich in der Abenddämmerung entrollte und aufging, helles Gelb im grauen Licht. Sie nahm meinen Kopf in ihre Hände und schaute mich liebevoll an, ihre Augen begannen zu schwimmen. Ich küsste ihre Augenwinkel, kostete das Salz ihrer Tränen, kostete das Salz auf ihrem Nacken, schmeckte ihre Brüste, schmeckte ihre Innenschenkel, leckte die Kniebeugen und knabberte an ihren Zehen. Dann zog sie mich zu sich herauf und flüsterte: »Satine, ich will mehr!«

Ich legte mich neben sie und bewegte meine Hand langsam hinunter, über harte Brustspitzen, über die Narbe auf dem Bauch, weiter hinunter, und sie reagierte mit ihrem Atem, mit ihren Händen, mit ihrem Becken, das sich erst langsam und dann schneller bewegte. Die Lust zeichnete Tiefen auf ihr Gesicht, in denen sich eine ganze Welt abspielte; sie sah konzentriert aus, wirkte älter, reifer, sinnlicher, traurig fast und voller angenehmer Schmerzen. Ich sah fasziniert zu, wie sie sich zur Liebkosung meiner Hand bewegte, wie sich ihr Gesicht veränderte. Dann öffnete Julia die Augen. Sie schaute mich mit verhangenem Blick an, erwartungsvoll.

Ich hielt ihren Blick fest, ließ mir alle Zeit. Julias Augen verschleierten sich noch mehr, aber sie blieben auf mich gerichtet. Das Blaugrün ihrer Iris war dunkel geworden, die Pupillen weit geöffnet. Sie griff nach meinem Gesicht, strich mir über die Wange, griff in mein Haar und klammerte sich darin fest. Sie lächelte schwach, atmete schneller und tiefer. »Küss mich jetzt. Bitte, Satine!«

Und ich beugte mich über ihren erblühten Mund.

Später hielt ich sie in den Armen und hörte ihren Atem zu, wie er ruhiger wurde. Doch kaum hatte sie sich erholt, begann sie meinen Körper zu streicheln, hastig und fahrig.

»Julia, was soll das werden?«

»Du sollst auch auf deine Kosten kommen.«

»'ör bloß auf damit.«

Julia schaute beleidigt an die Decke. »Also, dann lass uns doch frühstücken.«

»*Chérie*, ich wollte dich nicht verletzen. Aber wenn du meinst, dass du mir etwas zurückgeben *musst*, kann es nicht gut gehen. Ich spüre so etwas und es törnt mich ab.«

Julia starrte schweigend zum Fenster hinaus. Schließlich stand sie auf und ging ins Badezimmer. Als sie zurück kam, legte sie sich schweigend wieder neben mich. »Bei einem Mann weiß ich genau, was zu tun ist«, sagte sie endlich. »Bei ihnen kenne ich die Knöpfe und Hebel, die zu bedienen sind. Aber bei dir?«

»Julia, ich bin kein Cockpit! Vergiss meine Erwartungen. Mach, worauf du Lust hast!«

»Wenn ich dich vergesse, gehe ich runter und esse Croissants. Aber ich will dich nicht vergessen, ich möchte dir nahe sein.« Sie zögerte kurz, »nur nahe sein, dich riechen und spüren, nichts als das. Darf ich?«

»Natürlich darfst du!«

Sie rückte nah zu mir und schwieg. Wir glitten in einen Halbschlaf, ich fiel in wohlige Weichheit, die Luft um uns war mit unserem Duft angefüllt. Sie war da! Und sie würde nicht so schnell wieder gehen. Sie war kein Hai mehr, sondern eine Katze, die sich auf einem sonnigen Fenstersims niedergelegt hatte. Ich erwachte, weil Julia mich küsste.

Später rief ich den Empfang an, um ein Frühstück zu bestellen. Die Dame am anderen Ende der Leitung war anscheinend nicht verliebt. Sie sagte ungehalten, dass es um Viertel vor zwölf kein Frühstück mehr gäbe, ins Zimmer schon gar nicht. Frühstück bekäme man bis zehn Uhr, wie aus der Hausordnung zu entnehmen sei. Ich war noch nie weiter davon entfernt eine Hausordnung zu beachten. Wir standen auf.

Es gehört zu den seltsamen Gesetzen des Verliebtseins, dass man zusammen duscht. Eigentlich ist es höchst unpraktisch zu zweit unter einer Brause – eine steht in der Kälte, die andere macht ihr Platz und steht nun ihrerseits in der Kälte. Man küsst sich in dieser halb schwülen, halb kühlen Luft und seift sich umständlich ein. An jenem Morgen trat dieses Gesetz glücklicherweise nicht in Kraft. Als ich ins Badezimmer kam, drehte Julia eben den Hahn auf und ließ Wasser in die Wanne ein. Also trat ein anderes Gesetz des Verliebtseins in Kraft: Wenn zwei Verliebte ein Bad nehmen, kommen sie nicht vor zwei Stunden wieder heraus, der Badezimmerboden wird überschwemmt sein, die Fingerbeeren aufgeweicht, und kleine Schreie klatschen an die Kacheln. Hinterher legten wir uns wieder aufs Bett, um die Hitze verrauchen zu lassen …

Der Nachmittag war nahezu verstrichen, als wir halb verhungert aus dem Hotel traten. Ich kenne Paris ziemlich gut, schließlich habe ich zwei Jahre hier gelebt. Diesmal jedoch war die Stadt neu und anders für mich, schöner, obschon es nieselte und die Wolken tief herunterhingen. Wir ließen uns treiben, zuerst in ein Restaurant, wo wir heißhungrig über Omeletts und Sandwiches herfielen. Dann an der Seine entlang mit einem Abstecher in die *Cathédrale de Nôtre Dame*, Julia wollte unbedingt dorthin. Wir setzten uns auf eine der Bänke und lehnten uns zurück, um den Raum als Ganzes zu erfassen. Wir beobachteten die Touristen, Julia legte ihre Hand in die meine. Wir ließen uns weitertreiben durch Viertel mit arabischen Läden und arabischen Menschen. Als es wieder stärker zu regnen begann, rannten wir in ein altes Bistro. Julia hatte Lippen wie Rosen, ihre Augen strahlten.

Sie schaute zu mir. »Was? – Was ist?«, fragte sie irritiert.

»Nichts, ich betrachte nur eine schöne Frau.«

Sie blickte um sich. »Wo?«

»Direkt vor mir, Dummkopf.«

»Oh!«, sie errötete und spielte verlegen mit dem Aschenbecher. »Aber ich bin nicht schön – schön im klassischen Sinn.«

»'at dir noch nie jemand gesagt, dass du schön bist?«

»Doch, die Männer, die mit mir ins Bett wollten. Aber es ist etwas anderes, wenn mir eine Frau ein Kompliment macht. Es zählt irgendwie mehr.«

»Auch dann, wenn die Frau ebenfalls mit dir ins Bett will?«, fragte ich grinsend.

»Auch dann«, erwiderte Julia und rieb ihr Bein an meinem.

Der Kellner brachte Wein und Oliven.

»Auf uns«, Julia hob das Glas, »auf uns ganz allein.«

»Auf uns«, antwortete ich und prostete ihr zu. Wenn jetzt Petrus vorbeigeschlurft wäre, im Schlepptau ein paar musizierende Engel, wäre ich nicht weiter erstaunt gewesen – das hier war der Himmel!

»Sag mal«, Julia drehte nachdenklich ihr Glas in der Hand, »wie ist das für dich – jetzt hast du mich und dazu gibt's zwei Mädchen im Handgepäck. Wir könnten so tun, als gäbe es sie nicht, aber du weißt, es gibt sie sehr wohl.«

Ich überlegte. Ihre Frage war berechtigt, und es war mir klar, dass dieses Thema auf den Tisch kommen würde; vielleicht hatte ich es nicht an unserem ersten Tag erwartet. »Ich 'abe deine Mädels sehr gern, sie sind süß und frech, mir gefällt das. Aber –«, ich zögerte einen Moment, »ich werde dich nie für mich allein 'aben. Und wir wohnen nicht einmal in derselben Stadt. Vielleicht ist das alles 'inderlich, vielleicht ist es gut so, wer weiß? Wir können nur einen Schritt vor den anderen setzen.«

Julia nickte bedächtig. »Die Liebe trägt eben ein hohes Risiko in sich.«

»Na denn, auf die einzelnen Schritte!«, Julia hob ihr Glas.

»Auf die Schritte und die Gören!« Ich hielt ihr grinsend mein Glas entgegen.

Wir bestellten eine zweite Flasche, dazu Zwiebelsuppe. Es war dunkel geworden, der Kellner zündete die Kerze auf unserem Tisch an. Wir waren von Gemurmel umgeben, vom Klappern der Bestecke und von klirrenden Gläsern, und im Vordergrund Julia mit wirren Locken und Augen, die im Licht der Flamme dunkelblau leuchteten. Sie sah so lebendig aus! Das Licht, die Farben, Julia – ich war überwältigt von dem, was ich sah, und bis über beide Ohren verliebt.

Hinterher machten wir einen Abendspaziergang durch die kühle, dunkle Stadt. Wir brauchten ewig, weil wir uns an jeder Ecke küssten. Vor dem Hotel blieb ich nochmals stehen. »Wenn wir jetzt 'ochgehen, ist die Chance groß, dass wir wieder ein wenig – du weißt schon. Magst du denn noch einmal mit mir 'ochgehen? Ich meine, falls du nicht doch lieber …« Ich verstummte und schaute verlegen zu Boden. Schon deshalb, weil ich mich für mich selbst schämte. Ich war kindisch, und ich wusste es.

Julia betrachtete ihre Hände und schien nachzudenken. Dann seufzte sie laut. Mein Herz setzte aus: Sie studierte mich von Kopf bis Fuß, kopfschüttelnd!

»*Mon Dieu,* Julia, sprich mit mir!«

Julia ließ sich nicht beirren. Sie wiegte bedächtig ihren Kopf hin und her. Ich beschloss gerade sie umzubringen, als sie endlich antwortete: »Du willst also wissen, mit wem es toller im Bett ist – mit dir oder mit einem Mann?«

»Nun, ähm, so würd' ich das nicht sagen.« Die Situation wurde langsam peinlich. Hätte ich doch meinen Mund gehalten!

»Wenn du es so nicht gemeint hast, wie dann?« Julia klopfte mit einem Schuh abwartend auf den Gehsteig.

»Eh, ich wollte nur …«

»... wissen, ob's mir gut genug gefallen hat, um auf diesem Kurs zu bleiben. War es das?«

»So ungefähr.« Gott, ich fühlte mich dämlich – dämlich!

Julia schaute zum orangeroten Stadthimmel hinauf. »Tja, um deine Frage zu beantworten, müssen wir wohl oder übel nach oben gehen und es nochmals tun. Und später womöglich nochmals und nochmals und nochmals. Und wenn wir es oft genug getan haben, werde ich dir eine Antwort geben. Irgendwann. Ehrenwort. Aber jetzt lass uns hoch gehen.«

Sie zog mich grinsend zum Hoteleingang.

# Epilog — Julia

*Mag sein, dieser Flug hört niemals auf.*
*Mir recht: ich wollte dich kriegen,*
*ich bin auf Risiko eingestiegen,*
*von Aussteigen stand auf dem Ticket nichts drauf.*
*Jetzt heißt es: fliegen fliegen.*
*Hans-Ulrich Klose*

Mein Name ist Julia David, geborene Degen, ich kann rechts nur knapp von links unterscheiden, ich habe zwei Töchter, eine Schwäche für Kinderzeichnungen und eine lange Leitung. Seit neuestem bin ich überdies eine Les-be, jedenfalls sage ich das, um die anderen zu beruhigen. Ob ich zwangsläufig eine Les-be bin, nur weil ich eine Frau liebe, lasse ich dahingestellt. Wenn ich um mich schaue auf die Landschaft meines Lebens, bin ich entzückt und muss an das Kinderbild denken, das meine Leidenschaft für Kinderkunst geweckt hat – damals auf dem Spielplatz, als ein Rotzlöffel mitten darauf pinkelte. Ich erkenne in meinem Leben neuerdings eine ähnliche Wildheit und Buntheit wie in den Kinderbildern.

Und das alles, weil ich Satine Barrault getroffen habe. Es ist eine Begegnung, die mein Leben dramatisch verändert hat – nicht sofort, dafür aber grundlegend. Nur merkte ich das als Letzte.

Als ich mich nach dem Wochenende in Paris mit Satine vor meine Töchter hinstellte und ihnen die Sache mit uns erklärte, stürzten sie sich auf uns und schrien: »Juppii, jetzt gibt‘s jeden Abend Naseweis und Schlafmütze!« Lea prahlte mit Seitenblick auf Satine: »ich hab‘s gewusst! Gell, Satine, ich hab‘s gewusst?!«

Damals wussten sie noch nicht, was alles mit meiner Beziehung zu Satine auf sie zukommen würde: schreckliche Autofahrten in die Romandie, Trauben lesen mit einer resoluten Tante Joséline, dumme Bemerkungen von Schulkameraden. Sie mussten akzeptieren, dass sie ihre Mutter nicht mehr nur für sich haben, dass Satine während eines wichtigen Fotoauftrags unzugänglich ist und schnell die Geduld verliert. Und sie mussten sich an die eruptiven Streits zwischen Satine und mir gewöhnen, die laut und heftig sind, aber auch bald wieder vorüber ziehen – Leidenschaft geht bekanntlich in alle Richtungen. Sie hatten bestimmt nicht damit gerechnet, dass Satine mit ihnen hauptsächlich Französisch sprechen würde. Ich sah mich dazu gezwungen, ebenfalls Französisch zu lernen, diese Sprache, die mir immer schon quer im Mund und in der Nase gelegen hatte. Nach elf Jahren erfolglosen Französischunterrichts büffele ich nun wieder Wörter und Verbformen. Am Anfang unserer Beziehung bekamen Satines Freunde und Verwandte schier Lachanfälle, kaum dass ich den Mund aufmachte, mittlerweile schmunzeln sie nur noch.

Manchmal, wenn ich nachts neben Satine liege und nicht schlafen kann, lege ich meine Hand auf ihren Rücken, genieße ihre seidige Wärme und bin so glücklich, dass ich sie am liebsten wecken würde. Na ja, manchmal tue ich es dann auch, ich flüstere ihr Liebeserklärungen ins Ohr, bis sie grummelt: »Ja meine Liebe, ich liebe dich sehr, aber lass uns jetzt schlafen, *hein?*« Sie nimmt mich in die Arme, ich sehe im fahlen Licht, dass sie lächelt und gleich wieder einschläft. Ich bleibe noch eine Weile wach, ihr Haar kitzelt mir in der Nase oder ihr Bein wird langsam schwer über meinen Beinen, und ich berausche mich an ihrem Duft.

Es kann vorkommen, dass leise die Türe aufgeht und Lea oder Denia oder wie heute Abend gleich beide hereingeschlichen kommen. Vorsichtig heben sie das Duvet an und gleiten ins Bett; nicht viel später haben sie es auf unerklärliche Weise geschafft, sich zwischen Satine und mich zu zwängen. Natürlich haben sie die Türe offen gelassen, Lady Chatterly stolziert herein und springt auf meine Füße. Ich überlege mir, ob ich Berthe anrufen und sie herbitten soll, Olivier war auch da. Sie könnten sich zu uns legen, soll doch das ganze Viertel zu uns ins Bett kommen! Die Mädchen drehen sich und stoßen mich im Zweiminutentakt, Satine schläft wie ein Murmeltier und meine Füße werden dank Lady Chatterly feurig heiß.

Die Haare meiner Mutter blieben rosa, als ich ihr und Vater von Satine erzählte, aber sie bekam einen hysterischen Anfall. Sie schrie, dass so etwas nicht natürlich sei, und die Mädchen täten ihr Leid. Warum ich nicht wie ein normaler Mensch leben könnte, einfach glücklich verheiratet und basta? Was ihre Freundinnen im Club sagen würden, wenn sie davon erfuhren, was hoffentlich nie der Fall sein werde? Ihre Haare blieben wie gesagt rosa, dafür wurde ihr Gesicht rot, eine Farbkombination, die unappetitlich aussah. Dann fuhr sie meinen Vater an. Ob er dazu nicht auch etwas zu sagen habe? Worauf er meinte: »In der Tierwelt ist die Homosexualität gang und gäbe. Und übrigens kann es das Normale nur geben, wenn es auch die interessanten Abweichungen davon gibt. Das Wichtigste ist doch, ob die Liebe beteiligt ist.« Er blickte zu mir. »Liebst du sie?«

Ich strahlte, »mehr als ich –«

»Was wisst ihr schon von Liebe«, kreischte meine Mutter. »Es ist krank!« Sie verließ den Salon und schlug die Türe hinter sich zu.

Mutter war Monate später bereit, Satine kennen zu lernen, mit der Auflage, dass wir uns während des Besuchs anständig zu verhalten hätten. Ich gab ihr mein Ehrenwort, für die Zeit unseres Besuches der von ihr phantasierten Lesbenart zu entsagen, sich bei jeder Gelegenheit die Kleider vom Leib reißen! Sie gab sich im Gegenzug Mühe. Sie war die vollendete Gastgeberin, aber man hätte geradeso gut auf einem Gletscher dinieren können. Sie kann sich mit ihrem schrecklichen Schicksal, Mutter einer Lesbe zu sein, nicht anfreunden. Und ich nicht mit der Tatsache, dass meine Mutter die Ursache meines Glücks schrecklich findet.

Meine Freunde nahmen die Neuigkeit locker auf. Jürgen bekam einen Tobsuchtsanfall und drohte damit, mir das Sorgerecht zu entziehen. Er schnitt mich in der folgenden Zeit, aber die Mädchen schwärmten so sehr von Satine, dass er eines Sonntagabends zu einem Kaffee reinkam. Und blieb. Er und Satine vertieften sich in ein Gespräch über Physik und Fotografie. Als uns Jürgen nach Mitternacht verließ, war ich schon längst im Bett. Seither kommt er jedes Mal zu einem Kaffee rein – jedenfalls wenn Satine da ist.

Das soll eine verstehen!

Denia kickt in meinen Oberschenkel, weiter wegrücken kann ich jedoch nicht, sonst falle ich aus dem Bett. Ich schiebe sie zu Lea hinüber, worauf Lea zu Satine rutscht, worauf Satine sich umdreht – und aus dem Bett fällt! Erschrocken setze ich mich auf, aus Satines Richtung ist aber nichts zu hören. Die Gute liegt auf dem Teppich und schläft weiter! Mit ihrer Geistesgegenwart ist es wohl nachts nicht weit her, ich könnte neben ihr ermordet werden und sie würde ruhig weiterschlafen. Ich hole Leas Bettdecke und breite sie über Satine. Ihre Füße gucken unter dem zu kleinen Duvet hervor. Da kann ich nicht widerstehen, hole Denias Decke und lege mich neben Satine auf den Teppich. Ich schlafe sofort ein. Am Morgen erwache ich, weil mir die Sonne ins Gesicht scheint. Ich will zu Satine hinüber rücken, aber zwischen uns liegen Leandra und Denia, Denia liegt verkehrt herum und ihr rinker Fuß steckt unter meinem Ohr. Ja, so ist das, zwei große und zwei kleine Menschen ruhen auf einem beigen Berberteppich, neben einem großen Bett, auf dem Lady Chatterly thront und sich hingebungsvoll das Hinterbein putzt.

Ich betrachte Satine, meine große Liebe, die ihren Arm über Leandra gelegt hat, ich blicke über die kunterbunte Landschaft großer und kleiner Arme und Beine, über die Berge und Täler der Decken hinweg – und zu Lady Chatterly, die gelangweilt gähnt.

Da beginne ich laut zu lachen.

**Daniela Schenk** *stammt aus Bern. Sie ist diplomierte Journalistin und astrologisch-psychologische Beraterin, arbeitete als Beraterin, Servicefrau, Nachtwache, Redaktionsassistentin, Texterin, DJane, Ghostwriterin und mittlerweile als Buchhändlerin. Erfüllung und eine Menge Spaß findet sie im frühmorgendlichen Schriftstellern.*

ZUM WEITERLESEN …

Sandra Wöhe
*Lass mich deine Pizza sein*
Roman. ISBN 3-89741-107-5

Renates Leben pendelt zwischen ihrer fröhlichen Zürcher Lesben-WG und dem durchwachsenen Alltag als Pflegeschwester. In beiden Sphären fehlt es nicht an Spannung: Da ist die neue Mitbewohnerin Jo mit ihren raspelkurzen Haaren, die ein knallrotes Motorrad fährt und allergisch gegen Männerhaare ist. Während drüben in der Welt der Gehhilfen ein tyrannischer Greis verdächtig viele Pillen hortet …

Veneda Mühlenbrink
*Connys Reise*
Roman. ISBN 3-89741-074-5

*»Meine Gedanken nächtigten bei ihr, warteten, bis sie aus dem Bad ins Zimmer trat und sich ins Bett legte. Weiße Laken bedeckten ihren nackten Körper … Fantasien, die nach der Wirklichkeit griffen. Da saß die Rebellin in ihren Ketten und lächelte hoffnungsvoll.«*

Die Begegnung mit Vera zwingt Conny, sich den Gefühlen zu stellen, die sie seit ihrer Kindheit verdrängt. Was sie für die neue Bekanntschaft empfindet, bringt das mühsam errichtete Kartenhaus ihrer Ehe zum Einsturz. Auf einer gemeinsamen Italienreise wird für die beiden Frauen schließlich ein leidenschaftlicher Traum wahr.

Veneda Mühlenbrink schildert mit Verve und Sensibilität das Coming-out einer ›ganz normalen‹ Frau, die allmählich den Mut entwickelt, zu sich selbst zu stehen.

Anke Reutenauer
*Ankunft heute, Deine Katja*
Roman. ISBN 3-89741-079-6

Humor und Tiefgang kommen in diesem herzerfrischenden Coming-out-Roman nicht zu kurz. Die Mitbewohnerinnen in der bunten Frauen-WG vor den Toren Hamburgs und der schwule Hund Rasputin sorgen für ständige Abwechslung – aber auch für die nötige Seelenmassage, wenn Vergangenes verarbeitet werden muss.

Gitta Büchner
*Nie wieder Rigoletto ...*
*und andere Schwüre*
Erzählungen. ISBN 3-89741-106-7

*»Ich murmelte etwas von Badezimmer und schlich mich aus der Wohnung. Das Leben ist voller Missverständnisse.«*

Pfeilspitze Beobachtungsgabe kennzeichnet Gitta Büchners Erzählungen. Das Lesbische spielt dabei eine scheinbar beiläufige Rolle. Gern versetzt die Autorin ihre Figuren in harmlose Alltagssituationen, die sich zu mittleren Katastrophen auswachsen. Während sie selbst weiterträumt und sich dabei konsequent den wirklich wichtigen Themen zuwendet: Glaube, Hoffnung, Liebe, Tod und kleine bissige Hunde.

Barbara Dietl / Pe Jacobi
*Warme Mahlzeiten*
Ein Kochbuch für Frauen,
die Frauen und gutes Essen lieben
ISBN 3-89741-047-8